EIN BESCHÜTZER FÜR PIPER

SEALs of Protection: Legacy, Buch4

SUSAN STOKER

Besuchen Sie Susan im Netz!
www.stokeraces.com
facebook.com/authorsusanstoker
twitter.com/Susan_Stoker
bookbub.com/authors/susan-stoker
instagram.com/authorsusanstoker
Email: Susan@StokerAces.com

EBENFALLS VON SUSAN STOKER

Ein Retter für Lilly
Ein Retter für Elsie
Ein Retter für Bristol
Ein Retter für Caryn
Ein Retter für Finley
Ein Retter für Heather
Ein Retter für Khloe

Die Zuflucht in den Bergen
Zuflucht für Alaska
Zuflucht für Henley
Zuflucht für Reese
Zuflucht für Cora
Zuflucht für Lara
Zuflucht für Maisy
Zuflucht für Ryleigh

Delta Team Zwei
Ein Held für Gillian
Ein Held für Kinley
Ein Held für Aspen
Ein Held für Jayme
Ein Held für Riley
Ein Held für Devyn
Ein Held für Ember
Ein Held für Sierra

Die Delta Force Heroes:
Die Rettung von Rayne
Die Rettung von Emily
Die Rettung von Harley
Die Hochzeit von Emily
Die Rettung von Kassie
Die Rettung von Bryn

SUSAN STOKER

Schutz für Kiera
Schutz für Alabamas Kinder
Schutz für Dakota

Eine Sammlung von Kurzgeschichten

Ein langer kurzer Augenblick

KAPITEL EINS

Piper Johnson würde sterben.

Daran hatte sie keinen Zweifel.

Als ihre Freundin Kalee sie überredet hatte, sie in Timor-Leste, einem kleinen Inselstaat zwischen Indonesien und Australien, zu besuchen, war sie begeistert von dem Abenteuer gewesen. Mit ihren zweiunddreißig Jahren hatte sie viel zu viel Zeit in den verschiedenen von ihr gemieteten Wohnungen eingeschlossen verbracht, gefangen in ihrem eigenen Kopf, während sie ihre bekannten Cartoons kreierte.

Jetzt spürte sie nur noch Angst. Sie kauerte in einem Kriechkeller unter dem Küchenboden des Waisenhauses für Mädchen, das sie und Kalee vor drei Tagen besucht hatten, zusammen mit drei Waisenkindern, die hofften, von *ihr* gerettet zu werden. Aber die Wahrheit war, dass Piper keine Ahnung hatte, was sie tun sollte. Nicht im Geringsten.

Als sie die Schreie und Schüsse aus der Küche hörten, hatte Kalee Piper und die drei kleinen Mädchen in den Kriechkeller geschoben und gesagt, sie würde nach draußen gehen und weitere Kinder holen, bevor sie zurückkäme.

Sie war nicht zurückgekommen.

Sie hatten gewusst, dass sich die Rebellen in der Gegend organisiert hatten und den Sicherheitskräften Probleme bereiteten. Kalees Kollegen des Friedenskorps hatten zur Vorsicht gemahnt, und sie hatte sich jeden zweiten Tag bei ihrem Chef in Dili gemeldet. Aber weder Kalee noch Piper waren allzu besorgt gewesen. Piper, weil Kalee ihr versichert hatte, dass die Rebellen schon seit einiger Zeit mit der jetzigen Regierung unzufrieden waren und bis jetzt nichts passiert war. Kalee, weil sie seit sechs Monaten in dem Land lebte und sich an die Unmutsäußerungen und Warnungen vor einem Aufstand gewöhnt hatte.

Die Rebellen hatten schließlich beschlossen, ihre Rebellion durchzuführen, während Kalee und Piper ein Waisenhaus besuchten, das nur wenige Kilometer von Kalees Haus und ihrem regulären Einsatz für das Friedenskorps entfernt war.

Während sie sich unter dem Boden versteckt hatten, hatte Piper so viele unheimliche Geräusche gehört, dass sie für den Rest ihres Lebens keine Horrorfilme mehr sehen wollte. Schreie, Schüsse, Weinen. Sie hatte rausgehen und ihrer Freundin helfen wollen, aber sie wusste, dass sie damit ihr eigenes Todesurteil unterschrieben hätte.

Sie war sich ziemlich sicher, dass Kalee tot war. Das musste sie sein. Warum sonst war sie nicht zurückgekommen? Erneut bildeten sich Tränen in ihren Augen, aber Piper weigerte sich, sie fallen zu lassen. Sie hatte im Moment keine Zeit, um ihre Freundin zu trauern.

Die vierjährige Rani war hungrig. So wie sie alle. Vor eineinhalb Tagen war Piper verzweifelt genug gewesen, um sich aus ihrem Versteck zu schleichen und nach etwas zu essen zu suchen, aber das hatte ihr buchstäblich so viel Angst gemacht, dass sie nicht bereit war, es noch einmal zu tun. Die Küchenvorräte waren von den Rebellen geplündert worden, und das Blut überall war erschreckend gewesen. Sie hatte es geschafft, ein paar Dosen Obst und etwas altes Brot zu finden, und sie hatten ihren Vorrat solange wie möglich gestreckt.

Aber bald würde sie eine Entscheidung treffen müssen. Entweder sie versuchte, zurück zu Kalees Haus zu kommen, ihre Sachen zu holen und einen Weg zu finden, um vom Berg zum Flughafen zu gelangen, oder sie blieb hier, bis jemand vom Timor-Leste Verteidigungstrupp kam, um sie zu retten. Keine der beiden Möglichkeiten gefiel ihr.

Abgesehen davon, dass es extrem gefährlich wäre, einfach in den Bergen herumzuwandern, hatte sie keine Ahnung, welchen Weg sie einschlagen sollte. Sie hatte schon immer Probleme mit der Orientierung gehabt, und obwohl sie wahrscheinlich zu Kalees Haus zurückfinden würde, das nicht weit vom Waisenhaus entfernt war – wenn nicht gerade Rebellen darauf warteten, jeden zu töten, mit dem sie in Kontakt kamen –, war sie immer noch etwa drei Autostunden von der Hauptstadt Dili entfernt. Einen Weg zu finden, um allein und sicher von hier nach dort zu gelangen, war extrem beängstigend.

Und dann waren da noch Rani, Sinta und Kemala. Piper hatte während der qualvollen Tage, in denen sie sich versteckt hatten, bereits eine Beziehung zu den drei kleinen Mädchen aufgebaut. Sie waren völlig schutzlos und würden von den Rebellen getötet oder gefangen genommen werden, wenn sie sie zurückließ, also würde *das* nicht passieren. Aber mit drei kleinen Kindern, die wahrscheinlich durch die Ereignisse traumatisiert waren, würde die Reise vom Waisenhaus in die Hauptstadt noch schwieriger werden.

»Piper essen?«, fragte Sinta in gebrochenem Englisch.

Die Menschen in der Umgebung sprachen im Allgemeinen Portugiesisch, ein Überbleibsel aus der Zeit, als die Gegend noch eine Kolonie dieses Landes gewesen war. Aber auch Tetum war weit verbreitet. Hier und da wurden auch Indonesisch und Englisch gesprochen. Kalee hatte das Waisenhaus regelmäßig besucht, seit sie mit dem Friedenskorps im Land stationiert war, und den Kindern Englisch beigebracht. Sie sprachen zwar nicht fließend und verstanden mehr, als sie sprechen konnten, aber sie hatten genügend Wörter aufgeschnappt, um sich verständigen zu können.

»Ich habe keinen Hunger«, sagte Piper zu der Siebenjährigen. Das stimmte zwar nicht ganz, aber sie wollte die wenige Nahrung, die sie hatten, für die Mädchen aufheben.

Kemala, das älteste der Mädchen, war dreizehn und ging auf vierundzwanzig zu. Sie hatte das, was Piper »alte Augen« nennen würde. Sie hatte in ihren kurzen Jahren viel zu viel gesehen und gehört, und die meiste Zeit hatte Piper keine Ahnung, ob das Mädchen sie überhaupt mochte. Sie duldete sie, ja. Ob sie sie mochte? Das konnte sie noch nicht beurteilen.

Sinta war in einem Alter, in dem sie noch ein kleines Mädchen war, aber aufgrund ihrer Lebensumstände schnell erwachsen wurde. Sie war auch diejenige in der Gruppe, die sich immerzu Sorgen machte. Sie sorgte sich, ob sie genügend zu essen hatten. Ob sie sterben würden. Um die Freundinnen, die sie nicht mehr gesehen hatte, seit sie sich verstecken mussten. Um Kalee.

Das jüngste der Mädchen, Rani, war noch jung genug, um leicht unterhalten zu werden. Piper hatte sich die Zeit mit ihr vertrieben, indem sie mit ihr Tic-Tac-Toe im Dreck spielte. Sie hatte das Spiel so satt, aber es beschäftigte Rani und machte sie glücklich, weshalb sie es so oft spielte, wie das kleine Mädchen wollte. Rani redete überhaupt nicht. Piper hatte sie noch kein einziges Wort sagen hören, seit sie sie kennengelernt hatte. Sie beobachtete alles, war sehr aufmerksam, aber kein Wort kam ihr über die Lippen.

Piper war sich nicht sicher, ob jemand sie als zur Mutter geeignet betrachten würde. Sie war zu introvertiert. Sie hatte nicht viele Freundinnen und war zufrieden damit, ihre Wohnung über mehrere Tage hinweg nicht zu verlassen. Aber sie liebte Kinder. Sie hatte nur nicht wirklich gedacht, dass sie einmal eine eigene Familie haben würde.

Aber zuerst würde sie heiraten wollen ... und das schien genauso unwahrscheinlich. Bis jetzt hatte sie wenig Glück mit Männern gehabt. Sie hatte versucht, sie auf die übliche Art und Weise kennenzulernen – Online-Dating, Anquatschen im Supermarkt. Sie war sogar so weit gegangen, sich von Kalee ein- oder zweimal verkuppeln zu lassen. Aber sie hatte noch nie jemanden getroffen, mit dem sie auch nur im Entferntesten den Rest ihres Lebens verbringen wollte. Die Art einer jahrzehntelangen Ehe wie die ihrer Großeltern.

Sie war bei ihren Großeltern aufgewachsen, da ihr Vater ihre Mutter verlassen hatte, als sie noch ein Baby gewesen war, und nachdem ihre Mutter bei einem Überfall auf einen Lebensmittelladen getötet worden war, als Piper fünf Jahre alt gewesen war. Sie hatte bei ihren Großeltern mütterlicherseits gelebt und war dort ganz normal, aber sehr behütet aufgewachsen.

Es war verrückt, wie die kleinsten Entscheidungen im Leben einen auf einen lebensverändernden Weg führen konnten. Ihre Mutter hatte angehalten, um zu tanken, obwohl ihr Tank noch halb voll war, und war dabei ums Leben gekommen. Piper hatte beschlossen, Kalee einen kurzen Besuch abzustatten, und war dabei mitten in einen Rebellenaufstand geraten.

Sie reichte Sinta das letzte Stück Brot und beobachtete, wie sie es sofort drittelte und mit Rani und Kemala teilte. Das war so typisch für sie, sich um die anderen kümmern zu wollen.

Piper hatte das Gefühl, dass sie sich nicht einmal *halb* so gut um die Mädchen kümmerte. Sie waren immer noch gefangen, hungrig und schmutzig. Am liebsten wäre sie aus dem Kriechkeller unter der Küche geklettert, hätte sie zu Kalees Hütte gebracht und sie gebadet. Sie und die Mädchen waren mit Schmutz und Schweiß bedeckt. Timor-Leste war ein tropisches Land und es war heiß, sogar oben in den Bergen, wo das Waisenhaus stand. Da sie sich praktisch im Untergrund im Schatten befanden, hielt sich die Hitze in Grenzen, aber es war dennoch ziemlich warm.

Piper trug eine leichte Cargohose und ein kurzärmeliges Hemd. Sie hatte auch ihre Turnschuhe angezogen, bevor sie zum Waisenhaus gekommen war, sehr zu Kalees Belustigung. Ihre Freundin hatte sich angewöhnt, fast rund um die Uhr Flipflops zu tragen. Obwohl ihre Füße in den Schuhen heiß wurden, war Piper froh, sie zu haben, nur für den Fall, dass sie auf eines der vielen gruseligen Krabbeltiere traf, mit denen Kalee sie gern aufzog.

Der Gedanke an ihre Freundin trieb Piper Tränen in die Augen – erneut –, aber sie holte tief Luft und beherrschte sich. Sie durfte jetzt nicht weinen. Sinta würde wissen wollen, was los war, Rani würde Angst bekommen und selbst anfangen zu weinen, und Kemala würde sie mit einem besorgten Gesichtsausdruck ansehen.

Piper zwang sich, sich auf die Kinder zu konzentrieren, und musste zugeben, dass sie die Mädchen am liebsten genommen und die Flucht ergriffen hätte, aber sie waren nicht gerade für einen Ausflug in den Dschungel gekleidet. Alle drei trugen Shorts und T-Shirts. Scheinbar war es das, was die meisten Kinder im Waisenhaus trugen. Außerdem hatten sie dünne Flipflops, die momentan in der Nähe des Loches lagen, durch das sie in den Kriechkeller gelangt waren.

Obwohl sie schmutzig waren, stanken und eine heiße Dusche brauchten, waren die Kinder wunderschön. Sie hatten schwarze Haare, hellbraune Haut und die schönsten braunen Augen, die Piper je gesehen hatte. Sie hatte nicht bedacht, dass sie mit ihren blonden Haaren und blauen Augen in dem südostasiatischen Land wie ein bunter Hund auffallen würde. Zu Hause in Südkalifornien waren Blondinen nichts Besonderes, aber hier draußen waren sie und Kalee eine ziemliche Anomalie. Piper mit ihrem blonden Haar und Kalee mit ihren kastanienbraunen Locken.

Der Gedanke an ihre beste Freundin beschlich sie wieder und Piper drehte den Kopf, damit die Mädchen die Tränen in ihren Augen nicht sehen konnten. Sie musste sich aus ihrer Melancholie befreien. Es mussten Entscheidungen getroffen werden. Sie konnten nicht ewig hierbleiben und es war an der Zeit, sich zu überlegen, wie es weitergehen sollte.

Es war schon eine Weile her, dass sie die Rebellen gehört hatten. Es war schwer, die Zeit einzuschätzen, während sie in der Dunkelheit kauerten, aber sie vermutete, dass es mindestens einen Tag her war, dass sie ein Geräusch von jemandem gehört hatten.

Gerade als Piper beschloss, dass sie versuchen mussten, von dem Berg herunterzukommen – was blieb ihnen auch anderes übrig? –, hörte sie die Bretter über ihrem Kopf knarren.

Es war das Geräusch von jemandem – oder mehreren Leuten –, die durch das Erdgeschoss des Waisenhauses gingen.

Sie drehte sich sofort zu den Mädchen um und hielt einen Finger an ihre Lippen. Alle drei nickten. Kemala bewegte sich leise, sodass sie sich zwischen Rani und Sinta befand, und legte die Arme um sie. Sie hatten das schon einmal erlebt und Piper wusste, dass keines der Mädchen einen Ton von sich geben würde. Für Kinder waren sie bereits unnatürlich leise, aber seit sie den Rebellen beim

Angriff auf das Waisenhaus zugehört hatten, machten sie keine unnötigen Geräusche mehr.

Piper hielt den Atem an und positionierte sich zwischen der Luke und den Kindern. Mit etwas Glück würden diejenigen, die dort oben herumgingen, nie erfahren, dass sie hier waren. Und wenn sie sie doch finden sollten, würde sie alles tun, um dafür zu sorgen, dass sie mit *ihr* mehr als genug beschäftigt wären, damit sie den Kriechkeller nicht durchsuchten und die Mädchen fanden.

Piper schluckte schwer. Sie fühlte sich äußerst verletzlich und hielt den Atem an.

Was sie hörte, machte sie aufgeregt und ängstlich zugleich.

Die Stimmen über ihrem Kopf sprachen Englisch. Und wenn sie sich nicht irrte, waren die Leute *Amerikaner*.

»Was zum Teufel ist hier passiert?«, fragte Ace, als er und sein Team das baufällige Gebäude betraten. Auf dem Gelände des Waisenhauses gab es mehrere Holzhütten. Die anderen hatten sie bereits durchsucht – die größere Hütte mit den Etagenbetten, in denen die Mädchen offensichtlich geschlafen hatten, eine Art Klassenzimmer und ein paar andere kleinere Lagergebäude. Das zweistöckige Gebäude, das sie gerade betraten, war das einzige, das sie noch durchsuchen mussten.

Einige Einwohner mehrere Kilometer entfernt hatten ihnen die Richtung zum Waisenhaus gewiesen. Sie hatten zuerst bei dem Haus angehalten, das Kalee Solberg vom Friedenskorps zugewiesen worden war, aber es war – wie die meisten anderen Gebäude in dem kleinen Dorf – von Rebellen niedergebrannt worden. Von Kalee oder ihrer Freundin gab es keine Spur.

Als sie schließlich eine von Kalees Schülerinnen in dem kleinen Dorf ausfindig machten, sagte das Mädchen, dass Kalee gern das Waisenhaus in der Nähe besuchte. Da sie keine andere Spur hatten, machte sich das Team auf den Weg zu dem Gebäude, in dem die Männer jetzt standen.

Es war fast unheimlich, wie ruhig und still es hier war. Eigentlich hätte es hier von lachenden und spielenden Kindern wimmeln müssen, aber stattdessen war nichts zu hören außer dem Wind, der durch die Bäume wehte.

»Nichts Gutes«, sagte Rocco leise auf die Frage von Ace.

»Ich habe hier drüben Blut gefunden«, sagte Gumby.

»Hier ist auch welches«, fügte Rex hinzu.

»Irgendeine Spur von Kalee oder Piper?«, fragte Bubba die Gruppe.

»Nein. Und noch schlimmer ist, es sind auch keine Kinder hier. Wir müssen uns aufteilen. Phantom, du, Rex und Gumby geht nach draußen und seht euch um«, sagte Rocco. »Vorsichtig. Nach unserem Weg hier hoch wissen wir, dass die Rebellen überall auf dem Berg sind. Wir haben etwa fünf Minuten Zeit, bevor wir uns trennen müssen. Mir gefällt das Gefühl nicht, das ich bekomme.«

»Geht klar«, antwortete Phantom. »Und ich stimme dir zu. Ich habe das Gefühl, dass die Kacke jeden Moment am Dampfen sein wird.«

Ace musste zustimmen. Es gab eigentlich keinen Grund, sich so zu fühlen. Die Rebellen hatten das Waisenhaus offensichtlich bereits durchkämmt. Aber sie hatten alle schon genügend Kampfsituationen erlebt, um zu spüren, wenn etwas nicht stimmte. Als sie durch den Dschungel zum Waisenhaus gegangen waren, hatte Ace das Gefühl gehabt, dass sie beobachtet wurden. Sie hatten niemanden gesehen oder gehört, aber die Haare in seinem Nacken stellten sich auf. Es war offensichtlich, dass seine Teamkameraden dieselbe Befürchtung hegten. Je schneller sie

Kalee fanden und von dort verschwanden, desto glücklicher und sicherer waren sie alle.

Ace beobachtete, wie die Hälfte des Teams aus der Küchentür verschwand, die nur noch in einer Angel hing, und wandte sich dann wieder dem Raum zu. Gumby und Rex hatten recht. Überall war Blut und die Küche war ein einziges Durcheinander. Er hatte keine Ahnung, was in diesem Gebäude passiert war, aber es war nichts Gutes.

»Hat jemand eine Spur von den Kindern gefunden, die hier sein sollten?«, fragte Bubba. »Ich weiß nicht, wie viele hier untergebracht waren, aber es ist schwer zu glauben, dass sie alle weg sind.«

»Ich glaube nicht, dass sie einfach weggelaufen sind«, antwortete Rocco grimmig. Er stand in der Tür zur Küche und schaute in das, was Ace für den Speisesaal hielt. Er drehte sich um – und sein Gesichtsausdruck ließ Ace das Herz in die Hose rutschen. »Drei Leichen da drin«, sagte er, den Kopf schief gelegt.

»Piper oder Kalee?«, fragte Bubba.

»Nein. Sie sehen aus wie einheimische Frauen. Sie wurden erschossen.«

Die drei Männer schwiegen für einen langen Moment. Es war eine Sache, wenn die Rebellen Mitglieder der Verteidigungstrupps oder andere Waffenträger töteten. Aber wehrlose Frauen zu erschießen war eine ganz andere Stufe des Bösen.

In der Stille veranlasste ein winziges Geräusch in der Küche Ace dazu, sich umzudrehen und, ohne nachzudenken, mit der Waffe zu zielen.

Er sah ungläubig zu, wie ein kleiner Teil des Bodens langsam nach oben geschoben wurde.

Als er nach rechts und links schaute, sah er, dass Rocco und Bubba ihre Waffen auf denjenigen gerichtet hatten, der gerade aus dem Boden auftauchte.

Das Erste, was sie sahen, war eine kleine Hand, die eine Falltür zu ihren Füßen hochschob – dann lugte ein blonder Kopf langsam über den Rand des Bodens.

Die Augen der Frau waren riesig und sie sah völlig verängstigt aus.

»Keine Bewegung!«, befahl Rocco. »Zeigen Sie uns Ihre Hände.«

Sie legte ihre andere Hand auf die Tür und richtete sich auf, bis sie ihre Schultern und ihren Oberkörper sehen konnten. Ace hatte keine Ahnung, ob die Frau stand oder auf dem Boden unter ihr kniete. Aber die Tatsache, dass sie sich in dem Raum versteckt hatte, bedeutete, dass da definitiv noch andere sein konnten. Es könnte sich leicht um einen Hinterhalt handeln, weshalb Rocco äußerst vorsichtig war.

Aber Ace erkannte die Frau sofort – und er konnte nicht anders, als seltsam erleichtert zu sein.

Schon in dem Moment, in dem er zum ersten Mal ihr Bild in der Akte gesehen hatte, die sie bekommen hatten, war er neugierig auf diese Frau gewesen. Das Enttäuschende war natürlich, dass die Blondine, die er auf dem Bild gesehen hatte, überhaupt nicht so aussah wie die Frau, die jetzt vor ihm stand. Ja, im Wesentlichen sah sie genauso aus, abgesehen von dem schmutzigen Gesicht und den Haaren, aber allein am Ausdruck ihrer Augen konnte er erkennen, dass sie nicht mehr die unbeschwerte Frau war, die sie einst gewesen war.

Was auch immer hier in Timor-Leste passiert war, hatte sie verändert.

»Piper Johnson?«, fragte er zur Bestätigung.

Ihre Augenbrauen schossen in die Höhe und sie nickte energisch. »Sie wissen, wer ich bin?«, fragte sie.

»Ja. Ist Kalee da unten bei Ihnen?«, fragte Ace.

Er hasste den Ausdruck der Angst in ihrem Gesicht, der ihre Antwort bereits verriet, bevor sie ein Wort gesagt hatte.

»Nein. Sie haben sie nicht gefunden?«

»Noch nicht«, entgegnete Rocco. »Ist noch jemand mit Ihnen da unten?«

»Als ich Kalee das letzte Mal gesehen habe, sagte sie zu mir, ich solle mich verstecken, während sie ein paar Kinder holt. Es fielen Schüsse und alle schrien. Ich habe mich versteckt und gewartet und gewartet, aber sie kam nicht zurück.« Pipers Stimme brach.

Ace entging nicht, dass sie auf Roccos Frage nicht geantwortet hatte. Er nahm an, dass es den anderen ebenso ging, aber er sprach sie nicht darauf an, sondern machte sich nur eine geistige Notiz, sehr vorsichtig zu sein. Im Moment konnten sie immer noch ihre beiden Hände sehen, und sie sah viel zu erleichtert aus, um es vorzutäuschen. Das bedeutete jedoch nicht, dass nicht noch jemand anderes in dem Loch war und sie dazu zwang, sie zum Senken ihrer Waffen zu bringen, um sie in einen Hinterhalt locken zu können.

»Wir suchen immer noch nach ihr«, erklärte Bubba.

»Gut«, flüsterte Piper mit zittriger Stimme. »Ich bin sicher, dass es ihr gut geht. Sie ist wirklich clever und kennt diesen Ort wie ihre Westentasche. Wahrscheinlich hat sie alle Kinder an einem sicheren Ort untergebracht und versteckt sich, so wie ich.«

Ace wandte den Blick nicht von ihr ab, als er nickte. Er glaubte nicht, dass das der Fall war. Nicht bei der Menge an Blut, die sie gesehen hatten, ganz zu schweigen von den Leichen der Frauen im Nebenraum. Aber er erkannte einen Menschen, der am Ende seiner Kräfte war, wenn er ihn sah. Er hatte das Gefühl, dass Piper das Schicksal ihrer Freundin kannte und nur das sagte, von dem sie hoffte, dass es wahr war.

Sie runzelte die Stirn, als sie fragte: »Sie sind Amerikaner, oder?«

»Ja, Ma'am«, sagte Bubba. »Navy SEALs.«

»Wow«, flüsterte Piper. »Was in aller Welt machen Sie hier? Ich meine, verstehen Sie mich nicht falsch, ich bin sehr dankbar, aber ich bin verwirrt. Moment, Sie sind doch hier, um uns zu retten, oder? Sie sind doch nicht nur zum Üben oder Trainieren hier, oder?«

»Wie gut kennen Sie Kalee?«, fragte Rocco.

»Sie ist seit der Mittelstufe meine beste Freundin«, sagte Piper.

Ace verlagerte sein Gewicht. Er war unruhig. Er kam sich in dem baufälligen Gebäude wie leichte Beute vor und ihm gefiel die Idee nicht, einfach rumzustehen und zu quatschen. Im Training hatten sie jedoch gelernt, dass es im Umgang mit Menschen, die gerettet wurden, am wichtigsten war, Vertrauen aufzubauen. Sobald dieses bestand, lief die Rettung fünfhundertprozentig reibungsloser ab.

»Dann wissen Sie, dass Kalees Vater ziemlich einflussreiche Beziehungen hat«, sagte Rocco zu Piper.

Sie nickte. »Ja. Ich glaube, er fliegt einmal im Monat oder so nach Washington, um sich mit irgendwelchen Politikern zu treffen.«

Ace hätte am liebsten geschnaubt. »Irgendwelche Politiker« war etwas untertrieben. Paul Solberg war ein Multimillionär, der mit dem Präsidenten der Vereinigten Staaten per Du war und regelmäßig mit dem Vizepräsidenten und einem halben Dutzend anderer einflussreicher Kongressabgeordneter und Senatoren zu Mittag aß.

»Richtig«, sagte Rocco mit einem Nicken. »Das Friedenskorps hatte bereits Alarm geschlagen, als es nicht in der Lage war, etwa ein Dutzend ehrenamtliche Helfer sicher nach Dili zu bringen, als die Rebellen ihre Angriffe begannen, aber Kalees Vater hat alle Hebel in Bewegung gesetzt, um uns hierherzubringen und seine Tochter zu evakuieren.«

Piper sagte einen Moment lang nichts, dann nickte sie langsam. »Das macht Sinn. Selbst nach all den Jahren, in denen ich Kalee kenne, schüchtert ihr Vater mich immer noch ein. Ich kann mir gut vorstellen, dass er alle Beziehungen spielen lässt, um sie hier rauszuholen. Kalee bedeutet ihm alles. Nach dem Tod ihrer Mutter, als sie im ersten Jahr der Highschool war, hat er sie noch mehr beschützt, als er es ohnehin schon tat. Sie ist alles für ihn. Er würde alles tun, um sie in Sicherheit zu bringen. Egal wie viel Geld er ausgeben muss. Sie hat großes Glück.«

Ace gefiel der wehmütige Ton nicht, den er in Pipers Stimme hörte, aber er hatte keine Zeit, es zu ergründen. Wenn sie eifersüchtig auf die Beziehung ihrer Freundin zu ihrem Vater war, war das ihre Sache. Im Moment ging es ihm nur darum, sie heil von diesem Berg runter und in ein Flugzeug zurück in die Staaten zu bringen.

»Wer ist mit Ihnen da unten?«, fragte er unverblümt.

Er musste Piper zugutehalten, dass sie nicht versuchte, ihn anzulügen oder seiner Frage auszuweichen. Sie sah ihm direkt in die Augen. Er konnte erkennen, dass sie schreckliche Angst hatte, aber sie zuckte nicht vor seinem harten Tonfall zurück. »Da Sie nicht *meinetwegen* hier sind ... werden Sie mir helfen, den Berg zur Hauptstadt hinunter zu kommen?«

»Denken Sie ernsthaft, wir würden Sie hier zurücklassen?«, fragte Ace ungläubig.

Sie zuckte mit den Schultern. »Ich würde gern Nein sagen, aber meine Großeltern haben nicht so viel Geld und Beziehungen wie Mr. Solberg. Und sagen wir einfach, ich habe in den letzten Tagen einen Crashkurs über die menschliche Natur bekommen.«

»Sie kommen mit uns«, bestätigte Ace. Allein der

Gedanke, sie zurückzulassen, war für ihn verabscheuungs-
würdig. Und die Tatsache, dass sie glaubte, sie könnten das
tun, war ebenso beunruhigend.

»Genug«, sagte Rocco, wenn auch nicht streng. »Wir
können hier nicht länger herumstehen und plaudern.«

Wie um seine Worte zu unterstreichen, ertönte ein
lauter Schuss in der stillen Morgenluft.

Piper zuckte zusammen und alle drei Männer erstarrten
in der Erwartung, dass der Feind jeden Moment durch die
Tür stürmen würde.

»Ich bin nicht allein«, sagte Piper leise – und Ace konnte
mühelos die *wahre* Angst hören, die sie während des
Gesprächs mit ihnen unterdrückt hatte.

»Wer ist mit Ihnen da unten?«, fragte Bubba mit
gesenkter Stimme. »Ein Rebell? Werden Sie bedroht?«

»Nein, nichts dergleichen«, antwortete Piper. Langsam
ließ sie die Arme sinken und wandte ihr Gesicht wieder
dem dunklen Raum hinter ihr zu. »Kommt raus. Es ist in
Ordnung, sie sind Freunde«, sagte sie sanft und deutete mit
einer Hand der Person, die hinter ihr stand.

Ace sah ungläubig zu, wie Piper nicht ein, nicht zwei,
sondern *drei* kleine Mädchen an ihre Seite drückte.

Sie starrte sie mit einem Blick an, der wie Trotz aussah.
»Ich werde sie nicht zurücklassen.«

»Scheiße«, sagte Rocco leise.

Ihre gesamte Mission war von Anfang an am Arsch
gewesen. Angefangen bei den fehlenden Informationen
über die Zerstörung des Dorfes, in dem Kalee gelebt hatte,
bis hin zu der Tatsache, dass sie nicht in der Lage waren, sie
zu finden, und dass sie jetzt nicht nur zwei Frauen retten
mussten – was schon schwer genug war –, sondern mindestens eine Frau und drei Kinder ...

Scheiße war das richtige Wort.

Im Vertrauen darauf, dass seine Teamkameraden ihm

den Rücken freihielten, schwang Ace sich seine Waffe auf den Rücken und ging in die Hocke, um mehr auf Augenhöhe mit Piper und den Mädchen zu sein. »Hallo«, sagte er leise.

Eines der Mädchen richtete ihre großen braunen Augen auf ihn und erwiderte: »Hi.«

»Das ist Sinta«, erklärte Piper ihm. »Sie ist sieben. Das ist Rani, sie ist vier. Und das ist Kemala. Sie ist dreizehn.«

»Hallo, Rani, Sinta, Kemala. Ich bin Ace. Mein richtiger Name ist Beckett, aber niemand nennt mich so, und es ist auch ein ziemlich großes Wort. Ihr könnt mich also auch Ace nennen. Meine Freunde sind Rocco und Bubba. Das sind auch Spitznamen. Wir freuen uns, euch kennenzulernen.«

Die Mädchen starrten ihn nur an.

»Sie sprechen nicht fließend Englisch«, erklärte Piper leise. »Sie arbeiten daran. Rani redet überhaupt nicht, mit niemandem.«

»Wie viel verstehen sie?«, fragte Ace.

Piper zuckte mit den Schultern. »Wahrscheinlich mehr, als ich vermute.«

Ace nahm einen tiefen Atemzug. Das Vertrauen eines verängstigten Erwachsenen zu gewinnen war eine Sache; drei Waisenkinder davon zu überzeugen, dass er ihr Bestes im Sinn hatte, wenn sie seine Sprache nicht sprechen konnten, war nahezu unmöglich. Aber Piper hatte recht. Sie würden die Kinder nicht sich selbst überlassen. Was zum Teufel sie mit ihnen tun würden, wusste Ace nicht, aber er würde sie nicht zurücklassen. Nicht wenn er vermutete, dass die Rebellen kein Problem damit hätten, Kinder zu töten. Und Kemala sah alt genug aus, dass er nicht daran denken wollte, was die Rebellen mit *ihr* machen würden, wenn sie das Mädchen in die Finger bekämen.

Er schaute jedem der Kinder in die Augen, während er

sprach. »Wir werden euch sicher hier rausbringen. Aber ihr müsst ganz leise sein und tun, was wir sagen, wenn wir es sagen. Könnt ihr das tun?«

Sinta nickte. Die anderen beiden starrten ihn nur an.

Ace schaute wieder zu Piper. Sie hatte Tränen in den Augen und biss sich auf die Lippe. Sie musste sich zusammenreißen. Er hatte das Gefühl, dass die Kinder auch durchdrehen würden, wenn sie es tat. »Kommt schon«, sagte er und rückte näher heran. »Lasst uns euch da rausholen.«

Als er sich hinunterbeugte, nahm er den Hauch von Körpergeruch und Exkrementen wahr, kommentierte es jedoch nicht. Er hatte schon Schlimmeres gesehen und erlebt.

Piper wandte sich an die Kinder. »Schaut mich an«, sagte sie und deutete auf ihre Augen, dann auf die der Kinder und wieder auf ihre eigenen. »Schaut euch nicht um. Habt ihr verstanden?«

Rani und Sinta nickten.

Piper sah Kemala an. »Es ist schlimm. Ich will nicht, dass du es siehst.« Ihre Stimme war heiser und voll von Emotionen. Schließlich nickte der Teenager. »Danke«, fügte Piper hinzu und wandte sich wieder an Ace. »Okay, wir sind so weit.«

Eine nach der anderen übergab sie die Mädchen an Ace, bis die drei und Piper zusammengedrängt in der Küche standen. Die Art und Weise, wie sie sie um sich scharte, traf bei Ace einen bekannten Nerv. Er hatte keine Ahnung, was sie in den letzten Tagen durchgemacht hatten, aber was auch immer es war, es hatte sie dazu gebracht, den Kindern gegenüber einen intensiven Beschützerinstinkt zu entwickeln.

Er blieb vor ihnen in der Hocke. Ace griff in eine der vielen Taschen seiner Uniform und holte drei Bonbons heraus. Er hatte sie immer bei sich, wenn er auf eine

Mission ging. Die Jungs zogen ihn deswegen auf, aber er war mehr als erleichtert, sie jetzt zu haben.

Er packte sie langsam aus, während er sprach. »Hättet ihr gern ein Bonbon?«

»Ich glaube nicht, dass sie wissen, was Bonbons sind«, sagte Piper mit verdächtig wackeliger Stimme.

»Dann wird es höchste Zeit, dass sie es lernen«, entgegnete Ace ruhig, während er den Mädchen die bunten Bonbons auf einer Handfläche hinhielt.

Wie er es vermutet hatte, sahen alle drei zu Piper auf, als wollten sie wissen, ob es in Ordnung war.

Sie nickte ihnen zu, und Sinta war die Erste, die die Hand ausstreckte. Vorsichtig nahm sie das rote und schnupperte daran. Dann streckte sie ihre kleine Zunge heraus und leckte über den Rand des Bonbons. Voll freudiger Überraschung über den süßen Geschmack ließ sie den Blick zu ihm hochschnellen.

Ace konnte nicht anders, als über ihre Reaktion zu lachen. Er lächelte. »Ja, das ist gut, nicht wahr? Rot ist meine Lieblingssorte.«

Sinta lächelte zurück und steckte sich die Süßigkeit in den Mund, während Rani und Kemala ihm die restlichen zwei Bonbons aus der Hand nahmen.

»Tut mir leid, dass ich keins für Sie habe«, sagte Ace bedauernd zu Piper.

»Ist schon in Ordnung. Ich bin nicht hungrig«, antwortete sie.

Ace bezweifelte, dass das stimmte, aber er sprach sie nicht darauf an.

»Ace, wir müssen hier weg«, drängte Bubba leise von hinten.

Er nickte, wandte den Blick jedoch nicht von Piper ab. »Ich glaube nicht, dass das eine Überraschung ist, aber hier rauszukommen wird kein Spaziergang sein.«

Sie presste die Lippen aufeinander und nickte.

»Wir wussten, dass Sie Kalee besuchen, und hatten geplant, Sie mit ihr zusammen rauszubringen. Aber die Kinder ... das macht alles noch viel komplizierter –«

»Sie sind brave Kinder«, unterbrach Piper ihn. »Sie werden ruhig sein und alles tun, was Sie von ihnen verlangen. Ich kann sie nicht zurücklassen. Das kann ich nicht!«

Ace stand langsam auf und schaute auf Piper hinunter. Er war nur ein paar Zentimeter größer als sie, aber sie wirkte dennoch so klein und zerbrechlich. Er wusste, dass das wahrscheinlich nicht der Fall war, sonst hätte sie es in dem engen Raum unter der Küche nicht so lange ausgehalten, wie sie es getan hatte. Sie musste Nerven aus Stahl haben. Und auch die Tatsache, dass sie die Mädchen nicht zurücklassen wollte, beeindruckte ihn. Er hatte schon Mütter gesehen, die ihre Kinder bereitwillig im Stich ließen, um einer gefährlichen Situation zu entkommen, aber hier war Piper und beschützte Kinder, die sie bis vor ein paar Tagen wahrscheinlich noch nicht einmal gekannt hatte.

Ace dachte an die Zeit zurück, als er, Rocco und Gumby bei einem Einsatz in Bahrain gefangen gewesen waren. Sie waren sich sicher gewesen, dass sie sterben würden, und er hatte seinen SEAL-Kameraden gesagt, dass es bereue, keine Kinder zu haben. Er hatte sie sich immer gewünscht, und Ace hatte damals gedacht, er würde diese Chance niemals bekommen.

Wenn das *seine* Kinder wären, würde er ganz sicher genauso reagieren wie Piper.

»Wir lassen weder die Kinder noch Sie zurück«, sagte Ace. »Aber ihr müsst uns vertrauen.« Er schaute von einem Mädchen zum nächsten, bevor er sich wieder an Piper wandte. »Was auch immer wir von Ihnen verlangen, Sie müssen es sofort machen. Ohne Fragen. Können Sie das tun?«

Piper nickte. »Ich wusste, dass wir nicht mehr lange da unten bleiben können, aber ich hatte keine Ahnung, wie ich nach Dili kommen sollte. Ich weiß nicht einmal, in welcher Richtung es liegt. Es ist also wie die Antwort auf ein Gebet, dass Sie gekommen sind. Wir werden alles tun, was Sie uns sagen, sobald Sie es uns sagen.« Sie schaute auf die drei Mädchen hinunter. »Richtig?«

Alle drei nickten.

Das war das Beste, was Ace und sein Team bekommen würden. Er nickte zurück. »Okay.«

»Aber zuerst werden wir Kalee finden, richtig?«, fragte Piper. »Wir können sie nicht zurücklassen.«

Ace öffnete den Mund, um zu sprechen, aber Rex steckte den Kopf in die Tür und sagte eindringlich: »Phantom hat etwas gefunden.«

Ace wies auf Piper. »Bleiben Sie dicht bei mir. Geben Sie keinen Laut von sich.«

Sie nickte und drehte sich zu den Kindern um. »Kommt. Sinta, halt dich an Kemala fest. Ich werde Rani tragen.« Sie legte einen Finger an ihre Lippen, bevor sie das kleinste der drei Mädchen hochhob. Rani schlang ihre kleinen Arme um Pipers Hals und legte den Kopf auf ihre Schulter.

Der Anblick des Vertrauens des kleinen Mädchens und wie beschützend Piper nicht nur ihr, sondern auch den anderen beiden Mädchen gegenüber war, rührte Ace zutiefst. Er hatte das Gefühl, dass Piper alles tun würde, um die drei Waisenkinder in Sicherheit zu bringen, wenn etwas sie bedrohte. Sie war zwar nicht ihre Mutter, aber sie schien eine enge Bindung zu ihnen aufgebaut zu haben.

Ace schob seine Gedanken beiseite in dem Wissen, dass ihre Mission durch die Kinder noch schwieriger geworden war und er sich auf seine Umgebung konzentrieren musste. Er nickte dem Quartett zu und nahm seine Waffe wieder vor sich, um bereit zu sein. Rocco führte den Weg aus der

Küche, Ace an seiner Seite, Piper und die Kinder hinter ihm und Bubba am Ende.

Sie gingen aus dem Gebäude hinaus, wo sie Phantom und Gumby in der Nähe stehen sahen. Sie starrten auf etwas hinunter, aber Ace konnte nicht erkennen, was es war.

Als sie näher kamen, wehte der Geruch in ihre Richtung und Ace tat sein Bestes, durch den Mund und nicht durch die Nase zu atmen.

Er kannte diesen Geruch. Menschliche Verwesung.

Er blieb stehen und hörte, wie Piper direkt hinter ihm innehielt.

»Ruhig bleiben«, forderte er sie auf.

Sie nickte, und als er sie ansah, wusste er, dass sie keine Ahnung hatte, was der schreckliche Gestank war.

»Ich bleibe hier bei ihnen«, sagte Gumby leise.

Ace nickte. »Ich bin gleich wieder da. Bleiben Sie hier bei meinem Freund, okay?«

Piper nickte sofort. Er war stolz auf sie, dass sie ihr Versprechen hielt und ihn nicht infrage stellte. Er hatte das Gefühl, dass sie normalerweise nicht so folgsam war, aber wie sie gesagt hatte, waren sie und die Kinder ihnen ausgeliefert. Allein würden sie es nicht bis zur Hauptstadt schaffen.

Ace und Rocco gingen dorthin, wo die anderen standen und auf ein großes Loch im Boden starrten. Es wurde ihm fast zu viel. Der Gestank der Leichen war hier noch intensiver.

Aber es war mehr der sich ihm bietende Anblick, der ihm den Magen umdrehte.

Leichen. Mindestens zwei Dutzend. Sie waren in dem Loch übereinandergestapelt. Hineingeworfen, als wären sie Müll, den man loswerden musste. Überall waren Fliegen.

Und das Schlimmste war ... die meisten der Toten waren Kinder. Kleine Mädchen, die erschossen worden waren.

SUSAN STOKER

»Ist das Kalee Solberg?«, fragte Rocco leise.

Phantom hatte kein Wort gesagt, und Ace sah, dass sein Kiefer angespannt war, als könnte er sich kaum zusammenreißen.

»Ziemlich sicher, ja«, antwortete Rex ebenso leise. »Es ist schwer zu sagen, aber die roten Haare passen zu ihr und ihre Haut ist heller als die der Einheimischen.«

»Wir müssen sie da rausholen«, erklärte Phantom in der Stille, die auf Rex' Worte folgte. »Wir haben versprochen, sie nach Hause zu bringen.«

Die vier anderen Männer nickten. Es würde nicht angenehm werden, aber ihre Aufgabe war es, Kalee aus dem Land zu bringen, und auch wenn sie bei dem Überfall auf das Waisenhaus getötet worden war, hatten sie dennoch eine Aufgabe zu erfüllen.

»Wie wollen wir das machen?«, fragte Rocco.

Phantom öffnete den Mund, um zu antworten, als ein lauter Schuss aus dem Dschungel um sie herum ertönte.

»Scheiße«, fluchte Rex, als Rocco seine Waffe entsicherte.

»Wir haben keine Zeit«, sagte Ace. »Wir müssen hier weg.«

»Wir können sie nicht zurücklassen«, argumentierte Phantom. »Ich treffe euch im Dorf.«

Sie konnten Schreie in der Nähe hören. Die Rebellen waren bedrohlich nahe.

»Wir werden uns nicht trennen«, sagte Rocco, der Phantom am Arm packte. »Wir müssen gehen.«

»Sie ist unsere *Mission*. Wir können sie nicht zurücklassen!«, wiederholte Phantom, während er sich gegen seinen Freund wehrte.

»Sie ist tot, Mann«, sagte Bubba eindringlich. »Wir können nicht mit ihrer Leiche den Berg hinuntergehen *und*

26

Piper und die Kinder rausholen. Wir kommen zurück und holen sie, wenn die Rebellen erledigt sind.«

Phantom sah aus, als wollte er weiter protestieren. Als wollte er am liebsten in diesem Moment in das Loch springen und Kalees Leiche herausholen. Aber er war auch ein gut ausgebildeter Navy SEAL. Er wusste, wann die Chancen gegen sie standen.

Er wandte sich wieder dem Loch zu und starrte noch einmal auf Kalees lebloses Körper hinunter. Sie lag mit dem Gesicht nach unten auf dem Haufen kleiner Leichen. Ihre Füße waren nackt und sie trug kein Hemd.

Ace wollte nicht daran denken, was sie durchgemacht hatte, bevor sie in dieses Loch geworfen wurde.

Ein Muskel in Phantoms Kiefer zuckte, aber in diesem Moment hörten sie in der Ferne Männer reden. Sie würden bald Gesellschaft bekommen. Sie hatten keine Zeit mehr, darüber zu diskutieren, ob sie in das Massengrab springen und Kalee herausholen konnten, um sie nach Hause zu bringen. Die SEALs waren für den Kampf ausgebildet. Aber sie hatten keine Ahnung, wie viele Männer auf sie zukamen, welche Feuerkraft sie haben könnten, *und* sie hatten vier unschuldige Zivilisten zu beschützen. Sie mussten verschwinden. *Sofort.*

»Wir kommen zurück und holen sie«, sagte Phantom zu Rocco. »Versprich mir, dass wir zurückkehren.«

»Wir werden zu ihr zurückkehren«, schwor Rocco.

KAPITEL ZWEI

Piper spürte, wie Rani in ihren Armen zitterte, und sie konnte es ihr nicht verdenken. Sie hatte keine Ahnung, was die Navy SEALs sich angesehen hatten, aber was auch immer es war, es war nicht gut. Sie war keine Idiotin. Sie wusste, dass die Tatsache, dass keines der anderen Mädchen aus dem Waisenhaus gefunden werden konnte, ein schlechtes Zeichen war. Sie hatte die Leichen im Speisesaal gesehen, als sie sich aus dem Loch geschlichen hatte, um die wenigen Nahrungsmittel zu holen, die sie finden konnte. Sie glaubte nicht, dass die Rebellen alle zu einer verdammten Teeparty eingeladen hatten, aber sie hatte immer noch die Hoffnung, dass die meisten Mädchen im Dschungel verschwunden waren und sich verstecken konnten.

»Können Sie mit ihr laufen?«, fragte Ace eindringlich, als er zurück zu ihr und den Mädchen joggte.

»Ja.« Die Wahrheit war, dass Piper nicht wusste, ob sie es konnte, aber wenn die Alternative darin bestand, von den Rebellen gefangen zu werden, würde sie alles tun, was nötig war.

Er stellte sie nicht infrage, sondern nickte nur und wandte sich an Sinta und Kemala. »Ich weiß, dass ihr nur Flipflops tragt, aber könnt ihr rennen?«

Beide Mädchen nickten.

»Gut. Wenn ihr müde werdet oder euch die Füße wehtun, sagt mir Bescheid und ich trage euch, okay?«

Piper blinzelte. Er würde sie tragen? Sie beide? Er hatte einen Rucksack auf dem Rücken, trug eine Waffe und wer wusste schon, was er noch alles in den Taschen seiner Kleidung hatte. Sie musste es missverstanden haben.

Aber sie hatte keine Gelegenheit zu fragen. Zu fragen, warum er sie nach dem Laufen gefragt hatte.

Das Geräusch von Männern, die sich unterhielten, drang an ihre Ohren – von irgendwoher viel zu nahe.

Im nächsten Moment drehte Ace sie um und sie spürte seine Hand auf ihrem Rücken, mit der er sie vorwärtsdrängte.

Als sie sich alle umdrehten, um zu fliehen, festigte Rani ihren Griff um Pipers Hals und legte die Beine um ihre Taille, als wäre sie ein kleines Klammeräffchen. Piper lief so schnell, wie sie noch nie in ihrem Leben gelaufen war. Sie wusste, dass sie nicht gerade leise war, aber sie schien ihre lauten, keuchenden Atemzüge nicht kontrollieren zu können. Sie hatte das Gefühl, dass sie sich wie ein Elefant anhörte, der durch das Unterholz stürmte.

Aber sie hatten Glück gehabt. Sie waren gerade noch rechtzeitig von der Lichtung hinter dem Waisenhaus verschwunden. Die Rebellen hatten sie nicht gesehen. Zumindest *glaubte* sie, dass sie nicht gesehen worden waren. Schüsse waren hinter ihnen zu hören, nachdem sie das dichte Blattwerk um das Waisenhaus herum durchquert hatten, aber sie schienen nicht näher zu kommen. Was ein Wunder war, wenn man bedachte, dass sieben Erwachsene und drei Kinder durch den Dschungel liefen. Sie vermutete, dass das mehr über die Fähigkeit der SEALs aussagte, sich einzufügen und sie alle anzuführen, als über alles, was sie selbst tat.

Sie liefen etwa fünf Minuten am Stück und Pipers Lunge fühlte sich an, als würde sie platzen.

»Geben Sie sie mir«, befahl Ace mit ausgestreckten Armen.

Plötzlich zögerte Piper, das kleine Mädchen in ihren Armen aufzugeben, und musterte den Mann der Spezialeinheit. Sie hatten gerade erst eine Pause eingelegt und sie hatte kaum Zeit gehabt, Luft zu holen, bevor er sie aufforderte.

»Mir geht's gut«, erwiderte sie.

»Stimmt«, erwiderte Ace sofort. »Aber jetzt, da die unmittelbare Gefahr vorbei ist, kann ich sie nehmen und Sie können Ihre Kräfte sparen.«

Er hatte recht, das wusste Piper ... aber sie drückte Rani dennoch fester an sich. Die SEALs sahen grob aus. Sie trugen Tarnhosen und -hemden und waren mit Schmutz bedeckt, ähnlich wie sie und die Mädchen. Ace hatte einen kurzen Bart, der ziemlich dicht an seinem Gesicht gestutzt war. Sein Kopf war an den Seiten rasiert, mit etwas längerem Haar auf dem Oberkopf. Das hätte eigentlich albern aussehen müssen; es war praktisch ein Irokesenschnitt. Aber an ihm sah es knallhart aus. Seine dunklen Augen waren durchdringend und intensiv, als er ihren Blick hielt.

Neben ihm fühlte Piper sich völlig unzureichend. Sie war nicht annähernd so gut in Form, wie sie es sein sollte. Sie verbrachte die meiste Zeit damit, in ihrer Wohnung auf dem Hintern zu sitzen und an ihren Cartoons zu arbeiten. Sie trainierte nicht, sie trainierte nicht *gern*. Sie versuchte, sich gesund zu ernähren, aber Schokolade war ihre Schwäche. Folglich war es schwer, Rani zu tragen, keine Frage. Das

Mädchen wog nicht viel und war kleiner als ein gleichaltriges amerikanisches Kind, aber Pipers Arme zitterten dennoch von der Anstrengung, mit ihrem kleinen Schützling durch den Dschungel zu laufen.

»Vertrauen Sie mir«, drängte Ace. »Ich werde ihr nichts tun.«

Natürlich würde er das nicht. Piper nickte widerwillig. »Rani?« Das kleine Mädchen hob den Kopf und sah Piper an. »Unser neuer Freund, Ace, wird dich eine Weile tragen. Ist das in Ordnung?«

Rani nickte sofort und drehte sich um, um Ace zu betrachten. Sie musterte ihn von Kopf bis Fuß, dann streckte sie ihre Arme aus und lehnte sich zu ihm, als hätte er sie jeden Tag ihres Lebens getragen.

Der Ausdruck in Ace' Gesicht brachte Pipers Herz zum Flattern. Er wirkte überrascht und überwältigt von Ranis sofortigem Vertrauen. Er nahm sie Piper vorsichtig ab und drückte ihren kleinen Körper an sich.

Rani sah in seinen Armen so winzig aus. Ace bestand gänzlich aus Muskeln und Kraft, wodurch er das kleine Mädchen völlig zerquetschen könnte, wenn er mit ihr in den Armen hinfiele. Aber Piper wusste ohne Zweifel, dass er sie beschützen würde.

Ace schaute Rani in die Augen und sagte: »Ich habe dich, Kleine.«

Er hielt sie, als wäre er mit Kindern sehr vertraut, und Piper fragte sich plötzlich, ob er verheiratet war und zu Hause eigene Kinder hatte. Wenn ja, machte es das, was er und die anderen SEALs taten, umso erstaunlicher.

»Sie kommen gut mit ihr zurecht. Haben Sie eigene Kinder?«, fragte Piper und legte einen Arm um Sinta, die sich neben sie geschlichen hatte, während sie sich ausruhten. Kemala stand wie immer ein wenig abseits der Gruppe. Piper dachte sich, dass Teenager auf der ganzen Welt gleich waren. Zumindest hoffte sie, dass das so war und dass das Mädchen nicht so distanziert war, weil sie sie hasste.

Ace schüttelte den Kopf. »Nein. Ich bin nicht verheiratet oder so. Aber ich wollte immer Kinder haben.«

Sie wunderte sich über die seltsame Erleichterung angesichts seiner Antwort. Es war nicht so, dass er jemals in Betracht ziehen würde, mit *ihr* auszugehen. Er machte nur seinen Job. Sie war nichts weiter als eine Mission. Sobald sie in der Hauptstadt ankamen und sie ihre Heimreise organisiert hatten, würden er und der Rest seiner Teamkameraden für immer aus ihrem Leben verschwinden.

Sie ignorierte das unerwartete Gefühl der Enttäuschung, das dieser Gedanke in ihr auslöste.

»Wir müssen weiter«, sagte Rocco aus der Nähe. »Die Rebellen scheinen uns nicht auf der Spur zu sein, aber je länger wir hier stehen, desto größer ist die Chance, dass eine der umherstreifenden Banden auf uns stößt.«

Alle Emotionen verschwanden aus Ace' Gesicht, er nickte und wandte sich an Piper. »Ich werde direkt hinter Ihnen sein. Tun Sie einfach Ihr Bestes, um mitzuhalten. Wir machen bald wieder Pause, damit Sie und die Mädchen etwas Wasser trinken und einen Snack essen können, okay?«

Bei dem Gedanken ans Essen wollte Piper würgen, aber sie nickte trotzdem. Sie hatte keine Ahnung, wann sie das letzte Mal etwas gegessen hatte ... vielleicht hatte sie gestern an einem Stück Brot geknabbert. Zumindest dachte sie, dass es gestern gewesen war. Sie blickte zu Sinta hinunter. »Bereit?«

Das kleine Mädchen nickte und sie machten sich auf den Weg. Diesmal gingen sie in schnellem Tempo, anstatt zu laufen, was viel einfacher war. Piper hatte keine Ahnung, wohin sie gingen. Alles sah für sie gleich aus. Ein Baum sah aus wie der andere.

Piper konzentrierte sich darauf, einen Fuß vor den anderen zu setzen, und stapfte weiter. Sie schwor, dass kein einziges Wort der Beschwerde über ihre Lippen kommen würde. Sie musste ein starkes Beispiel für die Mädchen sein. Wenn sie es schafften, konnte sie es auch. Sie wollte auf keinen Fall das schwache Glied sein. Sie hatte das Gefühl, dass Kemala und die anderen beiden Mädchen ihr im Nu davonlaufen könnten, wenn es hart auf hart käme.

Nach gefühlten Stunden, auch wenn es vermutlich nur die Hälfte dieser Zeit war, blieb Rocco stehen. Drei SEALs waren vor Piper gegangen und drei hinter ihr. Der Mann, den die anderen Phantom nannten, bildete das Schlusslicht, was ihr recht war, denn bei ihm fühlte sie sich ein wenig unwohl. Was auch immer im Waisenhaus passiert war, hatte ihn ziemlich wütend gemacht, und sein intensiver Gesichtsausdruck, bevor die Schüsse zu nahe gekommen waren, hatte ihr nicht gefallen.

Sie schnaufte und versuchte, diese Tatsache zu verbergen, als sie anhielten. Niemand sonst schien Probleme beim Atmen zu haben. Nur sie.

Großartig, jetzt *wusste* sie, dass sie das schwache Glied der Gruppe war. Nicht die vierjährige Rani. *Sie.*

Als sie sich umsah, bemerkte sie, dass sie wieder in dem kleinen Dorf angekommen waren, in dem Kalee lebte. Zuerst hatte sie es nicht erkannt – denn es sah ganz anders aus, als Piper es in Erinnerung hatte. Die kleinen Holzhütten, die einst die Hauptstraße des Ortes gesäumt hatten, waren jetzt schwarze, schwelende Hüllen. Niemand wuselte herum und der Geruch von frischem Brot war verschwunden. Sie konnte nur den Rauch riechen, der von den ausgebrannten Häusern aufstieg, wohin sie auch blickte.

»Verdammte Scheiße«, hauchte Piper. »Glauben Sie, Kalee ist hierher zurückgekehrt? Wahrscheinlich dachte sie, es wäre klug, unsere Pässe zu holen, bevor sie in die Hauptstadt geht.«

Ihr gefiel der Ausdruck in den Gesichtern der SEALs nicht, als sie sich zu ihr umdrehten.

»Sie hat es nicht geschafft«, sagte Phantom unverblümt.

Piper schnappte nach Luft.

»Phantom«, warnte Ace in tiefem, schroffem Ton.

Phantom nahm einen tiefen Atemzug, dann fügte er sanfter hinzu: »Mein Beileid für Ihren Verlust. Ich dachte, Sie würden es lieber wissen wollen, als dass wir es Ihnen vorenthalten.«

Piper schaute von einem Mann zum anderen und biss sich auf die Lippe, um nicht zu weinen. Sie vermutete, jetzt zu wissen, warum Phantom im Waisenhaus so wütend ausgesehen hatte.

Und Tatsache war ... sie hatte gewusst, dass Kalee tot war. Zumindest unbewusst. Sie hatte *gehofft*, dass ihre Freundin losgelaufen war, um Hilfe zu holen, aber tief in ihrem Inneren wusste sie, dass Kalee sie und die Kinder nicht im Kriechkeller zurückgelassen hätte, wenn sie es hätte verhindern können. Sie wäre nicht zu ihrem Haus zurückgegangen, ohne Piper vorher zu holen.

»Ich weiß es zu schätzen, dass Sie keine Geheimnisse vor mir haben. Haben Sie ihre Leiche gefunden? War sie in diesem Loch?«, fragte sie leise. »War es das, was Sie sich angesehen haben, bevor wir gegangen sind?«

Rex und Bubba sammelten die Mädchen ein und führten sie ein Stück weg, wobei sie ihr Bestes taten, um sie von dem Gespräch fernzuhalten.

Piper wusste, dass alle drei Mädchen ihre Augen auf sie gerichtet hatten, aber sie konnte nichts anderes tun, als die verbliebenen Männer vor ihr anzustarren.

»Ja«, beantwortete Phantom ihre Frage, ohne näher darauf einzugehen.

Piper erinnerte sich an den schrecklichen Geruch in der Luft, als sie aus der Küche gekommen waren – und musste bei dem Bild, das sich ihr aufdrängte, sofort würgen. Sie drehte sich um und beugte sich vor, um sich trocken zu übergeben. In ihrem Magen war nichts, was sie hätte erbrechen können, und sie konnte nur die Augen schließen und zulassen, dass ihre Muskeln sich unkontrolliert verkrampften, während ihr Körper sein Bestes tat, ihre Eingeweide nach außen zu stülpen.

»Ich habe sie«, hörte Piper, bevor sie jemanden in ihrem Rücken spürte. Eine große Hand ruhte auf ihrer Hüfte und eine andere stützte ihren Bauch.

»Ganz ruhig, Piper. Darf ich dich dutzen?« Ace' Stimme war leise und beruhigend, aber sie konnte ihre Gedanken nicht davon abhalten, sich vorzustellen, was Kalee angetan worden sein könnte. Ihre beste Freundin. Sie hatte sie so sehr vermisst, seit sie dem Friedenskorps beigetreten war, aber all die abenteuerlichen Geschichten, die Kalee in ihren E-Mails erzählte, hatten es ihr ein wenig leichter gemacht. Sie hatte ihren Job als Lehrerin geliebt, ebenso wie die Menschen in Timor-Leste.

Und jetzt war sie von genau diesen Menschen umgebracht worden.

Dann kam ihr ein Gedanke. Sie richtete sich auf und drehte sich zu Ace um. »Sie wurde meinetwegen umgebracht, nicht wahr?«

Ace schüttelte sofort den Kopf. »Nein.«

»Doch«, flüsterte sie. »Sie hätte sich mit mir im Kriechkeller verstecken können, aber ich habe sie gehen lassen, um weitere Kinder zu suchen.«

»Du hast es selbst gesagt«, antwortete Ace und legte die Hände auf ihre Schultern, »sie ist losgelaufen.«

»Ich hätte darauf bestehen können!«, weinte Piper.

»Hätte sie auf dich gehört?«, fragte Ace.

Sie starrte zu ihm auf, ohne zu antworten.

»Im Ernst. Hätte sie auf dich gehört? Für mich hört es sich so an, als hätte sie sehr wohl gewusst, was sie tat, und dass du sie nicht hättest überzeugen können.«

»Dann hätte ich ihr nachgehen sollen, um ihr zu helfen«, murmelte Piper mit leiser Stimme.

»Dann wärst du mit ihr zusammen in der Grube gelandet«, konterte Ace. »Und wo wären dann die drei Mädchen? Wahrscheinlich wären sie auch nicht in dem Kriechkeller geblieben und wären jetzt auch tot. Wenn du jemandem die Schuld geben willst, dann den Rebellen. *Sie* waren es, die geschossen haben, und sie sind die Schuldigen, nicht du. Verstehst du?«

Piper schloss die Augen und sah Kalee ganz klar vor sich. Wie sie lächelte, als sie sie am Flughafen in Dili traf. Wie sie über etwas lachte, das Piper gesagt hatte, als sie sich in ihrem kleinen Haus im Dorf unterhielten. Wie sie begeistert von dem Waisenhaus erzählte und wie süß die Kinder waren. Wie stolz sie auf sie war, weil sie Englisch lernten. Sie hatte fast immer gelächelt und gelacht. Kalee war einer der fröhlichsten Menschen gewesen, die Piper je getroffen hatte. Sie hatte sie damit aufgezogen, aber Kalee hatte wie immer nur mit den Augen gerollt und gesagt, dass sie nichts habe, worüber sie traurig sein müsste, und dafür jedoch alles, um dankbar und glücklich zu sein.

Der Gedanke, dass jemand, der so schön und … gut … war wie Kalee, einfach vom Erdboden verschwand, war abscheulich. Und wofür? Ein Machtspiel?

Piper hatte noch nie etwas von Politik verstanden und schon gar nicht wusste sie etwas über Timor-Leste und die politischen Vorgänge in dem Land. Ihr einziger Gedanke war es gewesen, ein tolles Erlebnis zu haben und ihre beste Freundin zu sehen.

Ein anderer Gedanke kam ihr in den Sinn und ihre Augen weiteten sich. »Worüber habt ihr gesprochen?«

»Wann?«, fragte Ace.

»Kurz bevor wir das Waisenhaus verlassen haben. Bevor die Schießerei losging und wir fliehen mussten.«

Ace zögerte, und Piper beantwortete ihre eigene Frage. »Ihr wolltet herausfinden, wie ihr sie aus dem Loch holen und nach Hause bringen könnt, oder?«

»Ja.«

Sie schätzte es, dass Ace nicht einmal versuchte, sie zu belügen.

»Aber es war zu gefährlich«, fuhr Ace fort. »Wir hätten es vielleicht schaffen können, wenn wir nicht versucht hätten, den Rebellen auszuweichen.«

»Und wenn ihr keine Frau und drei Kinder dabeihättet, auf die ihr aufpassen müsst«, sagte Piper in dem Wissen, dass sie recht hatte.

Wieder nickte Ace.

»Ich fühle mich schrecklich, dass wir sie nicht zu ihrem Vater nach Hause bringen können. Er wird so am Boden zerstört sein.« Das war die Untertreibung des Jahrhunderts. Mr. Solberg lebte für seine Tochter. Er war übermäßig beschützend und hatte ihr das Versprechen abgenommen, sich jeden Tag bei ihm zu melden, während sie sich in Timor-Leste aufhielt.

Piper wusste, dass Kalee sich von ihrem Vater erdrückt gefühlt hatte, aber sie hatte ihn dennoch inbrünstig geliebt. Seit dem Tod ihrer Mutter waren sie lange Zeit nur zu zweit gewesen, und ihre Beziehung war innig.

Ihr Tod würde ihn zerstören.

»Sieh mich an, Piper«, sagte Ace und legte eine Hand an die Seite ihres Halses. Es war eine intime Geste, vor allem für jemanden, den sie gerade erst kennengelernt hatte, aber sie tröstete sie ungemein.

Piper vergaß, dass sie mitten in einem ausgebrannten Dorf im Dschungel standen, in einem Land, das Tausende von Kilometern von ihrer Heimat entfernt war, und verlor sich in Ace' Blick. Er war intensiv, und sie war das Einzige, worauf er sich im Moment konzentrierte.

»Das. Ist. Nicht. Deine. Schuld.«

Piper leckte sich die trockenen Lippen und nickte.

Ace starrte sie einen Moment lang an. »Und wir werden Kalee nach Hause bringen. Nur nicht jetzt gleich.«

Sie runzelte verwirrt die Stirn. »Wie?«

»Ein SEAL lässt niemals einen Mann zurück. Wenn wir dich sicher nach Hause gebracht haben, kommen wir zurück und holen Kalee. Wir haben gelernt, dass wir immer einen Plan B, C, D und E haben müssen. Und manchmal müssen wir zu Plan F übergehen.«

»Das ist so ein Fall, oder?«, erwiderte Piper und versuchte, die Depression abzuschütteln, die langsam in ihre Knochen sickerte.

Das kurze Lächeln, das auf Ace' Lippen aufblühte, war eine gute Ablenkung. Es war das erste Mal, dass sie ihn lächeln sah, und es veränderte seine Miene völlig.

»Genau. Jetzt sag mir, dass du dir nicht weiter die Schuld gibst«, befahl er.

Piper presste die Lippen aufeinander und starrte ihn an, ohne zu antworten.

Ace seufzte. Seine Hand hatte ihren Hals nicht verlassen und Piper wollte nicht, dass er jemals aufhörte, sie zu berühren, sie zu erden. Das Gewicht und die Wärme seiner Hand schienen das Einzige zu sein, was sie davor bewahrte, in tausend Stücke zu zerfallen.

»Sag mir wenigstens, dass du dich nach unserem Gespräch etwas *weniger* schuldig fühlst.«

Piper leckte sich erneut über die Lippen und nickte ihm kurz zu.

»Das ist gut genug ... für den Moment.«

Piper schluckte schwer und fragte: »Wie sieht der Plan aus? Kann ich meinen Pass und andere Sachen aus ihrem Haus holen, bevor wir in die Hauptstadt gehen?«

Angesichts seiner Miene machte Piper sich auf weitere schlechte Neuigkeiten gefasst.

»Das Haus ist weg, Piper. Es ist abgebrannt, genau wie die anderen Hütten hier.«

»Wie komme ich aus dem Land?«, flüsterte sie. »Ich habe nichts. Keinen Reisepass, keinen Ausweis.«

»Überlass das uns. Wir holen dich raus.«

Und Piper glaubte ihm. Sie hatte keine Ahnung, wie er und seine Teamkameraden es schaffen würden, aber sie hatten wahrscheinlich viel mehr Beziehungen als sie selbst. »Okay.«

Ace ließ seine Hand sinken und Piper fröstelte sofort. Verrückt, denn es war extrem heiß und schwül.

»Aber wir müssen über die Mädchen reden.«

Sie versteifte sich. Sie hatte gar nicht darüber hinaus nachgedacht, als sie aus dem Waisenhaus zu holen und dafür zu sorgen, dass sie in Sicherheit waren.

Als sie über Ace' Schulter schaute, sah Piper drei Augenpaare, die sie anstarrten. Rani, Sinta und Kemala standen immer noch bei Rex und Bubba, aber ihre Aufmerksamkeit war auf sie gerichtet. Sie merkte, dass sie fast immer auf sie gerichtet war. Sie hatten drei sehr intensive Tage zusammen im Kriechkeller verbracht und waren alle miteinander verbunden. Nun ... vielleicht waren sie, Rani und Sinta verbunden. Kemala nicht so sehr. Der Teenager hielt Erwachsene auf Abstand, und Piper war sich nie sicher, was sie dachte.

»Was hast du mit ihnen vor, wenn wir Dili erreichen?«, fragte Ace.

Piper hatte keine Ahnung.

Ace konnte offensichtlich die aufkeimende Panik in ihrem Gesicht lesen, denn er streckte langsam eine Hand aus und zog sie in seine Arme.

Piper schmolz an ihm dahin. Sie hatte sich drei lange Tage zusammengerissen, und jemanden zu haben, an den sie sich anlehnen konnte, und sei es nur für einen Moment, fühlte sich göttlich an. Sein Oberkörper war durch seine Schutzweste hart, ihre Hände waren zwischen ihnen gefangen und ruhten auf seiner Brust. Es fühlte sich ein wenig unangenehm an, von einem Mann gehalten zu werden, den sie erst vor wenigen Stunden kennengelernt hatte, aber sie konnte sich nicht dazu durchringen, sich von ihm zu lösen. Sie war müde, so verdammt müde, und wenn sie in seinen Armen lag, musste sie nicht stark sein. Sie musste nicht zuversichtlich und positiv sein.

Sie war geschockt und aufgelöst über den Tod ihrer Freundin. Sie hatte nichts außer den Kleidern, die sie am Leib trug. Drei Tage lang hatte sie unter Stress gestanden und in der Angst gelebt, dass jemand sie finden und ihnen etwas antun würde. In Ace' Armen zu stehen gab ihr das Gefühl, nicht allein zu sein. Als könnte sie es wirklich schaffen, der Situation zu entkommen, in der sie sich befand.

Aber Ace' Frage ließ sie zum ersten Mal über die Zukunft von Rani, Sinta und Kemala nachdenken. Was sollte sie mit ihnen machen? Im Gegensatz zu den anderen Mädchen im Waisenhaus waren sie von der Erschießung verschont geblieben, aber was nun? Sie hatten keine Familie, und sie schleppte sie den Berg hinunter in die Hauptstadt. Was würde dort mit ihnen geschehen? Ein weiteres Waisenhaus? Es war nicht so, dass sie mit ihr zurück in die Staaten kommen konnten ...

Oder doch?

Sobald sich der Gedanke in ihr Gehirn schlich, versuchte Piper, ihn zu verdrängen – und konnte es nicht.

Warum konnten sie *nicht* mit ihr zurück nach Amerika kommen? Sie war schon lange Single, aber mit ihren zweiunddreißig Jahren wurde sie auch nicht mehr jünger. Sie hatte sich schon immer Kinder gewünscht, jedoch gedacht, dass es für sie vermutlich nicht bestimmt war. Und sie kannte die drei Mädchen erst seit weniger als einer Woche.

Sie konnte nicht ernsthaft daran denken, sie selbst zu adoptieren. Das war verrückt. Wahnsinnig.

Und doch ging ihr die Idee nicht aus dem Kopf.

»Wir werden uns schon etwas einfallen lassen«, versprach Ace und unterbrach damit ihre Gedanken.

Piper spürte, wie seine Worte in seiner Brust vibrierten, und die Angst packte sie. Was um alles in der Welt hatte sie sich nur dabei gedacht? Sie war Karikaturistin. Sie verbrachte ihr Leben damit, auf dem Hintern auf ihrer Couch zu sitzen. Sie hasste es, unter Menschen zu gehen ... selbst wenn sie nur in die große, böse Welt hinausging, um Besorgungen zu machen.

Aber hier war sie und hielt sich an einem Fremden fest, als wäre er das Einzige, was zwischen ihr und dieser großen, bösen Welt stand – und sie dachte darüber nach, drei Kinder in ihre kleine Dreizimmerwohnung zu bringen.

Daran konnte sie im Moment nicht denken. Zuerst musste sie von diesem Berg runter, wo Gruppen von Rebellen sein könnten, die nur darauf warteten, sie zu töten. Und die Realität sah so aus, dass Ace das Einzige war, was zwischen ihrem wahrscheinlichen Tod im Dschungel und der Rückkehr in ihre einsame kleine Wohnung stand. Na ja, er und die anderen fünf Männer in seinem Team.

Piper atmete tief durch in dem Wissen, dass sie jetzt nicht zusammenbrechen durfte, und zog sich ein Stück zurück. Ace ließ sie sofort los und sie konnte nicht umhin, ein wenig enttäuscht zu sein.

Was lächerlich war. Das war weder der richtige Zeitpunkt noch der richtige Ort, um sich zu verknallen. Ganz zu schweigen davon, dass es völlig unangebracht wäre. Trotzdem gestattete Piper sich das kleinste bisschen Zuneigung für den Mann, der alles getan hatte, um sie zu beruhigen. Ihr Trost zu spenden. Es bedeutete ihr sehr viel.

Sie ließ den Blick zu Phantom wandern, der etwas abseits von den anderen stand. Seine Arme waren vor der Brust verschränkt und seine Beine standen etwa einen halben Meter auseinander. Er sah unnahbar und wütend aus.

»Ich bin mir nicht sicher, ob Phantom mich besonders mag«, flüsterte Piper. »Er gibt mir definitiv die Schuld an Kalees Tod.«

Ace wandte den Blick nicht von ihr ab. »Das tut er nicht. Er ist frustriert und kann seine Gefühle nicht besonders gut verbergen.«

Piper war nicht überzeugt und machte sich die geistige Notiz, alles zu tun, was nötig war, um den Mann von nun an nicht mehr zu verärgern ... vielleicht indem sie ihm aus dem Weg ging, wann immer es möglich war.

»Komm schon. Wir werden eine Pause machen. Auftanken, einen Plan ausarbeiten.«

»Ich dachte, ihr habt immer einen Plan B, C, D und E«, konterte Piper.

Sie wurde mit einem weiteren Lächeln von Ace belohnt. »Klugscheißer«, entgegnete er. »Wenn du es unbedingt wissen musst, wir halten an, damit du und die Kleinen euch ausruhen und etwas essen und trinken könnt. Ich nehme an, du bist im Moment ziemlich kaputt.«

Das war sie, aber Piper wollte es nicht zugeben. »Ich bin sicher, die Mädchen brauchen eine Pause.«

Ace lächelte wieder, und Piper legte eine Hand auf ihren Bauch, um die Schmetterlinge zu beruhigen, die bei diesem Anblick herumflatterten.

Das Lächeln verschwand aus Ace' Gesicht, als er die Stirn runzelte. »Ist dir wieder schlecht?«

Sie ließ ihre Hand sinken. »Nein. Mir geht's gut.«

»Spiel nicht den Helden«, warnte Ace. »Wenn du dich krank fühlst, musst du es einem von uns sagen. Das Gleiche gilt für die Kinder. Wir haben einen langen Weg nach Dili vor uns und wenn etwas nicht stimmt, müssen wir das wissen.«

»Wie seid ihr überhaupt hierhergekommen? Können wir nicht einfach von jemandem mitgenommen werden?«, fragte Piper.

»Wir haben ein paar Gefallen eingefordert und der Verteidigungstrupp von Timor-Leste hat uns ein paar Kilometer entfernt mit einem Hubschrauber abgesetzt. Auf dem Weg nach unten sind wir auf uns allein gestellt. Und eine Mitfahrgelegenheit ist tatsächlich einer der vielen Pläne, die wir haben«, erklärte Ace ihr. »Aber das Problem ist, dass wir nicht wissen, wem wir vertrauen können. Wir wollen auf keinen Fall in ein Fahrzeug steigen, das den Rebellen gehört.«

Das leuchtete ein, aber das, was es bedeutete, war zu viel für sie, um es zu verstehen. »Wir werden also den ganzen Weg zur Hauptstadt *laufen*?«, fragte sie.

Ace zuckte mit den Schultern. »Wenn es sein muss.«

Gott bewahre sie vor Supersoldaten. Sie würde es nie schaffen. Aber nachdem sie einen Moment darüber nachgedacht hatte, wusste Piper, dass Ace recht hatte. Sie wollte nicht das Massaker im Waisenhaus überlebt haben, nur um dann getötet zu werden, weil sie bei der falschen Person mitgefahren waren. »Schade, dass es hier keine Taxis gibt, was?«, fragte sie, um die Stimmung aufzulockern.

»Es wäre hilfreich«, stimmte Ace mit zuckenden Lippen zu. Es war kein richtiges Lächeln, aber es war nahe dran. »Komm schon. Holen wir dir und den anderen etwas

Wasser. Wir haben ein paar Feldrationen in unseren Rucksäcken. Wir werden eine davon öffnen, bevor wir uns auf den Weg nach unten machen.«

Piper nickte und war überrascht, als Ace nach ihrer Hand griff. Sie waren beide verschwitzt und schmutzig, aber in dem Moment, in dem seine Finger sich um ihre legten, fühlte sie sich hundertmal besser.

Es hatte sich nichts geändert. Kalee war immer noch tot, sie saßen auf dem Gipfel eines Berges in einem Land fest, das alles andere als stabil war, und sie schleppte drei elternlose Kinder mit sich herum, ohne einen wirklichen Plan, was sie mit ihnen machen sollte. Aber nichts davon schien unüberwindbar, wenn Ace ihre Hand hielt, um ihr stumme Unterstützung zu bieten.

Ihr Leben und das der Mädchen lag in den Händen dieser Männer, und sie schwor sich, nichts zu tun, was sie in Gefahr bringen könnte. Ihre Füße könnten abfallen und sie könnte vor Erschöpfung tot umkippen, aber sie würde verdammt sein, wenn sie eine Belastung darstellte. Sie wollte es nicht auf dem Gewissen haben, dass jemand von ihnen verletzt oder getötet wurde, weil sie etwas getan oder nicht getan hatte.

Piper lächelte die drei Mädchen an, als Ace sie zu ihnen führte, und tat ihr Bestes, ihnen zu versichern, dass sie in Sicherheit waren. »Wir werden jetzt eine Pause machen. Holt euch etwas zu essen und zu trinken, bevor wir weitergehen. Es ist alles in Ordnung. Unsere neuen Freunde werden dafür sorgen, dass uns nichts passiert.«

Rani lächelte sie aus Bubbas Armen an.

Sinta nickte und biss sich besorgt auf die Lippe.

Und Kemala stand mit einem leeren Gesichtsausdruck, an den Piper sich schon gewöhnt hatte, abseits.

KAPITEL DREI

Ace ging hinter Piper her und behielt sie im Auge. Er hatte Rani wieder auf dem Arm und das kleine Mädchen war fast sofort eingeschlafen, als sie sich auf den Weg gemacht hatten, nachdem sie etwas zu essen bekommen hatten. Die drei Mädchen waren beeindruckt von den Feldrationen gewesen und davon, wie die dehydrierten Nudeln auf magische Weise erhitzt wurden. Sogar Kemala war von dem Geruch der kochenden Gerichte angelockt worden.

Piper stolperte über eine Wurzel und wäre fast auf ihr Gesicht gefallen, aber sie fing sich in letzter Sekunde und machte einen Witz über ihre Ungeschicklichkeit. Ace war erleichtert, dass sie wenigstens Turnschuhe und angemessene Kleidung trug, um durch den Dschungel zu stapfen. Es gefiel ihm nicht, dass die Mädchen T-Shirts und Flipflops trugen, aber ehrlich gesagt schien es ihnen gut zu gehen.

Je länger Ace Piper beobachtete, desto beeindruckter war er von ihrer Tapferkeit. Sie war offensichtlich nicht in ihrem Element, aber sie gab sich Mühe, so zu tun, als wäre sie es. Er hatte noch keine einzige Beschwerde aus ihrem Mund gehört. Und das Wichtigste, jedes Mal wenn sie von ihm oder einem seiner Teamkameraden um etwas gebeten wurde, tat sie es, ohne Fragen zu stellen.

Sie tat außerdem ihr Bestes, Sinta und Kemala zu unterhalten und sicherzustellen, dass es ihnen gut ging. Keines der beiden Mädchen sagte viel, aber sie verstanden definitiv, was um sie herum gesprochen wurde.

Obwohl Ranis Gewicht an seiner Brust unbedeutend war, hatte Ace noch nie einen anderen Menschen so sehr wahrgenommen wie dieses kleine Mädchen. Jedes Mal wenn sie ausatmete, strömte ein kleiner Lufthauch in seinen Nacken und er konnte nicht glauben, dass sie ihm so sehr vertraute, dass sie tatsächlich in seinen Armen einschlief. Es sagte viel darüber aus, was alle vier Frauen in den letzten Tagen durchgemacht hatten.

Es musste die Hölle gewesen sein, sich in dem kleinen Raum unter dem Boden des Waisenhauses zu verstecken. Ace konnte sich nicht vorstellen, was ihnen durch den Kopf gegangen war. Der Gedanke, die drei Kinder einem ungewissen Schicksal in Dili zu überlassen, machte ihm bereits zu schaffen. Er hatte noch keine Zeit gehabt, mit Rocco und den anderen zu reden, aber was blieb ihnen anderes übrig, als ein anderes Waisenhaus für die Mädchen zu finden? Es war nicht so, dass sie sie mit in die Staaten nehmen konnten. Sie hatten keine Ausweise. Keine Papiere. Nichts. Er hatte keine Ahnung, ob es irgendwo elektronische Aufzeichnungen über die Kinder gab oder nicht. Im Waisenhaus hatte er keine Computer gesehen, aber die Rebellen könnten sie gestohlen haben.

Er musste mit den anderen reden und einen Plan ausarbeiten. Bis jetzt hatten sie noch keinen Handyempfang, aber je näher sie der Hauptstadt kamen, desto zuverlässiger würde der Empfang werden und sie könnten mit Kommandant North in Kontakt treten. Rocco hatte ein Satellitentelefon, aber sie hatten sich darauf geeinigt, es nur als letzten

Ausweg zu benutzen, wenn die Kacke am Dampfen war und sie sofort gerettet werden mussten. Der Akku des blöden Dings war beschissen, und bisher war die Reise zwar unangenehm, aber nicht lebensgefährlich.

Ihr Kommandant behielt sie sicherlich mit den Satellitentrackern, die sie alle trugen, im Auge, aber das sagte ihm nur, dass sie am Leben waren und sich bewegten, nicht aber, wie ihre Lage war. Und Ace hatte keinen Zweifel daran, dass er wissen wollte, was los war. Zumindest weil er ein guter Mensch war, dem sie am Herzen lagen.

Aber auch, weil Ace das Gefühl hatte, dass Paul Solberg, Kalees Vater, viel Druck auf ihren Kommandanten ausübte, um etwas über seine Tochter herauszufinden.

Als Piper wieder stolperte, beschleunigte Ace, bis er direkt hinter ihr war. »Geht es dir gut?«, fragte er leise.

»Ja. Mir geht's gut. Ich bin nur ungeschickt«, antwortete sie.

Ace konnte ihr Gesicht nicht sehen, und mit Rani im Arm konnte er Piper nicht dazu bringen, ihn anzuschauen. Er drehte den Kopf und wollte Bubba gerade zu verstehen geben, dass sie eine Pause machen sollten, als er ein Geräusch zu seiner Rechten wahrnahm.

Ace richtete Rani schnell wieder auf und griff dann nach Pipers Arm. Aber er hätte sich keine Sorgen machen müssen, denn bei dem Geräusch, das so nahe bei ihnen war, war Piper erstarrt.

Ohne zu diskutieren, kam Bubba auf sie zu und nahm ihm Rani ab. Ace wollte das kleine Mädchen nicht gehen lassen, aber er übergab sie klaglos. Den anderen war klar, dass Piper eine Beziehung zu Ace aufgebaut hatte, und wenn etwas passierte, war er für sie verantwortlich.

Aus den Augenwinkeln sah er, wie Rex sich Sinta schnappte und Gumby zu Kemala ging. Innerhalb von Sekunden waren die Männer und Mädchen im Dschungel verschwunden. Es war am besten, sich bedeckt zu halten und denjenigen, der auf sie zukam, einfach vorbeigehen zu lassen. Die sechs SEALs waren genauso tödlich, aber die vier Frauen machten die Sache schwieriger. Außerdem war es ihre Aufgabe, Piper zu befreien, und nicht, sich auf Kämpfe mit den Einheimischen einzulassen.

Ace sah, dass Pipers Mund offen stand, als wollte sie fragen, was los war, und, ohne nachzudenken, trat er hinter sie und hielt ihr mit einer Hand den Mund zu, während er sie gleichzeitig von den Füßen riss. Sie wehrte sich einen Moment lang, bevor sie in seinen Armen erschlaffte.

Ace drehte sich um und lief etwa zwanzig Meter den Weg zurück, den sie gekommen waren, bevor er von der Tierspur, der sie gefolgt waren, nach links abbog. Die Blätter der Bäume verschluckten sie sofort und Ace bahnte sich einen Weg durch das dichte Laub auf der Suche nach einem Platz, an dem er sich verstecken konnte.

Als er einen riesigen umgestürzten Baum sah, machte er sich auf den Weg dorthin. Er war sicherlich zehn Meter lang und mindestens einen Meter hoch. Offensichtlich war er schon vor langer Zeit umgestürzt, denn rundherum wuchs hohes Unkraut, das sie noch besser verbergen würde.

Als er die gegenüberliegende Seite des Baumes erreicht hatte, stellte Ace Piper wieder auf die Füße und legte einen Finger auf seine Lippen. Sie nickte und er deutete auf den Boden. Ohne zu zögern, ging sie auf die Knie und schaute verwirrt zu ihm auf.

Ace fluchte leise, als er die Geräusche der Männer näher kommen hörte, kniete sich schnell neben Piper und sagte mit tonlosem Flüstern: »Drück dich so nahe wie möglich an den Baum.«

Sie nickte, legte sich auf die Seite und presste sich an den Baum. Ace legte sich neben sie und tat sein Bestes, ihren Körper mit seinem eigenen zu bedecken. Er drehte sie so, dass sie Brust an Brust lagen, und drückte ihren Kopf in den Raum zwischen seiner Schulter und seinem Hals. Dann schob er sie noch weiter an den Baum heran und grub ihre Körper in den weichen Dreck unter dem Stamm, während er gleichzeitig das Unkraut und die Ranken nutzte, um sie weiter zu tarnen.

Ihr Versteck war nicht ideal. Es lag zu nahe an dem Pfad, auf dem sie sich befunden hatten, aber Ace hatte keine Zeit mehr gehabt, ein anderes zu finden. Er grub nach einer Handvoll Dreck und brachte sie zu ihrem Kopf, wobei er die dunkle Erde langsam und leise in ihr blondes Haar einmassierte. Er hatte sein eigenes helles Haar bereits getarnt, bevor sie sich auf den Weg durch den Wald zum Waisenhaus gemacht hatten. Piper passte perfekt an ihn; nur ein paar Zentimeter kleiner als er, bedeckte sein Körper dennoch den ihren. Aber ihre Haare würden leicht zu sehen sein, wenn einer der Männer aus irgendeinem Grund um den Baumstamm herumging.

Piper rührte sich in seinen Armen nicht, außer dass sie sich unmerklich näher an ihn herandrückte. Sie lagen von den Hüften bis zum Oberkörper so eng aneinander, dass Ace glaubte, ihren Herzschlag an seiner Brust spüren zu können, selbst durch seinen Schutzanzug hindurch. Sie atmete zu schnell und zu schwer.

»Ganz ruhig, Piper. Sie werden direkt an uns vorbeigehen. Versuche, dich zu entspannen.«

Er spürte, wie sie nickte, aber ihr Körper blieb angespannt.

Jetzt waren Stimmen zu hören. Es war eindeutig eine Gruppe von Männern, und sie sprachen Tetum, den örtlichen Dialekt. Ace hatte keine Ahnung, was sie sagten, aber ihr Tonfall war locker und entspannt. Es sah nicht so aus, als wären sie den anderen begegnet ... bis jetzt.

Ace würde sein Bestes tun, um so viele wie möglich zu

töten, sollte es dazu kommen. Aber er zog es vor, unentdeckt zu bleiben. Es würde ihnen den Weg den Berg hinunter erleichtern, wenn es keine Rebellengruppen gäbe, die aktiv nach ihnen suchten.

Er schätzte, dass die Gruppe aus mindestens einem Dutzend Männer bestand, und er hielt Piper fester, als die Rebellen auf dem Pfad nahe der Stelle anhielten, an der er sich im Dschungel versteckt hatte.

Die Männer lachten – und dann hörte Ace Schritte, die auf sie zukamen.

Er löste seinen Körper so weit von Piper, dass er das Messer aus der Scheide an seiner Seite ziehen konnte. Er hielt es fest in seiner Faust, während er wartete.

Piper atmete nicht einmal mehr, ihr ganzer Körper war steif wie ein Brett. Er wünschte, er könnte sie beruhigen. Er wollte ihr sagen, dass sie sich keine Sorgen machen sollte und er alles tun würde, um sie zu beschützen, aber reden war zu gefährlich.

Die Schritte hörten auf der anderen Seite auf, nicht weit von ihrem Versteck hinter dem großen Baum, und Ace hörte, wie ein Reißverschluss geöffnet wurde. Dann das deutliche Geräusch einer Blase, die auf der anderen Seite des Baumstammes geleert wurde.

Ein Mann schrie etwas vom Pfad aus, und der Mann, der sich nur wenige Meter von ihrem Versteck entfernt befand, rief zurück. Ace legte die Hand, die das Messer nicht hielt, auf Pipers Hinterkopf und streichelte mit dem Daumen sanft über ihr Haar. Er hoffte, dass sie sich ein wenig entspannen würde, wenn er unbesorgt wirkte.

Ihre Hände lagen zwischen ihren Körpern, flach auf seiner Brust, und er spürte, wie sich ihre Finger gegen ihn drückten, als wollte sie ihm sagen, dass sie durchhielt.

Die Zeit schien stillzustehen, und gerade als Ace dachte, dass der Typ die größte Blase der Menschheit hatte und nie mit dem Pinkeln fertig werden würde, hörte er, wie sein Reißverschluss wieder hochgezogen wurde.

Das war's. Wenn der Mann aus irgendeinem Grund auf die andere Seite des umgestürzten Baumes ging, würden sie gesehen werden – und die Kacke wäre am Dampfen.

Ace konnte nicht anders, als sich anzuspannen und sich darauf vorzubereiten, vom Boden aufzuspringen und sich der Bedrohung anzunehmen. Aber sie hörten nur einen weiteren Schrei von einem seiner Kumpane, dann hörten sie das wohltuende Geräusch des Pinklers, der das Gebiet verließ.

Piper seufzte einmal, ein langes Ausatmen, das eine Gänsehaut auf seinen Armen entstehen ließ, als ihr Atem die Haut seines Halses traf. Keiner von beiden rührte sich vom Fleck. Sie verharrten aneinandergekuschelt, während sie der Gruppe von Männern zuhörten, die sich den Weg zu einem unbekannten Ziel bahnten.

Ace hätte an sein Team denken sollen. Wo sie waren. Was ihr nächster Schritt sein würde.

Aber er konnte sich nur auf das intensive Gefühl der Erleichterung konzentrieren ... und wie gut Piper Johnson sich in seinen Armen anfühlte.

Das war Wahnsinn. Sie wären fast angepinkelt worden, um Himmels willen. Aber er hatte dieses Gefühl der ... *Richtigkeit* ... schon lange nicht mehr gespürt, wenn überhaupt jemals.

In diesem Moment wurde ihm klar, dass seine Gefühle für die Frau mehr waren als die eines Soldaten, der jemanden beschützen wollte. Bei dem Gedanken, dass sie verletzt oder getötet werden könnte, fühlte er sich körperlich krank. Er bewunderte ihre Stärke. Die Art und Weise, wie sie sich zusammengerissen hatte. Wie selbstlos sie sich um die drei Mädchen gekümmert hatte.

Von all den Menschen, die er im Laufe seiner Karriere

gerettet hatte, hatte er noch nie so etwas für jemanden empfunden. Natürlich könnte es auch das Adrenalin sein, weil er fast erwischt worden wäre, aber irgendwie glaubte er das nicht.

Piper löste ihren Kopf von seiner Schulter und sah zu ihm auf. Sie leckte sich über die Lippen und flüsterte: »Sind sie weg?«

Ace nickte, dann senkte er den Kopf, sodass seine Lippen direkt an ihrem Ohr waren. »Aber wir müssen noch ein wenig hierbleiben, nur für den Fall.«

Sie nickte ihm zu und legte ihren Kopf wieder auf seine Schulter. Er spürte, wie sie die Finger in seine Weste grub und sich festhielt, als würde sie davonschweben, wenn er nicht da wäre, um sich an ihn zu klammern. Er senkte den Kopf, sodass er wieder direkt in ihr Ohr sprach, und sagte mit demselben tonlosen Flüstern wie zuvor: »Das hast du gut gemacht, Piper. Du bist nicht in Panik geraten und hast genau das getan, worum ich dich gebeten habe.«

Als Antwort zitterte sie in seinen Armen, woraufhin Ace sich sofort Sorgen machte. Es mussten mindestens dreißig Grad sein, und es war extrem schwül. Wenn ihr kalt war, stimmte etwas nicht. »Ist alles in Ordnung mit dir? Du zitterst ja.«

»Nervosität«, flüsterte sie. »Ich bin okay.«

Er streichelte ihren Kopf und drückte sie noch fester an sich. »Ja, das bist du. Du bist okay. Atme einfach, Piper.«

»Ich kann das nicht tun«, sagte sie nach einer Minute.

»Du kannst«, entgegnete Ace. »Du tust es.«

Sie schüttelte den Kopf. »Ich werde noch alle umbringen. Ich weiß es einfach. Wenn ich gehustet oder geniest hätte, hätte der Typ uns gefunden.«

»Aber das hast du nicht, und er hat es nicht getan. Und selbst wenn, hätte ich dafür gesorgt, dass er dir nichts tut.«

Ihr Kopf fiel erneut nach hinten und sie starrte ihn

einen Moment lang an. »Ich will nicht der Grund sein, warum du jemandem das Leben nehmen musst.«

»Wenn ich jemandem das Leben nehme, dann nicht deinetwegen«, entgegnete Ace hartnäckig. »Es wird sein, weil die andere Person etwas Dummes getan hat, zum Beispiel zu versuchen, mich oder die, die unter meinem Schutz stehen, zu verletzen.«

Sie antwortete nicht sofort. Dann sagte sie: »Kalee würde das viel besser können als ich. Sie ist gern gewandert. Sie liebte es, in der Natur zu sein. Sie war freundlicher als ich, offener. Und die Kinder haben sie immer geliebt. Sogar die Teenager.«

Ace runzelte die Stirn und bewegte seine Hand, bis er mit dem Daumen die Seite ihres Gesichts streicheln konnte. »Du machst das unglaublich gut, Piper. Und glaub mir, ich sage das nicht zu jedem, den wir gerettet haben. Du bist nicht ausgeflippt. Du hast dich nicht darüber beschwert, dass deine Maniküre ruiniert wurde – und ja, es gab tatsächlich eine Frau, die das getan hat. Und diese Mädchen können den Blick nicht von dir abwenden. Du bist *alles* für sie.«

»Ich glaube, Kemala hasst mich«, gab Piper zu.

Ace schüttelte den Kopf. »Ich bin kein Experte für Teenager-Mädchen, aber ich glaube, sie ist einfach misstrauisch. Mehr als die Jüngeren. Aber sie weiß, dass du ihr Bestes im Sinn hast.«

»Tut sie das?«, fragte Piper, mehr sich selbst als ihn. »Wir wurden durch außergewöhnliche Umstände zusammen in diesen Kriechkeller gezwungen. Dann mussten sie mit uns kommen, um sicher zu sein. Sie haben keine Ahnung, wohin sie gehen und was mit ihnen passieren wird. Und ich auch nicht. Mein einziger Gedanke war, sie da rauszuholen, und nicht, was mit ihnen als Nächstes passieren würde.«

Darauf hatte Ace nicht wirklich eine Antwort. Sie hatte

recht. Nach einer Pause fragte er: »Was sagt dir dein Herz, was du tun sollst?«

Sie blickte zu ihm auf und er sah, wie sich Tränen in ihren Augen bildeten und in ihr Haar an den Schläfen liefen. »Ich möchte, dass sie in Sicherheit sind. Ich möchte, dass sie in dem Wissen aufwachsen, dass jemand sie bedingungslos liebt. Ich möchte, dass sie die Männer heiraten, die sie lieben, und nicht zu jung in eine Ehe gezwungen werden, nur um im Waisenhaus Platz für ein weiteres Kind zu schaffen. Ich möchte, dass sie zur Schule gehen und das werden, was ihr Herz begehrt. Aber ich weiß nicht, ob das für sie möglich ist – und das ist *scheiße*. Ich habe das Gefühl, dass ich sie in die Stadt bringe und nur eine weitere Person bin, die sie enttäuscht hat. Die sie im Stich gelassen hat.«

Ace wusste, dass sie aufstehen und die anderen finden mussten. Sie mussten so viel Abstand wie möglich zwischen sich und diesen Gefahrenherd auf dem Berg bringen und in die Stadt gelangen, wo die Dinge viel stabiler waren. Aber er konnte dieses Gespräch nicht beenden, noch nicht. »Also, noch einmal ... was sagt dir dein Herz?«, wiederholte er.

Piper bewegte sich, bis ihr Kopf wieder auf seiner Schulter ruhte und ihr Gesicht an seinem Hals lag. Er spürte die Worte, die sie sprach, mehr als dass er sie hörte.

»Ich will sie behalten.«

Er wusste, dass sie genau das dachte. Es zeigte sich in der Art, wie sie Rani ansah. Wie sie Sinta anlächelte, wenn sie etwas Beschützendes gegenüber den anderen Mädchen tat. Und an der Art, wie sie sich über Kemalas Verhalten sorgte.

Ace hatte keine Ahnung, ob es möglich war, sie zu behalten. Er musste sich fragen, ob dies eine Kurzschlussreaktion war, weil sie immer noch unter dem Schock der Ereignisse im Waisenhaus und der Nachricht, dass sie ihre beste Freundin verloren hatte, litt. Wenn sie erst einmal in der Hauptstadt angekommen und wirklich sicher waren, würde sie ihre Meinung vielleicht ändern.

Er lag noch ein paar Minuten bei ihr und lauschte auf Geräusche der Rebellengruppe, die zurückkehrte, oder auf eine andere, die den Weg hinaufkam, aber er hörte nichts außer dem Gesang der Vögel in den Bäumen über ihren Köpfen und ihrem eigenen Atem.

Ace wich von Piper zurück und fragte: »Bist du bereit, die anderen zu suchen?«

Sie holte tief Luft und nickte.

Lächelnd versuchte Ace mit seinem Daumen, die Spuren ihrer Tränen wegzuwischen. Damit verschmierte er nur noch mehr Dreck in ihrem Gesicht, aber wenigstens würden die Kinder nicht merken, dass sie geweint hatte. Die Jungs würden es wahrscheinlich an ihren roten Augen erkennen, aber er würde sie nicht darauf ansprechen. Sie war auch so schon verlegen genug.

Ace kroch aus dem Loch, das sie sich hinter dem Baum gegraben hatten, und streckte eine Hand aus. Piper nahm sie und als sie sich auf den Weg zurück zum Pfad machten, ließ keiner von beiden los. Es fühlte sich gut an, ihre Hand zu halten. Natürlich. Was verrückt war, aber Ace begutachtete es nicht. Er dachte kurz daran, was Rocco für Caite empfunden hatte, als er sie zum ersten Mal getroffen hatte, und wie bestürzt er gewesen war, als sie alle dachten, sie würden in dem Keller in Bahrain sterben. Trotz ihrer misslichen Lage hatte ihn nicht die Möglichkeit des Todes aufgeregt – sondern der Gedanke, dass Caite denken könnte, er hätte sie versetzt.

Ace hatte schon damals gewusst, dass Caite anders war. Dass sie Roccos Welt verändern würde. Und das hatte sie.

Und Gumby war bei Sidney genauso gewesen. Schon in dem Moment, in dem er sie mit diesem Arschloch von

Hundekämpfer kämpfen sah, und anhielt, um ihr zu helfen, hatte er es gewusst.

Ace hatte ein ähnliches Gefühl, dass Piper ein wichtiger Teil *seines* Lebens werden würde.

Da er nun wusste, dass die Rebellen auch diesen Pfad benutzten, war Ace besonders vorsichtig und führte sie den Weg dorthin zurück, wo sie die anderen zuletzt gesehen hatten. Es gab keine Spur von ihnen.

»Wo sind sie? Meinst du, die Rebellen haben sie gefunden?«

»Keine Panik«, sagte Ace, »sie sind in der Nähe. Wir gehen weiter und holen sie am nächsten Treffpunkt ein, wenn es sein muss.«

»Welcher Treffpunkt?«, fragte Piper.

»Wir entscheiden immer, wo wir unsere nächste Pause machen, bevor wir vom letzten Punkt losgehen. Ich habe die Koordinaten, und wir gehen einfach dorthin.«

»Ich wette, die Mädchen haben Angst«, murmelte Piper leise.

»Bei den anderen Jungs geht es ihnen gut«, antwortete Ace in dem Versuch, sie zu beruhigen.

»Ich weiß. Es fühlt sich nur ... komisch an, sie nicht bei mir zu haben. Ich kenne sie zwar erst seit ein paar Tagen, aber ...« Ihre Stimme wurde leiser.

»Aber du warst die ganze Zeit rund um die Uhr bei ihnen«, beendete Ace den Satz für sie. »Und das ist völlig normal. Du wirst sie bald wiedersehen. Ich würde sagen, wir sind etwa eine Stunde von dem Ort entfernt, an dem wir uns treffen wollen. Aber ich wette, dass wir sie vorher wiederfinden werden.«

»Wirklich? Das sagst du nicht nur so?«

»Wirklich. Ich werde mein Bestes tun, dich nicht anzulügen, Piper. Ich weiß, dass es stressig ist, aber entspann dich einfach und versuche, nicht das Gefühl zu haben, dass du uns aufhältst oder enttäuschst. Das tust du nicht.«

»Ich werde mir Mühe geben.«

»Gut.« Ace ging den Weg weiter, seine linke Hand immer noch in ihrer, während er die rechte frei ließ, um seine Waffe zu greifen, falls nötig. »Jetzt erzähl mir von dir.«

Sie lachte leise. »Wow, was für eine Fangfrage. Aber es ist ja nicht so, dass wir keine Zeit dafür hätten, stimmt's?«

»Stimmt.« Ace wollte wirklich alles über die Frau neben ihm wissen, aber er wollte sie auch davon ablenken, wo sie waren und was sie gerade taten.

Er war außerdem besorgt, weil sie im Dorf nicht annähernd genug gegessen hatte, um ihn zufriedenzustellen, aber er würde sie nicht zwingen. Sie hatte ihren Teil des Wassers getrunken, und damit musste er sich zufriedengeben ... vorerst.

»Mein Vater verließ meine Mutter, als ich noch ein Baby war, und als ich fünf Jahre alt war, wurde sie bei einem Raubüberfall auf eine Tankstelle in der Nähe unseres Hauses getötet. Meine Großeltern mütterlicherseits haben mich aufgezogen.«

Ace schaute sie überrascht an. »Verdammte Scheiße. Das tut mir leid.«

Piper zuckte mit den Schultern. »Ist schon okay. Ich erinnere mich nicht wirklich an meine Mutter. Anscheinend war sie eine gute Frau, die mit zwei Jobs versuchte, genug zu verdienen, um aus der beschissenen Gegend, in der wir lebten, wegzuziehen. Meine Großeltern sind auch anständige Leute, aber sie haben nicht gerade damit gerechnet, dass sie das Kind ihrer Tochter großziehen müssen. Ich liebe sie, aber wir stehen uns nicht besonders nahe. Was ist mit dir? Hast du ein gutes Verhältnis zu deinen Eltern?«

Ace hatte Mitleid mit ihr, aber es war offensichtlich, dass

sie nicht darunter litt, bei ihren Großeltern aufgewachsen zu sein. »Das hatte ich, ja.«

»Hattest?«

»Sie starben vor etwa drei Jahren bei einem Autounfall.«

»Oh, das tut mir leid«, sagte Piper. »Ich wollte keine schlechten Erinnerungen wecken.«

»Ist schon okay. Sie waren großartig. Sie waren total verliebt und taten ihr Bestes, um mich mit ihren öffentlichen Zuneigungsbekundungen in Verlegenheit zu bringen, wann immer wir irgendwo hingingen. Sie waren auf dem Heimweg von einem Abend mit Freunden und wurden von einem betrunkenen Autofahrer frontal getroffen. Mir wurde gesagt, dass sie auf der Stelle tot waren, also bin ich wenigstens dafür dankbar.«

»Also das ist traurig«, sagte Piper. »Wurde die Person, die sie angefahren hat, angeklagt?«

»Ja. Wegen fahrlässiger Tötung. Ihm wurde der Führerschein entzogen, weil er vor diesem Abend schon dreimal unter Alkoholeinfluss am Steuer erwischt worden war.«

»Arschloch«, rief Piper aus.

Ace konnte nicht anders. Er lachte.

»Ich kann nicht glauben, dass du lachst«, bemerkte sie, lächelte aber dabei.

»Ich habe keine Geschwister, was schade ist, weil ich sie immer haben wollte. Als Kind war ich ziemlich einsam, und als ich mit den anderen ins Team kam, sah ich, was ich verpasst hatte.«

»Du und die anderen Jungs steht euch also nahe?«

»Sehr. Ich würde alles für sie tun. Wirklich *alles*. Genauso wie ich weiß, dass sie dasselbe für mich tun würden. Sie halten mir den Rücken frei und ich ihnen den ihren. Ich würde mir wünschen, dass meine Kinder eines Tages die gleiche Loyalität an den Tag legen. Ich weiß, dass sich nicht alle Geschwister gut verstehen, aber ich kann mir nichts Schöneres vorstellen, als zu wissen, dass es jemanden gibt, der dir immer den Rücken freihält. Überleg doch mal ... einen Bruder oder eine Schwester kennst du länger als jeden anderen Menschen in deinem Leben.«

Piper nickte. »So habe ich noch nie darüber nachgedacht, aber du hast recht. Und ja, ich habe mir auch immer ein Geschwisterchen gewünscht. Kalee stand mir so nahe wie eine Schwester und es tut weh zu wissen, dass wir nie die Dinge tun werden, über die wir immer gesprochen haben ... auf der Hochzeit des anderen sein, unsere Kinder gemeinsam großziehen ... solche Dinge.«

Ace drückte ihre Hand aus Mitgefühl.

Sie schwiegen beide eine Weile, bis Piper sagte: »Ich weiß, es ist verrückt, Rani, Sinta und Kemala adoptieren zu wollen. Kinder standen nicht einmal auf meinem Plan, als ich zu dieser Reise aufgebrochen bin. Und ich würde sie niemals ohne ihre Zustimmung von allem, was sie je gekannt haben, aus ihrem Heimatland wegholen. Ein Teil von mir hat das Gefühl, dass ich tun sollte, was ich kann, um einen Platz für sie in Dili zu finden. Das ist ihr Zuhause.«

»Ihr Zuhause war im Waisenhaus. Es ist weg. Alles, was sie kannten, ist weg«, erwiderte Ace sanft. »Aber ich denke, es ist klug, mit der Entscheidung zu warten, bis wir uns in Dili erkundigt haben. Dort gibt es bestimmt auch Waisenhäuser, und wer weiß, vielleicht ist es das Beste für sie, in die Stadt zu ziehen.«

»Ja, das sage ich mir auch immer wieder. Es muss dort sicherer sein. Ich meine, die Rebellen sind doch überwiegend hier oben in den Bergen zu finden, oder?«

»Richtig«, beruhigte Ace sie.

»Also ... vielleicht ist das alles, was wir tun sollten. Dass ich sie beschütze, bis wir nach Dili gelangen. Ich bin sicher, dass es in der Stadt noch mehr Leute gibt, die adoptieren wollen. Und vielleicht sogar aus Übersee.«

Ace war sich bei diesem Teil nicht so sicher. Nach dem zu urteilen, was er auf dem Hinweg gesehen hatte, war das Leben in der Stadt hart. Die Armut war weit verbreitet und er war sich nicht sicher, ob es viele Familien gab, die Kinder adoptieren wollten. Aber er hatte nicht vor, irgendetwas zu sagen, was Pipers Meinung in die eine oder andere Richtung beeinflussen würde. Sie musste die Entscheidung über die Kinder treffen, ohne dass er sie in irgendeiner Weise unter Druck setzte.

»Also ...«, sagte Piper, nachdem sie tief durchgeatmet hatte. »Ace, hm? Ich bin mir sicher, dass es eine Geschichte dahinter gibt.«

Ace wusste, dass sie das Thema wechseln wollte, um sich von den Dingen abzulenken, die sie beunruhigten, und das war ihm nur recht. »Ja. Von den Jungs im Team war ich der Beste im Messerwerfen.« Er zuckte mit den Schultern. »Eines Tages haben wir herumgealbert, uns betrunken und Messer auf ein Ziel geworfen, und ich habe mich beim Werfen erschrocken. Meine Zielgenauigkeit hat darunter gelitten.«

Pipers Augen wurden groß, als sie ihn anstarrte. »Oh mein Gott. Hast du jemanden getroffen?«

Ace lachte. »Nein. Aber ein paar Jungs haben in der Nähe Karten gespielt und mein Messer ist von der Zielscheibe zu ihrem Tisch abgeprallt und hat das Pik-Ass, also Ace, aufgespießt, das einer von ihnen hochhielt, da er es gerade ablegen wollte. Rocco, der Klugscheißer, sagte: *Gut gemacht, Ace.* Und da hast du es.«

Das Lächeln auf Pipers Gesicht war wunderschön, und Ace war es viel lieber, als wenn sie weinte oder an ihre Grenzen gebracht wurde. »Nun, es passt zu dir.«

»Besser als Beckett?«, scherzte er.

Piper legte den Kopf schief und schien seine Frage tatsächlich ernst zu nehmen. »Ja. Wie lautet dein Nachname?«

»Morgan.«

»Ace Morgan. Das gefällt mir.«

Er lächelte sie an. Ein Geräusch hinter ihnen ließ ihn in Sekundenschnelle vom entspannten Mann, der eine Frau kennenlernte, zum knallharten Soldaten werden. Er hatte Piper hinter sich und weg vom Weg geschoben, bevor sie überhaupt wusste, was los war.

Er hielt sich erneut einen Finger an die Lippen und sie nickte.

Sie standen ganz still, während Ace versuchte herauszufinden, wer ihnen auf den Fersen war. Sechzig Sekunden später entspannte er sich und gab Piper ein Zeichen, ihm zurück zum Pfad zu folgen. Sie tat dies, ohne Fragen zu stellen, woraufhin er wieder nach ihrer Hand griff.

Ace hob den Kopf und gab einen Laut von sich, der eine Mischung aus einem Pfiff und dem Ruf eines Vogels war, und innerhalb von Sekunden wurde der Laut von demjenigen erwidert, der den Pfad herunterkam. Wenige Augenblicke später tauchten Rex und Gumby mit Sinta und Rani auf.

Piper schnappte vor Überraschung und Erleichterung nach Luft und eilte auf sie zu.

Die beiden Kinder legten ihre Arme um Pipers Taille und sie umarmten sich fest.

»Alles in Ordnung?«, fragte Rex Ace, als er sich näherte.

»Ja. Einer der Rebellen hat nur wenige Meter von unserem Versteck entfernt gepinkelt, aber er hat uns nicht gesehen. Und ihr?«

»Alles gut. Diese Kinder sind verdammt beeindruckend. Es ist fast schon traurig, wie still sie werden können. Es ist, als wären sie es gewohnt, sich zu verstecken und absolut ruhig zu sein«, sagte Gumby kopfschüttelnd.

»Wo sind die anderen?«, fragte Ace.

»Wir sind noch nicht auf sie gestoßen. Ich bin mir aber sicher, dass sie uns voraus sind. Sie können sich schneller bewegen, da Kemala älter ist«, erklärte Rex.

»Das habe ich auch gedacht«, stimmte Ace zu. »Ich dachte, wir würden sie am Treffpunkt sehen.«

»Für drei Menschen, die erst vor ein paar Tagen zusammen in eine stressige Situation geraten sind, stehen sie sich wirklich nahe«, bemerkte Rex leise, während er das Wiedersehen zwischen Piper und den Mädchen beobachtete.

Ace nickte. »Ja. Aber wir wissen so gut wie jeder andere, dass extreme Situationen die Menschen näher zusammenbringen, anstatt sie auseinanderzureißen.«

Piper ging auf ihre Gruppe zu, wobei sie die beiden kleinen Mädchen an der Hand hielt.

»Wir sollten weitergehen«, entschied Rex.

Piper lächelte. »Danke, dass ihr auf sie aufgepasst habt. Ich weiß das zu schätzen.«

»Natürlich«, sagte Gumby. »Wir werden alle gesund und munter von diesem Berg runterkommen. Darauf kannst du dich verlassen.«

Piper nickte. »Also, vielen Dank noch mal.«

Rani ließ Pipers Hand los, ging auf Ace zu und hob ihre Arme.

Angenehm überrascht von der Bitte des kleinen Mädchens drehte er seine Waffe so, dass sie auf seinem Rücken lag, beugte sich zu ihr hinüber und nahm sie in die Arme.

»Sie scheint sich da sehr wohlzufühlen«, bemerkte Piper lächelnd.

»Das tut sie«, sagte Ace. »Bist du bereit zu gehen?«, fragte er Rani.

Das kleine Mädchen nickte und strich mit einer Hand über seinen Bart.

»Ich glaube, sie hat noch nicht viele Männer aus der Nähe gesehen. Und keinen mit einem Bart wie deinem«, stellte Piper fest.

Daraufhin lehnte Ace sich zu Rani und schüttelte den Kopf hin und her, um seinen Bart an ihrem Hals und Gesicht zu reiben.

Rani kicherte – und Ace erstarrte. Das Geräusch war sanft und sorglos ... und er hatte noch nie etwas Schöneres in seinem Leben gehört. Dieses Kind, das durch die schlimmste Hölle gegangen war und ihn erst an diesem Morgen kennengelernt hatte, vertraute ihm nicht nur, sie zu tragen, sondern kicherte auch, wenn er sie neckte.

Sinta, die sich offensichtlich übergangen fühlte, kam zu ihm und klammerte sich an sein Bein. Sie schaute zu ihm hoch, während sie seine Taille umarmte.

Als er aufsah, traf er Pipers Blick. In ihren Augen sah er dieselbe Zuneigung für die Mädchen, die er empfand.

So verrückt es auch schien, Ace verliebte sich schnell – nicht nur in die Frau vor ihm, sondern auch in die Mädchen.

Gumby griff nach unten, hob Sinta in seine Arme und rieb seinen Bart an ihrem Hals, was sie ebenfalls zum Kichern brachte. »Komm, lasst uns zu den anderen aufschließen, ja?«, sagte er.

»Kemala«, rief Sinta fröhlich und zeigte auf den Weg.

»Ja, lasst uns Kemala suchen«, stimmte Gumby zu.

Rex ging voran und Gumby folgte ihm mit seiner kostbaren Last. Piper folgte ihm dicht und Ace bildete das Schlusslicht. Während sie den Pfad hinuntergingen, konnte er nicht anders, als den Blick auf Piper zu richten, die vor ihm wanderte.

Was um alles in der Welt war nur mit ihm los? Was war es, das ihn an Piper so faszinierte?

Er hatte keine Ahnung, aber für den Moment würde er einfach mit dem Strom schwimmen. Sie auf dem Weg nach Dili kennenlernen. Vielleicht würde er nach ein paar Tagen der Reise, ohne zu duschen, erhitzt und müde, zur Besinnung kommen, was seine plötzlichen und intensiven Gefühle für Piper Johnson betraf.

KAPITEL VIER

Nachdem sie die anderen am nächsten Kontrollpunkt eingeholt hatten, wie Ace es angekündigt hatte, waren sie zwei weitere Stunden gegangen. Sie hatten keine weiteren Begegnungen mit den Rebellen, aber sie hörten sporadisch Gewehrschüsse.

Obwohl es so aussah, als wären sie dem schlimmsten Gefecht entkommen, waren die SEALs nicht bereit, darauf zu vertrauen, dass sie vor den Rebellen sicher waren.

Piper war sich mehr als bewusst, dass sie nicht weit gekommen wäre, wenn sie versucht hätte, ohne die Hilfe der SEALs nach Dili zu laufen. Die SEALs waren Profis, die nicht nur das Land lesen konnten und wussten, wann sie vom Weg abkommen mussten, um niemanden zu treffen, sondern auch mühelos einschätzen konnten, aus welcher Entfernung die Schüsse kamen.

Rani, Sinta und Kemala waren ebenfalls tapfer gewesen, aber wenn Rani oder Sinta müde wurden, trug einer der Männer sie. Piper hätte auch das nicht tun können. Sie kamen gut voran, aber sie hatte keine Ahnung, wie weit sie noch gehen mussten.

Nachdem sie eine weitere Pause eingelegt hatten, teilte Rocco ihnen mit, dass sie sich einen Platz für ein Nachtlager suchen würden.

Piper war nicht begeistert von dem Gedanken, die Nacht unter freiem Himmel im Dschungel zu verbringen, aber es war nicht so, als gäbe es gleich hinter dem nächsten Baum ein nettes, schickes Hotel, in das sie einchecken konnten.

Gumby und Rocco waren nach der Pause vorausgegangen, um Orte auszuspähen, an denen sie sicher übernachten konnten, und innerhalb einer Stunde waren sie zurückgekehrt und hatten sie zu einem Ort geführt, den sie für perfekt hielten.

Piper hatte gehofft, dass sie eine Hütte finden würden ... sogar ein verdammtes Tipi, das sie benutzen konnten, damit sie wenigstens einen Unterschlupf hätten. Aber als sie ihre Hoffnungen äußerte, hatte Ace ihr erklärt, dass sie kein Gebäude benutzen würden, da es für alle anderen, die im Dschungel unterwegs waren, ein Leuchtfeuer sein würde. Auch für die Rebellen.

Das machte Sinn, aber das hieß nicht, dass es Piper gefallen musste.

Sie war ein Mädchen, das gern drinnen war. Sie mochte ihre Decken. Sie hatte jede Menge davon und liebte es, es sich unter ihnen auf ihrer Couch gemütlich zu machen. In Riverton war es zwar nicht besonders kalt, aber sie zog es vor, ihre Wohnung etwas kühler zu halten und sich unter eine Decke zu kuscheln, als es zu warm zu haben.

Der perfekte Ort, um die Nacht zu verbringen, war ein stark bewachsener Teil des Waldes mit vielen großen, belaubten Bäumen mit tief hängenden Ästen. In der Gegend gab es auch etwa ein Dutzend umgestürzte Bäume, und Ace erklärte, dass sie sich alle neben die riesigen Baumstämme legen konnten, so wie die beiden es getan hatten, als sie sich vor dem pinkelnden Rebellen versteckt hatten.

Trotz der Praktikabilität hatte Piper sich eine schöne Lichtung vorgestellt, auf der sie ein Feuer machen und die Sterne beobachten konnten. Es war dumm, das wusste sie. Aber sie erschauderte, als sie an die vielen Krabbeltiere dachte, mit denen sie bald kuscheln würde.

»Geht es dir gut?«, fragte Ace, als er näher an sie heranrückte.

Die anderen SEALs gingen umher, bereiteten Schlafpritschen vor und spähten die Gegend aus. Rex, Rocco und Gumby hatten jeweils eines der Mädchen unter ihre Fittiche genommen und beschäftigten sie.

»Nicht wirklich«, antwortete Piper ehrlich.

»Was kann ich tun, *damit* es dir gut geht?«, fragte Ace.

»Ruf beim Chinesen an, besorg mir eine weiche Matratze, ein Federkissen und eine lange heiße Dusche ... aber nicht in dieser Reihenfolge«, scherzte sie.

Ohne zu lächeln, sagte Ace: »Wenn wir in Dili sind, werde ich mein Bestes tun, um dir das alles zu besorgen.«

Seufzend schenkte Piper ihm ein leichtes Lächeln. »Ist schon okay. Ich weiß, ich habe Glück, dass ich noch lebe. Das ist nur alles so außerhalb meiner Komfortzone.«

»Wenn du mich fragst, warst du großartig.«

»Danke. Aber wir wissen beide, dass das nicht wahr ist.«

Ace legte seine Hände auf ihre Schultern und drehte sie zu sich um. »Doch, das warst du. Und ich muss es wissen, denn ich habe schon mehr als genügend Jungfrauen in Not gerettet.«

Piper starrte ihn nachdenklich an. Sie war neugierig auf den Mann, der vor ihr stand, das konnte sie nicht leugnen. Als sie in Riverton aufgewachsen war und dort gelebt hatte, war sie vielen Marinesoldaten begegnet und hatte sich ihre eigenen Klischees über sie zurechtgelegt, aber über SEALs – und ihre Arbeit – hatte sie nicht viel nachgedacht, bis er sie buchstäblich aus dem Dschungel geholt und ihr das Leben gerettet hatte.

Aber Ace verhielt sich nicht so, wie sie es von einem Soldaten der Spezialeinheit erwartet hätte. Keiner der Männer, die sich derzeit mit ihr im Dschungel herumtrieben, tat das ... na ja, vielleicht mit Ausnahme von Phantom. Er war mürrisch und griesgrämig und sie konnte ihn überhaupt nicht einschätzen. Sie hatte erwartet, dass alle Männer sich so verhalten würden. Aber Gumby spielte gerade Fangen mit Rani, Rex erklärte Sinta geduldig jede Kleinigkeit, die er tat, und Rocco zeigte Kemala, wie man den Wasserreiniger benutzte, den er bei sich trug.

Keiner der Männer wurde ungeduldig, wenn sie Pausen machen mussten oder zurückfielen. Sie waren nicht ausgeflippt, als Rani gestürzt war und sich die Knie aufgeschürft hatte. Alles in allem kam es Piper fast so vor, als wären sie eine Gruppe von Freunden, die ein Abenteuer erlebten, und nicht ein Haufen Fremder, die in einem fremden Land durch den Dschungel um ihr Leben liefen.

»Wie viele Menschen habt ihr gerettet?«, fragte Piper Ace. Er stand immer noch vor ihr, die Hände auf ihren Schultern, und wartete geduldig darauf, dass sie aufhörte zu träumen und mit ihm sprach.

Ace zuckte mit den Schultern. »Ich weiß es ehrlich gesagt nicht. Aber es war eine Menge. Manche Menschen – nicht nur Frauen, sondern auch Männer – geraten völlig in Panik, und wir mussten sogar einige von ihnen bewusstlos schlagen, um sie zu befreien. Andere waren buchstäblich vor Angst erstarrt und wir mussten sie aus der Gefahrenzone tragen. Manche waren so außer Form, dass sie nicht mehr als hundert Meter gehen konnten, ohne anzuhalten. Und einige waren so sehr um ihr eigenes Wohlergehen besorgt, dass sie absolut kein Mitgefühl für andere hatten. Wir waren sogar in einer Situation, in der einer von uns verletzt war, und unsere Zielperson sagte buchstäblich, dass er uns verklagen würde, wenn wir uns nicht beeilen und ihn da rausholen.«

Piper schnappte nach Luft. »Ernsthaft?«

»Ja. Also glaub mir, du machst das *großartig*.«

Sie schluckte schwer, holte tief Luft – und die Worte sprudelten nur so aus ihr heraus.

»Ich habe Todesangst. Und ich habe schrecklichen Muskelkater. Ich bin mir nicht sicher, ob ich morgen überhaupt noch laufen kann. Ich bin wirklich keine Sportskanone, und das hier übersteigt absolut alles, was ich gewohnt bin. Ich bin am Boden zerstört wegen Kalee und den anderen Mädchen, die getötet wurden, und ich bin wütend, dass die Rebellen es für nötig hielten, wehrlose Frauen und Kinder zu ermorden. Ich kann nicht aufhören, an Mr. Solberg zu denken und daran, wie er reagieren wird, wenn er von seiner Tochter erfährt. Ich mache mir Sorgen, was aus Rani, Sinta und Kemala wird, wenn wir in Dili ankommen. Ich mag es nicht, dass Phantom offensichtlich sauer ist, weil er die Mission, für die ihr hergeschickt wurdet, nicht erfüllen konnte – nämlich Kalee zu retten. Und ich fühle mich ekelhaft, weil ich seit Tagen nicht geduscht habe. Ich stinke, ich bin müde und ich bin durstig. Und ich will definitiv *nicht* auf dem Boden im Dreck liegen und mich die ganze Nacht vor Käfern und vielleicht Schlangen fürchten, die über mich krabbeln. Ich will einfach nur zu Hause sein.«

Ohne Erwiderung bewegte Ace seine Hände. Eine landete in ihrem Nacken, die andere an ihrer Taille. Er zog sie zu sich heran und legte seine Stirn an ihre.

Piper wollte weinen, aber sie war zu erschöpft und dehydriert, um auch nur eine Träne zu vergießen. Sie packte Ace' Hemd an der Taille und hielt sich fest. So zu stehen hätte sich eigentlich unangenehm anfühlen müssen, schließlich hatte sie den Mann gerade erst kennengelernt, aber nach allem, was passiert war, fühlte es sich einfach gut und richtig an, sich an ihn zu klammern und in seinem persönlichen Raum zu sein.

»Ich würde mir Sorgen machen, wenn du das alles *nicht* empfinden würdest«, sagte Ace nach ein paar Augenblicken leise zu ihr. »Diese ganze Situation ist so weit außerhalb deiner Komfortzone, dass es nicht lustig ist. Du dachtest, du fährst in den Urlaub, um deine Freundin zu besuchen, und dass das Schlimmste, was dir passieren kann, ein paar Insektenstiche sind. Aber stattdessen fandest du dich mitten in einem Rebellenaufstand wieder. Du bist zu hart zu dir selbst. Trotz allem, was du fühlst, hast du kein Wort der Beschwerde geäußert. Ich werde dich nach Hause bringen, Piper. Zu dem flauschigen Bett und dem Federkissen, das du dir so sehr wünschst.«

Piper schloss die Augen und klammerte sich noch fester an den Mann vor ihr.

»Die Tatsache, dass du dir Sorgen um die Mädchen, Kalees Vater und Phantom machst, ist verdammt bemerkenswert. Die meisten Menschen in deiner Situation würden sich nur um sich selbst Sorgen machen. Ich würde dir gern sagen, dass du aufhören sollst. Dass du dich nur um dich selbst kümmern sollst und um niemanden sonst, aber ich habe das Gefühl, dass das nichts bringen würde, oder?«

Sie schüttelte langsam den Kopf.

Ace starrte ihr in die Augen und Piper hatte den flüchtigen Gedanken, dass der Blick aus seinen braunen Augen sie an die heiße Schokolade erinnerte, die sie manchmal gern trank. Dunkel, aber mit helleren Brauntönen durchzogen, wenn sie etwas Milch in das Getränk gab. Seine Lippen waren voll und wurden von seinem Bart umrahmt, und sie wünschte sich plötzlich, er würde ihn an ihrem Hals reiben, so wie er es bei Rani getan hatte.

»Ich kann im Moment nichts dagegen tun, dass du

Muskelkater hast oder duschen willst. Aber wenn es dir recht ist, schlafe ich heute Nacht gern an deiner Seite und tue mein Bestes, um die Käfer fernzuhalten.«

Er lächelte zu ihr herab und überraschenderweise fühlte Piper sich ein wenig besser. Sein Lob zu hören hatte ihr gut getan. Vielleicht hatte er nur gelogen, um ihre Moral aufrechtzuerhalten, aber das war ihr egal. Sie brauchte jemanden, der ihr sagte, dass sie sich gut schlug, denn sie hatte nicht das Gefühl, dass sie es tat.

»Das würde mir gefallen«, erwiderte sie ernst.

Dann verspürte sie den plötzlichen, wahnsinnigen Drang, sich auf die Zehenspitzen zu stellen und ihre Lippen auf seine zu pressen.

Für eine Sekunde fiel sein Blick auf ihren Mund und eine Gänsehaut breitete sich auf ihren Armen aus. Sie wollte das. Wollte seine Lippen auf ihren. Wollte seinen Bart auf ihrem Gesicht spüren.

»Ace, wo hast du – oh, entschuldige.«

Piper wusste, dass sie rot wurde, aber sie hoffte, dass man ihre rosa Wangen für einen Sonnenbrand halten würde. Sie trat einen Schritt von Ace weg und sah zu Bubba hinüber.

»Ist schon gut. Ich habe Piper gerade erzählt, wie gut sie sich bisher geschlagen hat«, sagte Ace.

Bubba nickte sofort. »Er hat recht. Ich bin überglücklich, dass du nicht ausgeflippt bist und wir dich nicht k. o. schlagen und den Berg hinuntertragen mussten.«

Piper schaute mit schiefem Blick zu Ace hinüber.

»Ich habe nicht gelogen«, sagte er mit einem kleinen Lächeln.

Piper spürte, wie sie grinste. »Ich schätze nicht.«

»Wie auch immer, ich wollte fragen, wo du dich hinlegen willst. Ich habe mit Rocco gesprochen, und er, Gumby, Rex und Phantom werden die vier Ecken des Geländes einnehmen. Wir dachten, die Mädchen könnten die Mitte nehmen, wo die beiden großen Baumstämme sind.«

Ace nickte. »Klingt gut. Ich habe Piper versprochen, dass ich versuchen werde, die einheimischen Krabbeltiere zurückzuhalten.«

Bubba grinste. »Ah, du magst keine Insekten?«, fragte er sie.

Sie erschauderte und antwortete nur knapp: »Nein.«

Bubbas Grinsen verblasste und er trat auf sie zu. Er stand zwar nicht ganz so nahe bei ihr wie Ace, aber er betrat definitiv ihren persönlichen Bereich. »Du machst das großartig, Piper. Ich weiß, dass Ace dir das schon gesagt hat, aber er hat nicht gescherzt. Das Beste, was du hättest tun können, war, dich in Sicherheit und am Leben zu halten. Dich *und* diese Mädchen. Und du bist nicht in Panik geraten. Wir haben schon so viele Menschen gesehen, die in ähnlichen Situationen wie deiner gestorben sind, weil sie sich nicht beruhigen konnten. Deshalb danke ich dir. Danke, dass wir dich lebend finden durften. Wir alle werden alles Nötige tun, damit das so bleibt.«

Dann nickte er ihr und Ace zu und drehte sich, um zurück zu den anderen zu gehen.

Piper blickte Ace verwirrt an. »Er hat sich bei mir bedankt, dass ich noch lebe?«

Ace nickte. »Wir hatten schon viele Missionen, bei denen wir die Zielpersonen nicht lebend nach Hause bringen konnten.«

»Wie Kalee.«

»Wie Kalee«, bestätigte Ace.

»Ist das der einzige Grund, warum Phantom so verärgert ist?«, fragte sie.

Ace zuckte mit den Schultern. »Ich glaube schon, ja. Der Gedanke, jemanden zurückzulassen, selbst wenn er nicht mehr am Leben ist, ist uns zuwider. Kalee ist kein SEAL, aber sie ist Amerikanerin. Und ...« Seine Stimme wurde leiser.

»Und?«, fragte Piper, wobei sie eine Hand auf Ace' Ärmel legte.

»Und Phantom scheitert nicht gern. Er ist extrem hart zu sich selbst, wahrscheinlich weil sein Vater von ihm als Kind Perfektion erwartet hat.«

»Oh. Ja, ich kann mir vorstellen, wie frustrierend es sein muss, wenn man die Aufgabe, die einem zugewiesen wurde, nicht erfüllen kann.«

Ace ließ seine Finger unter ihr Kinn wandern und richtete ihren Blick wieder auf seinen. »Phantom hasst dich nicht, Piper. Er ist nur frustriert. Er weiß genauso gut wie wir, dass es wichtiger ist, dich und die Mädchen in Sicherheit zu bringen, als Kalees Leiche zurück in die Staaten zu bringen.«

»Das ist nicht fair«, murmelte Piper leise.

»Ist es nicht«, stimmte Ace zu.

Piper leckte sich über die trockenen Lippen und sagte: »Wir sollten wahrscheinlich helfen, alles für die Nacht vorzubereiten.«

»Nein, die Jungs haben alles unter Kontrolle.«

Piper schenkte ihm ein kleines Lächeln. »Trotzdem. Das ist kein gutes Beispiel für die Mädchen.«

»Stimmt«, entgegnete Ace.

Dann tat er etwas, das Piper völlig durcheinanderbrachte. Er strich ihr mit der Hand über ihr schmutziges, zerzaustes Haar und murmelte: »Wunderschön. Selbst wenn du schmutzig, müde und nicht in deinem Element bist, bist du wunderschön.« Er ließ seine Hand langsam sinken und wandte sich dann mit einer Geste zur Gruppe. »Nach dir.«

In dem Wissen, dass sie vermutlich wieder rot wurde, ging Piper ihm voraus zu den anderen.

Zwei Stunden später war die Sonne am Horizont

versunken und im Dschungel um sie herum war es stock-dunkel. Piper und die Mädchen hatten sich zwischen zwei großen Baumstämmen verkrochen, um etwas Schlaf zu finden, bevor sie sich am Morgen wieder auf den Weg in die Hauptstadt machten. Die SEALs kauerten etwa eine Viertelstunde lang in der Nähe zusammen und überließen es Piper, mit den Mädchen zu sprechen.

»Rani, geht es dir gut?«, fragte sie.

Das kleine Mädchen nickte. Sie hatte sich an Pipers Seite gekuschelt und ihren Kopf auf ihre Schulter gelegt.

»Sinta?«

»Mir geht es gut«, antwortete die Siebenjährige. Sie lag auf der anderen Seite von Rani, zusammengerollt im Dreck, als wäre es für sie eine ganz normale Nacht. Piper gefiel es nicht, dass die Mädchen sich wesentlich wohler dabei fühlten, im offenen Dschungel auf dem Boden zu schlafen, als sie es ihrer Meinung nach tun sollten.

Piper drehte den Kopf und sagte: »Kemala? Geht es dir gut?«

Ein leises Murmeln war die einzige Antwort auf ihre Frage.

Seufzend fuhr Piper fort: »Ich weiß, das ist nicht das, was du erwartet hast, als du mit mir unter den Boden gekrochen bist. Es tut mir leid, dass Kalee nicht hier ist und ich es stattdessen bin. Ich tue mein Bestes, um euch alle zu beschützen … und ich weiß, dass du aus irgendeinem Grund wütend auf mich bist. Sprich mit mir, Kemala. Ich werde alles tun, was ich kann, damit du dich besser fühlst.«

Als Antwort spürte sie, wie der Teenager sich umdrehte und Piper den Rücken zuwandte.

Frustriert und deprimiert seufzte sie erneut. »Es macht mir nichts aus, dass du nicht mit mir reden willst. Ich werde trotzdem alles tun, was ich kann, damit du in Sicherheit bist«, sagte sie zu Kemala.

Ein kleines Licht kam auf sie zu, und Piper wandte die Aufmerksamkeit den Männern zu, die sich näherten.

»Wir sind es«, sagte Ace leise. »Bubba und ich.«

»Hallo«, entgegnete Piper albernerweise.

Sie wusste, dass es die beiden sein würden, denn nachdem sie zu Abend gegessen hatten – noch mehr Feldrationen –, hatte Ace sie über die Schlafmöglichkeiten informiert und darüber, dass die Männer in Schichten arbeiten und wach bleiben würden, um sicherzustellen, dass sich niemand mitten in der Nacht an sie heranschleichen konnte. Es beruhigte sie zu wissen, dass sie nicht überfallen werden würden.

Er hatte ihr gesagt, dass er und Bubba in der Nähe von ihr und den Mädchen schlafen würden, um sie zusätzlich zu schützen. In diesem Moment wurde ihr klar, dass die SEALs wirklich ihr Leben aufs Spiel setzten, um dafür zu sorgen, dass sie sicher in der Hauptstadt ankamen. Es machte sie demütig und ehrfürchtig. Piper war sich nicht sicher, ob sie den Aufwand wert war, den sie für ihre Rettung betrieben, aber die kleinen Mädchen waren es auf jeden Fall. Sie hatten noch keine Chance gehabt zu leben, und nichts von dem, was passiert war, war ihre Schuld. Sie waren alle zur falschen Zeit am falschen Ort gewesen.

»Rutsch rüber, Piper«, sagte Ace, als er vorsichtig näher trat.

Sie tat, was er verlangte, und rückte sich und Rani nach rechts. Sinta rutschte ebenfalls rüber, bis sie mit dem Rücken an dem Baum auf der einen Seite lag. Kemala hatte sich umgedreht und beobachtete Ace genau.

Er setzte sich neben Piper und legte sich sofort hin. Er griff nach Piper und zog sie mühelos an seinen Körper, bis sie in voller Länge auf ihm lag. Dann streckte er einen Arm aus und winkte Rani zu sich. »Komm her, Kleine.« Rani kuschelte sich sofort an seine Seite. Sinta rollte sich wieder hinter Rani zusammen, einen Arm um das kleine Mädchen gelegt, die Hand an Ace' Seite.

Dann wandte Ace sich an Kemala und streckte seinen anderen Arm aus. »Du auch, Kemala. Ich weiß, dass du zu alt bist, um zu kuscheln, aber es ist lange her, dass ich im Dschungel geschlafen habe, und ich könnte etwas Beruhigung gebrauchen.«

Piper hatte keine Ahnung, ob Kemala alles verstanden hatte, was Ace gesagt hatte, aber überraschenderweise kicherte sie leicht und rückte näher an ihn heran.

Piper drückte ihre Brust von Ace weg, stützte sich auf die Hände und flüsterte: »Was machst du da?«

»Ich habe versprochen, dass ich die Krabbeltiere von dir fernhalten werde«, antwortete Ace sachlich.

Sie starrte ihn nur an. Aufgrund der Dunkelheit konnte sie außer der Umrisse seines Kopfes nicht viel sehen, aber sie war verblüfft. »Mir geht es gut«, sagte sie zu ihm.

»Ich weiß, dass es dir gut geht. Jetzt komm her und entspann dich«, befahl er.

Langsam ließ Piper sich auf seine Brust sinken und legte ihre Wange über sein Herz. Ace als Behelfsbett war nicht gerade bequem, denn die harte Rüstung und die Beulen von dem, was er in den Taschen seiner Uniform hatte, piksten sie, aber sie würde jeden Tag auf ihm schlafen, wenn sie dann nicht auf dem Dschungelboden liegen müsste.

»Ace okay?«, flüsterte Sinta.

»Mir geht's gut«, sagte Ace sofort. »Wie geht es dir?«

»Gut«, entgegnete Sinta.

»Kemala? Fühlst du dich wohl?«, fragte Ace.

»Ja«, flüsterte der Teenager zurück.

»Rani?«, fragte er.

Ein leises Schnarchen war die einzige Antwort.

Ace' Lachen hallte durch Pipers Körper und sie kniff die Augen zusammen. In dieser Sekunde wurde ihr klar, wie viel Glück sie hatte. Sie hatte nicht gedacht, dass sie Glück hatte, als sie im Waisenhaus unter dem Boden gefangen war und sich zu Tode geängstigt hatte, aber während sie hier auf Ace lag, einem wilden Navy SEAL, der bereit war, alles zu tun, um sie nach Hause zu bringen, während sie Rani schnarchen hörte und wusste, dass Sinta und Kemala sicher und gesund waren, wurde ihr klar, wie falsch sie gelegen hatte.

Sie hatte keine Ahnung, wie viel Zeit vergangen war, aber als sie hörte, dass alle drei Mädchen tief atmeten, was darauf hindeutete, dass sie eingeschlafen waren, flüsterte Piper: »Ace?«

»Ja?«, antwortete er sofort.

»Danke.«

»Schlaf, Piper«, erwiderte er. »Ich werde dich beschützen. Ich werde euch *alle* beschützen.«

»Ich weiß, dass du das tun wirst.«

Piper glaubte nicht, dass sie würde schlafen können. Ihre Muskeln schmerzten, ihr Magen krampfte von der Mahlzeit, die sie am Abend zu sich genommen hatte, nachdem sie in den letzten drei Tagen nicht viel gegessen hatte, und dann war da noch immer der Gedanke an die Käfer, die immer noch an sie herankommen könnten, obwohl sie auf Ace lag. Aber innerhalb weniger Minuten holten sie der Stress der letzten drei Tage sowie der unregelmäßige Schlaf ein und sie war weg.

Ace schlief nicht.

Pipers Gewicht auf seinem Körper war schwer, aber nicht übermäßig schwer, und die kleinen warmen Luftstöße an seinem Hals waren tröstlich und beruhigend.

Das Gefühl der kleinen Rani zu seiner Rechten und

Sintas Hand, die sein Hemd umklammerte, gaben ihm das Gefühl, drei Meter groß zu sein. Sogar Kemalas Körperwärme zu seiner Linken sorgte dafür, dass er weniger nervös war. Sie kuschelte sich zwar nicht an ihn, aber sie war nahe genug, dass er sie spüren konnte. Alle seine Mädchen waren um ihn herum. Sie waren sicher.

Seine Mädchen.

Die Worte hallten in seinem Kopf nach.

Was dachte er sich nur? Sie gehörten nicht zu ihm.

Seine Mädchen.

Wenn sie Dili erreichten, musste Piper Rani, Sinta und Kemala wahrscheinlich in einem Waisenhaus zurücklassen und würde sie nie wiedersehen.

Seine Mädchen.

Wenn Piper in die USA zurückkehrte, würde sie wahrscheinlich alles über ihre Zeit in Timor-Leste vergessen wollen, auch ihn, und das konnte er ihr nicht verdenken.

Seine Mädchen.

Dennoch schrie alles in ihm, dass die vier wertvollen Menschen um ihn herum zu *ihm* gehörten. Um sie zu beschützen. Um sie glücklich zu machen. Um sie für immer bei sich zu haben.

Es war wahnsinnig. Aber Ace konnte nicht leugnen, dass er in seinem ganzen Leben noch nie eine solche Verbindung zu einem anderen Menschen gespürt hatte. Wieder einmal dachte er an die Zeit zurück, als er mit Rocco und Gumby in dem feuchten Keller in Bahrain festgesessen hatte. Sie hatten gedacht, dass sie sterben würden. Sie hatten es erwartet. Und er hatte nur bedauert, sich nicht die Zeit genommen zu haben, eine Familie zu gründen.

Ihm ging der Gedanke nicht aus dem Kopf, dass es so sein sollte. Dass diese drei verwaisten Mädchen jemanden wie ihn brauchten, der auf sie aufpasste. Der sicherstellte, dass kein Junge sie ausnutzte. Der ihnen beibrachte, für sich selbst einzustehen und das Beste zu erwarten, was das Leben zu bieten hatte, und nicht das Schlimmste.

Seine Mädchen.

Und dann war da noch Piper. Ihr Körper an seinem fühlte sich gut an. Es fühlte sich ... *unvermeidlich* an. Sie hätte den Überfall der Rebellen auf das Waisenhaus nicht überleben sollen. Die Wahrscheinlichkeit, dass sie genau dort sein würde, wo sie sein musste, um sich unentdeckt unter dem Küchenboden zu verstecken, war astronomisch.

Ace schickte ein kurzes Gebet zu Kalee, in dem er ihr dafür dankte, dass sie so vorausschauend gewesen war, seine Mädchen zu verstecken, und starrte hinauf zu den wenigen Sternen, die er zwischen dem Baldachin über ihm funkeln sehen konnte.

Seine Mädchen.

Er sollte nicht auf diese Weise an sie denken. Er bereitete sich selbst Herzschmerz.

Ace spürte, wie Sinta sich an Rani schmiegte, und sie fragte verschlafen: »Ace?«

»Schhhh, Sinta. Ich bin hier«, flüsterte Ace.

Er spürte, wie sie mit ihrer kleinen Hand sein Hemd fester umklammerte, und sie antwortete nur: »Okay.«

Sein Herz war zum Bersten voll und Ace konnte nicht verhindern, dass die Worte seinen Mund verließen, selbst wenn sein Leben davon abgehangen hätte. »Schlaft gut, Mädchen. Bei mir seid ihr sicher.«

Piper bewegte die Hand, nachdem er gesprochen hatte, und legte sie um die Seite seines Halses, während sie sich an ihn schmiegte und ihr Bestes tat, um mit seiner Brust zu verschmelzen.

Ace schloss die Augen und seufzte zufrieden ... und besorgt.

Seine Mädchen.

Aber für wie lange?

KAPITEL FÜNF

Der nächste Tag verlief ähnlich wie der vorherige. Die Gruppe wanderte weiter den Berg hinunter in Richtung Dili. Je weiter sie kamen, desto weiter entfernt ertönten die Schüsse, und die Wahrscheinlichkeit, auf Rebellen zu treffen, wurde immer geringer.

Im Moment hielten sich die Rebellen in den kleinen Städten und Dörfern in den Bergen auf. Sie hofften, auf dem Weg Unterstützer zu finden. Natürlich bedeutete »Unterstützer finden«, dass sie Männer und Jungen zwangen, für ihre Sache zu den Waffen zu greifen.

Je weiter sie sich vom Waisenhaus entfernten, desto sicherer fühlte sich Ace. Das bedeutete nicht, dass sie nicht in Gefahr waren, sondern nur, dass sie weniger wahrscheinlich war. Aber er wusste, dass keiner aus seinem Team unvorsichtig sein würde, bevor sie sicher in einem Flugzeug nach Kalifornien saßen.

Im Moment liefen alle drei Mädchen fröhlich und hüpften sogar, während sie den Weg hinuntergingen. Rocco war sich sicher, dass sie in der kleinen Stadt am Fuße des Berges eine Mitfahrgelegenheit nach Dili finden würden. Es war ein wenig beunruhigend, dass sie noch nicht mit dem Kommandanten gesprochen hatten, aber sie waren es gewohnt, das Beste aus jeder Situation zu machen. Wahrscheinlich würden sie sich alle auf den Rücksitz eines Pickups oder so quetschen müssen, aber selbst diese kleine Unannehmlichkeit wäre besser, als den ganzen Weg in die Hauptstadt zu Fuß zurückzulegen.

Er hoffte, dass sie nur noch einen Tag zu Fuß gehen mussten, denn Piper humpelte ziemlich stark. Ace runzelte die Stirn, als er sie beobachtete. Sie hatte behauptet, sie hätte nur Muskelkater und würde deshalb hinken, aber er war sich da nicht so sicher.

In der Nacht zuvor hatte er stoßweise geschlafen, wie es ihm beigebracht worden war. Er hatte jedes Mal mitbekommen, wenn einer der anderen Jungs aufstand und sich bewegte, um die Umgebung zu überprüfen. Jedes Mal wenn Kemala die Position neben ihm wechselte, wachte er auf. Aber sein Hauptaugenmerk lag auf dem angenehmen Gewicht der Frau auf seiner Brust. Sie hatte sich gut auf ihm angefühlt.

Sie war auch schmutzig, müde und so weit von ihrem Element entfernt, wie man nur sein konnte, aber abgesehen von ihrem kurzen Zusammenbruch, als sie ihm all ihre Sorgen und Unannehmlichkeiten anvertraut hatte, war sie so kooperativ wie möglich.

Die Mädchen waren früh aufgewacht und Ace hatte sie gedrängt, aufzustehen und Rocco für ihr Frühstück aufzusuchen. Sobald er mit Piper allein war, hatte er für einen Moment die Augen geschlossen und sich vorgestellt, sie wären bei ihm zu Hause und würden ausschlafen, während ihre Kinder im anderen Zimmer kicherten und sich spielerisch stritten.

Er war mit seinen Händen über Pipers Rücken gefahren und hatte es genossen, wie sie sich an ihn kuschelte. Sie hatte sich während der Nacht weiter nach oben bewegt, sodass ihre Nase nun seinen Hals streifte. Er konnte jeden warmen Atemzug auf seiner Haut spüren …

Und ein plötzlicher Drang, sie für sich zu beanspruchen, hatte ihn überkommen, schnell und dringlich.

Er hatte gespürt, wie sie sich rührte, aber sie hatte sich nicht bewegt. Sie hatte sich nicht beeilt, von ihm herunterzukommen. Er hatte gebetet, dass sie vielleicht dieselbe Verbindung fühlte wie er.

»Ace?«, hatte sie geflüstert, nachdem sie kurze Zeit wach gewesen war.

»Ja, Piper?«

»Ich nehme nicht an, dass einer von euch Kaffee in seinen magischen Taschen hat, oder?«

Er hatte gelacht. »Ich fürchte nicht.«

Sie seufzte. »Vielleicht ist das ein guter Zeitpunkt, um dem Koffein endgültig zu entsagen. Immerhin habe ich es seit fast einer Woche nicht mehr zu mir genommen.«

»Wenn wir in Dili ankommen, besorge ich dir eine schöne große Tasse Kaffee, wie wäre es damit?«

»Klingt göttlich.«

»Wie geht es dir heute Morgen?«

»Gut.«

»Nein«, hatte er halb geschimpft. »Sag mir nicht das, von dem du denkst, dass ich es hören will. Ich brauche Ehrlichkeit. Wir haben noch ein gutes Stück Weg vor uns und ich muss wissen, wie es dir geht.«

Piper hatte geseufzt. Erneut ließ ihr warmer Atem eine Gänsehaut auf seinen Armen unter seinem Hemd entstehen. »Ich weiß es nicht. Ich möchte nicht von hier weggehen. Ich bin sicher, dass ich Muskelkater habe. Den hatte ich schon gestern und am zweiten Tag ist es immer schlimmer. Aber ich schaffe das schon. Die Alternative wäre, hier im Dreck zu sitzen, und das ist nicht akzeptabel.«

»Willst du aufstehen und sehen, wie du dich fühlst?«

»Nein.«

Er hatte gelacht. Das war's. Einfach nein. »Komm schon. Ich werde dir helfen.« Ace setzte sich langsam auf und hielt Piper an sich, bis er saß und sie rittlings auf seinem Schoß war. Sie waren auf Augenhöhe und Ace hätte schwören können, dass in diesem Moment etwas Intensives zwischen ihnen passiert war. Aber sie hatte schnell geblinzelt und weggesehen.

Er half ihr auf die Beine und hielt ihren Arm fest, als sie schwankte.

»Piper?«

»Gib mir eine Sekunde«, bat sie ihn.

Er tat es, und als sie sich wieder unter Kontrolle hatte, machte sie ein paar wackelige Schritte und schenkte ihm ein schiefes Lächeln. »Ich habe nur Muskelkater. Das wird schon wieder, wenn wir losgehen.«

Sie waren jetzt seit etwa drei Stunden unterwegs und Ace wusste ohne Zweifel, dass es Piper nicht gut ging. Was auch immer mit ihr los war, es war nicht nur Muskelkater.

Er gab Rocco ein Zeichen und neigte sein Kinn in Richtung Piper. Er tippte mit dem Fuß und Rocco nickte.

Es dauerte weitere zehn Minuten, einen guten Platz für eine Pause zu finden, und sobald sich alle niedergelassen und ein paar Kekse aus den Feldrations-Paketen geknabbert hatten, ging Ace zu Piper hinüber. Er kniete vor ihr nieder und legte seine Hand auf ihr Knie. »Ich werde deine Füße untersuchen.«

Ihre Augen wurden groß und wie er erwartet hatte, versuchte sie, sie näher an ihren Körper zu ziehen. Ace berührte eine ihrer Waden und starrte sie einfach an.

Piper blickte sich schnell um. Ace wusste nicht, ob sie Hilfe bei einem der Mädchen suchte oder ob ihr etwas peinlich war.

»Piper? Sprich mit mir. Was ist hier wirklich los?«

Sie ließ die Schultern sinken und starrte auf ihre Finger im Schoß. »Ein Team ist nur so gut wie sein schwächstes Mitglied. Und ich will nicht, dass ich das bin. Ich will von diesem Berg runter, und im Moment ist meine einzige Möglichkeit, das zu schaffen, weiterzugehen. Einen Fuß vor den anderen setzen. Ich schaffe das.«

Ace' Herz brach für sie. »Natürlich schaffst du das«, beruhigte er sie. »Aber du musst auch keine Schmerzen haben, während du es tust. Darf ich mir mal deine Füße ansehen?«

Sie antwortete nicht auf seine Frage. »Mir sollte es *gut* gehen. Ich trage Turnschuhe und die Mädchen haben nur Flipflops an.«

»Sie tragen diese Art von Schuhen schon ihr ganzes Leben lang. Ihre Füße sind zäh und an diese Art von Anstrengung gewöhnt. Ich schätze, deine sind es nicht.«

Sie schnaubte. »Nicht wirklich.«

Ace grinste sie an, dann wurde er nüchtern. »Lass mich wenigstens einen Blick darauf werfen. Wir haben ein paar Pflaster und Moleskin, die wir auf eventuelle Blasen kleben können. Glaub mir, ein wenig liebevolle Zuwendung wird viel bringen und dir wird es um einiges besser gehen.«

Sie starrte ihn einen Moment lang an, bevor sie sagte: »Ich hasse es, mich als schwächstes Glied zu fühlen.«

»Wir alle haben unsere Schwächen«, antwortete Ace, ohne sie zu drängen. »Das macht uns nicht besser oder schlechter als jemand anderes.«

»Was ist deine?«, fragte sie mit zusammengekniffenen Augen.

»Enge Räume«, erwiderte er ohne Scham.

Piper starrte ihn mit großen Augen an.

»Er macht keine Witze«, sagte Bubba von hinten. »Ich bin nicht der beste Schwimmer.«

»Und Höhen sind nicht mein Ding«, rief Rex aus einiger Entfernung.

»Wir kennen alle unsere Schwächen und helfen uns gegenseitig, sie zu überwinden«, erklärte Ace ihr. »Wir sind Menschen, keine Maschinen. Und es ist wichtig, dass wir das verstehen und zusammenarbeiten. Du hast recht, ein Team ist nur so gut wie sein schwächstes Mitglied, aber Piper, du bist nicht schwach. Nicht einmal annähernd. Schau dir an, was in den letzten fünf Tagen mit dir passiert ist. Ich würde sagen, du bist verdammt stark. Darf ich mir jetzt bitte deine Füße ansehen?«

Sinta ging zu den beiden hinüber und lehnte sich an Piper. Sie legte ihre Arme um ihren Hals und fragte: »Ich deine Hand halten?«

Das genügte. Piper holte tief Luft und nickte. »Ja, bitte. Ich würde mich viel besser fühlen, wenn du meine Hand halten würdest.«

Rani, die nicht außen vor bleiben wollte, lief hinüber, stellte sich auf Pipers andere Seite und nahm ihre freie Hand.

Als Ace sich umsah, entdeckte er Kemala, die neben Bubba stand und schweigend zusah. Das tat sie oft. Sie hörte einfach zu, beobachtete und nahm alles auf.

»Wir kommen gut voran«, sagte Rocco hinter Ace, während dieser begann, Pipers Schuh zu öffnen. »Ich habe den Kommandanten erreicht und er sagt, dass es am besten ist, wenn wir in die nächste Stadt gehen und um eine Mitfahrgelegenheit in die Hauptstadt verhandeln.«

Ace blickte nicht von seiner Arbeit auf. Alle kannten den Plan bereits und er wusste, dass sein Freund nur redete, um Piper abzulenken.

Er blendete Roccos Kommentar aus und konzentrierte sich darauf, Pipers Socke sanft von ihrem Knöchel zu ziehen.

Der Anblick ihres nackten Fußes löste in ihm den Wunsch aus, zu fluchen und etwas zu schlagen, aber er behielt diese Reaktion für sich. Ihre Füße waren rosa und runzelig, als hätte sie sie stundenlang in Wasser eingeweicht. Es gab ein paar fleckige weiße Stellen und ein paar Blasen. Es war kein Wunder, dass sie hinkte.

Es war offensichtlich, dass ihre Socken irgendwann einmal nass geworden waren. Wahrscheinlich, als sie am Vortag einen kleinen Bach überquert hatten. Da sie keine Kampfstiefel trug wie er und sein Team, war das Wasser durch ihre Schuhe und Socken gesickert, und beide hatten keine Zeit zum Trocknen gehabt. Ace hatte nicht einmal darüber nachgedacht, was dumm war. *So* dumm.

Sie alle wussten, wie wichtig es war, dass ihre Füße trocken blieben, vor allem da sie so weit wanderten.

»Musst du sie abschneiden?«, scherzte Piper.

Ace schaute auf. Sie neckte ihn zwar, aber es war offensichtlich, dass sie sich Sorgen machte. Er zwang sich zu einem Lächeln und schüttelte den Kopf. »Nein, du bist in Ordnung. Wir müssen sie nur ein bisschen atmen und trocknen lassen. Wann hast du das letzte Mal deine Schuhe und Socken ausgezogen?«

Piper zuckte mit den Schultern. »Ich weiß nicht mehr, welcher Tag heute ist, aber ich habe sie seit dem Morgen, an dem Kalee und ich das Waisenhaus besucht haben, nicht mehr ausgezogen.«

Ace nickte. Das hatte er vermutet. Er hörte, wie sich jemand hinter ihm bewegte, drehte sich aber nicht um, um nachzusehen. Er vermutete, dass es einer seiner Teamkameraden war, der in seinem Rucksack kramte, um das zu holen, was er für die Behandlung von Pipers Füßen brauchte. »Ist schon gut, Piper. Das ist keine große Sache. Tun sie weh?«

Sie zuckte mit den Schultern. »Ein bisschen. Sie fühlen

sich eher schwer an als alles andere. Und es kribbelt und juckt ein bisschen.«

Ace wusste, dass dies die typischen Symptome von Fußbrand waren. Auch wenn es im Dschungel nicht kalt war, hatten ihre Füße seit Tagen keine Gelegenheit gehabt zu trocknen. Und das viele Laufen hatte ihr auch nicht gut getan. Sie hatte eine Blase an der hinteren Ferse, die ziemlich heftig aussah.

Phantom kniete sich neben ihn und machte sich daran, ein paar sterile Reinigungstücher zu öffnen und medizinische Tücher und Pflaster bereitzulegen. Er hatte zwei Waschlappen dabei, mit denen sie ihre Füße so gut wie möglich abtrocknen würden. Ein sauberes, trockenes Paar Socken befand sich ebenfalls in dem Stapel mit den Vorräten.

Piper sagte kein Wort, sondern sah Phantom nur mit besorgtem Blick an.

Ace wusste, dass Piper nur ungern in der Nähe seines Teamkameraden war, aber obwohl er wusste, dass sein Freund etwas schroff war, würde er nie etwas tun, um Piper absichtlich zu verletzen. Auch wenn er der Meinung war, dass die Mission gescheitert war, weil sie Kalee nicht hatten retten können, lag ihm genauso viel daran, dass Piper und die Mädchen in Sicherheit waren, wie dem Rest von ihnen.

Ace nickte seinem Freund zu, setzte sich auf den Hintern und nahm Pipers armen, misshandelten rechten Fuß in seinen Schoß, um ihn zu trocknen. Phantom tat dasselbe mit ihrem linken.

Ein paar Minuten lang sagte niemand etwas, bis Piper herausplatzte: »Wenn ich gewusst hätte, dass ihr so gute Fußmassagen gebt, hätte ich früher etwas gesagt.«

Ace sah, wie Phantoms Lippen zuckten, aber er blickte nicht von ihrem Fuß auf.

»Und ich wünschte, ich hätte Nagellack. Ich würde mir

von euch eine Pediküre verpassen und meine Zehennägel lackieren lassen, während ihr da unten seid«, neckte sie weiter.

Ace hatte das Gefühl, dass sie ihr Unbehagen und ihre Sorgen mit Humor überspielte, also lächelte er zu ihr hoch. »Nächstes Mal«, sagte er locker.

»Ped-i-kure?«, fragte Sinta, die kleine Stirn vor Verwirrung in Falten gelegt.

Die Frage reichte aus, um Piper abzulenken, während sie versuchte, das Wort zu erklären, was es Ace und Phantom ermöglichte, die schlimmsten Blasen ohne viel Aufhebens zu beseitigen.

Ace wünschte sich, sie könnten eine lange Pause machen und ihre Füße auslüften und ausruhen lassen, aber sie mussten weitergehen. Wenn sie so schnell wie möglich aus den Bergen herauskommen wollten, durften sie keine zusätzlichen Pausen einlegen. Er zog eine trockene Socke so vorsichtig wie möglich über Pipers bandagierten Fuß und zog ihr dann den Schuh wieder an. Phantom tat dasselbe mit ihrem anderen Fuß, und schon bald stand sie wieder.

»Wie fühlen sie sich an?«, fragte Ace, der sich noch einmal vor sie kniete.

»Gut«, bestätigte Piper.

»Sag mir nicht das, von dem du denkst, dass ich es hören will«, erinnerte Ace sie. »Ich will die Wahrheit hören. Mach ein paar Schritte. Reibt irgendetwas an der falschen Stelle? Wie fühlen sich die Blasen an?«

Piper holte tief Luft und ging in einem kleinen Kreis um den Felsen herum, auf dem sie gesessen hatte. »Sie sind in Ordnung, wirklich«, sagte sie zu Ace. Dann wandte sie sich an Phantom. »Danke«, murmelte sie leise.

»Gern geschehen«, erwiderte Phantom mit einem kurzen Nicken, bevor er den Müll der Bandagen aufsammelte und zu seinem Rucksack ging.

»Kommt schon, Mädels. Helft mir beim Aufräumen und dann machen wir uns wieder auf den Weg«, rief Rocco. Sinta und Rani liefen zu ihm, um ihm zu helfen, und ließen Piper und Ace allein zurück.

Ace stand auf und zwang sich, still vor ihr zu stehen und sie nicht in die Arme zu nehmen. Sie schaute zu ihm auf und biss sich auf die Lippe. »Tut mir leid, dass ich dir nicht gesagt habe, dass mir die Füße wehtun. Ich wusste nicht, dass sie so schlimm sind.«

Er nahm einen tiefen Atemzug. »Ich weiß, dass du es nicht wusstest. Heute Abend, wenn wir schlafen gehen, musst du deine Schuhe und Socken ausziehen und deine Füße atmen lassen.«

Sie rümpfte die Nase.

Er wollte lachen, tat es aber nicht. Stattdessen gab er seinem Bedürfnis nach, sie zu berühren, und fuhr mit einer Hand an ihrem Kopf entlang. Obwohl ihr Haar zerzaust und schmutzig war, fühlte es sich weich an. »Ich weiß, aber es ist das Beste, was du für sie tun kannst.«

»Okay. Aber wenn ein Krabbeltier meine Zehen abbeißt, gebe ich dir die Schuld.«

Darüber lachte Ace. »Klingt fair. Du machst einen guten Job, Piper.«

»Ich wette, das sagst du zu allen Frauen, die du rettest«, scherzte sie, den Blick auf ihre Füße gerichtet.

Ace legte einen Finger unter ihr Kinn und hob ihr Gesicht an, bis er ihre Augen wieder sehen konnte. »Das tue ich nicht. Ja, ich bin ermutigend, aber ich sage eher Dinge wie *halte durch* oder *wir haben es fast geschafft* zu Leuten, die nicht klarkommen. Jeder von uns könnte dich tragen, wenn wir müssten, aber das ist umständlich und macht die Rettung viel schwieriger. Wir liegen gut in der Zeit. Die Tatsache, dass du dich nicht beschwert hast, macht es für alle anderen leichter. Und du bist ein gutes

Beispiel für die Kinder. Du machst das unglaublich gut, Piper.«

»Danke«, flüsterte sie. »Wahrscheinlich würden viele Frauen an dieser Stelle versprechen, öfter ins Fitnessstudio zu gehen, wenn sie wieder zu Hause sind, aber um ehrlich zu sein, hat mich dieses ganze Abenteuer für immer vom Sport abgeschreckt, glaube ich. Ich sitze lieber auf meinem Hintern auf einem Handtuch am Strand und schaue allen anderen beim Laufen zu, als aufzustehen und selbst aktiv zu werden.«

Ace konnte sich ein Lächeln nicht verkneifen. Er mochte es wirklich, wie sie sich über sich selbst lustig machen konnte, ohne nach Komplimenten zu fischen. »Morgen um diese Zeit werden wir hoffentlich alle auf dem Rücksitz eines viel zu kleinen Pick-ups sitzen und in die Hauptstadt fahren.«

»Na, *das* hört sich ja verlockend an«, antwortete sie. »Wir sollten uns auf den Weg machen. Es gibt nichts Besseres, als auf dem Rücksitz eines Pick-ups in einem fremden Land einen Berg hinunterzurasen und zu hoffen, dass das Ding nicht umkippt.«

Ace schlug alle Vorsicht in den Wind und zog sie in eine Umarmung. Sofort schlang sie die Arme um seinen Oberkörper und er spürte, wie sie sich fest an ihn klammerte. »Ich bringe dich heil nach Hause«, schwor Ace.

Sie atmete tief an ihm ein und nickte.

Dann spürte Ace, wie sich von links kleine Arme um ihn legten. Als er nach unten blickte, entdeckte er Sinta, die zu ihm aufsah. Ihr Gesicht war schmutzig und er bemerkte ein paar Krümel um ihren Mund herum, aber er hatte noch nie so etwas Niedliches gesehen.

Bis er nach rechts schaute. Rani hatte es Sinta nachgemacht und hielt sich an seinem Oberschenkel fest. Sie lächelte zu ihm hoch. Ihr Haar war vollkommen zerzaust, aber sie war zuckersüß.

»Seid ihr bereit zu gehen?«, fragte er die Mädchen.

»Gehen!«, rief Sinta.

Rani nickte.

Ace blickte auf und sah Kemala etwa anderthalb Meter entfernt stehen. Er glaubte, einen kurzen sehnsüchtigen Ausdruck auf ihrem Gesicht zu erkennen, bevor sie den Kopf drehte und zu seinen Teamkameraden blickte, die geduldig darauf warteten, dass er und Piper zum Aufbruch bereit waren.

Er wünschte, er wüsste mehr über Teenager und darüber, was Kemala durch den Kopf ging, und löste sich von Piper. »Sag mir Bescheid, wenn deine Füße wieder wehtun, dann halten wir an und ich schaue sie mir an.«

»Mach ich.«

Er hob eine Augenbraue.

»Ich schwöre«, sagte sie.

Mit einem Nicken beugte Ace sich hinunter, hob Sinta und Rani hoch und legte sie in seine Armbeugen. Er schaukelte sie einen Moment lang auf und ab, woraufhin beide Mädchen vor Lachen kreischten. Er liebte dieses Geräusch. Sie hatten in letzter Zeit nicht viel zu lachen gehabt, und zu wissen, dass sie darauf vertrauten, dass er sie nicht fallen ließ, war ein fantastisches Gefühl.

Piper kicherte neben ihm – und Ace wusste ohne Zweifel, dass es das war, was er wollte. Eine Frau, die an seiner Seite stand, und eine Familie. Die Frau mochte vielleicht nicht Piper sein und die Familie mochte vielleicht nicht die wertvollen Mädchen in seinen Armen beinhalten ... aber wie sehr er sich wünschte, dass es so wäre.

An diesem Abend, als sie ihre Wanderung für den Tag unterbrachen, hielten Rocco und die anderen es sicher genug für ein kleines Feuer. Sie brauchten es nicht, um sich zu wärmen, aber das Licht und die Sicherheit, die es bot, gaben Piper das Gefühl, als wäre sie nur auf einem Campingausflug mit Freunden und nicht auf der Flucht vor bewaffneten Rebellen, die bereits ihre beste Freundin getötet hatten und ihr das Gleiche antun würden, wenn sie sie einholten.

Sinta und Rani schliefen fest auf einer kleinen Pritsche, die Ace für sie gemacht hatte. Kemala saß auf der gegenüberliegenden Seite des Feuers, so weit weg von Piper, wie sie nur konnte. Das tat weh, aber Piper konnte im Moment nichts an der Haltung des Teenagers ihr gegenüber ändern.

Sie hatte ihre Schuhe und die geliehenen Socken ausgezogen, Ace hatte ihre Füße noch einmal verarztet, und sie saßen alle um das Feuer herum und redeten über nichts Besonderes. Von dem, worüber die Jungs beim Gehen gesprochen hatten, wusste sie, dass Rocco und Gumby eine feste Freundin hatten. Gumby war sogar verlobt.

»Wie kommt deine Verlobte damit klar, dass du auf Missionen unterwegs bist?«, fragte Piper ihn.

Er saß mit dem Rücken an einem Baumstamm, schaute zu ihr hinüber und lächelte sie an. »So gut sie kann. Ich will nicht lügen, es ist hart. Für uns beide. Aber sie hat Hannah und Caite sowie die Frauen unserer anderen SEAL-Freunde.«

»Du hast Töchter?«, fragte sie.

Gumby schaute kurz verwirrt, dann lachte er. »Nein, tut mir leid. Hannah ist unser Pitbull und Caite ist die Freundin von Rocco.«

Piper warf einen Blick auf Rocco. »Es ist schön, dass deine Freundin sich mit Gumbys versteht.«

Anstatt einfach zuzustimmen, sah Rocco sie mit einem

so ernsten Blick an, dass Piper aus irgendeinem Grund nervös wurde.

»Caite und Sidney verstehen sich nicht nur. Sie sind eng befreundet. Sehr eng. Mit einem Navy SEAL auszugehen oder verheiratet zu sein ist kein Zuckerschlecken. Wenn wir zu einem Einsatz aufbrechen, können wir unseren Lieben nicht sagen, wohin wir gehen, was wir tun oder wann wir zurückkommen. Das ist verdammt stressig und ich muss zugeben, dass ich keine Ahnung habe, warum eine Frau sich auf so etwas einlassen will.«

Ace knurrte seinen Freund von seinem Platz neben Piper aus an und sie reagierte, ohne nachzudenken, indem sie ihre Hand auf seinen Oberschenkel legte. Bei ihrer Berührung wurde er sofort still. Piper wandte den Blick nicht von Rocco ab. Sie wollte ihn wirklich verstehen. Sie wollte hören, was er sagte.

»Ich bin der Erste, der zugibt, dass Militärangehörige Arschlöcher sein können«, fuhr Rocco fort. »Es ist nicht schwer, eine Frau zu finden, die auf der Suche nach ein wenig Sex ist. Unser Job ist nervenaufreibend, und viel zu viele Soldaten und Matrosen, die ich kenne, benutzen Sex als Stressabbau. Sex mit Frauen, die weder ihre Ehefrauen noch ihre Freundinnen sind, möchte ich hinzufügen.«

»Aber *du* tust das nicht«, sagte Piper selbstbewusst.

Er schnaubte. »Nein, das tue ich nicht. Und auch keiner der Männer, die mit mir hier am Feuer sitzen. Wir haben das Schlimmste der Menschheit gesehen. Wir haben gesehen, wie Männer ihre Frauen und Kinder buchstäblich in die Schusslinie gedrängt haben, damit sie Zeit hatten, dem Feind zu entkommen. Wir haben gesehen, wie Frauen ihre Kinder an Fremde verkauft haben, um ein paar Dollar in die Tasche zu bekommen. Ich kann mir nicht vorstellen, etwas zu tun, was meiner Caite schaden würde. Und das heißt geistig oder körperlich. Ich würde lieber selbst sterben, als sie zu betrügen. Sie hat buchstäblich fast ihr Leben für meines gegeben und ich würde mir eher in den Kopf schießen, als etwas zu tun, das sie an mir oder meiner Liebe zu ihr zweifeln lässt.«

Piper seufzte. Sie wünschte sich diese Art von Liebe. Sie sehnte sich danach. Aber sie hatte sie nie auch nur annähernd gefühlt oder erlebt. Dann fiel ihr noch etwas ein, was Rocco gesagt hatte. »Sie hätte fast ihr Leben für deines gegeben?«

Rocco nickte. »Ja. Gumby, Ace und ich waren auf einer Mission und gerieten in eine brenzlige Situation. Es war wahrscheinlich, dass wir es nicht lebend rausgeschafft hätten ... und dann kam Caite. Als ich sie für unsere Verabredung versetzt habe, hat sie sich Sorgen gemacht, herausgefunden, wo ich war, und ist gekommen, um mich zu retten.«

Piper wusste, dass ihre Augen weit aufgerissen waren, aber sie konnte nicht anders. Sie drehte sich um und starrte Ace an. »Wirklich?«

Er nickte. »Ja.«

»Heilige Scheiße«, hauchte sie.

»Wir haben alle gemerkt, dass wir etwas bereuen. Dinge, die wir noch nicht getan hatten. Ich hatte mitunter bedauert, keinen Hund zu haben«, sagte Gumby ohne eine Spur von Verlegenheit in seinen Worten. »Ich wollte schon immer einen haben, aber ich sagte mir immer, dass es nicht fair wäre, ihn zurückzulassen, wenn ich auf Mission gehe.«

Als er nicht weitersprach, fragte Piper: »Und du hast jetzt einen?«

»Ja. Hannah ist mir eines Tages sozusagen in den Schoß gefallen. Ich fuhr durch die Gegend und sah eine Frau, die sich mit einem Mann prügelte. Ich hielt an, um ihm in den Hintern zu treten, und merkte, dass sie sich um eine

Hündin stritten. Einen Pitbull, den er schwer misshandelt hatte.«

»Geht es ihr jetzt gut?«

Gumby lächelte. »Ja, fantastisch.«

»Und die Frau?«, drängte Piper.

»Sie ist auch fantastisch. Wir werden Ende des Monats heiraten.«

»Dann ist sie einverstanden mit dem, was du tust«, antwortete Piper.

Gumby nickte und wurde ernst. »Wie Rocco schon sagte, ist es für keinen von uns leicht. Ich vermisse sie genauso, wie sie mich vermisst. Ich mache mir genauso viele Sorgen um sie wie sie sich um mich.«

»Das ist nicht das Gleiche«, protestierte Piper. »Ich meine, du bist hier draußen und wirst beschossen und sie nicht.«

»Aber ich habe fünf Männer, denen Ich voll und ganz vertraue, in meinem Rücken. Ich weiß ohne Zweifel, dass jeder von ihnen alles tun würde, um dafür zu sorgen, dass ich zu meiner Sidney nach Hause komme. Aber Sidney könnte von einem Auto überfahren werden, während ich weg bin. Oder einen Herzinfarkt erleiden. Oder stürzen und nicht in der Lage sein, um Hilfe zu rufen. Viele Dinge könnten ihr zu Hause passieren, und ich bin nicht für sie da. Das ist das Schwierige für uns. Wir haben Beschützerinstinkt. Wahrscheinlich mehr als andere Männer, weil wir in unserem Leben so viel gesehen und getan haben. Deshalb ist es für uns genauso schwer, sie zu verlassen, wie es für unsere Frauen ist.«

Piper dachte einen Moment lang darüber nach. Sie konnte es verstehen. Ihr Blick ging zu Sinta und Rani, die friedlich nebeneinander schliefen. Der Gedanke, sie zu verlassen und zurück nach Kalifornien zu gehen, war genauso schmerzhaft wie der Verlust von Kalee. Was würde aus diesen Mädchen werden? Würde jemand sie ausnutzen? Würden sie verletzt werden? Würde jemand beschließen, dass der Verkauf ihrer Körper ein einfacher Weg war, um über die Runden zu kommen?

Es gab so viele Dinge, die den Mädchen passieren konnten, nachdem sie verschwunden war, selbst wenn sie alles getan hatte, um sie zu schützen. Die Vorstellung, einfach wegzugehen, war ihr zuwider.

Sie tat ihr Bestes, diese Gedanken zu verdrängen – das waren Sorgen für morgen –, und fragte Rocco: »Was hast *du* bedauert? Wenn du es mir sagen willst.«

»Dass ich Caite nicht zu unserer Verabredung getroffen habe«, antwortete Rocco, ohne zu zögern. »Wir hatten uns gerade erst kennengelernt und ich hatte versprochen, dass mich nichts davon abhalten würde, mit ihr auszugehen, aber da saß ich nun ohne einen Ausweg in diesem verdammten Keller fest.«

»Frag Ace, was er am meisten bereut hat«, schlug Bubba vor.

Piper drehte sich zu dem Mann neben ihr um. Sein Blick war aufmerksam auf sie gerichtet und er sah nicht im Geringsten verärgert darüber aus, dass sein Freund ihn dazu brachte, ein Geheimnis zu verraten. »Was hast du bereut?«, fragte Piper.

»Keine Kinder zu haben«, war Ace' sofortige Antwort.

Piper nahm einen tiefen Atemzug ... und konnte den Blick nicht von ihm abwenden.

»Ich weiß, dass viele Männer in unserer Branche nicht viel über Kinder nachdenken. Aber wir haben ein wenig darüber geredet. Ich wollte schon immer welche haben. Mehr als eins. Ich möchte, dass meine Kinder Geschwister haben, denen sie für den Rest ihres Lebens nahe sein können. Und als ich dachte, ich würde sterben, habe ich das am meisten bereut.«

Die Luft schien zwischen ihnen zu knistern. Piper spannte ihre Hand auf Ace' Bein an und konnte den Blick nicht von ihm abwenden. Sie konnte sich Ace gut mit Babys vorstellen. Er würde sie beschützen und ihnen gleichzeitig beibringen, stark zu sein, dass sie alles erreichen konnten, was sie sich vornahmen. Ja, er würde ein großartiger Vater sein.

Gumby durchbrach den intimen Bann, der Piper und Ace umgab, mit seiner Frage an Bubba. »Was ist mit dir, Mann? Wenn du heute sterben würdest, was würdest du bereuen?«

Bubba musste nicht einmal über seine Antwort nachdenken. Er sagte sofort: »Meine Beziehung zu meinem Vater nicht in Ordnung gebracht zu haben.«

»Er lebt in Alaska, richtig?«, fragte Rex.

»Ja. In Juneau. Man kann dort nicht mit dem Auto hinfahren, es gibt keine Straßen dorthin oder hinaus. Man muss hinfliegen oder ein Boot nehmen. Ich habe die Stadt gehasst und bin so schnell wie möglich abgehauen. Aber er liebt es dort, und als meine Mutter starb, als ich noch klein war, weigerte er sich, den Ort zu verlassen, weil er sagte, dass er sich ihr dort am nächsten fühlte. Mein Zwillingsbruder Malcom wohnt auch noch dort.«

»Du solltest deinen Vater anrufen, wenn du wieder zu Hause bist«, sagte Piper. »Das Leben ist zu kurz, um Dinge zu bereuen.«

Bubba lächelte sie an. »Vielleicht mache ich das.«

»Gut.«

»Was ist mit dir, Rex?«, fragte Rocco.

»Ich habe nicht viel zu bereuen«, sagte Rex. »Aber ich denke, ich sollte die Krankenschwester, die ich auf dem Stützpunkt gesehen habe, vielleicht nicht mehr nur aus der Ferne bewundern.«

»Welche?«, fragte Ace.

»Avery.«

»Die große Rothaarige mit den Sommersprossen?«, fragte Gumby.

»Genau die. Ich habe sie im Krankenhaus auf dem Stützpunkt gesehen. Sie ist süß.«

»Süß?«, sagte Piper naserümpfend. »Ein Tipp – ich bin mir nicht sicher, ob irgendeine Frau als süß bezeichnet werden möchte. Hübsch, schön, stark, tüchtig oder anders. Aber süß gibt den meisten von uns das Gefühl, acht zu sein und Zöpfe zu tragen.«

Rex lachte. »Zur Kenntnis genommen. Danke.«

»Phantom?«, fragte Bubba. »Was ist mit dir? Bereust du etwas?«

»Ja«, entgegnete der meist schweigende Mann. »Dass ich mir nicht die dreißig Sekunden mehr Zeit genommen habe, die nötig gewesen wären, um Kalee aus dem Loch zu holen und sie mitzunehmen.«

Mit diesen Worten stand Phantom auf und marschierte in den dunklen Dschungel hinter ihm.

Keiner sagte ein Wort, nachdem er gegangen war, als wüssten sie nicht, *was* sie sagen sollten. Piper starrte auf ihre Hände, die nun wieder in ihrem Schoß lagen, und biss sich auf die Lippe, wobei sie versuchte, nicht zu weinen. Sie hatte versucht, Ace' Rat zu befolgen und sich nicht die Schuld an Kalees Tod zu geben, aber es war wirklich schwer, vor allem weil sie wusste, dass Phantom ihr und den Mädchen wahrscheinlich die Schuld dafür gab, dass er seine Mission nicht beenden konnte.

Überraschenderweise war Kemala diejenige, die das Schweigen brach. »Ich wünsche, ich nicht meine Mutter geschrien an Tag, als sie starb und ich in Heim geschickt.«

Alle drehten sich um und starrten den Teenager schockiert an, aber es war Ace, der handelte. Er stand schnell auf, ging auf die andere Seite des Feuers und kniete sich neben das Mädchen. »Deine Mutter wurde getötet?«

Kemala nickte. »Vater war wütend.«

Piper konnte sehen, wie sich ein Muskel in Ace' Kiefer anspannte, selbst von dort aus, wo sie saß. »Er hat dich ins Waisenhaus geschickt?«

Sie nickte wieder. »Aber ich glücklich. Er war gemein. Mutter war nett.«

Ace streckte langsam eine Hand aus und strich Kemala über den Kopf. »Es tut mir leid, Baby. Das muss schwer gewesen sein.«

Sie schluckte und nickte. »Aber ihr Männer schlagt nicht.«

Ace behielt seine Hand auf ihrem Kopf und es schien, als wären sie in diesem Moment die einzigen Menschen auf der Welt. »Ein guter Mann schlägt nie seine Kinder. Oder seine Frau. Oder irgendeine Frau. Du verdienst etwas Besseres, Kemala. Vergiss das nie. Es ist besser, allein zu sein, als mit einem Mann zusammen zu sein, der dir wehtut.«

»Heiraten ist Ziel«, flüsterte sie.

Ace schüttelte den Kopf. »Nein, das ist es nicht. Du kannst ein gutes Leben führen, ohne verheiratet zu sein, wenn es das ist, was du willst. Lass dich *nicht* von einem Mann schlagen. Das ist nicht richtig. Du bist mehr wert als das.«

Piper weinte jetzt. So viel hatte sie Kemala noch nie sagen hören, und was sie sagte, war herzzerreißend. Aber die Art und Weise, wie Ace sein Bestes tat, um dafür zu sorgen, dass das Mädchen sich selbst wertschätzte, trieb ihr ebenso die Tränen in die Augen.

Beckett Morgan war dazu bestimmt, Vater zu sein. Er würde ein verdammt guter Vater sein, wenn man sein Verhalten gegenüber Kemala, Sinta und Rani bedachte.

»Er hat recht«, fügte Rocco hinzu. »Jeder Mann, der

seine Fäuste benutzt, um zu bekommen, was er will, ist böse.«

Piper wusste, dass er seine Worte um Kemalas willen einfach hielt.

Kemala drehte den Kopf, schaute Piper im Feuerschein an und sagte: »Leben in Stadt ist hart. Zu viele Männer. Keine Wahl für Kemala.« Ihre Augen waren tot, es war keinerlei Emotion darin zu sehen.

Pipers Tränen fielen schneller und die Schuldgefühle fühlten sich an, als würden sie sie erdrücken. Sie verstand, was Kemala sagte. Kurz bevor die Kacke am Dampfen gewesen war und die Rebellen das Waisenhaus angriffen, hatten Kalee und die Leiterin des Waisenhauses darüber gesprochen, wie glücklich sie sich schätzen konnten, in den Bergen zu sein, denn die Mädchen in den Städten hatten nicht so viele Möglichkeiten, was ihre Zukunft betraf. Da sie keine Familien hatten, wurden sie im Grunde jedem Mann gegeben, der den überfüllten Waisenhäusern eine gesunde »Spende« zukommen ließ.

Das war falsch und widerlich, und Piper war froh, dass das Leben in den Bergen zwar hart war, aber wenigstens nicht bedeutete, dass sie an irgendeinen Mann verkauft werden mussten, der eine Kinderbraut haben wollte.

Kemala hatte dieses Gespräch offensichtlich auch mitbekommen. Und da sie sich dem Alter näherte, in dem die meisten Mädchen verheiratet wurden, wusste sie, was sie in der Stadt erwartete.

Piper schloss die Augen und ließ den Kopf sinken. Kemala tat ihr so leid. Sie wollte dem Mädchen sagen, dass sie sie gern adoptieren würde. Sie wollte sie in die Staaten bringen, damit sie sich keine Sorgen darüber machen musste, einen Mann heiraten zu müssen, den sie nicht liebte. Aber sie hatte keine Ahnung, ob sie das schaffen würde. Sie wollte dem Mädchen auf keinen Fall Hoffnungen machen, um sie dann später zu enttäuschen.

Pipers Blick fiel wieder auf Rani und Sinta, die in der Nähe tief und fest schliefen. Die beiden auch. Sie hatten wahrscheinlich noch ein paar Jahre, bevor sie zu einem fremden Mann geschickt wurden.

Ace sagte nichts, sondern setzte sich einfach neben Kemala auf den Boden und zog sie in seine Umarmung. Überraschenderweise ließ das Mädchen das zu und legte den Kopf auf Ace' Brust. Danach sprach niemand mehr. Es gab nichts zu sagen.

Nach einer Weile standen die Männer auf und machten sich auf den Weg zu den Spähpunkten, die sie vor Sonnenuntergang ausgekundschaftet hatten. Sie würden heute Nacht genauso Wache halten wie in der Nacht zuvor. Auch wenn die Gefahr dort, wo sie waren, nicht so groß war, wollte niemand ein Risiko eingehen.

Ace stand auf und löschte das Feuer, dann hielt er Piper seine Hand hin. Sie nahm sie, und er half ihr aufzustehen und führte sie zu Rani und Sinta hinüber. Genau wie in der Nacht zuvor legte er sich hin und zog Piper auf seine Brust. Kemala ließ sich ein wenig entfernt nieder.

Pipers Gedanken überschlugen sich. Der Funke in ihr, der einen Weg hatte finden wollen, die Mädchen zu behalten, war jetzt stärker. Es würde nicht einfach sein, sie würde vielleicht mehrere Wochen in der Hauptstadt verbringen müssen, um die bürokratischen Hürden zu überwinden und die nötigen Papiere zu bekommen, um die Mädchen zurück in die Vereinigten Staaten bringen zu können ... aber sie wurde das Gefühl nicht los, dass sie für sie bestimmt waren.

Nachdem sie heute Abend Kemalas Worte gehört hatte, schien es immer weniger eine Option zu sein, die drei Mädchen einfach in einem Waisenhaus in der Stadt abzuliefern.

Das war Wahnsinn. Sie war eine zweiunddreißigjährige alleinstehende Frau. Obwohl sie ein gutes Gehalt bekam, lebte sie in einer Dreizimmerwohnung. Sie konnte sich nicht darauf verlassen, dass ihre älteren Großeltern ihr helfen würden, denn sie brauchten jeden Cent ihrer Sozialhilfe, um das Altersheim zu bezahlen, in das sie vor ein paar Jahren gezogen waren.

Es war verrückt, darüber nachzudenken, die Mädchen zu adoptieren, aber jetzt, da die Saat noch tiefer gesät worden war, wurde sie das Gefühl nicht los, dass es das Richtige war. Für Kalee, deren letzte Tat es gewesen war, sie zu retten; für Mr. Solberg, der jede Art von Verbindung zu seiner verlorenen Tochter wollte, die er bekommen konnte; und für die Mädchen selbst.

»Worüber denkst du so angestrengt nach?«, fragte Ace leise.

Piper zuckte nur mit den Schultern. Sie wollte nicht, dass er versuchte, es ihr auszureden, oder ihr leere Versprechungen machte, dass die Mädchen an einem sicheren Ort untergebracht würden. Im Moment fühlte sie sich ähnlich, wie Phantom es getan haben musste, als er Kalee in dem Loch sah.

Sie würde nicht ohne sie gehen. Sie hatte keine Ahnung, wie sie das tun sollte, aber sie würde es schaffen.

Ace sagte: »Morgen früh wird alles besser aussehen. Die Jungs und ich werden alles tun, was wir können, um es dir leichter zu machen. Schlaf etwas.«

Sie wünschte sich, dass er damit meinte, die Mädchen aus Timor-Leste herauszuholen, aber sie wusste, dass er meinte, die Mädchen in einem Waisenhaus in der Stadt unterzubringen. Für den Moment musste sie ihre Pläne für sich behalten ... zumindest bis sie mehr Informationen hatte.

Nach dem zu urteilen, was Rocco vorhin gesagt hatte,

wollten sie zur US-Botschaft in Dili gehen, sobald sie dort eintrafen. Ihr Kommandant arbeitete mit den Behörden zusammen, um ihren Pass zu ersetzen, damit sie das Land verlassen konnte. Während sie dort war, würde sie mit jemandem darüber sprechen, wie sie Rani, Sinta und Kemala adoptieren könnte.

Piper fühlte sich besser mit ihrer Entscheidung, auch wenn sie ihr große Angst machte, und nickte einfach und lehnte sich an Ace. Trotz der vielen Gedanken, die ihr durch den Kopf gingen, war sie innerhalb weniger Augenblicke eingeschlafen.

Kommandant Storm North presste mitfühlend die Lippen zusammen und starrte Paul Solberg an. Er war kein glücklicher Mann. Er hatte gerade erfahren, dass seine Tochter in Timor-Leste getötet worden war und die SEALs, die geschickt worden waren, um sie zu holen, ihre Leiche zurücklassen mussten, um Piper und drei Waisenkinder aus den Bergen zu eskortieren.

»Das darf nicht wahr sein«, sagte Solberg gequält. »Ihre Männer wurden geschickt, um Kalee zu befreien! Was ist passiert?«

»Wir kennen noch nicht alle Details«, sagte Storm zu dem verzweifelten Mann.

»Können Sie mir *irgendetwas* sagen?«, fragte Solberg. »Sie haben erwähnt, dass Piper gerettet wurde ... waren sie zusammen? Wie konnte Piper überleben und Kalee nicht? Gab es eine Schießerei? Hat meine Tochter sich in die Schusslinie begeben, um den anderen zu helfen? Das würde ich ihr zutrauen.«

»Ich weiß es ehrlich gesagt nicht«, sagte der Kommandant leise. »Sobald ich mich mit meinen Männern in

Verbindung setzen kann, nachdem sie in der Hauptstadt angekommen sind, werde ich mehr wissen.«

Storm beobachtete, wie der ältere Mann versuchte, seine Gefühle unter Kontrolle zu bringen. Es war offensichtlich, dass Paul seine Tochter liebte und am Boden zerstört war. Das Überbringen von Todesnachrichten war eine der schwierigsten Aufgaben des Kommandanten, und diese war keine Ausnahme.

Solberg räusperte sich und fuhr abwesend fort: »Als Kalee sich entschloss, dem Friedenskorps beizutreten, war ich nicht begeistert, aber ich dachte, ich hätte Glück gehabt und ihr eine Stelle in einem sicheren Land verschafft. Ich hätte ein Machtwort sprechen und mich weigern sollen, sie gehen zu lassen. Kalee hat ein zu großes Herz. Sie kümmert sich um jeden ... Wenn die SEALs Piper in die Hauptstadt gebracht haben, werden sie dann zurückgehen und meine Kalee holen? Sie können sie doch nicht einfach dort lassen.«

»Noch mal, Sir, ich muss mit meinen Männern sprechen, bevor ich eine endgültige Antwort geben kann. Die Gegend ist offensichtlich instabil und da die Rebellen die Kontrolle über die Bergregion um Dili übernommen haben, wird es wahrscheinlich mehrere Wochen oder sogar Monate dauern, bis die Lage sicher genug ist, um eine Rettungsaktion zu starten.« Storm hasste es, der Überbringer solch schlechter Nachrichten zu sein, aber er wollte den armen Mann bezüglich ihrer Chancen nicht an der Nase herumführen.

Solberg sagte einen langen, angespannten Moment nichts. Dann straffte er die Schultern und erwiderte nur: »Ich verstehe. Sie melden sich, wenn Sie mehr Informationen für mich haben?«

»Ja, natürlich«, versprach Storm.

Dann nickte Mr. Solberg und sagte: »Ich weiß es zu

schätzen, dass Sie zu mir nach Hause gekommen sind, um mir die Neuigkeiten persönlich mitzuteilen.«

Kommandant North erkannte eine Entlassung, wenn er sie hörte, und nickte. »Ich melde mich, sobald ich kann. Mein Beileid für Ihren Verlust.«

Paul nickte und begleitete ihn zur Eingangstür. Es wurde kein weiteres Wort gesprochen, und nachdem Mr. Solberg die Tür hinter sich geschlossen hatte, konnte Storm nicht entscheiden, ob die Benachrichtigung gut gelaufen war oder nicht.

Natürlich war der Mann aufgebracht wegen seiner Tochter ... aber hinter seinen Augen spielte sich etwas anderes ab, das Storm nicht zuordnen konnte. Er war bereits lange in der Marine und hatte schon mehr Todesnachrichten überbracht, als er zählen konnte. Jeder Mensch reagierte ein wenig anders auf die Nachricht, dass ein geliebter Mensch gestorben war. Aber irgendetwas an Paul Solbergs Reaktion schien ... ungewöhnlich.

Der Kommandant schüttelte den Kopf und ging zu seinem Wagen. Er hatte keine Zeit, darüber nachzudenken. Er musste sich die Karten der Gegend um Dili ansehen und sich einen Plan ausdenken, wie er seinen SEALs und Piper Johnson helfen konnte, Timor-Leste heil zu verlassen. Informationen hatten darauf hingedeutet, dass die Rebellen sich schnell aus den Bergen in Richtung der Hauptstadt bewegten. Und wenn er sein Team nicht vor diesem Zeitpunkt herausholen konnte, würde es verdammt schwierig werden, alle zu befreien.

In dem Moment, in dem sich die Tür hinter Storm North schloss, drehte Paul Solberg sich um und ging zurück in sein Wohnzimmer. Er blieb regungslos stehen, bis er hörte, wie das Fahrzeug draußen ansprang und wegfuhr.

Dann schrie er »Scheisse!« aus vollem Halse.

Der Schmerz und die Wut in seinem Inneren waren unerträglich – und er hätte Piper Johnson am liebsten den Hals umgedreht.

Sie war diejenige, die sein braves kleines Mädchen immer dazu ermutigt hatte, in Schwierigkeiten zu geraten. Sie hatte Kalee sogar darin bestärkt, dem Friedenskorps beizutreten! Er hatte keine Ahnung, warum Kalee sich vor all den Jahren überhaupt mit ihr angefreundet hatte. Er hatte sie nie gemocht. Sie war eine kleine Mitläuferin. Seine Tochter war schön und temperamentvoll; Piper war schlicht und mausgrau. Seine Tochter war reich; sie hatte vor, Großes in ihrem Leben zu erreichen. Piper verließ ihre Wohnung nur selten.

Sie war unter Kalee. In jeder Hinsicht.

Er *wusste*, dass sie etwas mit dem Tod von Kalee zu tun hatte. Aber die Marine würde es ihm wahrscheinlich nie sagen, wenn es so wäre.

In seinem Kopf drehte sich alles um die Möglichkeiten, was passiert sein könnte. Wahrscheinlich war Piper ausgeflippt und hatte angefangen zu schreien, was Aufmerksamkeit erregt und dazu geführt hatte, dass Kalee in dem Chaos getötet wurde. Oder Piper war vor Angst weggelaufen und Kalee war erschossen worden, als sie versuchte, ihr zu folgen.

Oder seine loyale, großzügige Kalee hatte sich für Piper geopfert ...

Paul ging wütend auf und ab, während seine Gedanken umherwirbelten. Seit Tagen schlief er nur minutenweise, in der Erwartung von Neuigkeiten. Er war zu abgelenkt, um zu arbeiten oder zu essen ... Er hatte rasende Kopfschmerzen – nicht die ersten in den letzten Tagen – und er konnte nicht aufhören, an sein kleines Mädchen zu denken, das Schmerzen hatte und allein, hilflos und zu Tode verängstigt starb. Die Bilder brannten sich in sein Gehirn ein, eines nach dem anderen, und sie wollten nicht verschwinden.

Jemand würde für Kalees Tod bezahlen. Und dieser Jemand war Piper Johnson. Sie war der Grund, warum seine Tochter tot war. Sie musste es sein.

Und sie würde den Tag bereuen, an dem sie beschlossen hatte, nach Timor-Leste zu gehen. Er würde alles in seiner Macht Stehende tun, um dafür zu sorgen.

KAPITEL SECHS

Ace atmete erleichtert auf, als die Stadt Dili in Sichtweite kam. Der Morgen war nach den Geständnissen von Phantom und Kemala am Vorabend etwas angespannt gewesen. Aber sie waren aufgebrochen, als die Sonne aufging, und hatten es bis zu einer ziemlich großen Stadt geschafft, die noch nicht von den Rebellen infiltriert worden zu sein schien. Es vergingen ein paar bange Stunden, in denen sie versuchten, jemanden zu finden, der sie mitnehmen wollte, aber schließlich wurden sie mit zwei Männern handelseinig, die sich bereit erklärten, sie gegen eine Gebühr in die Stadt zu fahren. Schnell stiegen sie in die beiden Pick-ups und machten sich auf den Weg in die Hauptstadt.

Auf dem Rücksitz des Wagens saßen Rani, Sinta, Piper, Rocco und Bubba. Phantom, Rex, Gumby und Kemala befanden sich im hinteren Teil des anderen Fahrzeugs. Der warme Wind fühlte sich erstaunlich gut an und Ace schloss für einen Moment die Augen, während er die Tatsache genoss, dass sie es endlich vom Berg geschafft hatten.

Ace wusste nicht, ob die Männer am Steuer von der

Rebellion in den abgelegenen Gebieten ihres Landes wussten, aber das war auch egal. Er war einfach nur froh, dass sie eine Mitfahrgelegenheit gefunden hatten und Piper und die Mädchen rausbringen konnten.

Sie war in das Land gekommen, um ihre Freundin zu besuchen und einen Kurzurlaub zu machen, und hatte dabei fast ihr Leben verloren. Außerdem hatte sie sich in drei Waisenkinder verliebt – genau wie Ace.

Und er konnte den Funken nicht leugnen, der jedes Mal zu zünden schien, wenn Piper ihn ansah.

Ace hatte sicherlich schon viele Zufälle erlebt, aber er konnte sich des Eindrucks nicht erwehren, dass sein und Pipers Leben durch die launische Hand des Schicksals miteinander verbunden waren.

Rani kicherte, und Ace drehte sich um, um das kleine Mädchen anzustarren. Sie lehnte sich über die Kante der Ladefläche und Piper hatte ihr T-Shirt test im Griff. Es war offensichtlich, dass die Vierjährige dies für die aufregendste Erfahrung ihres Lebens hielt ... und das war es wahrscheinlich auch. Ihr Haar wehte überall herum und er hatte das Gefühl, dass es fast unmöglich wäre, mit einer Bürste durchzukommen, aber er brachte es nicht übers Herz, sie zu stoppen oder zurückzuziehen, weil der Wind in ihrem Gesicht und in ihren Haaren ihr so viel Freude bereitete.

Sinta war genau neben ihr, obwohl sie sich nicht ganz so weit über die Ladefläche lehnte. Aber sie lächelte genauso breit wie Rani.

Die beiden Mädchen bei einem so einfachen Vergnügen zu beobachten brachte ihn zum Lächeln. Es war anders, die Welt aus ihrer Perspektive zu sehen. Unschuldig und fröhlich.

Piper bemerkte, wie er sie und die Mädchen ansah, und schenkte ihm ein kleines Grinsen. Sie hatte die Hölle hinter sich. Ihre Haare waren zerzaust und schmutzig, ihre Kleidung war voller Schlamm, sie hatte ihre beste Freundin verloren ... und doch war sie hier und lächelte.

Ace brauchte jemanden wie sie in seinem Leben. Jemanden, der das Gute sehen konnte, selbst wenn er vom Schlechten umgeben war. Er brauchte diesen Optimismus. Diese Güte.

Selbst als er zurücklächelte, wusste Ace, dass er nicht jemanden *wie* Piper brauchte. Er brauchte *sie*.

Während ihm dieser Gedanke durch den Kopf ging, wandte Piper ihre Aufmerksamkeit wieder Rani und Sinta zu.

Er hatte mehr als genügend Zeit, sie davon zu überzeugen, ihn besser kennenzulernen, wenn sie wieder in den Staaten waren. Er musste die Dinge klug angehen und durfte Piper jetzt nicht zu etwas drängen. Sie würde eine Menge zu verarbeiten haben, wenn sie nach Hause kam. Der Verlust von Kalee, das Gespräch mit dem Vater ihrer Freundin, der Verlust der Mädchen, mit denen sie sich offensichtlich verbunden hatte. Hoffentlich konnte er ihr bei all dem helfen.

Die Pick-ups wurden langsamer, als sie sich der Stadt näherten und der Verkehr sich staute. Als sie den Stadtrand erreichten, dauerte es noch eine Stunde bis zur Küste. Der Plan war, in einer Herberge einzuchecken, die ihr Kommandant für sie reserviert hatte, bevor sie zur US-Botschaft fuhren, um sich nach Pipers Papieren zu erkundigen. Rocco hatte ihn auf dem Weg in die Stadt noch einmal kontaktiert. Ace wusste auch, dass ein Besuch im nächsten Waisenhaus auf dem Programm stand.

Der Gedanke war deprimierend. Und wenn es schon für ihn deprimierend war, so wusste er, dass es auch für Piper und die Mädchen verheerend sein würde.

Die Wagen hielten vor einem leuchtend türkisfarbenen Zaun, der ein etwas heruntergekommen aussehendes Gebäude umgab. Das Schild davor verkündete *Casa Hinha*.

»Was ist das?«, fragte Piper. Sie saß auf der Ladefläche des Pick-ups, mit Rani und Sinta rechts und links von ihr.

»Das ist eine Herberge für Rucksacktouristen«, erklärte Rocco ihr. »Ich weiß, dass es kein schickes Hotel ist, aber mir wurde versichert, dass es heißes Wasser in den Duschen gibt. Wir dachten, es sei besser, uns einzufügen und unauffällig zu verhalten, als in einem der teureren Hotels einzuchecken.«

Pipers Augen leuchteten auf. »Heißes Wasser? Das sind die magischen Worte. Mir ist es egal, wie es heißt oder wie es aussieht, solange ich mich waschen kann.«

Ace sprang hinten vom Fahrzeug. »Komm schon. Ich weiß nicht, wie es dir geht, aber ich bin mehr als bereit, aus dem Wind zu kommen.«

Piper nickte eifrig und stützte die Mädchen, als sie aufstanden und auf Ace zusteuerten.

Rani streckte die Arme aus und Ace lächelte zu ihr hinunter. Er würde nie genug von ihrem Vertrauen und ihrer Unschuld bekommen. Er hob das kleine Mädchen aus dem Wagen und als ihre Füße auf dem Boden standen, sagte er leise: »Bleib an meiner Seite, Rani. Es ist gefährlich in der Stadt, lauf nicht weg.«

Er wartete, bis sie nickte, bevor er sich umdrehte und nach Sinta griff. Ohne zu zögern, legte sie die Arme um seine Schultern, als er sie von der Ladefläche des Pick-ups hob. Er bemerkte, dass sie Ranis Hand ergriff, sobald sie auf dem Boden war, und beide sahen sich nach Kemala um, die gerade aus dem anderen Wagen kletterte.

Als Ace sich umdrehte, um Piper zu helfen, war sie schon ganz an den Rand der Ladefläche gerutscht. »Wie geht es deinen Füßen?«, fragte er, hielt ihr eine Hand hin und stützte sie, als sie heraushüpfte.

»Denen geht's gut. Das Auslüften gestern Abend hat gut getan. Das und dein letztes Paar saubere Socken, das du mir heute Morgen gegeben hast.«

»Gut. Wenn sie wieder anfangen zu schmerzen, sag mir Bescheid und wir suchen einen Arzt, bevor wir nach Hause fliegen.«

Sie runzelte die Stirn und Ace hätte sich dafür treten können, dass er sie an ihre baldige Abreise erinnert hatte. Piper schenkte ihm tapfer ein kleines Lächeln und nickte, bevor sie hinter Rani und Sinta trat und ihnen die Hände auf die Schultern legte.

Sie warteten alle vor dem Tor, während Rocco die kleine Glocke läutete, die daneben angebracht war. Es dauerte eine Weile, aber schließlich schlurfte eine ältere Frau aus der Tür zum Tor und sagte etwas auf Tetum.

Rocco öffnete den Mund, um ihr zu sagen, wer sie waren, und zu erklären, dass sie den örtlichen Dialekt nicht sprachen, aber Kemala kam ihm zuvor. Sie begann, mit der Frau in ihrer Muttersprache zu sprechen – und Ace schämte sich für das Unbehagen, das ihn durchströmte. Keiner von ihnen wusste, was Kemala sagte, und die Tatsache, dass die Frau unglücklich wirkte, war ein wenig beunruhigend.

Aber innerhalb einer Minute entriegelte die alte Frau das Tor und schwang es auf.

»Willkommen«, sagte sie auf Englisch, wenn auch mit starkem Akzent. Das schien das Ausmaß ihrer Sprachkenntnisse zu sein, denn sie begann sofort wieder, auf Tetum zu sprechen.

Die Gruppe folgte ihr in den kleinen, dunklen Raum. Sie waren etwa drei Blocks vom Meer entfernt, aber die Küstenbrise drang nicht bis in die Herberge vor. Die Luft war stickig und abgestanden, aber nach dem, was Piper und die Mädchen durchgemacht hatten, glaubte er nicht, dass es ihnen überhaupt auffiel oder etwas ausmachte.

Die Frau führte sie in einen Raum mit vier Etagenbetten und wies mit einer Geste auf die Männer.

»Jungs schlafen hier«, übersetzte Kemala.

Ace schüttelte sofort den Kopf. »Nein. Sag ihr, dass wir nicht getrennt von dir und den anderen Mädchen schlafen werden.«

Kemala starrte ihn einen Moment lang an, als wollte sie etwas sagen, aber schließlich wandte sie sich wieder der Frau zu und sie führten ein langes Gespräch. Die ältere Frau war offensichtlich nicht glücklich, aber schließlich grunzte sie, nickte, drehte sich um und verließ den Raum.

»Was hat sie gesagt?«, fragte Gumby.

Kemala zuckte mit den Schultern. »Sie mögen nicht. Jungen und Mädchen sollten nicht schlafen in selben Zimmer. Sie sagt Ja, aber wir müssen hier auf Boden schlafen.«

Ace biss die Zähne zusammen. »Den Teufel werden wir tun«, murmelte er.

»Ganz ruhig, Mann«, sagte Rocco, packte ihn am Arm und zog Ace von den anderen weg.

Ace' Miene verfinsterte sich und er senkte die Stimme. »Scheiß drauf. Ich weiß, dass wir uns bedeckt halten müssen, aber das ist doch Blödsinn. Lass uns einfach zum Farol Hotel gehen. Es ist nur einen Block entfernt und wir können alle ein richtiges Bett haben.«

»Wir sind eine Gruppe von sieben Amerikanern«, entgegnete Rocco. »Wir würden dort auffallen wie ein bunter Hund. Ganz zu schweigen davon, dass wir kein Gepäck haben und ein wenig unordentlich aussehen. Vielleicht lassen sie uns gar nicht erst rein. Wir werden nicht so lange hier sein, es ist in Ordnung.«

»Es ist *nicht* in Ordnung«, protestierte Ace. »Ich habe Piper ein weiches Bett und ein Federkissen versprochen, und jetzt sieh dir an, was sie bekommt.« Er streckte einen

Arm in Richtung der Stelle aus, an der Piper, Rani und Sinta vor dem Zimmer gestanden hatten.

Aber sie waren nicht mehr da.

Als Ace zur Tür ging, sah er, dass Piper die beiden kleinen Mädchen zu den Etagenbetten geführt hatte und sie bereits zwei der Matratzen von den Bettgestellen genommen und in der Mitte des Raumes angeordnet hatten. »Siehst du? Hier passen wir alle gut rein. Genau wie im Dschungel«, sagte sie zu Sinta, während sie sich in die Mitte einer Matratze setzte.

Rani und Sinta kicherten, gesellten sich zu ihr und hüpften auf der alten, abgenutzten Baumwolle, als wäre es ein riesiges Bett im Ritz Carlton.

»Das wird funktionieren«, murmelte Rex. »Wir können noch ein oder zwei Matratzen dazulegen und die Wache wechseln, dann können wir alle ein wenig schlafen.«

Ace hätte sich nicht wundern sollen, dass Piper den Mädchen in einer schlechten Situation Spaß beschert hatte. Sie hatte ihn schon in dem Moment überrascht, in dem er sie kennengelernt hatte. Er wusste, dass sie für ein eigenes Bett töten würde, nachdem sie die letzte Woche damit verbracht hatte, sich entweder an die Mädchen zu drücken oder seinen Körper als Matratze zu benutzen, aber sie hatte einen Weg gefunden, das Beste aus ihrer derzeitigen Situation zu machen, anstatt einen Anfall zu bekommen – wie er.

Rocco legte eine Hand auf Ace' Schulter. Seine Stimme war so leise, dass Kemala ihn nicht hören konnte. »Wir müssen duschen und den Mädchen etwas anderes zum Anziehen besorgen. Piper auch. Außerdem ... Kommandant North hat das einzige staatliche Waisenhaus in der Hauptstadt angerufen, nachdem er vorhin mit mir gesprochen hatte, und dort sagte man, es sei voll und könne keine weiteren Kinder mehr aufnehmen. Er hat nach eigenen

Angaben sogar einen guten Batzen Geld angeboten und wurde trotzdem abgewiesen.«

»Scheiße. Und was jetzt?«, fragte Ace.

»Es ist ihm gelungen, ein anderes privates Heim für verwaiste Kinder zu finden. Es wird von einer Frau namens Amisha geleitet, aber es gab kaum weitere Details.«

Ace wollte protestieren. Er wollte fragen, was für die Frau drin war, aber er hielt den Mund. Im Moment hatten sie wirklich keine andere Wahl.

»Gut, aber ich möchte Piper mitnehmen, um es zu überprüfen, bevor wir etwas vereinbaren.«

Rocco nickte. »Das habe ich mir gedacht. Wir haben in etwa zwei Stunden einen Termin mit Amisha, um ihr Haus zu besichtigen. Zwei von uns können mit Piper zu dem privaten Waisenhaus gehen und zwei können hier bei den Mädchen bleiben.«

»Und die anderen beiden?«, fragte Ace.

»Sie fahren zur amerikanischen Botschaft und leiten das Verfahren ein, damit wir von hier verschwinden können. Der Kommandant hat sich mit ihnen in Verbindung gesetzt und sie erwarten, heute einige von uns zu sehen. Sie wissen, warum wir hier sind. Wir werden mit einem australischen Militärflugzeug abfliegen, und nachdem Piper in Sydney einen Arzt aufgesucht hat, fliegen wir mit einem anderen Militärflugzeug zurück nach Kalifornien.«

Ace nickte. Er hatte die Gespräche zwischen Rocco und ihrem Kommandanten nicht mitbekommen, auch weil er so viel Zeit mit Piper und den Mädchen verbracht hatte, aber der Abzugsplan hörte sich richtig an.

Gumby war nahe genug dran, um ihr Gespräch zu belauschen, und sagte: »Phantom und ich können losgehen und ein paar Klamotten für Piper und die Mädchen suchen ... zumindest für den Anfang.«

Ace nickte. »Und ein paar Snacks. Sie sind wahrscheinlich hungrig und haben bestimmt schon genug von den Feldrationen. Oh, und schaut mal, ob ihr für Rani und Sinta ein Kuscheltier oder Spielzeug oder so etwas findet. Das könnte ihnen helfen, sich zu akklimatisieren. Und ich weiß nicht, was Kemala gefallen würde, aber vielleicht auch etwas Besonderes für sie.«

Gumby lachte und Rocco tat sein Bestes, um sein Lächeln zu verbergen, aber es gelang ihm nicht.

»Was?«, fragte Ace abwehrend.

Gumby klopfte Ace auf den Rücken und sagte: »Nichts. Ich schaue mal, was Phantom und ich finden können.«

»Danke. Ich weiß das zu schätzen.« Ace' Blick ging zu dem behelfsmäßigen Bett in der Mitte des Bodens und er sah, dass Piper irgendwo ein Stück Papier gefunden hatte, wahrscheinlich auf dem kleinen Schreibtisch im hinteren Teil des Raumes, und sie schrieb, während Rani und Sinta mit großen Augen zuschauten. Sie kniete in der Mitte der Matratze und sprach leise mit den Mädchen, während sie mit der Hand über das Papier fuhr.

Neugierig ging Ace näher heran. Sie war dabei, etwas zu zeichnen. Nach einigen Minuten reichte sie die Skizze an Sinta weiter, legte den Stift weg und lehnte sich zurück.

Rani klatschte begeistert in die Hände und Sinta rief: »Wir!«

»Genau richtig, Sinta, das sind wir«, sagte Piper.

Ace konnte nicht anders, er lehnte sich näher heran und betrachtete das Papier in Sintas Händen.

Piper hatte sich selbst auf der Ladefläche eines Pick-ups gezeichnet. Neben ihr waren die drei Mädchen. Sie hatte sie alle vier lächelnd gemalt und der Wind wehte ihre Haare wild durcheinander.

Es war kein fertiges Bild, sondern nur eine Strichzeichnung, aber es war trotzdem offensichtlich, wer die Personen auf dem Bild waren. Ace hatte sich gedacht, dass Piper eine gute Künstlerin sein musste, um ihren Lebensunterhalt als Karikaturistin zu verdienen. Er hatte schon einige ihrer Zeichnungen gesehen, aber dieses Bild beeindruckte ihn noch mehr, da es ihr rohes Talent zeigte.

»Ace, schau!«, sagte Sinta, als sie auf die Füße sprang und das Papier näher zu ihm heranbrachte. »Wir!«

»Das sehe ich, Sinta. Vier wunderschöne Damen.«

Das kleine Mädchen strahlte noch mehr und brachte die Zeitung dorthin, wo Kemala stand. Sie lehnte an einem der Etagenbetten und starrte aus dem kleinen, vergitterten Fenster.

Der Teenager warf einen Blick darauf, sagte etwas auf Tetum zu Sinta und wandte sich wieder dem Fenster zu. Sinta runzelte die Stirn und stapfte zurück zu Piper.

»Wer ist bereit für eine Dusche?«, fragte Rex die Gruppe.

Piper wirbelte mit dem Kopf herum und Ace konnte von seinem Platz vor ihr die Sehnsucht in ihren Augen sehen. Aber anstatt aufzuspringen, drehte sie sich zu den Mädchen um. »Kommt schon. Es ist Spa-Zeit.«

Alle drei starrten sie an, offensichtlich ohne zu verstehen.

Piper lächelte und kletterte von der Matratze. Sie legte den Stift zurück auf den Schreibtisch und streckte die Hände aus. Rani griff sofort zu, aber Sinta ging zum Schreibtisch und legte die Zeichnung, die Piper angefertigt hatte, vorsichtig darauf. Dann ging sie zurück an Pipers Seite und griff nach ihrer freien Hand.

»Kemala?«, fragte Piper leise.

Seufzend, als hätte man sie zu einem Marathonlauf aufgefordert, stieß der Teenager sich von der Wand ab und stapfte mit gesenktem Kopf zu den anderen, während sie auf den Boden starrte.

Ace wollte sie zurechtweisen. Er wollte ihr vorschlagen, etwas mehr Respekt vor der Frau zu haben, die ihr das

Leben gerettet hatte, aber er blieb ruhig. Von allen Mädchen war sie die Einzige, die eine Ahnung davon hatte, wie sehr sich ihr Leben verändern würde. Sie waren nicht mehr in den Bergen, sondern in der Stadt, und sie hatten eine sehr ungewisse Zukunft.

Piper begleitete sie zur Tür, aber Sinta blieb stehen, als sie kurz vor dem Ausgang waren, drehte sich um und streckte Ace die Hand entgegen. »Ace auch«, sagte sie.

Piper schüttelte den Kopf. »Diesmal nicht, Süße. Nur Mädchen.«

Ace war schockiert, als Sinta die Lippen zusammenpresste und die Stirn runzelte. Sie stampfte tatsächlich mit dem Fuß auf und wackelte mit der Hand. »Ace auch kommen!«, sagte sie erneut.

Piper schaute zu ihm auf, sichtlich ratlos. Er wusste, dass er nicht mit ihnen duschen konnte, aber er ging auf die Gruppe zu. Er kniete sich vor Sinta hin und sagte: »Piper wird dich zum Waschen bringen. Ich bin genau hier, wenn du zurückkommst.«

Er war entsetzt, als ihre großen braunen Augen sich mit Tränen füllten und sie den Kopf schüttelte. »Ace beschützt vor bösen Männern!«

Er hätte sich nicht zurückhalten können, nach dem kleinen Mädchen zu greifen, selbst wenn sein Leben davon abgehangen hätte. Wenn Sinta glaubte, dass er sie vor den bösen Jungs beschützen konnte, würde er nicht von ihrer Seite weichen, bis er es unbedingt musste. »Piper wird nicht zulassen, dass dir etwas zustößt, Sinta. Bei ihr bist du sicher.«

Das kleine Mädchen nickte. Sie strich ihm mit einer Hand über den Bart und legte ihren Kopf auf seine Schulter. »Ace beschützt Piper. Piper beschützt Mädchen.«

»Ich schätze, wir gehen alle duschen«, sagte Ace leise.

»Phantom und ich gehen jetzt los und schauen, was wir

in der Nähe finden, das sie anziehen können, sobald sie fertig sind«, erklärte Gumby. »Dann gehen wir wieder los und suchen die anderen Sachen auf deiner Liste.«

Ace nickte. »Ich weiß es zu schätzen.«

Gumby verdrehte nur die Augen über seinen Freund.

»Seid vorsichtig da draußen«, mahnte Rocco. »Es sieht nicht so aus, als hätte die Rebellion die Stadt schon erreicht, aber das kann sich schnell ändern. Der Kommandant sagt, es sei nur eine Frage der Zeit.«

Phantom und Gumby nickten und gingen in die entgegengesetzte Richtung des Flurs, in die Ace und die Mädchen unterwegs waren.

»Werden sie uns Kleidung besorgen?«, fragte Piper, als sie auf das Badezimmer zuging, nachdem Kemala sie darauf hingewiesen hatte.

»Ja. Es sei denn, du willst wieder das anziehen, was du jetzt trägst«, sagte Ace zu ihr.

Piper schüttelte den Kopf. »Nein ... Ich würde einen Mehlsack anziehen, wenn es den gäbe.«

Ace lachte. »Ich bin mir sicher, dass sie etwas Passenderes als das finden werden.«

Piper blieb stehen und legte ihre freie Hand auf Ace' Arm. »Danke.«

»Wofür?«

Sie sah verwirrt aus. »Wofür? Für alles!«, rief sie aus. »Dafür, dass du so toll mit den Mädchen umgehst, dass du die Krabbeltiere fernhältst, dass du uns gerettet hast, dass du dafür gesorgt hast, dass die Rebellen uns nicht finden, dass du uns Kleidung besorgst ... für alles.«

Ace hatte Sinta hochgehoben und hielt sie in einer Armbeuge, aber mit der freien Hand umfasste er ihr Gesicht. »Du musst mir für nichts davon danken.«

»Aber –«

»Nichts davon, Piper. Ich würde es tausendmal wieder tun und würde auch dann keinen Dank erwarten.«

Sie starrten sich einen Moment lang an, bevor Sinta die Stimmung aufhellte, indem sie eine Hand auf Pipers andere Wange legte. »Danke«, sagte sie mit einem Lächeln.

Piper lachte, ebenso wie Ace.

»Bist du bereit, sauber zu werden, Kleine?«, fragte er Sinta.

Sie nickte, sah aber nicht allzu sicher aus.

»Was ist los? Magst du nicht sauber sein?«, fragte Ace.

Sinta biss sich auf die Lippe und sah von den beiden weg.

Piper warf ihm einen verwirrten Blick zu, und Ace konnte nur mit den Schultern zucken. Eben noch schien das kleine Mädchen zufrieden gewesen zu sein.

»Wir nicht mögen baden«, sagte Kemala ein paar Schritte vor ihnen.

»Warum?«, fragte Piper.

»Tut weh.«

»Baden tut weh?«, fragte Ace verwirrt.

Kemala nickte. »Kalt tut weh.«

Piper warf Ace einen Blick zu und lächelte dann Kemala an. »Ich glaube, du wirst das heutige Bad mögen«, sagte sie.

Kemala schaute nur finster drein.

Sinta zitterte in Ace' Armen und er konnte sehen, wie Rani Pipers Hand mit einem Todesgriff festhielt. Er hoffte inständig, dass die Herberge heißes Wasser hatte. Das sollte sie auch haben, aber wenn nicht, dann war es auch egal – er würde persönlich ein Hotelzimmer mieten, wenn er den Kindern so ihre erste warme Dusche ermöglichen könnte.

Kemala stieß die Tür zum Waschraum der Frauen auf und Ace zögerte.

»Hallo?«, rief Piper. Als niemand ihr antwortete, drehte

sie sich zu ihm um. »Es ist alles in Ordnung. Es ist niemand drin.«

»Das ist nicht richtig«, argumentierte Ace, als er Piper in den Raum folgte. Er schaute sich um. Auf der einen Seite befanden sich zwei Toilettenkabinen und Waschbecken, auf der anderen zwei Duschkabinen, deren dünne Plastikvorhänge zur Seite gezogen waren.

Er beugte sich vor, setzte Sinta auf den Boden und stand unbeholfen da, während Piper mit Rani in eine der Toilettenkabinen ging.

»Musst du aufs Töpfchen?«, fragte Ace Sinta. Sie starrte ihn mit traurigem Blick und Tränen in den Augen an und schüttelte den Kopf.

Ace kniete sich vor ihr hin. »Nicht weinen, Mäuschen. Es wird alles gut.«

Auf seine Worte hin legte sie den Kopf schief. »Mäus-en?«

Er grinste. »Das ist ein Kosename.«

Sie sah immer noch verwirrt aus.

Ace suchte in seinem Kopf nach einem Wort, das sie verstehen würde, um zu erklären, was Mäuschen bedeutete. »Es ist ein lustiger Name, der bedeutet, dass ich dich sehr mag.«

Sie nickte. »Ace, Mäus-chen.«

Er konnte nicht anders, er warf den Kopf zurück und lachte. Er würde aufpassen müssen, was er in der Nähe der Mädchen sagte, bis sie es besser verstehen konnten.

Und bei diesem Gedanken verging ihm der Spaß. Er würde nicht lange genug bei ihnen sein, um ihnen Englisch beizubringen. Es war ein ernüchternder Gedanke. Und ein deprimierender dazu.

»Ich weiß nicht, was so lustig ist, aber ich höre, wie das Wasser meinen Namen ruft«, sagte Piper, als sie mit Rani aus der Kabine kam.

»Ich warte einfach draußen«, erwiderte Ace, als er aufstand und mit dem Daumen zur Tür wies.

»Nein!«, rief Sinta und packte ihn um die Taille.

»Okay, okay, ich gehe nirgendwo hin«, versicherte Ace ihr, der den Schrecken des kleinen Mädchens nicht ertragen konnte.

Piper zog Sinta zu sich und ging vor ihr und Rani in die Hocke. Sie bezog Kemala in ihre aufmunternden Worte mit ein, indem sie immer wieder zu ihr aufschaute, während sie sprach. »Ich verspreche, dass es nicht wehtun wird. Wisst ihr noch, als wir im Kriechkeller waren und ich geschworen habe, alles in meiner Macht Stehende zu tun, um euch zu beschützen? Das ist das Gleiche. Ich würde euch nie bitten, etwas zu tun, das euch verletzen würde. Ich sorge mich viel zu sehr um euch alle. Ich weiß nicht, wie warm das Wasser sein wird, aber wenn es nicht warm ist, werde ich euch nicht zum Duschen zwingen, okay?«

Sie wartete einen Moment und es war Ace klar, dass die Mädchen nicht alles verstanden hatten, was Piper gesagt hatte, aber Sinta war die Erste, die nickte ... widerwillig. Auch Rani nickte, wahrscheinlich weil Sinta es getan hatte. Kemala starrte nur auf Piper hinunter, ihre Gedanken hinter einer stoischen Maske verborgen.

Seufzend stand Piper auf. »Okay, ich denke, da unsere Klamotten so schmutzig sind, können wir auch gleich darin duschen, zumindest für den Anfang.«

»Schuhe aus, Piper«, befahl Ace.

Sie schaute zu ihm rüber und lächelte. »Natürlich.« Dann beugte sie sich vor und löste die Schnürsenkel ihrer nun schlammfarbenen Turnschuhe. Sie streifte sie ab und stellte sie unter eines der Waschbecken, zog die Socken aus, die er ihr geliehen hatte, und steckte sie in die Schuhe. »Ich mache die Socken heute Abend sauber«, sagte sie leise zu ihm.

»Mach dir keine Gedanken darum«, antwortete Ace, der auf ihre Füße starrte. Er hatte sie schon einmal gesehen, als er sie verarztet hatte, aber dabei hatte er sich mehr Sorgen um ihre medizinische Versorgung gemacht. Sie mit nackten Füßen auf dem Kachelboden des Badezimmers stehen zu sehen erschien ihm viel intimer. Der abblätternde Nagellack auf ihren Zehennägeln ließ sie irgendwie noch verletzlicher erscheinen.

»Ich gehe zuerst, wie wäre es damit?«, sagte Piper, als sie sich von Ace' intensivem Blick abwandte. Sie lehnte sich in eine der Duschkabinen und drehte das Wasser auf. Die Rohre knarrten und stöhnten. Der Wasserdruck ließ etwas zu wünschen übrig, aber es war eine Dusche. Ace wünschte sich einmal mehr, Rocco hätte ihrem Kommandanten gesagt, er könne sie mal, und ihnen ein schöneres Zimmer besorgt. Eines mit Betten für sie alle und richtigen Duschen.

Aber Piper tat so, als wäre die Dusche das Beste, was sie je in ihrem Leben erfahren hatte. Sie grinste die Mädchen an und hielt ihre Hand unter den kleinen Wasserstrahl. Ace konnte nicht sagen, ob das Wasser heiß oder kalt war, denn Piper verriet nichts mit ihrem aufgesetzten Lächeln. Schließlich sah sie zu ihm hinüber und nickte.

Ace seufzte erleichtert auf.

»Komm her, Sinta. Es ist warm, versprochen.«

Das kleine Mädchen weigerte sich, noch näher an das heranzugehen, was ihrer Meinung nach eine schreckliche Erfahrung sein würde.

»Kemala? Ich weiß, du bist wütend und willst nichts mit mir zu tun haben, aber würdest du bitte herkommen und das Wasser fühlen? Die Mädchen schauen zu dir auf und wenn sie sehen, dass du damit einverstanden bist, werden sie es auch sein.«

Der Teenager bewegte sich nicht.

»Bitte?«, bettelte Piper.

SUSAN STOKER

Nach einer weiteren langen Pause ging Kemala schließlich auf Piper zu, mit demselben Enthusiasmus, als wäre sie auf dem Weg zur Guillotine. Sie stellte sich so weit wie möglich vom Wasser weg und streckte eine Hand aus, wobei sie sich weit vorbeugte, damit kein Wasser den Rest von ihr treffen konnte.

In dem Moment, in dem ihre Hand den Strahl berührte, zuckte sie zusammen und zog ihre Hand zurück.

Piper schenkte ihr ein beruhigendes Lächeln. »Es ist warm«, sagte sie unnötigerweise.

Kemala streckte ihre Hand langsam zurück, hielt sie unter das Wasser und sah zu, wie die Tropfen über ihre Hand auf den Fliesenboden spritzten.

Ace' Knie gaben fast nach, als sie sich zu Sinta und Rani umdrehte und so breit lächelte, dass der Raum fast erleuchtet wurde. Sie sagte etwas in ihrer Muttersprache zu den kleinen Mädchen, und sie kamen zögerlich näher an die Dusche heran.

Ace beobachtete, wie alle vier seiner Mädchen Hüfte an Hüfte in der kleinen Duschkabine standen und grinsten, als hätten sie gerade das größte Geschenk ihres Lebens bekommen.

»Seht ihr? Es ist warm. Es wird euch nicht wehtun. Ich kann euch sogar garantieren, dass ihr noch nie etwas so Himmlisches erlebt habt wie eine heiße Dusche«, sagte Piper.

Auf einem Sims in der Ecke der Dusche lag ein altes Stück Seife und Ace vermutete, dass sie das eklige Ding unter anderen Umständen nie angefasst hätte, aber Piper griff danach und schäumte ihre Hände ein. Dann griff sie nach Ranis Händen und ließ die Seifenblasen in ihre Hände laufen.

»Schrubb deine Hände zusammen, so«, demonstrierte sie.

Während Rani sich die Hände wusch, seifte sie Sintas Hände ein und reichte die Seife dann an Kemala weiter. Die vier lachten und kicherten, während sie sich die Hände und Arme wuschen.

Ace stand weiterhin schweigend daneben und beobachtete, wie seine Mädchen sich durch heißes Wasser und Seife näherkamen. Sie hätten sich ausbreiten und die andere Duschkabine benutzen können, aber alle vier schienen damit zufrieden zu sein, dicht beieinander zu stehen und gemeinsam die Freude zu erleben, die eine heiße Dusche nach einem anstrengenden Tag bedeutete.

Schon bald waren sie alle tropfnass. Ihre Kleider hingen von ihren Körpern und Piper zog Rani und Sinta ihr T-Shirt und ihre Shorts aus. Sie schäumte ihre kleinen Körper ein und wusch auch ihre Haare vorsichtig und behutsam. Sie hob Rani hoch, um die Seife aus ihren Haaren zu spülen, damit sie nicht in ihre Augen gelangte.

Sowohl Kemala als auch Piper behielten ihre Kleidung an, während sie duschten.

Ace wusste, dass er ein Arschloch war, weil er den Raum nicht verlassen hatte, aber er konnte den Blick nicht von Pipers Körper lassen. Ihr nasses T-Shirt schmiegte sich an ihre Kurven und er konnte deutlich sehen, wie ihre Brustwarzen durch den BH stachen, den sie trug. Ihre Beine wurden von der Cargohose bedeckt, die sie trug, seit er sie zum ersten Mal gesehen hatte, aber auch diese schmiegte sich an all den richtigen Stellen an sie.

Selbst nach ihrer Tortur war sie kurvenreich und üppig und er spannte die Finger an, als er daran dachte, sie zu berühren. Er wollte ihr aus ihren klatschnassen Klamotten helfen und dafür sorgen, dass sie überall blitzsauber war.

Als alle vier Mädchen nass und so sauber, wie in diesem Moment möglich, waren, sah Piper zu ihm hinüber und rümpfte die Nase. »Ich nehme an, es gibt keine Handtücher, die wir benutzen können?«

Ace schüttelte den Kopf, um ihn freizubekommen, und sagte: »Ich schaue mal, was ich auftreiben kann.«

»Danke. Vielleicht kannst du Rani und Sinta abtrocknen, wenn du zurückkommst, während Kemala und ich zu Ende duschen?«

Der Gedanke, wie Piper unter dem Wasser stand und die Seife an ihrem nackten Körper herunterlief, machte ihm bewusst, wie lange es her war, dass er eine Frau gehabt hatte. Monate. Nein, mindestens ein Jahr. Scheiße.

Ace drehte sich um, um seine Erektion zu verbergen, und ging zur Tür. »Natürlich. Ich bin gleich wieder da.«

»Danke, Ace«, rief Piper.

Ace nickte, ohne sich umzudrehen, stieß die Tür zur Damentoilette auf und atmete tief ein, als er auf dem Flur stand. Der Schweiß tropfte ihm von der Hitze des kleinen Badezimmers und dem natürlich heißen Klima über das Gesicht.

Gott, er musste sich unter Kontrolle bringen. Er wollte Piper auf keinen Fall in irgendeiner Weise unter Druck setzen. Davon hatte sie schon genug, ohne sich Sorgen darum machen zu müssen, dass ein SEAL nach ihr gierte.

Innerhalb weniger Augenblicke hatte er einen Stapel Handtücher gefunden, von denen er annahm, dass sie für Gäste bestimmt waren. Sie waren nicht sehr groß und ziemlich abgenutzt, aber sie mussten reichen.

Er nahm sechs Handtücher, da er dachte, dass Piper und Kemala jeweils zwei gebrauchen könnten, und ging zurück zum Badezimmer. Er klopfte an und wartete darauf, dass Piper ihm grünes Licht gab, um einzutreten.

Und als er das tat, blieb er stehen und starrte einfach nur.

Sinta und Rani tanzten vor der Dusche herum, während

Piper und Kemala sie abwechselnd mit dem Wasser aus dem leichten Strahl bespritzten. Alle vier lachten, und Ace wünschte sich, er hätte in diesem Moment eine Kamera, um die Szene festzuhalten.

Als Piper ihn mit den Handtüchern an der Tür stehen sah, stellte sie das Wasser ab und kam auf ihn zu. Sie nahm ihm eines der Handtücher ab und beugte sich vor, um es um Rani zu wickeln.

Ace schaute weg, als ihre Brüste beim Vorbeugen gegen ihr nasses Hemd drückten. Er legte vier Handtücher auf eines der Waschbecken, nahm das letzte und begann, Sinta abzutrocknen. Das kleine Mädchen war dünn und schien nur aus Armen und Beinen zu bestehen.

Er hatte Phantom und Gumby zurückkommen sehen, als er im Flur gewesen war, um Handtücher zu holen, und wusste, dass sie die gekauften Klamotten in das Zimmer gelegt hatten, in dem sie untergekommen waren. Als die Mädchen einigermaßen trocken waren, beugte er sich vor und hob sie beide gleichzeitig hoch. Sie kicherten immer noch, offensichtlich überreizt von der warmen Dusche und den anschließenden Spielchen.

»Phantom und Gumby sind zurückgekehrt, während ihr geduscht habt. Ich bringe die beiden kleinen Äffchen auf ihr Zimmer und ziehe sie an. Ich werde Rocco bitten, das, was sie für euch haben, gleich hierherzubringen. Zieht euch aber nicht aus, bis er gegangen ist.«

Piper lächelte ihn an und nickte. »Danke.«

»Was habe ich darüber gesagt, mir zu danken?«, gab er sanft zurück. Dann drehte er sich um und ging mit zwei feuchten kleinen Mädchen auf dem Arm wieder zur Tür. »Kommt, lasst uns nachsehen, ob Gumby eine Haarbürste gefunden hat, und dann schauen wir mal, was wir mit diesen Kletten machen können, ja?«

Sinta und Rani, die ihn offensichtlich nicht verstanden, nickten eifrig.

Ace warf noch einen Blick auf Piper, bevor er sich zwang, das Bad zu verlassen.

Piper stieß einen langen Seufzer der Erleichterung aus, als Ace den Raum verließ. Sie schwor sich, dass ihre Eierstöcke jedes Mal sehnsüchtig wurden, wenn er Rani und Sinta gegenüber Zärtlichkeit zeigte. Er würde ein unglaublicher Vater sein. Man sah es an der Art, wie er die beiden kleinen Mädchen behandelte. Auch Kemala gegenüber war er verständnisvoll und mitfühlend.

Es war mehr als offensichtlich, dass der Teenager Piper nicht mochte, aber das hielt sie nicht davon ab, alles zu tun, um es dem Mädchen leichter zu machen. Das Zuhause des Mädchens war zerstört, ihre Freundinnen getötet und sie war aus allem herausgerissen worden, was sie kannte. Und sie war nicht dumm. Kemala war mehr als bewusst, dass sie und die anderen wahrscheinlich in ein anderes Waisenhaus gesteckt werden würden, sobald das arrangiert werden konnte.

Aber für einen kurzen Moment, als sie mit Rani und Sinta gespielt hatten, hatte Piper gespürt, wie die Mauern des Mädchens zusammenbrachen. Sie hatte gelacht und war tatsächlich für kurze Zeit glücklich gewesen. Das warme Wasser hatte Wunder gewirkt, um ihre Schutzschilde zu senken, wenn auch nur vorübergehend.

Kaum war Rocco gegangen, nachdem er einen Stapel sauberer Klamotten im Bad deponiert hatte, zog Piper das eklige Hemd und die Hose aus, die sie seit fast einer Woche trug. Sie ging in die andere Kabine und drehte das Wasser auf. Sie war froh, dass es nach all dem Herumtollen noch warm war, und stellte sich unter den kleinen Wasserstrahl, wobei sie versuchte, so zu tun, als wäre es eine luxuriöse Regenkopfdusche. Sie nahm noch mehr Seife, schrubbte jeden Zentimeter ihres Körpers – zweimal – und tat ihr Bestes, um sich von dem Schmutz und dem Tod zu befreien, der ihrer Meinung nach in jede Pore gesickert war.

Als sie schließlich fertig war, bemerkte Piper, dass Kemala immer noch duschte. Der Teenager hatte den Vorhang zugezogen und so ließ Piper sie in Ruhe, während sie sich mit zwei der Handtücher abtrocknete, die Ace mitgebracht hatte. Die Kleidung, die Gumby und Phantom gefunden hatten, war nicht gerade der letzte Schrei, aber die abgeschnittene Jogginghose und das große T-Shirt waren sauber und fühlten sich himmlisch an. Sie hatten keine Unterwäsche mitgebracht, also tat Piper ihr Bestes, ihre im Waschbecken zu waschen.

Als Kemala immer noch nicht aus der Duschkabine gekommen war, näherte Piper sich vorsichtig dem Vorhang. »Kemala?«

Als sie keine Antwort erhielt, schob Piper den Vorhang zurück – und ihr Herz schmerzte bei dem, was sie sah. Kemala saß nackt auf dem Kachelboden unter dem Wasserstrahl. Ihre Beine waren angezogen, sie hatte die Arme um die Knie geschlungen und weinte. Sie gab keinen Ton von sich, aber das machte das Bild umso herzzerreißender.

Piper ging zurück zum Waschbecken und schnappte sich die restlichen zwei trockenen Handtücher. Sie ging in die Duschkabine und stellte das Wasser ab. Dann kniete sie sich auf den Boden und wickelte ein Handtuch um Kemalas Schultern. Das andere Handtuch legte sie ihr sanft über den Kopf.

Dann schlang Piper die Arme um das Mädchen und drückte sie so fest an sich, wie sie konnte, während Kemala weinte. Lange Zeit sagte keine der beiden etwas.

Schließlich, als Pipers Knie vom Knien auf dem Fliesen-boden schmerzten, sagte sie: »Das mit deinen Freundinnen tut mir leid.«

Kemala nickte. »Sie hatten Angst.«

Piper nickte. »Ja, ich bin sicher, das hatten sie.«

»Kalee hat versucht, ihnen zu helfen.«

Piper nickte wieder. »Ja, das hat sie.« Daran hatte sie keinen Zweifel. Kalee wäre nicht vor den Rebellen geflohen, wenn das bedeutet hätte, einige der Mädchen ungeschützt zu lassen.

»Ich mag Stadt nicht. Ich will nach Hause.«

Piper brach fast wieder das Herz und sie spürte Schuld-gefühle aufkommen. *Sie* hatte das Mädchen in die Haupt-stadt gebracht. Aber sie hätte sie nicht in den Bergen zurücklassen können. Dort war es nicht sicher.

Sie sagte nichts.

»Du musst aufhören, nett zu sein«, fuhr Kemala fort.

Piper schaute ihr in die geröteten Augen. »Was?«

»Rani und Sinta wissen nicht, was kommt. Hör auf, nett zu sein, damit sie nett nicht kennen, wenn du gehst.«

Auch darauf hatte Piper nichts zu erwidern. Kemala hatte recht ... aber gleichzeitig auch nicht. Piper wollte den Mädchen – allen Mädchen – so viel »nett« geben, wie sie konnte, bevor sie ging. Sie hatten alle Nettigkeit der Welt verdient, aber es war offensichtlich, dass Kemala viel besser wusste, was sie erwartete, sobald Piper und die SEALs abge-reist waren.

»Komm schon«, sagte Piper nach einem Moment. »Komm, lass uns aufstehen.«

Kemala ließ sich von Piper vom Boden aufhelfen, aber sobald sie stand, schüttelte sie Pipers Hand ab. »Ich schaffe das.«

Piper seufzte. Es sah so aus, als wäre die mürrische Kemala wieder da. Aber sie konnte sich nicht über sie ärgern. Sie blieb in der Nähe, während Kemala sich die Kleider anzog, die Gumby und Phantom für sie gekauft hatten. Sie waren ein bisschen groß, aber für den Moment reichten sie aus.

Sie tat ihr Bestes, das Wasser aufzuwischen, das sie auf den Badezimmerboden gespritzt hatten, während Kemala danebenstand und zusah. Dann verließen beide das Bad und gingen zurück in das Zimmer, in dem sie untergekommen waren.

Piper war eigentlich sehr froh, dass sie nicht in einem Zimmer ohne die SEALs schlafen mussten. Sie wollte nirgendwo anders als an ihrer Seite sein, bis sie das Land verlassen hatten. Sie wusste genauso gut wie sie, dass sie ohne Pass und Geld hier genauso schutzlos war wie oben in den Bergen.

Als sie den Raum betraten, richtete Piper den Blick sofort auf Rani und Sinta. Sie lagen zusammengerollt in der Mitte einer der Matratzen, die sie von den Betten genommen hatte, und schliefen tief und fest.

»Nachdem wir sie angezogen hatten, sind sie einfach eingeschlafen«, erklärte Rex ihr.

Piper nickte. Sie wusste nicht viel über Kinder, aber sie vermutete, dass ihr Adrenalinspiegel nach dem anstrengenden Morgen, der aufregenden Fahrt in den Pick-ups und der warmen Dusche endlich gesunken war.

Kemala ging zur Matratze hinüber, legte sich kommentarlos neben die anderen Mädchen und schloss die Augen.

»Hast du es geschafft, ihnen die Haare zu bürsten?«, fragte Piper Ace, als er auf sie zukam.

Er schüttelte den Kopf. »Nein. Ich habe gerade überlegt, wie ich es am besten anpacken kann, als sie einfach in Tiefschlaf gefallen sind.«

»Ist schon okay. Wir können später daran arbeiten«, entgegnete Piper, ohne den Blick von den Mädchen abzuwenden. Je mehr Zeit sie mit ihnen verbrachte, desto inniger verliebte sie sich in sie.

»Wir sollten gehen«, sagte Ace.

»Wohin?«, fragte Piper.

»Unser Kommandant hat ein privates Heim für Waisenkinder gefunden. Wir haben einen Termin zur Besichtigung. Dann müssen wir zur amerikanischen Botschaft gehen.«

Piper erstarrte.

Nein. Sie war noch nicht bereit. Sie konnte die Mädchen nicht aufgeben.

Aber welche Wahl hatte sie?

Sie blickte auf und sah, dass alle sechs SEALs sie genau beobachteten. Sie war völlig abhängig von ihnen. Wenn sie ihnen sagte, sie wolle bleiben und herausfinden, wie sie die Mädchen adoptieren konnte, würden sie sie auslachen. Sie brauchte Geld, um zu bleiben. Viel davon. Sie hatte etwas auf ihrem Bankkonto in den USA gespart und konnte wahrscheinlich Hilfe von der amerikanischen Botschaft bekommen, aber sie hatte keine Ahnung, wie lange es dauern würde, die Mädchen zu adoptieren, oder ob sie überhaupt eine Genehmigung bekommen würde.

Ein privates Heim für Waisenkinder klang besser als ein riesiges staatliches Waisenhaus, dachte sie widerwillig. Die Kinder bekämen wahrscheinlich mehr Aufmerksamkeit und hätten eine bessere Chance, es zu schaffen – was auch immer *das* heißen mochte.

Piper nickte und sah dann an sich herunter. »Ich schätze, das ist wohl das, was ich tragen werde, wenn wir das Waisenhaus besichtigen, was?«

»Tut mir leid, dass wir nichts Besseres finden konnten«, sagte Gumby.

»Nein, das ist schon in Ordnung«, erwiderte Piper sofort.

»Ich ziehe das hier viel lieber an als meine ekligen, schmutzigen Klamotten.«

»Die werde ich waschen, während ihr weg seid«, sagte Rex.

»Du bleibst hier?«, fragte Piper.

Rex nickte. »Gumby und ich bleiben hier bei den Mädchen. Rocco und Phantom gehen zur Botschaft und treffen sich dort mit euch. Und du, Ace und Bubba geht zu Amishas Haus, um es zu besichtigen.«

»Wenn wir in der Botschaft fertig sind, können wir alle einkaufen gehen, um den Rest der Sachen zu besorgen, die wir kurzfristig brauchen«, sagte Rocco.

Piper starrte auf den Boden. Morgen um diese Zeit könnte sie auf dem Weg nach Hause sein ... ohne die Mädchen. Es brach ihr das Herz. »Okay«, murmelte sie.

Sie spürte Ace' Näherkommen mehr, als dass sie es sah. Er legte eine Hand unter ihr Kinn und hob ihren Kopf an. Während sie und Kemala fertig geduscht hatten, hatte er sich offensichtlich selbst gewaschen. Sein Haar war feucht und in seinem Bart hingen ein paar Wassertropfen. Er hatte sich eine saubere Cargohose und ein T-Shirt angezogen. Er trug seine Schutzweste nicht, aber sein Oberkörper sah dennoch genauso hart aus.

»Wir gehen nirgendwo hin, bis wir davon überzeugt sind, dass die Mädchen in Sicherheit sein werden, okay?«

Piper nickte sofort. Das war das Beste, was sie sich erhoffen konnte.

»Ich habe ihre Schuhe geholt«, sagte Phantom an der Tür.

Piper drehte sich um und sah, dass er ihre Schuhe in der Hand hielt. Sie hatte nicht einmal gesehen, wie er den Raum verlassen hatte. Ace ging zu dem Rucksack, den er bei sich trug, und holte ein weiteres Paar trockene Socken heraus.

Piper schüttelte amüsiert den Kopf. Sie schwor, dass er mit diesem Rucksack wie der Weihnachtsmann war. Sie hatte gedacht, sie hätte sein letztes Paar saubere Socken getragen, aber da hatte sie sich offensichtlich geirrt. Sein Rucksack war wie ein Fass ohne Boden und er tat so, als würde er nichts wiegen ... obwohl sie genau wusste, dass er extrem schwer war. Das hatte sie herausgefunden, als sie am Morgen versucht hatte, ihn zu ihm zu bringen, und ihn kaum heben konnte.

Sobald sie fertig war, holte Piper tief Luft. Ace ergriff ihre Hand und Bubba führte sie aus dem Zimmer. Sie hatte keine Ahnung, was die nächsten zwölf Stunden bringen würden, aber mit Ace an ihrer Seite konnte sie vielleicht alles meistern, was auf sie zukam.

KAPITEL SIEBEN

Ace starrte die Frau an, die sich einfach als Amisha vorgestellt hatte. Sie hatte ihnen keinen Nachnamen genannt und er begann zu verstehen warum. Zunächst war die Führung durch ihr Haus gut verlaufen. Sie sahen den Raum, in dem die Mädchen auf Pritschen auf dem Boden schliefen. Sie sahen ein paar Mädchen in der Küche, die etwas kochten, von dem sie annahmen, es sei das Abendessen. Amisha hatte sogar einen kleinen Garten, in dem mehrere Mädchen mit einem Ball spielten.

Alles schien ziemlich sauber zu sein und die Gegend, in der sich das Haus befand, war nicht so heruntergekommen wie einige der Gegenden, durch die sie gefahren waren, um dorthin zu gelangen.

Amisha führte sie nach dem Rundgang in eine Art Büro – und da begann das Kribbeln in Ace' Nacken. Mit jedem Wort, das die Frau sprach, stieg sein *Scheiße-nein*-Zähler immer weiter an.

»Wie Sie sehen können, habe ich einen sicheren Ort für die Mädchen«, sagte Amisha in ihrem Englisch mit starkem Akzent. »Sie gehen zur Schule, bis sie zwölf sind, dann lernen sie, wie man Haushalt führt. Kochen, putzen, Frauensachen eben.«

Während Ace und Piper auf zwei Klappstühlen vor dem Schreibtisch der Frau saßen, lehnte Bubba mit verschränkten Armen an einer der Wände. »Wo sind die älteren Mädchen?«, fragte er.

»Älter?«, fragte Amisha. »Was Sie meinen?«

»Ja, Sie haben gesagt, wenn sie zwölf sind, werden sie aus der Schule geholt, um *Frauensachen* zu lernen. Die Mädchen in der Küche sahen aus, als wären sie dreizehn oder vierzehn. Wo sind die sechzehn- oder siebzehnjährigen Mädchen?«

»Verheiratet«, antwortete Amisha achselzuckend.

Ace spürte, wie Piper sich neben ihm versteifte, und griff nach ihrer Hand. Sie grub ihre Fingernägel in seine Haut, während sie sich an ihn klammerte. Bis jetzt hatte sie sich ruhig verhalten und ihn und Bubba die Fragen stellen lassen, aber er war sich nicht sicher, wie lange das noch so bleiben würde.

Für eine Frau, die ihr Haus für verwaiste Mädchen geöffnet hatte, schien Amisha sie nicht sonderlich zu mögen. Ace hatte mitbekommen, wie Amisha einige der Kinder anfunkelte, wenn sie nicht schnell genug taten, was sie verlangte, und er bemerkte, dass die Mädchen in der Küche ihr Bestes taten, ihre Blicke sowohl von Amisha als auch von den Gästen abzuwenden, die eine Führung durch das Haus bekamen.

Nichts davon gefiel Ace.

Und er wusste, dass es Piper ebenso erging.

»Verheiratet, hm?«, fragte Bubba. »Wie lernen die Mädchen Männer kennen? Wo finden sie die Zeit, sich zu verlieben?«

Amisha lachte. Es war ein schroffes Geräusch. »Verlieben? Ich vergessen, wie ihr Amerikaner denkt. Keine Liebe.

Pflicht.«

»Pflicht?«, fragte Ace. »Wie funktioniert das?«

Amisha lehnte sich zurück und zuckte mit den Schultern. »Dieses Heim nicht billig. Man braucht Geld, um Mädchen zu ernähren. Zur Schule zu schicken. Manche adoptiert, aber meisten Familien können keine weiteren Kinder leisten. Mädchen können nicht ewig hierbleiben. Junge Mädchen, fünfzehntausend amerikanische Dollar. Mittlere, zehn. Sobald sie ihre Frauenzeit beginnen, fünf.«

Ace starrte die Frau entsetzt an. »Sie verkaufen die Mädchen?« Er wusste, dass das in einigen der vom Staat betriebenen Heime passiert, aber er hatte gehofft, dass Amisha ein seriöses Heim für Waisenkinder leitete.

»Wie ich schon sagte, Heim nicht billig. Wir brauchen Geld, um zu ernähren. Hier nicht Amerika. Wenn nicht heiraten, gibt es nichts für Mädchen. Sie wissen, Mann zu gefallen ist beste Art, um eigenes Zuhause zu bekommen.«

»Mit dreizehn? Vierzehn?«, fragte Bubba.

Amisha nickte. »In dieser Zeit sie werden Frau. Können eigene Kinder bekommen. Zeit für ihr eigenes Haus.«

Piper grub ihre Fingernägel so fest in seine Hand, dass Ace wusste, er würde kleine halbmondförmige Einkerbungen haben, aber er ließ nicht los. Er wusste, dass ihr Kommandant keine Ahnung hatte, dass das »private Heim für Waisenkinder«, zu dem er sie geschickt hatte, Mädchen verkaufte, als wären sie nichts weiter als eine Ware. Wenn er das gewusst hätte, hätte er sie gar nicht erst hingeschickt.

Es stimmte, dass die Mädchen, die sie gesehen hatten, gesund aussahen. Das Haus war sauber und keines der Kinder schien besonders abgemagert zu sein, was darauf hindeutete, dass sie ausreichend ernährt wurden. Ace und die anderen hatten in ihrem Leben schon viel Schreckliches gesehen. Sie wussten, dass Frauen in armen Ländern in der Regel nicht so gleichberechtigt waren wie in den USA. Aber diese Frau so ruhig über den Verkauf von Mädchen an den Meistbietenden reden zu hören war abscheulich.

Sexhandel war Sexhandel, egal wie hübsch er verpackt wurde.

Ace schob seinen Stuhl zurück und nickte Amisha zu. »Danke, dass Sie uns herumgeführt haben. Wir bleiben in Kontakt.« Ohne der Frau die Chance zu geben, etwas zu erwidern, zog Ace Piper aus dem Zimmer und den Flur hinunter. Sie stolperte ein wenig hinter ihm her, sagte aber kein Wort. Er zog sie nach draußen in die dicke, feuchte Luft und riss sie in seine Arme. Sie packte sein Hemd am Rücken und vergrub den Kopf zwischen seinem Hals und seiner Schulter. Er konnte spüren, wie sie zitterte, und Ace tat sein Bestes, sie fester zu halten.

Er wartete darauf, dass Bubba hinterherkam, und hatte eine Sekunde lang ein schlechtes Gewissen, weil er seinen Teamkameraden hatte stehen lassen, um ihren abrupten Aufbruch zu erklären und sich um Amisha zu kümmern.

Sie wusste offensichtlich nicht, ob sie da gewesen waren, um ein Kind zu »kaufen« oder eines abzugeben. Deshalb war sie mit ihren Bemerkungen vorsichtig gewesen ... bis zum Schluss, als sie ihre Karten offen auf den Tisch gelegt und ihnen gesagt hatte, wie viel es kosten würde, ein Mädchen zu kaufen. Wahrscheinlich hielt sie sie für ein amerikanisches Paar, das auf der Suche nach einer schnellen Adoption war.

Piper zitterte in seinen Armen. Sie dachte vermutlich dasselbe wie er. Wie einfach es sein würde, eine Siebenjährige für den Sexhandel zu kaufen. Oder eine Vierjährige. Oder ein »Schnäppchen« mit einer Dreizehnjährigen zu machen. Kemala würde wahrscheinlich schon wenige Wochen nach ihrer Ankunft verkauft werden. Und bei dem Gedanken, dass die kleine Rani oder Sinta von einem notgeilen alten Mann gekauft würde, wurde ihm schlecht.

Glücklicherweise tauchte Bubba kurz darauf auf und rief ein vorbeifahrendes Taxi, was Ace half, sich zu konzentrieren, anstatt sich mit den »Was-wäre-wenn«-Fragen zu beschäftigen. Er half Piper in das Fahrzeug und zog sie auf seinen Schoß, nachdem er sich neben sie gesetzt hatte. Sie ließ es ohne jegliche Beschwerde zu.

»Amerikanische Botschaft«, presste Bubba zwischen zusammengebissenen Zähnen hervor, als der Fahrer fragte, wo sie hinwollten.

»Das war Blödsinn«, sagte Ace, sobald sie auf dem Weg waren. Er wollte vor dem Fahrer nichts Genaueres sagen, denn er konnte nicht wissen, ob der Mann Englisch verstand, und würde das Risiko nicht eingehen.

»Jup«, stimmte Bubba zu.

»Ich werde sie nicht dort lassen«, flüsterte Piper.

»Nein, auf keinen Fall«, pflichtete Ace ihr bei, während Bubba sagte: »Niemals.«

Natürlich löste das nicht ihr Dilemma, was sie mit den Kindern machen sollten. Ace wusste nicht, was er Piper sagen sollte, um sie zu beruhigen, denn er hatte keine Ahnung, was der nächste Schritt sein würde. Sie mussten mit ihrem Kommandanten sprechen und ihm mitteilen, was Amisha tat. Vielleicht hatte er die nötigen Verbindungen, um ihr sogenanntes Waisenhaus für immer zu schließen, aber sie mussten sich immer noch überlegen, wo sie Rani, Sinta und Kemala lassen wollten.

Die SEALs konnten nicht ewig in dem Land bleiben. Sie waren auf Kosten der USA dort, und jetzt, da ihre Mission beendet war, mussten sie zurück nach Kalifornien.

Piper hatte aufgehört, in seinen Armen zu zittern, aber sie klammerte sich weiterhin an ihn. Ace war froh, dass sie sich auf der Suche nach Trost an ihn gewandt hatte, aber er war auch verdammt sauer über die Situation im Allgemeinen.

Das Taxi kam an der amerikanischen Botschaft an und sie stiegen alle aus. Bubba bezahlte den Mann, der daraufhin weiterfuhr. Die drei standen da und starrten zu den weißen Toren des alten Gebäudes hinauf. Für eine Botschaft sah es nicht nach viel aus, aber Ace wusste, dass der Schein trügen konnte. Hinter diesen Mauern und Toren befanden sich die Leute, die sie mit so wenig Aufwand wie möglich nach Hause bringen konnten. Der Umgang mit der Bürokratie einer Botschaft war nicht gerade seine Lieblingsbeschäftigung, aber sie hatten sich alle daran gewöhnt, denn die meisten Menschen, die sie retteten, hatten ihre Pässe nicht bei sich, als sie entführt worden waren.

»Bubba, gibst du uns einen Moment?«, fragte Ace seinen Freund.

Bubba nickte und ging zum Tor, um den Knopf zu drücken, der ihn mit dem Sicherheitsdienst verbinden würde.

Ace richtete seine Aufmerksamkeit auf Piper. »Wir lassen sie nicht dort«, erklärte er entschlossen, womit er wiederholte, was sie im Taxi gesagt hatte.

Piper starrte zu ihm auf. »Was sollen wir denn tun?«

Es gefiel ihm, dass sie »wir« gesagt hatte, aber er hasste es, dass er keine Antwort für sie hatte. »Ich weiß es nicht«, gestand er. »Aber wir werden uns etwas einfallen lassen.«

Überraschenderweise nickte Piper einfach. Er legte den Kopf schief, starrte sie an und versuchte herauszufinden, was hinter ihren schönen blauen Augen vor sich ging. Bis zu diesem Moment hatte er sie ziemlich gut durchschauen können. Jetzt jedoch war das, was sie dachte, hinter einer unleserlichen Maske verborgen.

»Vertraust du mir, dass ich nichts tue, was ihnen schaden könnte?«, fragte er, da er die Antwort wissen musste.

»Ja.«

Ihre Antwort kam sofort, was Ace ein wenig beruhigte.

»Gut. Lass uns nachsehen, ob unser Kommandant die Sache mit deinem Pass beschleunigen konnte. Je schneller du einen Ausweis hast, desto schneller können wir dich nach Hause bringen.«

Sie nickte ohne Begeisterung.

Ace zuckte zusammen. Das war wahrscheinlich nicht das Beste, was er sagen konnte, wenn der Besuch bei Amisha ihnen noch so frisch in Erinnerung war, aber er konnte es jetzt nicht mehr zurücknehmen.

Er nahm Pipers Hand in seine und sie gingen gemeinsam zum Tor, das sich gerade öffnete.

»Sie erwarten uns«, verkündete Bubba.

Ace fühlte sich aus irgendeinem Grund unwohl und blickte auf Piper hinunter. Sie starrte mit entschlossener Miene geradeaus. Er wusste, dass sie die Mädchen nicht verlassen wollte und sogar schon einmal den Wunsch geäußert hatte, sie zu behalten.

Er wusste nicht, was sie vorhatte, aber er betete, dass es keinen von ihnen in Schwierigkeiten bringen würde, egal was es war.

Piper bekam die Gesichter der kleinen Mädchen, die in Amishas Garten gespielt hatten, nicht aus dem Kopf. Auch nicht die Gesichter der älteren Mädchen, die in der Küche kochten. Sie fragte sich, ob sie eine Ahnung hatten, was ihnen bevorstand. Um ihretwillen hoffte sie es nicht.

Der Besuch hatte ihr den Magen umgedreht und die Augen für die Notlage der weniger Glücklichen in Timor-Leste geöffnet, aber er hatte auch ihre Entschlossenheit gestärkt. Sie würde Rani, Sinta und Kemala nicht in diesem Land zurücklassen. Sie würde alles tun, um sie mit nach Hause zu nehmen, und hoffentlich würde dieser Besuch in der amerikanischen Botschaft sie diesem Ziel einen Schritt näherbringen.

Sie hatte ein schlechtes Gewissen, weil sie Ace nicht erzählt hatte, was sie vorhatte, aber sie hatte Angst, dass er es ihr auszureden versuchen würde. Sie vertraute ihm bis ins Mark, aber ihr Plan war so verrückt, dass sie befürchtete, er würde etwas sagen, was sie dazu bringen würde, einen Rückzieher zu machen.

Sie wurden in einen Raum geführt, wo sie sich mit Rocco und Phantom trafen. Sobald sie den Raum betraten, verkrampften sich die beiden anderen SEALs und standen etwas aufrechter.

»Was ist passiert?«, fragte Rocco. Er hatte offensichtlich etwas in ihren Gesichtern gesehen.

»Es war ein totales Chaos«, sagte Bubba kopfschüttelnd.

»Erkläre das«, befahl Phantom.

Piper merkte, wie Ace sie ansah, als würde er sie um Erlaubnis bitten, die Führung zu übernehmen, also nickte sie ihm zu. Sie wollte nicht zu viel an die armen Waisenkinder in Amishas Heim denken.

Als Ace zu Ende erklärt hatte, wie »Adoptionen« in dem privaten Heim funktionierten, sahen Rocco und Phantom beide empört aus.

»Wir müssen sie anzeigen«, sagte Rocco.

»Bei wem denn?«, fragte Ace frustriert. »Es gibt nicht genügend Heime für Waisenkinder, und oberflächlich betrachtet missbraucht Amisha die Mädchen nicht. Sie bekommen Bildung, wenn auch nur bis zu ihrem zwölften Lebensjahr. Sie bekommen etwas zu essen, sie lernen Fertigkeiten ... und seien wir ehrlich, wir sind nicht in Amerika. Ein Mädchen, das im frühen Teenageralter heiratet, ist hier nicht gerade ungewöhnlich.«

»Aber sie *verkauft* sie. Und ich würde eine Million Dollar

wetten, dass sie die Männer nicht überprüft«, entgegnete Phantom mit leiser, verärgerter Stimme.

Ausnahmsweise war Piper auf derselben Seite wie der furchterregende SEAL.

»Piper Johnson?«, sagte eine Frau aus einem Türrahmen auf der anderen Seite des Raumes.

Alle vier Männer drehten sich zu ihr um und Piper sah, wie sie einen Schritt zurücktrat, als sie die volle Aufmerksamkeit der Männer auf sich zog.

»Das bin ich«, sagte Piper.

»Wenn Sie mit mir kommen könnten«, bat die Frau sie.

Piper nickte und machte sich auf den Weg zur Tür, Ace dicht auf den Fersen.

»Nur Miss Johnson«, sagte die gestresste Angestellte ungeduldig, während sie Ace anstarrte.

Er schüttelte den Kopf. »Bei allem Respekt, vor ein paar Tagen hat Piper sich im Dreck unter dem Boden eines Waisenhauses versteckt, weil sie große Angst hatte, dass Rebellen sie finden und töten würden. Ihre beste Freundin wurde von denselben Rebellen umgebracht. Sie ist ein wenig durcheinander und fühlt sich nicht wohl, wenn weder ich noch einer unserer Freunde bei ihr ist. Soweit ich weiß werden Sie nur ihre Identität überprüfen, bevor Sie ihr den Pass neu ausstellen. Wenn dabei vertrauliche Informationen auftauchen, bin ich gern bereit, den Raum zu verlassen, aber im Moment wäre es uns allen lieber, sie nicht aus den Augen zu lassen. Ich bin sicher, Sie verstehen das.«

Piper schaute Ace überrascht an. Er hatte sich größtenteils an die Fakten gehalten, aber ehrlich gesagt fühlte Piper sich hinter den Toren der Botschaft ziemlich sicher. Sie konnte zwar nicht leugnen, dass sie sich sicherer fühlte, wenn *er* oder einer seiner Freunde an ihrer Seite war, aber sie ging davon aus, dass sie wahrscheinlich eine halbe

Stunde ohne seine Anwesenheit auskommen würde, ohne auszuflippen.

Aber als die Botschaftsangestellte sie mit einem mitfühlenden Blick ansah, beschloss Piper, es einfach so hinzunehmen. Außerdem könnte sie Fragen stellen, die sie nicht zu beantworten wusste. Sie hatte mit Ace noch nicht besprochen, was sie über die Mission seines Teams sagen durfte und was nicht. Es war besser, dass er bei ihr war, damit sie keinen Mist baute und etwas ausplauderte, was sie nicht ausplaudern sollte.

Als sie Ace' Hand auf ihrem Rücken spürte, bekam sie eine Gänsehaut auf den Armen. Ja, ihn in ihrem Rücken zu haben war eine gute Entscheidung. Er gab ihr das Gefühl, dass ihr nichts etwas anhaben konnte, solange er in ihrer Nähe war. Es war ein beängstigendes Gefühl ... aber ein gutes.

Sie folgten der Frau in ein tristes Büro ohne Fenster. Piper hatte keine Ahnung, wie die Frau arbeiten konnte. Sie konnte das Summen der Leuchtstoffröhren über ihr hören, aber ansonsten war es fast so, als wäre sie wieder in diesem Kriechkeller. Wenn das Licht ausginge, wäre es in dem Raum stockdunkel, genauso wie oben in den Bergen in dem Erdloch, in dem sie sich mit den Mädchen versteckt hatte.

Der Gedanke an die Mädchen bestärkte Piper in ihrer Entschlossenheit.

Sie saß geduldig da, während die Frau die Papiere durchblätterte und ihr einige grundlegende Fragen zu ihrer Identität und Adresse in den Staaten stellte. Es schien, als hätte Ace' Kommandant alle erforderlichen Papiere eingereicht und ihre Anwesenheit war nur noch eine Formalität.

Als die Frau fertig wurde und ihren nagelneuen Pass auf den Tisch gelegt hatte, atmete Piper tief durch und stellte die Frage, die ihr schon auf der Zunge lag, bevor sie den Mut verlor.

»Ich habe eine Frage«, platzte sie heraus.

Piper konnte aus dem Augenwinkel sehen, wie Ace sie anstarrte, aber sie schaute die Botschaftsangestellte geradeaus an.

»Natürlich, bitte.«

»Drei Mädchen sind mit mir zusammen vor den Rebellen geflohen. Ich würde gern wissen, wie ich sie adoptieren und mit in die Staaten nehmen kann.«

Die Frau sah überrascht aus. Sie lehnte sich in ihrem Stuhl zurück und starrte Piper einen Moment lang an, bevor sie sich aufrichtete und sich ihrem Computer zuwandte. Sie tippte ein oder zwei Minuten lang auf ein paar Tasten, bevor sie Piper wieder ansah. »Amerikanische Adoptionen aus Timor-Leste sind extrem selten. In den letzten zehn Jahren gab es nur etwa fünf Adoptionen durch amerikanische Staatsbürger.«

»Wow. So wenige?«

Die Frau zuckte mit den Schultern. »Ja. Wie auch immer, Sie müssen einen Antrag bei der US-Einwanderungsbehörde stellen, der unter anderem eine Prüfung des Zuhauses beinhaltet. Sie müssen den Nachweis erbringen, dass Sie für die Kinder sorgen können. Weitere Unterlagen – einschließlich Nachweise über Ihren Familienstand und Ihre Staatsbürgerschaft – werden ebenfalls nötig sein. Sind Sie verheiratet?«

Piper blinzelte. Die Frage überraschte sie. Sie hatte bis jetzt noch nicht viel über das Adoptionsverfahren nachgedacht, aber sie hatte nicht erwartet, dass es einen Unterschied machen würde, ob sie verheiratet war oder nicht. »Ist das wichtig?«

Piper zwang sich, angesichts des Blicks, den die Frau ihr zuwarf, nicht auf ihrem Stuhl herumzurutschen.

»Theoretisch gesehen? Nein. Aber die Behörden hier sind sehr streng, wer adoptieren darf. Das liegt unter anderem daran, dass Timor-Leste eines von nur zwei überwiegend christlichen Ländern in Südostasien ist. Sie neigen dazu, eine strengere Haltung gegenüber Adoptionen durch Außenstehende einzunehmen.«

Piper wurde schlecht. Sie hatte so sehr gehofft, dass sie die Mädchen mit nach Hause nehmen könnte. Das mit dem Geld könnte sie regeln, einen Kredit aufnehmen, wenn die Adoptionskosten zu hoch waren, aber sie konnte nicht einfach einen Ehemann aus dem Hut zaubern.

Bevor sie irgendetwas tun konnte – wie der Frau für ihre Zeit zu danken, den Raum zu verlassen und in Tränen auszubrechen –, griff Ace nach ihrer Hand und fragte: »Sie hat einen Verlobten. Ist das gut genug?«

Piper drehte sich herum, um Ace anzustarren. Er sah sie nicht an; seine Aufmerksamkeit galt der Botschaftsmitarbeiterin.

Sie lächelte ihn an. »Leider nicht.«

Ace zuckte mit den Schultern und wandte sich an Piper. »Dann wurde unser Zeitplan für die Hochzeit wohl vorverlegt, Süße.«

Piper wusste nicht, was sie sagen sollte.

»Soll ich Ihnen glauben, dass Sie verlobt sind?«, fragte die Frau skeptisch. »Das erscheint mir schrecklich praktisch.«

Das Lächeln auf Ace' Gesicht verschwand blitzschnell und wurde durch Ärger ersetzt. Seine Augen wurden schmal, als er die Frau hinter dem Schreibtisch anstarrte. »Praktisch? Wenn Sie die Tatsache, dass meine Verlobte in der Erwartung in dieses Land gekommen ist, eine gute Freundin zu besuchen und die Kinder zu treffen, denen sie in den letzten Monaten geschrieben hat, für praktisch halten, dann haben Sie recht. Wir haben die Mädchen kennengelernt, weil ihre beste Freundin als Mitglied des Friedenskorps in Timor-Leste war. Wir wollten schon immer eine große Familie haben, und da ihre Freundin ehrenamtlich in einem Waisenhaus gearbeitet hat, schien es wie Schicksal. Aber es war nicht *praktisch*, als die Rebellen beschlossen aufzubegehren, während meine Verlobte die Mädchen besuchte, die wir zu unseren eigenen machen wollten. Es war ausgesprochen unpraktisch, als sie sich drei Tage lang mit unseren Mädchen in einem Erdloch verstecken musste, damit sie nicht erschossen wurden oder Schlimmeres. Und es war definitiv nicht *praktisch*, als ihre beste Freundin bei dem Überfall getötet wurde und Piper und die Mädchen zu Fuß aus den Bergen fliehen mussten. Ich bin sofort rübergeflogen, als ich hörte, was passiert war. Der Plan war, dass wir in etwa einem Jahr heiraten, aber es ist mir egal, ob die Zeremonie heute oder in zehn Jahren stattfindet, solange Piper glücklich ist.«

Piper hatte den Atem angehalten, während Ace sprach, aber als er fertig war, stieß sie ihn schwallartig aus. Er drehte sich zu ihr um, und sie hätte schwören können, dass sein Gesichtsausdruck ehrfürchtig war, als ihre Blicke sich trafen.

»Wir können hier in der Botschaft tatsächlich legale Zeremonien durchführen«, sagte die Angestellte. »Und wenn Sie verheiratet sind, wird es sicher einfacher, mit der Bürokratie von Timor-Leste umzugehen. Aber Sie müssen immer noch den Antrag bei der Einwanderungsbehörde ausfüllen, und das dauert, bis er genehmigt wird.«

Ace sah zu Piper. Sie konnte den Blick nicht von ihm abwenden, da sie sich fragte, was zum Teufel er da tat. »Ich kenne den Freund eines Freundes, der den Papierkram beschleunigen kann«, sagte Ace. »Wir können das erledigen.«

Piper wusste, dass er mehr mit ihr als mit der Frau sprach.

»Ich weiß nicht, ob es so einfach ist, aber wenn Sie sofort

heiraten wollen, werde ich Sie nicht aufhalten. Ich habe eine Schwäche für Liebesgeschichten. Bleiben Sie hier, ich bin gleich zurück mit meinem Kollegen, der Paare trauen darf.«

Piper wandte den Blick noch immer nicht von Ace ab, als die Frau den Raum verließ.

Sobald sich die Tür hinter ihr schloss, schob er seinen Stuhl zurück und ging in dem kleinen, beengenden Büro auf ein Knie. Er nahm ihre Hand in seine und sagte: »Willst du mich heiraten, Piper? Gleich hier und jetzt? Du wolltest vielleicht eine große, richtige Hochzeit, und das können wir machen, wenn wir wieder in den Staaten sind. Ich kann es nicht ertragen, die Mädchen hierzulassen, nicht nach allem, was passiert ist, und ich weiß, dass du es auch nicht kannst. Willst du mich heiraten?«

Pipers Mund war staubtrocken. Sie konnte nicht einmal schlucken.

Ihr fiel auf, dass Ace nichts über seinen Job oder darüber, dass er sie liebte, gesagt hatte. Das meiste, was er der Botschaftsangestellten erzählt hatte, war die Wahrheit gewesen, aber sorgfältig formuliert. Sie tat das Einzige, was sie in diesem Moment tun konnte.

Sie nickte.

Ace lächelte, stand auf und zog sie zu sich hoch. Er legte die Arme um sie und sie erwiderte seine Umarmung.

Schließlich flüsterte sie: »Was machen wir hier?«

»Anscheinend heiraten wir«, antwortete er lächelnd.

Piper schüttelte den Kopf. »Du kannst mich nicht heiraten.«

»Warum nicht?«

»Darum.« Ihr Gehirn funktionierte nicht richtig.

»Das ist kein Grund«, entgegnete er.

»Du liebst mich nicht«, murmelte sie.

»Aber ich respektiere dich. Und bewundere dich. Und

vertraue dir. Das ist viel mehr, als viele andere Menschen haben. Vertraust du mir?«

»Du weißt, dass ich das tue«, sagte Piper. »Aber trotzdem ... *Heiraten?*«

»Ich habe heute bei dieser Farce von einem Waisenhaus dein Gesicht gesehen«, sagte Ace. »Wir können Rani, Sinta und Kemala auf keinen Fall dort lassen.«

Piper schüttelte den Kopf, allein bei dem Gedanken daran wurde ihr schlecht. »Kennst du wirklich jemanden, der bei dem Antragsprozess helfen kann? Ich weiß, dass die meisten Monate und Jahre warten müssen, um eine Adoption zu bekommen.«

»Das tue ich«, erwiderte Ace zuversichtlich. »Er ist ein Computergenie, und meistens fragt niemand, wie er das macht, was er macht. Wir nehmen es einfach so hin. Er wird uns helfen, das weiß ich. Ich denke, innerhalb der nächsten paar Tage wird es ihm gelingen, den ganzen Papierkram von den richtigen Leuten unterschreiben und hier zur Botschaft liefern zu lassen, damit den Mädchen die Pässe ausgestellt werden können.«

Es klang zu schön, um wahr zu sein. Piper zögerte. »Was ist, wenn die hiesige Regierung sagt, dass wir nicht alle drei haben können?«, flüsterte sie. »Was ist, wenn sie sagt, dass wir nur eine haben können?«

Ace presste die Lippen zusammen, dann entgegnete er: »Ich glaube nicht, dass sie das sagen wird.«

»Und wenn doch?«, beharrte sie.

»Dann wählen wir eine«, war Ace' Antwort, »und tun alles, was wir können, um sie zu überzeugen, uns die anderen beiden auch zu überlassen.«

Tränen bildeten sich in Pipers Augen und sie schloss sie, um nicht zu weinen. Sie durfte jetzt nicht zusammenbrechen. Dies sollte ein glücklicher Tag für sie sein. Ihr Hochzeitstag. Wenn sie aufgebracht wirkte, sobald die Frau zurückkam, könnte sie noch misstrauischer sein, als sie es ohnehin schon war.

Ace drängte sie nicht, etwas zu sagen. Er hielt sie einfach an sich gedrückt und stützte sie.

Piper atmete tief durch und öffnete die Augen. »Kemala«, flüsterte sie. »Ich müsste Kemala wählen.«

Ace nickte einfach.

Er fragte nicht nach ihrer Begründung, aber sie gab sie ihm trotzdem. »Sie ist im Moment am verletzlichsten. Als Älteste müsste sie in einem Jahr oder so heiraten. Rani und Sinta sind jünger, sie haben noch Zeit, sich an ihre Situation zu gewöhnen, wie auch immer sie sein mag. Ich weiß, dass Kemala mich nicht einmal besonders mag, aber das würde mir auch Zeit geben, das Geld und die Mittel aufzutreiben, um die anderen Mädchen zu befreien, bevor sie alt genug sind, um verheiratet zu werden.«

»Wenn es sein muss, werden wir hier in Dili jemanden finden, der vertrauenswürdig ist und Rani und Sinta bei sich aufnimmt, bis wir zurückkommen und sie nach Hause bringen können.«

Es gefiel ihr, dass Ace das Wort »wir« benutzte. Dennoch schaute sie kurz weg. »Wir können die Ehe annullieren, wenn wir wieder in Kalifornien sind.«

Er schüttelte den Kopf. »Nein. Ich bin mir sicher, dass die Einwanderungsbehörde Adoptiveltern und die von ihnen betreuten Kinder überprüft. Vor allem in unserem Fall, da mein Freund Tex den Antrag beschleunigen wird. Die Mitarbeiter dort werden sich davon überzeugen wollen, dass alles in Ordnung ist. Du und die Mädchen könnt in mein Haus einziehen, ich habe genügend Platz. Wir kriegen das schon hin, Piper.«

Ihr drehte sich der Kopf. Was zunächst nur eine weit hergeholte Idee gewesen war, entwickelte sich schnell zu etwas Großem, das außer Kontrolle geriet.

Ace senkte seine Stirn und drückte sie an ihre. »Ich liebe diese Mädchen genauso sehr wie du«, sagte er. »Es ist erst ein paar Tage her und sie haben sich schon in mein Herz geschlichen. Lass mich dir helfen, sie nach Hause zu bringen. *Bitte.*«

Piper nickte. Wie könnte sie etwas anderes tun? Ihre beste Chance, die Mädchen zu bekommen, bestand darin, sich auf seinen verrückten Plan einzulassen.

Einen Moment später kam die Botschaftsmitarbeiterin mit einem Mann in einem marineblauen Anzug zurück in den Raum. Seine Krawatte war verrutscht und er sah sehr gestresst aus. Hinter ihm standen Rocco, Phantom und Bubba.

Piper musste den Jungs zugutehalten, dass keiner von ihnen Ace fragte, was zum Teufel er da tat. Sie schwammen einfach mit dem Strom, gratulierten sowohl ihr als auch Ace und lächelten, als wären sie froh, bei der spontanen Hochzeit dabei zu sein.

Fünf Minuten später starrte Piper zu Ace auf, während der Botschaftsangestellte durch die schnellsten Ehegelübde in der Geschichte der Menschheit ratterte.

»Wollen Sie, Beckett Morgan, Piper Johnson zu Ihrer rechtmäßig angetrauten Ehefrau nehmen? In guten und in schlechten Zeiten, in Reichtum und in Armut, in Krankheit und Gesundheit, bis dass der Tod euch scheidet?«

»Ich will.« Ace' Worte kamen sofort und aus tiefstem Herzen. Er starrte ihr dabei in die Augen, was Pipers Herz in ihrer Brust schneller schlagen ließ. Sie tat das wirklich. Es schien unwirklich, aber gleichzeitig auch wunderschön.

»Wollen Sie, Piper Johnson, Beckett Morgan zu Ihrem rechtmäßig angetrauten Ehemann nehmen? In guten und in schlechten Zeiten, in Reichtum und in Armut, in Krankheit und Gesundheit, bis dass der Tod euch scheidet?«

»Ich will«, sagte sie mit einer Stimme, die vor Rührung zitterte.

»Kraft der mir von der Regierung der Vereinigten Staaten verliehenen Befugnis erkläre ich euch zu Mann und Frau. Sie dürfen Ihre Braut jetzt küssen.«

Piper erstarrte. Über diesen Teil der Zeremonie hatte sie gar nicht nachgedacht. Sie hatte einen Mann geheiratet, den sie noch nie geküsst hatte.

Aber Ace schien sich von der Skurrilität des Geschehens nicht beirren zu lassen. Er nahm ihr Gesicht in die Hände und starrte sie eine Sekunde lang an, bevor er den Kopf senkte.

Piper schloss die Augen und hob abwartend ihr Kinn an.

Zuerst strich er nur mit seinen Lippen über die ihren. Sie gab einen Laut von sich – und als er sie wieder küsste, tat er es, als meinte er es ernst. Sie öffnete die Lippen und Ace' Zunge glitt in ihren Mund.

Es fühlte sich richtig an. *So* gut. Als hätten sie sich schon tausendmal geküsst.

Sein Bart kitzelte ihr Gesicht und Piper neigte den Kopf, damit er sie noch inniger küssen konnte. Ohne zu zögern, folgte Ace ihrer unausgesprochenen Aufforderung, und sie konnte das leise Stöhnen nicht unterdrücken, das in ihrer Kehle aufstieg.

Lange bevor sie bereit war, zog Ace sich zurück. Sie öffnete die Augen und starrte zu ihm auf. Seine Pupillen waren geweitet und er leckte sich über die Lippen, während sie ihn beobachtete. Ihr Herz schlug wie wild und sie fühlte sich in diesem Moment so lebendig wie seit Jahren nicht mehr.

Bevor einer von ihnen ein Wort sagen konnte, klopfte Rocco Ace auf den Rücken und gratulierte ihm. Bubba tat das Gleiche, aber Phantom blieb still in der Nähe der Tür. Die Botschaftsangestellten erregten ihre Aufmerksamkeit und ließen sie die Papiere unterschreiben, um ihre Ehe zu legalisieren.

Pipers Hand zitterte, als sie das Dokument unterschrieb, aber sie bemerkte, dass Ace nicht zögerte. Er schien es kaum erwarten zu können, seine Unterschrift auf das Stück Papier zu setzen.

»Wir machen eine Kopie davon, damit Sie sie mitnehmen können«, sagte die Frau zu ihnen.

Ace nickte. »Danke. Und erwarten Sie bald Post von einem John Keegan. Es wird unser Adoptionspaket von der US-Einwanderungsbehörde sein.«

Sie schaute überrascht ... und skeptisch.

Ace ignorierte sie. »Ich schreibe Ihnen die Adresse auf, wo wir mit den Mädchen wohnen.«

»Das ist alles sehr ungewöhnlich«, stammelte die Frau. »Normalerweise wohnen die Kinder, die adoptiert werden, in einem Waisenhaus oder in einem privaten Heim.«

»Sie bleiben bei uns«, erwiderte Ace entschlossen. »Sie sind traumatisiert, und es gibt keinen Grund, sie von uns zu trennen. Außerdem haben wir keine Ahnung, ob und wann die Rebellen ihren Kampf aus den Bergen in die Hauptstadt verlegen werden. Piper und ich würden uns besser fühlen, wenn sie sicher bei uns wären.«

Als wären seine Worte Gesetz, nickte die Frau. »Okay, aber in einem Punkt können wir nicht nachgeben: Die Mädchen müssen von einem Vertreter von Timor-Leste befragt werden. Wir wollen auf keinen Fall, dass jemand die Amerikaner beschuldigt, ihre einheimischen Kinder zu entführen.«

»Kein Problem«, antwortete Ace zuversichtlich. »Sie haben unsere Kontaktdaten; wir können sie herbringen, wann immer Sie wollen. Wenn es Ihnen nichts ausmacht, würde ich den Rest meines Hochzeitstages jetzt gern mit meiner Braut verbringen.«

SUSAN STOKER

»Natürlich. Wir bleiben in Kontakt. Herzlichen Glückwunsch zu Ihrer Hochzeit.«

Ace bedankte sich und sie verließen das kleine Büro, wobei er diesmal den Arm ganz um ihre Taille legte und nicht nur ihren Rücken berührte, wie er es beim Eintreten getan hatte.

Niemand sagte ein Wort, bis sie die Botschaft verlassen hatten und auf dem Bürgersteig vor dem Tor standen.

»Was zum Teufel war das?«, fragte Phantom.

Ace spannte sich nicht einmal neben ihr an, obwohl Piper zusammenzuckte.

»Ja, willst du uns verraten, was gerade passiert ist?«, fragte Rocco.

»Wir haben geheiratet«, erklärte Ace schlicht.

Piper nahm einen tiefen Atemzug und versuchte, sich von Ace zu entfernen, aber er hielt sie fest und ließ keinen einzigen Zentimeter Abstand zwischen ihnen. Sie musste die Sache mit seinen Freunden klären. »Ich habe gefragt, ob ich die Mädchen adoptieren darf, und die Dame meinte, ich müsse verheiratet sein. Ace hat sie überzeugt, dass wir bereits verlobt waren, und sie schlug vor, dass wir auf der Stelle heiraten sollten. Ich habe Ace gesagt, dass wir die Ehe annullieren lassen können, wenn wir wieder in den Staaten sind ... sobald es sicher ist und die Mädchen uns nicht weggenommen werden.«

Piper konnte nicht zu Ace aufschauen, während sie es erklärte. Die Zeremonie, die eben noch gewissermaßen romantisch erschienen war, kam ihr jetzt geschmacklos und billig vor. Sie war sich bewusst, dass sie ein riesiges T-Shirt und eine abgeschnittene Jogginghose trug. Nicht gerade das schöne Kleid, das sie sich immer vorgestellt hatte, wenn sie endlich den Bund der Ehe schloss.

»Wer hätte gedacht, dass du der Erste bist, der tatsächlich heiratet«, sagte Bubba, lachte und klopfte seinem

154

Freund noch einmal auf die Schulter. »Herzlichen Glückwunsch, Mann.«

»Danke«, entgegnete Ace locker. »Rocco, ich brauche deine Hilfe.«

»Alles, was du willst«, antwortete der andere Mann sofort.

»Nun, eigentlich brauche ich Tex. Wir müssen einen Antrag bei der US-Einwanderungsbehörde einreichen, und zwar gestern. Und es muss schnell gehen. Tex hat dort wahrscheinlich ein paar Kontakte, da er seine Tochter aus dem Irak adoptiert hat. Sag ihm, er soll meine Adresse auf den Formularen verwenden, denn dort werden wir wohnen. Und da wir nicht wissen, wie die Nachnamen der Mädchen lauten, soll er Morgan verwenden. Dann können wir gleich so anfangen, wie wir weitermachen wollen. Er hat meine volle Erlaubnis, für Piper und mich den nötigen Papierkram zu erledigen, damit das Ganze funktioniert. Hintergrundüberprüfungen, Befragungen von Nachbarn, alles.«

Rocco grinste. »Das wird ihm gefallen. Und ich rufe ihn auf dem Rückweg zur Herberge an. Wenn ich Tex so gut kenne, wie ich glaube, wird er bis morgen Abend einen vollständigen Antrag mit allen erforderlichen Unterschriften und Unterlagen abgegeben haben.«

»Ich weiß das zu schätzen«, sagte Ace.

Zum ersten Mal spürte Piper, wie tief in ihrer Brust ein Funke Hoffnung aufkeimte. Sie machte sich keine Sorgen darüber, dass dieser Tex in ihrem Privatleben herumschnüffelte. Sie hatte nichts zu verbergen. Sie war der langweiligste Mensch überhaupt. Ihre Kreditwürdigkeit war gut, auch wenn sie nicht so viel Geld auf ihren Konten hatte, wie sie es gern gehabt hätte. Ihre Nachbarn mochten sie. Tex würde keine Leichen in ihrem Keller finden, weil sie keine hatte.

Das könnte tatsächlich funktionieren.

Heilige Scheiße, sie war im Begriff, Mutter von drei Kindern zu werden.

Und nicht nur das, sie würde auch eine *verheiratete* Mutter von drei Kindern werden!

»Ace?«

Er schaute zu ihr hinunter. »Ja?«

Und plötzlich verschwand alles, was sie sagen wollte, aus ihrem Kopf. Als sie zu ihrem Ehemann aufblickte, konnte Piper kein einziges Wort herausbekommen. Sie war nervös und dankbar, und ihr war schwindelig. Sie war überwältigt und ihr war gleichzeitig zum Weinen und Lachen zumute. Kurz gesagt, sie war völlig durcheinander.

Als verstünde er es, nahm Ace sie einfach erneut in die Arme und hielt sie fest. Als sie den Kopf an seine Brust legte – eine schöne, muskulöse Brust, die nicht von einer Schutzweste bedeckt war –, konnte sie sein Herz an ihrer Wange schlagen hören und spüren. Es erdete sie. Sie hatte immer noch keine Ahnung, was sie da tat, aber zum ersten Mal seit einer Woche hatte sie das Gefühl, dass es vielleicht doch noch gut gehen könnte.

KAPITEL ACHT

Rocco und Phantom fuhren direkt zur Herberge zurück, während Piper, Ace und Bubba noch ein paar Stopps einlegten, um Kleidung, Spielzeug und Essen für die Mädchen zu kaufen. Da sie wahrscheinlich ein oder zwei Tage länger in der Stadt bleiben würden, wollten sie sicherstellen, dass sie alles hatten, was sie brauchten. Als sie zur Herberge zurückkehrten, hatte jeder von ihnen einen Koffer voll mit dem Nötigsten für die Mädchen und Piper dabei.

Ace hatte es sogar geschafft, sich davonzuschleichen, während Bubba und Piper um ein paar Kleider für die Mädchen feilschten, um einen Ring für Piper zu kaufen. Es war ein billiges Imitat und würde ihren Finger wahrscheinlich grün färben, aber Ace wollte sicher sein, dass jeder, der sich die Mühe machte hinzusehen, seinen Ring an ihrem Finger vorfinden würde. Er würde ihn durch einen riesigen Diamanten ersetzen, sobald sie wieder in Kalifornien waren, aber er wollte nicht, dass ein Tag verging, an dem sie nicht sein Zeichen trug.

Es war verrückt, dass er so besitzergreifend und beschützend gegenüber Piper reagierte, aber er konnte nicht leugnen, dass es da war. Als die Dame in der Botschaft ihr gesagt hatte, dass sie verheiratet sein müsse, um die Mädchen adoptieren zu können, hatte er nicht einmal gezögert. Seine Geschichte war ein wenig schwach, aber das war ihm egal, denn die Frau hatte sie ihm abgekauft. Und jetzt war er verheiratet.

Er. *Verheiratet.*

Es überstieg sein Vorstellungsvermögen ... aber es fühlte sich auch so an, als seien sie dazu bestimmt gewesen.

Er kannte sie erst ein paar Tage und wie sie sagte, waren sie nicht verliebt, aber er empfand schon nach drei Tagen mehr für Piper als für jede andere Frau, mit der er je ausgegangen war. Jemals. Damit konnte er definitiv arbeiten.

Und Ace schämte sich nicht, sich einzugestehen, dass er Piper nicht nur der Kinder wegen geheiratet hatte. Ja, er wollte sie genauso sehr wie sie, aber tief im Inneren wollte er auch *Piper*. Er konnte es kaum erwarten, mit ihr in sein Haus zu ziehen. Sie jeden Tag zu sehen. Er wollte sie kennenlernen, ohne sich mit einem Haufen Rebellen und Krabbelviechern herumschlagen zu müssen. Er wollte ihr dabei zusehen, wie sie ihre Kunst erschuf, und erfahren, was sie sich für ihre Zukunft wünschte. Er hatte keine Ahnung, was ihr Lieblingsessen war oder was sie gern im Fernsehen schaute. Aber das waren nur oberflächliche Dinge. Er wusste, wie sie unter Druck war. Er wusste, dass sie besonnen, großzügig und mitfühlend war.

Und nach diesem ersten Kuss wusste er ohne Zweifel, dass sie voller Leidenschaft war. Er konnte es auf ihren Lippen schmecken, er konnte es darin spüren, wie sie unbewusst sein Hemd umklammert hatte. Er spürte es an der Art, wie sie den Kopf geneigt hatte, um ihm näher zu kommen. Er hörte es an den kleinen Geräuschen, die sie in ihrer Kehle gemacht hatte.

Ja, er freute sich darauf, Piper Johnson – nein, Piper *Morgan* – besser kennenzulernen.

Sie betraten den großen Raum, den sie in der Herberge bekommen hatten, und sahen Rani und Sinta, die auf einem Blatt Papier Tic-Tac-Toe spielten, und Kemala, die wieder einmal am Fenster stand und hinausstarrte.

Gumby und Rex kamen sofort auf sie zu.

»Ich habe gehört, dass Glückwünsche angebracht sind«, sagte Rex mit einem breiten Grinsen.

»Wenn du dich zu etwas entschließt, machst du keine halben Sachen, oder?«, fragte Gumby lachend.

Ace schüttelte die Hände seiner beiden Freunde und griff dann noch einmal nach Pipers. Es fühlte sich gut an, sie festhalten zu können. »Danke. Ist hier alles in Ordnung?«

»Ja.« Rex' Stimme wurde leiser. »Obwohl Phantom gemurmelt hat, er wolle zurück zum Waisenhaus, um Kalee zu holen. Er meint, wenn wir noch ein paar Tage hierbleiben, sollte er sich die Zeit nehmen, sie zu holen.«

Ace hasste die Verzweiflung, die über Pipers Gesicht huschte. Er schüttelte den Kopf. »Ich glaube wirklich nicht, dass dafür Zeit ist. Ich habe das Gefühl, dass Tex diesen Antragsscheiß in Rekordzeit erledigen wird. Ihr wisst ja, dass er keine halben Sachen macht, und wir wollen auf keinen Fall hier rumhängen, sobald es uns erlaubt wird, die Mädchen zu adoptieren.«

»Ihr wollt es wirklich tun?«, fragte Gumby. »Wollt ihr nicht mal eine Zeit lang darüber nachdenken? Ich meine, ich habe mir spontan einen Hund zugelegt, aber ein Kind ist nicht wie ein Haustier. Und drei?« Sein Freund schüttelte den Kopf. »Das ist eine Menge.«

Ace nickte. Er verstand es. Für die meisten wäre die Entscheidung, drei Mädchen zu adoptieren, extrem und untypisch, aber seit Bahrain, als er dem Tod so nahe gekommen war wie schon lange nicht mehr, dachte er über Kinder nach.

SUSAN STOKER

Er bereute es, keine Familie gegründet zu haben. Er hatte die Mittel und die Fähigkeit, sich um Rani, Sinta und Kemala zu kümmern, warum sollte er es also nicht tun?

»Du hast das sogenannte Waisenhaus heute nicht gesehen, Gumby. Die Frau verkauft buchstäblich die Mädchen, die sie betreut. Auf dem Weg zur Botschaft kamen wir an nicht weniger als zwölf Kindern vorbei, die auf der Straße gebettelt haben. Ich sah Mädchen, die nicht älter als Kemala sein konnten, Arm in Arm mit Männern gehen, die dreimal so alt waren wie sie. Das ist vielleicht nicht die Art und Weise, wie ich mir vorgestellt habe, Kinder zu bekommen, aber ich flippe deswegen nicht aus und bereue meine Entscheidung definitiv nicht.«

Gumby sah zu Piper, und Ace versteifte sich bei dem Blick, den er ihr zuwarf. Er wusste bereits, dass ihm das, was sein Freund sagen wollte, nicht gefallen würde. Bevor er ihn ermahnen konnte, sehr vorsichtig zu sein und sie nicht zu beleidigen, fuhr Gumby fort.

»Und du? Nichts für ungut, Piper, aber ihr kennt euch doch gar nicht. Zu heiraten scheint ein bisschen viel zu sein.«

Ace ließ Pipers Hand los, trat einen Schritt vor und schob sie hinter sich. »Wenn jemand einen Satz mit *nichts für ungut* beginnt, wird er zwangsläufig alles andere als gut«, knurrte er.

»Ist schon okay«, sagte Piper leise und trat an seine Seite. Sie begegnete erst Gumbys, dann Rex' Blick und sagte entschieden: »Ich habe Ace nicht gebeten, mich zu heiraten. Ich persönlich halte ihn sogar für verrückt. Ich habe ihm aber angeboten, die Ehe zu annullieren, wenn wir wieder in den Staaten sind.«

»Wir werden unsere Ehe *nicht* annullieren«, beharrte Ace. Aber Piper ignorierte ihn und redete weiter.

»Wir hatten noch keine Zeit, über viele Dinge zu reden. Ich bin bereit, einen Ehevertrag zu unterschreiben, wenn es ihm und euch dann besser geht. Ich weiß nicht, wie das funktionieren würde. Ich habe nicht viel Geld, aber ich habe etwas gespart. Ich habe Ace nicht wegen des Geldes oder der Krankenversicherung oder so etwas geheiratet ... nicht dass du das andeuten wolltest, ich wollte es nur klarstellen.«

»Warum hast du ihn dann geheiratet?«, fragte Phantom aus der Nähe. Die anderen Jungs waren näher getreten und hörten nun das Gespräch mit.

Erneut wollte Ace seinen Freunden sagen, dass sie sich zurückhalten sollten, aber wenn er ehrlich zu sich selbst war, war er neugierig auf Pipers Antwort.

Er war stolz auf die Art und Weise, wie sie Phantom in die Augen sah, als sie antwortete: »Ich könnte wahrscheinlich sagen, dass es die einzige Möglichkeit war, die Mädchen nach Hause zu bringen. Oder ich könnte sagen, weil ich dankbar bin, dass ich gerettet wurde. Beides ist wahr, aber der wahre Grund ist, dass mir das Leben in seiner Nähe hundertprozentig aufregender erscheint. Und ich spreche nicht von seinem Job oder der Tatsache, dass wir uns auf der Flucht vor Männern kennengelernt haben, die uns töten wollten. Ich spreche von einem Gefühl hier drin ...« Sie berührte ihre Brust über ihrem Herzen.

»Wenn ich in seiner Nähe bin, will ich ein besserer Mensch sein. Er bringt mich zum Lächeln, auch wenn es keinen Grund zum Lächeln gibt. Ich weiß, es ist albern, weil wir uns erst seit ein paar Tagen kennen, aber wenn ich daran denke, nach Kalifornien zu gehen und ihn nie wiederzusehen, wird mir schlecht. Du hast recht, wir lieben uns nicht. Noch nicht ... es ist noch zu früh. Aber ich habe das Gefühl, wenn es jemals einen Mann gab, den ich lieben *könnte* und neben dem ich in sechzig Jahren noch gern aufwachen würde ... dann ist er es.«

Sie schwieg, und alle sechs SEALs starrten sie einfach nur an.

Ace sah, wie Piper nervös schluckte, als sie Phantom fragte: »Ist das gut genug für dich?«

Ace wusste, dass sein Freund nicht sehr emotional war. Was auch immer in seiner Kindheit mit ihm passiert war, hatte seine Gefühle tief verschüttet. Aber was er in diesem Moment im Gesicht seines Freundes sah, war Respekt. Und sogar Bewunderung.

Er nickte einmal. »Es ist genug«, sagte er leise und streckte eine Hand aus. »Willkommen in der Familie.«

Ace entspannte sich, als Piper ihm die Hand schüttelte. Dann erschreckte Phantom sie, indem er sie in seine Arme zog. Er umarmte sie kurz, bevor er sie losließ und zurücktrat.

Ace holte sich seine Frau schnell zurück und drückte sie an seine Brust. Er liebte Phantom wie einen Bruder, aber die einzigen Arme, in denen er sie haben wollte, waren *seine*.

»Ich glaube, ihr zwei werdet euch euer Elternabzeichen eher früher als später verdienen«, erklärte Phantom, den Kopf in Richtung des Fensters geneigt, an dem Kemala stand. »Aus dieser Richtung kommen genügend wütende Teenagerhormone, um uns alle zu ersticken.«

Ace unterdrückte ein Lachen. Kemala würde definitiv eine Herausforderung sein. Aber eine, für die er mehr als bereit war. Piper löste sich aus seinen Armen und ging sofort auf Kemala zu. Sie warf einen Blick auf Rani und Sinta, die immer noch mit ihrem Spiel beschäftigt waren und sie nicht beachteten.

In dem Wissen, dass sie nicht gerade leise gewesen waren, aber unsicher, wie viel Kemala hören oder verstehen konnte, folgte er Piper dicht auf den Fersen. Er würde nicht zulassen, dass sie sich mit dem Teenager einließ, ohne an ihrer Seite zu sein.

»Geht es dir gut?«, hörte er Piper fragen, als er sich den beiden Frauen näherte.

»Ja«, antwortete Kemala knapp.

»Das klingt aber nicht so, als ob es dir gut ginge«, erwiderte Piper sanft.

Kemala stieß einen Atemzug aus und drehte sich zu Piper um. Sie hatte die Arme vor der Brust verschränkt, ihr dunkles Haar war sauber, hing ihr jedoch unordentlich im Gesicht und ihre Augen waren zusammengekniffen. »Warum du nicht endlich gehen?«, fragte sie wütend.

»Gehen?«

»Ja. Wir hier in Dili. Es Zeit, dass du nach Hause in USA gehst.«

»Ich wollte sichergehen, dass du und die Mädchen in Sicherheit seid, bevor ich gehe –«, begann Piper zu erklären.

»Wir waren sicher in unserem Zuhause. Jetzt weg. Kein Zuhause hier in Stadt. Und was jetzt?«

Für jemanden, der nicht viel Englisch konnte, brachte Kemala ihren Standpunkt sehr gut rüber. Ace sah, wie Piper ein langes Gesicht machte, aber sie tat ihr Bestes, ihre Gefühle im Zaum zu halten.

»Wir haben heute ein privates Heim besucht, aber das war nicht gut genug. Ich tue, was ich rechtlich tun kann, um dafür zu sorgen, dass ihr in Sicherheit seid –«, setzte Piper wieder an.

»Ich weiß«, unterbrach Kemala erneut. »Du geheiratet Ace. Gut. Jetzt gehen.«

Piper runzelte die Stirn. »Gehen?«

»Gehen«, bestätigte Kemala. »Zurück in USA. Rani, Sinta und mir geht gut.«

Piper griff nach dem Teenager, aber sie riss ihren Arm außer Reichweite.

Ace hatte genug gehört. Er wusste, dass Kemala verwirrt und verängstigt war, aber er würde nicht zulassen, dass sie respektlos und gemein zu Piper war. »Ja, Piper und ich haben heute geheiratet. Willst du wissen warum?«, fragte Ace.

»Sex«, antwortete Kemala mit hochgezogener Oberlippe.

Ace wollte mit seiner baldigen Tochter nicht über Sex sprechen. »Nein«, erwiderte er, »das ist nicht der Grund. Die Regierung will nicht, dass potenzielle Adoptiveltern allein-stehende Frauen sind. Sie wollen verheiratete Paare.«

Kemala starrte ihn schockiert an.

»Verstehst du, was ich sage?«, fragte Ace leise. »Piper hat mich geheiratet, weil es für sie damit einfacher wird zu adoptieren. Und ich habe *sie* geheiratet, weil ich sie bewundere. Ich genieße es, in ihrer Nähe zu sein, und sie gibt mir ein Gefühl, das ich noch nie bei einer anderen Frau empfunden habe. Ich kann es kaum erwarten, sie besser kennenzulernen und herauszufinden, was sie glücklich und was sie traurig macht. Deshalb haben wir geheiratet.«

Anstatt Kemala zu beruhigen, schienen seine Worte sie noch mehr zu verärgern. Sie ballte die Hände zu Fäusten, die sie in die Hüften stemmte. »Ihr also geheiratet, um Rani mitzunehmen?«, fragte sie.

»Ja –«, begann Piper, aber Kemala unterbrach sie erneut.

»Süße kleine Rani. Nicht überrascht. Jeder will kleine Mädchen. Gut. Ich kümmere mich um Sinta. Brauche euch nicht!«

»Kemala, ich will dich und Sinta auch«, fügte Piper schnell hinzu.

Sie hatte das junge Mädchen vor Schock zum Schweigen gebracht.

Auch Ace fügte seine Zusicherung hinzu. »Piper und ich werden euch *alle* adoptieren. Rani, Sinta *und* dich, Kemala.

Wir wollen euch alle. Wir nehmen euch alle *drei* mit in die Vereinigten Staaten, sobald die Regierung ihr Okay gibt.«

Kemalas Augen wurden groß, als sie den Blick von Ace zu Piper und dann wieder zu Ace wandern ließ. »Aber Rani und Sinta jung«, protestierte sie.

»Oh, Schatz«, sagte Piper, »du bist auch noch jung. Obwohl ich weiß, dass du dich manchmal nicht so fühlst.«

Sie schüttelte den Kopf. »Du kannst mich nicht wollen.«

»Das tue ich aber«, entgegnete Piper eindringlich.

»Als wir in der Botschaft waren, haben Piper und ich besprochen, was passieren würde, wenn man uns sagt, dass wir nur ein Mädchen nehmen dürfen«, erklärte Ace in sanftem Tonfall.

»Ace, nein«, flehte Piper.

»Sie muss es wissen«, sagte Ace, ohne den Blick von Kemala abzuwenden. »Willst du wissen, wen Piper sich aussuchen würde, wenn sie nur eine von euch adoptieren dürfte?«

Kemala ließ den Blick zu der Matratze in der Mitte des Fußbodens wandern, auf der die beiden anderen Mädchen ihr Spiel beiseitegelegt hatten und nun schliefen, bevor sie Ace wieder ansah.

Er schüttelte den Kopf. »Nein. Nicht Rani. Nicht Sinta. Sie hat dich ausgewählt, Kemala. Wenn die Regierung sagt, dass wir nur ein Kind adoptieren dürfen, bist *du* ihre Wahl.«

Der Teenager sah Piper an. »Ich?«

Sie nickte. »Ja.«

»Warum?«

»Weil du mich am meisten brauchst«, sagte Piper.

Kemala stolperte, als sie einen Schritt auf Piper zuging. Sie fiel auf die Knie und schlang die Arme um Pipers Beine. Sie senkte den Kopf und ihre Schultern zitterten vor Emotionen.

»Kemala?«, fragte Piper, während sie vergeblich versuchte, das Mädchen dazu zu bringen, sie anzuschauen.

Nach einigen Sekunden blickte Kemala schließlich auf. »Ich habe Angst«, gestand das Mädchen. »Wusste, du würdest gehen. Ich verstehen Stadt nicht. Ich leben in Bergen.«

Ace legte einen Arm um Kemala und half ihr auf die Beine. Die drei standen mit ihren Armen um die Taille des anderen in ihrem eigenen kleinen Kokon. Ace wusste, dass seine Teamkameraden ihr Gespräch hören konnten, aber das war in diesem Moment egal.

»Ich habe auch Angst«, gab Piper zu. »Ich weiß nicht, ob ich eine gute Mutter sein werde. Wahrscheinlich werde ich einiges total vermasseln, aber ich bin bereit, es zu versuchen.«

Ace konnte sehen, dass Kemala den zweiten Teil von Pipers Worten nicht verstand. »Wir waren noch nie Eltern und brauchen deine Hilfe mit Rani und Sinta. Wirst du uns helfen? So wie du es tust, seit wir den Berg verlassen haben?«

Kemala nickte eifrig. »Ich helfen.«

Piper lächelte und legte eine Hand auf Kemalas Wange. »Ich will dich, Kemala. Ich will dich in die Vereinigten Staaten bringen und dich in der Schule anmelden. Du wirst eine großartige, erfolgreiche Frau werden. Ich weiß es einfach.«

»Schule?«, fragte Kemala, deren Gesicht zu strahlen begann.

»Ich hoffe, dass sie in ein paar Jahren immer noch so begeistert von der Schule ist«, murmelte Ace vor sich hin.

Piper drehte sich, um ihm einen gespielt bösen Blick zuzuwerfen, bevor sie sich wieder an Kemala wandte. »Ja. Schule.«

»Ich mag Schule. Macht Englisch besser.«

»Ja, das wird sie.«

»Kemala«, sagte Ace, woraufhin sie sich zu ihm umdrehte. »Es ist noch nicht offiziell. Wir müssen morgen wieder zur Botschaft gehen. Es gibt eine Menge Papierkram, der erledigt werden muss, bevor wir euch drei in die USA bringen können.«

Der Teenager nickte nüchtern, und die Aufregung in ihren Augen verblasste ein wenig.

»Aber du hast eine sehr wichtige Rolle bei all dem.« Sie legte fragend den Kopf schief. »Ein Teil des Adoptions-verfahrens besteht darin, dass du und die anderen Mädchen von einem Regierungsbeamten befragt werdet. Ihr müsst das wollen. Wir können nicht einfach beschlie-ßen, euch zu adoptieren, und das war's. Ihr müsst auch wollen, dass wir eure Eltern sind. Ihr habt die Wahl. Verstehst du das?«

Kemala nickte langsam. »Ja. Wenn wir USA nicht wollen, ihr uns nicht nehmen.«

»Richtig«, sagte Ace zu ihr. »Du, Rani und Sinta werdet mit jemandem in einem Raum sprechen, in dem weder Piper noch ich anwesend sind. Ihr werdet gefragt, ob ihr uns mögt. Ob ihr gehen wollt.«

»Wenn ich Ja sage, gehen wir?«, fragte Kemala.

Ace lächelte. »Ich hoffe, es ist so einfach, ja.«

»Dann ich sage Ja«, erklärte Kemala mit einem Nicken. »Ich will in USA gehen. Nicht hierbleiben. Kalee hat mir von USA erzählt. Viele Bäume. Schule. Freiheit. Keine Schüsse.«

Ace würde sich mit dem Mädchen nicht über Kriminal-statistiken unterhalten, also nickte er einfach. »Das stimmt.«

»Und wir wohnen bei dir und Ace?«, fragte sie Piper.

Sie nickte. »Ja. Solange ihr wollt.«

Dann brach Kemala plötzlich erneut in Tränen aus. Piper nahm sie in die Arme und hielt sie einfach fest. Ace schloss seine beiden Mädchen in die Arme und schaukelte sie.

Er war sich nicht sicher, wie lange sie so dastanden, als draußen vor dem Fenster Schüsse ertönten. Es war nicht nahe, aber auch nicht gerade weit weg.

»Scheiße«, murmelte Rocco, als er sich an ihnen vorbeidrückte, um aus dem Fenster zu schauen.

Es war nichts zu sehen, aber im Süden waren weitere Schüsse zu hören.

»Klingt, als hätten die Rebellen beschlossen, ihren Zug zu machen«, sagte Bubba.

Seufzend löste Ace sich von Piper und Kemala. Er nahm sich die Zeit, eine Träne aus dem Gesicht des Teenagers zu wischen. »Ist es jetzt gut?«

»Gut«, sagte sie mit einem Nicken.

Dann streichelte er Pipers Gesicht. »Geht es dir gut?«

Sie lächelte zu ihm hoch. »Ja.«

Ohne nachzudenken oder zu zögern, beugte Ace sich herunter und bedeckte Pipers Lippen mit seinen eigenen. Es war ein kurzer, süßer Kuss, aber er fühlte sich genauso großartig an wie ihr erster. »Warum weckst du nicht Rani und Sinta und zeigst unseren Mädchen, was du heute für sie besorgt hast?«

Piper leckte sich über die Lippen, was in Ace den Wunsch auslöste, sie noch einmal zu küssen, aber er fühlte sich, als sollte er einen Orden bekommen, als er stattdessen einen Schritt zurücktrat. Sie nickte und drehte sich zu Kemala um. »Wir waren einkaufen. Willst du sehen, was wir mitgebracht haben?«

Wie jeder Teenager nickte Kemala schnell. Dann sagte sie: »Ich hole Rani und Sinta.«

Sie ging auf die Matratze zu und Piper ergriff seinen Arm. »Sind wir hier sicher? Werden die Rebellen die Stadt bombardieren?«

»Wir sind so sicher, wie wir es sein können«, antwortete er. »Wir sind nahe an der Küste, ich bezweifle, dass sie die Feuerkraft haben, so weit zu kommen.«

»Und selbst wenn sie in die Stadt eindringen, werden sie sich höchstwahrscheinlich auf die Gegend um das Regierungsgebäude konzentrieren«, erklärte Rocco.

»Es ist auch unwahrscheinlicher, dass sie in eine heruntergekommene Herberge wie diese eindringen als in eines der schicken Touristenhotels«, fügte Gumby hinzu.

»Ich habe keine Ahnung, um wie viele Rebellen es sich handelt, aber wenn es zu brenzlig wird, evakuieren wir in die Botschaft«, versicherte Rex ihr.

»Du bist in Sicherheit«, schloss Ace. »Du und unsere Mädchen werden sicher sein. Vertrau mir und meinen Freunden, dass wir euch alle nach Hause bringen.«

»Das tue ich, und das werde ich«, sagte Piper leise. »Danke.«

Ace beobachtete, wie sie zu Kemala hinüberging, die die jüngeren Mädchen aufweckte und sie mit Umarmungen begrüßte. Zwischen ihr und Kemala gab es jetzt viel weniger Spannungen, was ihn freute, aber jetzt hatten sie mehr zu befürchten als nur die Adoptionspapiere.

Rebellen. Sie konnten entweder große Kopfschmerzen bereiten oder eine kleine Unannehmlichkeit sein. Auf jeden Fall würde Ace sich besser fühlen, wenn sie erst einmal im Flugzeug zurück in die Staaten saßen. »Komm schon, Tex«, murmelte er. »Ich brauche dich wirklich dringend.«

KAPITEL NEUN

Die Lage in der Stadt war chaotisch geworden. Die Rebellen schienen mehr Feuerkraft zu haben, als jeder erwartet hätte, aber wie die SEALs gesagt hatten, konzentrierten sie sich auf das Haupt- und die Regierungsgebäude.

Das bedeutete jedoch nicht, dass anderswo alles beim Alten war. Alle waren nervös und die Menschen blieben in ihren Häusern. Piper hatte in der Nacht zuvor kaum geschlafen, obwohl Ace es schließlich sattgehabt hatte, dass sie sich neben den Mädchen auf dem Boden hin und her wälzte, und sich zu ihr gesellt hatte, indem er sie auf sich zog, wie sie während ihrer Flucht vom Berg geschlafen hatten.

»Vielleicht kannst du jetzt schlafen«, hatte er gemurmelt.

Sie fühlte sich mit ihm unter sich wesentlich sicherer und zufriedener, aber jedes Mal, wenn draußen Schüsse ertönten, erinnerte sie das daran, wie sie sich mit den Mädchen unter der Küche versteckt und gebetet hatte, dass die Rebellen sie nicht fanden.

Jetzt waren sie zwar nicht mehr in einem Kriechkeller und hatten sechs knallharte Navy SEALs zu ihrem Schutz, aber ihr Gehirn wollte dennoch nicht die Klappe halten und sie schlafen lassen. Ace wusste natürlich, dass sie nicht schlief, aber er beschwerte sich nicht. Er drückte sie einfach an sich und streichelte ihren Rücken.

Schließlich schlief sie ein und wurde in aller Herrgottsfrühe von Ranis Erbrechen geweckt. Offenbar war die Mahlzeit, die sie am Abend zuvor zu sich genommen hatte, zu reichhaltig für ihren entkräfteten Magen gewesen. Piper hatte den Vormittag damit verbracht, die Mädchen mit albernen Zeichnungen, Tic-Tac-Toe und dem Lesen eines Kinderbuches zu unterhalten, das sie am Vortag gekauft hatten.

Kemala war eine große Hilfe gewesen, und ihr Verhalten hatte sich dramatisch verändert. Der mürrische, launische Teenager war verschwunden und wurde durch ein Mädchen ersetzt, das es allen recht machen wollte und alles tat, um sie zu unterstützen. Piper musste zugeben, dass das eine schöne Abwechslung war, aber sie wollte auch nicht, dass sie sich verpflichtet fühlte, immer auf Rani und Sinta aufzupassen. Hoffentlich würde sie sich ein wenig entspannen, wenn sie endlich wieder in Kalifornien ankamen.

Jetzt war es später Nachmittag und Rocco und die anderen hatten beschlossen, zur US-Botschaft zurückzukehren. Sie hatten nichts mehr über den Adoptionsantrag gehört, aber die Schüsse kamen immer näher an die Herberge heran und niemand wollte riskieren, von der Botschaft abgeschnitten zu werden.

Also hatten sich die zehn in kleinen Gruppen auf den Weg gemacht und waren schließlich wieder an dem unscheinbaren, aber gut befestigten Gebäude angekommen. Diesmal standen bewaffnete Wachen vor den Toren und sie mussten alle ihre US-Pässe vorzeigen, um hineingelassen zu werden. Selbst dann mussten sie draußen stehen bleiben, bis die gleiche Mitarbeiterin, die sich am Vortag mit Piper getroffen hatte, für sie bürgte und den drei Mädchen ebenfalls den Zutritt erlaubte.

Piper, Ace und die Kinder wurden in einen Raum geführt und die SEALs in einen anderen.

»Gibt es etwas Neues über den Antrag?«, fragte Ace.

Die Frau presste die Lippen aufeinander und schüttelte ungläubig den Kopf. »Wenn ich es nicht mit meinen eigenen Augen gesehen hätte, würde ich es nicht glauben.«

»Was?«, fragte Ace besorgt.

»Wir haben heute die Genehmigung für Ihre Adoption von der US-Einwanderungsbehörde bekommen. Die Mitarbeiter dort haben den Antrag erhalten und ihn heute Nachmittag eingeschickt. Jetzt müssen sich die Mädchen nur noch mit dem Regierungsbeamten treffen und er muss unterschreiben, dann gehören sie Ihnen.«

Piper drehte sich zu Ace um und flüsterte: »Dieser Tex hat sich wirklich mächtig ins Zeug gelegt.«

»So ist Tex«, antwortete er. Dann wandte er sich an die Frau. »Besteht die Chance, dass wir die Befragung heute Nachmittag hinter uns bringen?«

Sie schaute zweifelnd. »Bei den ganzen Gefechten, die gerade stattfinden, sind alle nervös. Ich bin mir nicht sicher, ob jemand hierherkommen kann oder will. Nicht für etwas so Belangloses wie eine Adoption.«

Piper presste verärgert die Lippen zusammen. Sie hielt sowohl Ranis als auch Sintas Hand fest und drückte sie beruhigend, anstatt nach dem Hals der Frau zu greifen und sie zu erwürgen. Aber sie hätte sich keine Sorgen darüber machen müssen, so abgewiesen zu werden. Ace würde die Bemerkung der Angestellten auf keinen Fall durchgehen lassen.

»Belanglos? Für Sie oder einen überarbeiteten Regierungsangestellten mag es so aussehen, aber für uns ist es der wichtigste Tag unseres Lebens. Sehen Sie diese

Mädchen?«, fragte er und deutete auf Rani, Sinta und Kemala. Ohne auf ein Nicken der Frau zu warten, fuhr er fort: »Sie haben ihr ganzes Leben auf diesen Tag gewartet. Wenn die Adoption funktioniert, müssen sie vor dem Schlafengehen nicht mehr beten, dass es da draußen jemanden gibt, der sie haben will. Sie werden sich keine Sorgen mehr machen müssen, ob sie etwas zu essen haben werden. Sie werden wissen, dass sie Eltern haben, die sie lieben und immer lieben werden und die nur das Beste für sie wollen. Jeder Tag, der vergeht, ist ein Tag mehr, an dem sie in der Angst leben, dass sie sich selbst überlassen werden.«

Die Frau sah ein wenig mitfühlend aus, aber sie rief trotzdem nicht sofort jemanden an, der die Mädchen befragen sollte.

»Sie fragen sich sicher, wie wir den Antrag so schnell einreichen und genehmigen lassen konnten«, sagte Ace in trügerischem Plauderton.

Die Frau nickte eifrig. »Ja. Die ganze Botschaft spricht darüber.«

»Ich bin ein Navy SEAL. Genau wie die fünf Männer, die im anderen Raum stehen. Wir haben Beziehungen, die Sie sich nicht einmal vorstellen können. Wir werden in Länder geschickt, um mit dem Schlimmsten der Menschheit fertigzuwerden, und wir tun das Tag für Tag, ohne ein Dankeschön oder ein bisschen Anerkennung zu erwarten. Aber Sie können darauf wetten, dass wir, wenn einer von uns einen Gefallen braucht, Leute kennen, die sich ein Bein ausreißen, um diesen Gefallen zu erfüllen. Alles, was ich will, ist eine Unterschrift auf den Papieren und die Ausstellung amerikanischer Pässe, damit ich meine Mädchen nach Hause bringen und Ihr Land verlassen kann. Das wollen Sie doch auch, oder?«

»Natürlich, aber –«

»Ich nehme an, es wäre nicht gut, wenn die Rebellen

herausfinden würden, dass sich sechs SEALs in der amerikanischen Botschaft verstecken, oder?«, fragte Ace.

Piper starrte ihn an. Versuchte er, die Frau einzuschüchtern?

»Nicht dass wir unseren Aufenthaltsort jemals bekannt geben, aber viele Leute haben uns gesehen. Die Taxifahrer, die Verkäufer in den Läden, die Angestellten der Herberge … ich schätze, das hat sich herumgesprochen. Und wenn ich ein Rebell wäre, würde ich die gefährlichsten Ziele zuerst ausschalten, um es ihnen und ihrer Sache leichter zu machen.«

Heilige Scheiße, Ace schüchterte sie *definitiv* absichtlich ein. Piper hielt den Atem an und drückte die kleinen Hände in den ihren noch fester.

»Sie haben recht, ich entschuldige mich«, sagte die Frau steif. »Ich werde anrufen und sehen, ob ich jemanden überreden kann, die Befragung durchzuführen. Ich bin mir sicher, dass Sie und Ihre … Freunde so schnell wie möglich nach Hause wollen.«

»Das wollen wir. Danke«, sagte Ace, als hätte er sie nicht gerade zum Handeln gezwungen.

»Wenn Sie bitte hier warten würden«, bat sie, bevor sie aus dem Zimmer verschwand.

»Ace –«, sagte Piper, aber er unterbrach sie.

»Ich weiß, das war nicht cool. Aber ich hatte genug von ihrer herablassenden Art. Und wenn wir dadurch schneller von hier wegkommen, umso besser, oder?«, fragte er mit einem kleinen Grinsen.

»Aber ich dachte, ihr Jungs solltet unauffällig bleiben?«

Er zuckte mit den Schultern. »Ich glaube, die Unauffälligkeit hat sich in Luft aufgelöst, als wir eine Stunde lang durch die örtlichen Geschäfte geschlendert sind. Wir passen nicht gerade ins Bild.«

Das war sehr wahr. Mit ihren Bärten, Muskeln und ihrer

knallharten Ausstrahlung würde niemand, der sie sah, sie für etwas anderes als Soldaten halten. Und mit ihrem deutlichen Akzent wäre es für jeden nicht schwer herauszufinden, woher sie kamen.

Piper kniete sich hin und drehte Rani und Sinta zu sich. »Okay, Mädchen, hoffentlich werdet ihr bald gebeten, mit jemandem darüber zu sprechen, ob ihr mit mir und Ace in die USA kommen wollt.«

»Ja!«, sagte Sinta aufgeregt.

Piper lächelte. »Seid einfach ehrlich zu dem Mann, wenn er euch Fragen stellt. Ihr könnt darüber reden, was in den Bergen passiert ist, mit eurem alten Zuhause. Das ist schon in Ordnung.«

Kemala begann plötzlich, Tetum zu den anderen Mädchen zu sprechen. Rani und Sinta starrten sie einen Moment lang an und nickten dann, als sie fertig war.

»Was hast du ihnen gesagt?«, fragte Ace.

»Dass es das Beste ist, was uns passieren kann. Und dass wir alles sagen und tun müssen, was nötig ist, damit der Mann uns mit euch gehen lässt. Wenn er das nicht tut ...« Sie verstummte und Piper sah, wie sie die Tränen zurückblinzelte.

Sie griff nach oben und hielt die Hände des Teenagers fest. »Das wird er. Ich weiß es. Sag ihm einfach, was du willst. Er wird dir zuhören.«

Dann öffnete sich die Tür erneut und die Frau kam zurück in den Raum. »Jemand wird in fünf Minuten hier sein. Ich kann die Mädchen jetzt in den Befragungsraum bringen.«

Piper stand auf und holte tief Luft. Es war so weit. Sie wollte die Mädchen nicht aus den Augen lassen. Was, wenn die Frau sie mitnahm und durch eine Hintertür hinausschob oder so?

Als könnte Ace ihre Gedanken lesen, legte er einen Arm

um ihre Taille und zog sie an sich. »Das ist in Ordnung. Wir gehen raus und warten bei meinen Teamkameraden, wenn das okay ist.«

Als die Frau nickte, fragte er: »Wie lange dauern die Gespräche normalerweise?«

»Normalerweise etwa eine halbe Stunde, aber ich schätze, dieses wird nicht so lange dauern«, antwortete sie kryptisch.

Ace nickte, als hätte sie genau das gesagt, was er zu hören erwartet hatte.

»Rani redet nicht viel«, erklärte Piper, als die Frau den Mädchen zu verstehen gab, dass sie ihr folgen sollten.

»Ich werde dem Befrager Bescheid geben«, antwortete die Frau.

Als Kemala an ihm vorbeiging, streckte Ace die Hand aus und beugte sich vor, um ihr etwas ins Ohr zu flüstern. Das Mädchen nickte und griff dann nach Rani und Sinta. Hand in Hand gingen sie hinter der Botschaftsangestellten aus der Tür.

»Komm, Piper, lass uns bei den Jungs warten.«

Sie ließ sich von Ace in Richtung der zweiten Tür im Raum ziehen, durch die sie gekommen waren. »Was hast du zu Kemala gesagt?«, fragte sie.

»Ich habe ihr gesagt, sie soll weinen«, entgegnete Ace ohne Reue.

»Ernsthaft?«, fragte Piper.

»Jup. Ich schätze, der Regierungsvertreter ist ein Mann. Und Männer hassen es, wenn Mädchen und Frauen weinen. Wenn sie sagen, dass sie mit uns gehen wollen, und dann anfangen zu weinen, ist das Gespräch in ein paar Minuten vorbei.«

»Aber wird er nicht denken, dass sie weinen, weil sie *nicht* mit uns gehen wollen?«

»Ich denke, unsere Mädchen werden mehr als deutlich

machen, bei wem sie leben wollen«, sagte Ace zuversichtlich.

»Stimmt«, murmelte Piper. »Frage ...«

»Schieß los.«

»Du hast gesagt, dass Männer Tränen hassen, aber ich sehe nicht, dass dich meine oder Kemalas Tränen bisher gestört haben.«

Ace drehte sich in der Mitte des Ganges zu ihr um und nahm ihr Gesicht in seine Hände. »Ich habe eine Menge Erfahrung mit weinenden Frauen«, gab er zu. »Ich hasse es, wenn du weinst, aber ich kann damit umgehen, denn wenn du weinst, geht es dir besser. Tränen sind eine emotionale Befreiung. Die Art von Tränen, mit der ich *nicht* umgehen kann, ist die, die durch körperlichen Schmerz verursacht wird. Oder die, die durch etwas verursacht wird, das dir jemand anderes angetan hat, um dich zum Weinen zu bringen. Mit *den Tränen* werde ich auf meine eigene Art und Weise fertig. Aber wenn du oder Kemala, Rani und Sinta weint, weil ihr emotional seid? Ich nehme euch in den Arm, bis ihr fertig seid, und dann halte ich euch noch länger im Arm.«

Piper schluckte schwer, um die emotionalen Tränen, von denen er sprach, zu unterdrücken. Als wüsste er, dass sie Schwierigkeiten damit hätte, lächelte er. Dann beugte er sich vor und küsste sie auf die Stirn. »Komm schon, Süße. Lass uns mit den Jungs abhängen. Ich bin mir sicher, dass Rocco über sein Satellitentelefon mit unserem Kommandanten telefoniert hat. Ich kann das Kerosin praktisch schon riechen. Wenn es nach uns ginge, würden wir innerhalb weniger Stunden in einem Flugzeug sitzen.«

Die Aufregung drohte Piper zu überwältigen, aber sie hielt sie zurück. Die Mädchen gehörten noch nicht ihnen, und egal wie zuversichtlich Ace war, sie konnte sich keiner Sache sicher sein, bis sie drei weitere amerikanische Pässe in den Händen hielt. Solange sie nicht mit Rani, Sinta und Kemala an Bord eines Flugzeugs stieg, das das Land verließ, konnte sie sich nicht entspannen.

Zwanzig Minuten später öffnete sich die Tür zu dem Raum, in dem sie warteten, und die gleiche Mitarbeiterin, mit der sie zuvor zu tun gehabt hatten, winkte Piper und Ace zu sich.

»Die Befragung ist beendet.«

»Und?«, fragte Gumby ungeduldig.

»Die Papiere sind unterschrieben und ihre Pässe werden gerade gedruckt. Es ist eine Gebühr zu entrichten und –«

Piper hörte nicht, was die Frau noch sagte. Sie drehte sich zu Ace um und warf sich in seine Arme. »Wir haben es geschafft«, flüsterte sie.

Er drehte sie im Kreis und vergrub die Nase an der Haut ihres Halses. »Du bist jetzt offiziell Mutter«, sagte er leise.

Piper schaute zu ihm auf, als er innehielt und ihre Füße wieder auf den Boden stellte. »Und du bist Vater.«

»Heilige Scheiße!«, rief Ace mit einem Lächeln.

Heilige Scheiße war richtig. Es war sowohl überwältigend als auch aufregend.

»Ich kümmere mich um den Verwaltungskram«, erklärte Rex, der Ace im Vorübergehen auf den Rücken klopfte.

»Danke«, sagte Ace zu ihm. »Ich weiß es zu schätzen.« Er wandte sich an Rocco. »Haben wir eine ungefähre Zeit für die Evakuierung?«

»Zweiundzwanzig Uhr«, sagte Rocco sofort. »Die Pläne haben sich ein wenig geändert, da die Rebellen in die Stadt einmarschiert sind. Wir treffen uns jetzt mit einer Gruppe australischer Bürger, die den Befehl zur Evakuierung erhalten haben. Wir werden mit ihnen nach Sydney fliegen und der Kommandant hat dafür gesorgt, dass wir mit einem Militärflugzeug zurück nach Kalifornien kommen.«

Ace lächelte seinen Freund an und nickte. Dann sah er zu Piper hinunter. »Wir fliegen nach Hause.«

»Nach Hause«, hauchte Piper. »Ein paarmal habe ich tatsächlich befürchtet, hier niemals lebend rauszukommen.« Dann machte sie ein langes Gesicht. »Die arme Kalee. Sie sollte hier bei mir sein.«

»Ich schwöre bei meinem Leben, Kalee wird es nach Hause schaffen«, verkündete Phantom mit leiser Stimme aus der Nähe.

Piper drehte sich zu ihm um. Sie hatte keine Ahnung, warum der Mann davon besessen war, die Leiche ihrer Freundin zurück in die USA zu bringen, aber sie wusste es dennoch zu schätzen. »Danke«, sagte sie leise zu ihm.

Typisch für Phantom antwortete er nicht, sondern nickte nur.

Die Tür öffnete sich weiter und Rani, Sinta und Kemala traten hindurch. Sinta lief auf Piper und Ace zu und fragte: »Ich dich Mom nennen? Und Dad?«, fragte sie.

Piper schloss für einen Moment die Augen, überwältigt von ihren Gefühlen.

Zum Glück antwortete Ace für sie. Er kniete sich hin und sah den jüngeren Mädchen in die Augen, als er sagte: »Ihr könnt uns nennen, wie ihr wollt. Aber von jetzt an gehört ihr zu uns. Habt ihr verstanden?«

Sie nickten beide glücklich und umarmten ihn.

Piper ging zu Kemala hinüber. »Was ist da drin passiert? Ist alles in Ordnung mit dir?«

Der Teenager lächelte und Piper gefiel es, wie es ihr Gesicht erhellte und sie umwerfend hübsch machte.

»Ich habe geweint. Sinta auch. Wir haben gesagt, dass wir in USA gehen wollen. Dass ihr uns gerettet habt.«

Piper lächelte sie an. »Und er hat gesagt, dass er die Papiere unterschreibt?« Es kam ihr immer noch viel zu einfach vor und sie hatte Angst, dass jemand ins Zimmer kommen und sagen würde: »April, April!«

»Er Fragen nach Ace und Männern gestellt. Sagte, es schnell gehen. Wir sagten ja, gehen, und er Name auf Papier geschrieben.«

Piper nickte erleichtert. Dann fragte sie: »Meinst du, ich kann noch eine Umarmung bekommen?« Sie streckte die Arme aus und wartete.

Ohne zu zögern, lächelte Kemala wieder und schlang die Arme um sie.

»Mir gehen gut«, sagte Kemala leise. »Danke, dass du mich willst.«

»Danke, dass *du mich* willst«, erwiderte Piper sofort. Sie zog sich zurück und schaute Kemala in die Augen. »Ich werde Fehler machen. Ich war noch nie Mutter. Aber ich verspreche, dass ich alles, was ich tue, aus Liebe zu dir tun werde, okay?«

»Liebe?«, fragte Kemala.

In diesem Moment wurde Piper klar, dass sie das Mädchen wirklich liebte. »Ja, Liebe. Wie könnte ich dich nicht lieben?«

»Ich gemein«, sagte Kemala mit einem Stirnrunzeln.

Piper schüttelte den Kopf. »Du warst nicht gemein, Schatz. Du hattest Angst und hast dir Sorgen um deine Zukunft gemacht. Das kann ich dir nicht verübeln. Bitte hab einfach nur Geduld mit mir.«

Kemala nickte, obwohl Piper nicht sicher war, ob sie verstanden hatte, was sie gesagt hatte. Sie zuckte innerlich mit den Schultern und umarmte ihre Tochter erneut.

Ihre *Tochter*. Heilige Scheiße.

Was für eine emotional anstrengende Woche das gewesen war. Sie hatte ihre beste Freundin zum ersten Mal seit Ewigkeiten wiedergesehen, war in ein Loch gestoßen worden, hatte sich zu Tode geängstigt, war fast gestorben, hatte Kalee verloren, war kilometerweit gelaufen, hatte geheiratet und drei kleine Mädchen adoptiert. Sie hatte ihren Anteil am Drama gehabt, so viel war sicher.

Nach ihrer Rückkehr in die Staaten und nachdem sie mit Mr. Solberg eine Gedenkfeier für Kalee organisiert hatte, würde sie ein dramafreies Leben führen. Sie hatte es sich verdient.

KAPITEL ZEHN

Ace atmete erleichtert auf, als die Räder des Flugzeugs in Kalifornien aufsetzten. Der Flug von Sydney war verdammt lang gewesen, auch wenn sie in Honolulu einen Zwischenstopp eingelegt hatten. Obwohl sie mit einem Militärflugzeug unterwegs waren, mussten sie in Hawaii dennoch durch den Zoll – und Ace konnte sich nicht erinnern, wann er jemals so nervös gewesen war. Obwohl sie die Pässe der Mädchen hatten, hielt er den Atem an, bis sie durchgewunken wurden.

Sie waren jetzt schon über sechsunddreißig Stunden unterwegs und er konnte nur noch daran denken, zurück in sein Haus zu kommen und ein verdammt langes Nickerchen zu machen.

Aber das würde natürlich noch warten müssen. Piper musste bei ihm einziehen und sie hatten in Hawaii herausgefunden, dass Kalees Vater sich am Flughafen mit ihnen treffen würde. Ace hatte protestiert und gesagt, er wolle Piper und die Mädchen nach einem langen Reisetag einfach nur nach Hause bringen, aber ihr Kommandant hatte ihm mitgeteilt, dass er ihren Vater auf keinen Fall fernhalten könne.

Ace war jedoch erleichtert, dass der Mann bereits von Kalees Tod wusste. Es war nicht leicht, jemandem die Nachricht zu überbringen, dass sein Kind gestorben war, und dem Tonfall ihres Kommandanten nach zu urteilen nahm Paul Solberg den Tod seiner Tochter sehr schwer. Vielleicht würde er sich besser fühlen, nachdem er Piper und die Kinder gesehen hatte, an deren Rettung seine Tochter großen Anteil gehabt hatte.

Kemala und Sinta hatten ihre Nasen an das Fenster gepresst und sich gefreut, zum ersten Mal einen Blick auf ihr neues Zuhause zu werfen. Rani schlief tief und fest in Roccos Armen, ihr Kopf ruhte auf seiner Schulter. Jedes Mal wenn er das kleine Mädchen ansah, schien Ace' Herz einen Schlag auszusetzen. Sie war bezaubernd ... und gehörte ganz ihm.

Plötzlich wurde ihm etwas klar – mit all dem Drama, Timor-Leste zu verlassen, die aufgeregten Mädchen zu beruhigen und während der Reise hier und da ein wenig zu schlafen, hatte er Piper nicht den Ring gegeben, den er für sie besorgt hatte.

Sie fummelte gerade an einem der Handgepäckstücke herum, die sie in Sydney gekauft und mit Snacks und Spielzeug für die Mädchen gefüllt hatten.

»Piper?«

Sie sah zu ihm auf – und wieder einmal konnte Ace nicht glauben, dass sie tatsächlich seine Frau war. Dass sie ihn geheiratet hatte. Die Reise mit ihr war aufschlussreich gewesen ... auf eine gute Art und Weise. Sie schien sich in Timor-Leste so verhalten zu haben, wie sie es immer tat. Sie beschwerte sich nicht über ihre Müdigkeit. Es schien sie nicht zu stören, dass ihre Reise so lange gedauert hatte. Er wusste, dass sie erschöpft war, aber je mehr er sie ansah, desto schöner fand Ace sie.

»Ja?«

»Ich habe in Dili etwas für dich besorgt und hatte bis jetzt noch keine Gelegenheit, es dir zu geben. Ich hätte mir früher Zeit nehmen sollen, denn ich weiß, dass wir beide es eilig haben und du ein paar harte Minuten mit Kalees Vater vor dir hast, aber ich wollte sichergehen, dass du ihn hast, bevor wir aus dem Flugzeug steigen.«

Ace öffnete seine Hand, in welcher der Ring lag, den er für sie gekauft hatte. Es war ein kleiner Aquamarin im Prinzessinnenschliff, eingefasst in einen weißgoldenen Reif. Zumindest hatte ihm das der Verkäufer gesagt. In Wirklichkeit war es wahrscheinlich ein Stück blaues Glas, das in irgendeinem Metall steckte, das mit etwas besprüht worden war, um es wie Weißgold aussehen zu lassen.

Als Piper den Ring nur anstarrte, fuhr Ace schnell fort: »Ich werde dir einen Ersatz besorgen. Ich habe das Gefühl, dass dieses Ding nicht mehr als zwei Dollar wert ist, aber das Blau hat mich an die Farbe deiner Augen erinnert.«

Als sie zu ihm aufsah, konnte er die Tränen in ihren blauen Augen sehen.

Erschrocken wollte er sagen, dass er ihr so schnell wie möglich das echte Stück besorgen würde, aber bevor er nur den Mund öffnen konnte, hatte sie schon nach dem Schmuckstück gegriffen.

Sie nahm es ihm sanft aus der Hand und hielt es hoch. »Er ist wunderschön«, erklärte sie.

Er schüttelte den Kopf. »Es ist das Beste, was ich in Timor-Leste bekommen konnte.«

»Im Ernst, Ace. Er ist perfekt. Ich liebe ihn.«

Sie steckte ihn an den Ringfinger ihrer linken Hand und Ace griff danach. Er hob ihre Hand und küsste den Ring, bevor er sie an sich heranzog. Sofort lehnte sie sich zu ihm und als hätten sie es jeden Tag ihres Lebens getan, trafen sich ihre Lippen zu einem sanften und liebevollen Kuss.

»Passt er?«, fragte Ace leise.

Piper nickte.

»Ich werde dir trotzdem einen richtigen Ring besorgen«, verkündete er. »Und einen Ehering.«

Sie biss sich auf die Lippe, bevor sie fragte: »Wirst du auch einen Ring tragen?«

»Willst du das?«, fragte er.

»Ja.« Ihre Antwort kam sofort und nachdrücklich.

»Dann ja, ich werde auch einen tragen.«

»Ich weiß, dass du mich nur geheiratet hast, damit wir die Mädchen bekommen, aber solange du dich entscheidest, dass das so weitergehen soll, werde ich mein Bestes tun, dir eine gute Ehefrau zu sein. Ich weiß nichts darüber, Soldatenfrau zu sein, aber ich werde es versuchen. Ich sitze viel lieber zu Hause, allein mit meinen Gedanken und meinen Comics, aber ich weiß, dass ich wegen deines Jobs vermutlich extrovertierter sein muss.«

»Piper, ich will nicht, dass du jemand anderes bist als du selbst. Wir müssen beide noch etwas lernen, wenn es um den anderen geht, aber du musst dich wegen meines Jobs nicht anders verhalten. Ich werde dich so bald wie möglich Caite und Sidney vorstellen, damit sie dir helfen können, das alles zu verstehen. Aber das Wichtigste ist, dass ich dich geheiratet habe, weil ich es wollte, okay?«

Sobald die Worte seinen Mund verließen, wusste Ace, dass sie wahr waren. Ja, er hatte ihr eilig angeboten, ihr die Adoption der Mädchen zu erleichtern, aber tief in seinem Inneren wusste er, dass Tex einen Weg gefunden hätte, die Mädchen außer Landes zu bringen, egal ob Piper verheiratet war oder nicht.

Das Entscheidende war, dass er nicht gewollt hatte, dass Timor-Leste das Ende war. Und er hatte Piper auf die elementarste Weise an sich gebunden. Ihre Heiratsurkunde brannte ihm ein Loch in die Tasche und er konnte es kaum erwarten, Piper in sein Haus zu holen.

In sein Bett.

Er wusste, dass Sex vom Tisch war ... für den Moment. Er würde mit Freuden in eines der Gästezimmer in seinem Haus einziehen, bis sie sich damit wohlfühlten, ein Zimmer und ein Bett zu teilen. Aber wenn die Chemie zwischen ihnen stimmte, würden sie wahrscheinlich eher früher als später dort landen, und das war ihm mehr als recht.

Piper war wunderschön. Er wusste, dass einige Leute anderer Meinung waren und sie für zu schlicht hielten, um die Art von Frau zu sein, der die Männer hinterherpfiffen und in die sie sich Hals über Kopf verliebten, aber für ihn war sie perfekt.

»Ich hätte auch nicht Ja gesagt, wenn ich nicht mit dir verheiratet sein wollte«, sagte sie.

Ace grinste. Jedes Mal wenn sie den Mund aufmachte, haute sie ihn um.

»Piper, Ace. Schaut!«, rief Kemala und deutete aus dem Fenster.

Ohne den Blick von Piper abzuwenden, sagte Ace geistesabwesend: »Ich sehe es.«

Piper kicherte und drehte sich dann um, um zu sehen, warum Kemala so aufgeregt war.

Ace atmete tief durch, um sich wieder unter Kontrolle zu bringen. Die nächste Stunde oder so würde hart werden. Sobald sie aus dem Flugzeug stiegen, würde Kalees Vater auf sie warten, und das mussten sie überstehen. Dann mussten er und das Team eine Nachbesprechung abhalten und über die Ereignisse in Timor-Leste reden, während Piper sich mit jemandem traf, um ihre Militärausweise zu bekommen. Danach konnte Ace endlich seine Mädchen nach Hause bringen.

Seine Töchter.

Verdammt, das hörte sich gut an.

In den nächsten Tagen würden er und Piper ihre Sachen in sein Haus bringen und seine eigenen Möbel so umstellen müssen, dass alles, was sie behalten wollte, hineinpasste. Der Gedanke, sein Leben mit ihrem zu verschmelzen, fühlte sich natürlich an. Und er konnte es verdammt noch mal nicht erwarten.

Sie waren nicht die Einzigen im Militärtransport, und während er Piper half, Sinta und Kemala startklar zu machen, nahm er Rocco die noch schlafende Rani ab.

»Danke, dass du sie gehalten hast, Mann«, sagte er zu seinem Freund.

»Gern geschehen«, erwiderte Rocco. »Und das meine ich ernst. Die Dinge sind blitzschnell passiert, aber diese Mädchen sind fantastisch. Sie sind brav, süß und haben ein natürliches Verlangen, so viel wie möglich zu lernen. Du hast die richtige Wahl getroffen.«

»Danke.« Es bedeutete Ace sehr viel, dass sein Freund seine Entscheidung unterstützte. »Ich kenne sie erst seit ein paar Tagen und kann mir ein Leben ohne sie nicht mehr vorstellen.«

»Und Piper?«, fragte Rocco leise.

»Sie auch. Sie hat einfach etwas an sich, das mich schon in dem Moment gepackt hat, in dem ich ihren Kopf zum ersten Mal aus dem Loch im Boden herauslugen sah.«

»Ich weiß, was du meinst. So ging es mir auch mit Caite, als ich sie in diesem Aufzug sah.«

»Du denkst also nicht, dass ich verrückt bin, weil ich sie geheiratet habe?« Ace konnte sich die Frage nicht verkneifen.

»Ganz und gar nicht«, versicherte Rocco ihm. »Wenn du

Bubba, Rex oder Phantom fragen würdest, würden sie vielleicht Ja sagen, aber Gumby und ich wissen, wie es ist, von einer Frau umgehauen zu werden. Wenn du es weißt, weißt du es. Die Frau, die für dich bestimmt ist, hat einfach etwas Besonderes an sich. Darf ich dir einen Rat geben?«

»Bitte.«

»Ihr habt beide viel zu tun. Sie muss einziehen, die Mädchen müssen sich einleben, sie müssen in der Schule angemeldet werden und ihr müsst arbeiten. Aber lass ihr nicht zu viel Freiraum. Verfalle nicht in eine Routine, die du später bereuen wirst. Wenn du eine echte Ehe mit ihr führen willst, musst du dafür arbeiten. Umwerbe sie. Geh mit ihr aus. Beziehe die Mädchen ab und zu mit ein, aber vergiss nicht, auch ein paar schöne Stunden mit ihr allein zu verbringen.«

Ace dachte über das nach, was sein Freund sagte, und nickte dann. Er hatte recht. Wenn sie sich zu sehr auf ihr Leben mit den Mädchen konzentrierten, würden sie das verlieren, was sie als Paar zusammen sein konnten. »Hilfst du uns? Wir werden einen Babysitter brauchen.«

Rocco grinste. »Auf jeden Fall. Vielleicht hilft es, Caite zu überzeugen, mich so schnell wie möglich zu heiraten – und gegen Kinder hätte ich auch nichts einzuwenden. Die anderen werden sicher auch mithelfen.«

Ace nickte. Er hatte die besten Freunde überhaupt.

Sein Plan war es gewesen, Piper etwas Freiraum zu geben. Sie nicht zu drängen. Aber jetzt, da Rocco ihn darauf hingewiesen hatte, merkte er, dass sein Freund recht hatte. Zwischen ihm und Piper stimmte die Chemie, aber er hatte das Gefühl, dass sie das beiseiteschieben würde, um das zu tun, was ihrer Meinung nach das Beste für die Mädchen war. Wenn sie eine echte Beziehung wollten – und er wusste, dass *er* das wollte –, mussten sie das so schnell wie möglich in Angriff nehmen, wie es für beide angenehm war.

»Bereit?«, fragte Piper neben ihm. Sie hatte Sinta und Kemala vor sich im Gang stehen. Sie trugen neue Jeans und süße T-Shirts, die sie bei ihrem Zwischenstopp in Honolulu gekauft hatten. Ihre mokkafarbene Haut strahlte die Vitalität junger Menschen aus. Beide trugen außerdem die bequemen Flipflops, die sie seit ihrer Flucht aus Dili trugen. Ihre Haare waren gebändigt und die Aufregung darüber, in einem neuen Land zu sein und neue Dinge zu erleben, hatte rosa Flecke auf ihren Wangen hinterlassen.

Piper hingegen sah müde und gestresst aus. Sie wusste genauso gut wie er, dass das Treffen mit Mr. Solberg hart werden würde.

Ohne nachzudenken und mit Roccos Worten im Hinterkopf, streckte Ace die Hand aus, mit der er nicht Rani hielt, um sie in Pipers Nacken zu legen. Er zog sie nach vorn und küsste sie. Hart und innig. Er ließ sie wissen, dass sie nicht allein war. Dass er da war, sie unterstützte und ihr den Rücken stärkte. Er hoffte, ihr zu sagen, dass alles gut werden würde. Dass sie alle Hindernisse, die sich ihnen in den Weg stellten, gemeinsam meistern würden.

Als er sich zurückzog, ließ er sie nicht los. Ace spürte, wie Zufriedenheit ihn überkam, dass Piper nicht versuchte, sich aus seinem Griff zu befreien. Er sah ihr in die Augen und sagte leise: »Du schaffst das, Piper. Ich werde bei dir sein. Kalees Vater wird wütend, aber erleichtert sein, dass es dir gut geht und du drei unschuldige Mädchen gerettet hast.«

Sie schluckte schwer. »Du kennst ihn nicht. Er ist … intensiv. Auch wenn ich Kalee schon ewig kenne, war ich mir nie sicher, was er von mir hält. Manchmal glaube ich, dass er mich mag, und ein anderes Mal war ich sicher, dass er mich nur Kalee zuliebe toleriert.«

»Das Wichtigste ist, dass er dich nicht mögen *muss*. Er muss dich nur respektieren. Außerdem bist du die letzte

Verbindung zu seiner Tochter. Er wäre dumm, wenn er dich nicht in seinem Leben haben wollte. Hörst du mich?«

Sie nickte. »Danke, dass du hier bist.«

»Das ist etwas, wofür du mir nie danken musst«, versicherte Ace ihr. Dann beugte er sich vor und küsste sie auf die Stirn. »Komm schon, lass uns das hinter uns bringen. Wir haben einen langen Tag vor uns und ich kann es kaum erwarten, die Reaktion der Mädchen auf ihr neues Zuhause zu sehen.«

»Oder meine«, sagte Piper mit einem Lächeln. »Es ist gut möglich, dass du in einem winzigen Zweizimmer-Haus mit einem Neunzig-Zoll-Fernseher lebst, das der Inbegriff einer Junggesellenbude ist.«

Ace lachte, als er sie endlich losließ und einen Schritt zurücktrat. Sie würde bald selbst sehen, dass er mehr als genügend Platz für sie, ihre Töchter und ein paar weitere Kinder hatte. Mit dem Geld, das er nach dem Tod seiner Eltern erhalten hatte, und dem, was er im Laufe der Jahre gespart hatte, hatte er ein großes Haus gekauft. Es hatte fünf Schlafzimmer, einen voll ausgebauten Keller und eine Gourmetküche. Er nahm an, dass sein Wunsch nach einer großen Familie bei dem Kauf eine große Rolle gespielt hatte. Und obwohl er immer gehofft hatte, eine Frau zu treffen, die so viele Kinder haben wollte wie er, hätte er *nie* gedacht, dass er so viel Glück haben würde wie in diesem Moment.

»Das stimmt nicht, oder?«, fragte Piper, als er zu lange mit seiner Antwort gewartet hatte.

»Das musst du einfach abwarten«, entgegnete Ace lächelnd.

Daraufhin verdrehte Piper nur die Augen und drehte sich um, um Sinta und Kemala zum Verlassen des Flugzeugs zu ermutigen. Ace lockerte seinen Griff um Rani, da er es nicht übers Herz brachte, sie zu wecken, und folgte seiner Familie aus dem Flugzeug über das Rollfeld zum Hangar.

Ace war nicht überrascht, dass Kommandant North auf sie wartete, als sie aus dem Flugzeug stiegen. Sie hatten einen Militärflug genommen und waren auf dem Marinestützpunkt gelandet. In dem großen Flugzeughangar standen überall Männer und Frauen, die ihre Familienangehörigen begrüßten, aber Ace richtete den Blick auf den Mann, der neben seinem Kommandanten stand.

Paul Solberg war groß. Eindrucksvoll. Größer als ihr Kommandant und Ace selbst. Er war auch massig. Kräftig. Er hatte einen kleinen Bauch, den er hinter einem lockeren Hemd zu verstecken versuchte. Sein rotes Haar war zerzaust, als wäre er immer wieder mit der Hand hindurchgefahren oder gerade erst aufgestanden. Er hatte sich schon eine Weile nicht mehr rasiert, was nicht gerade dazu beitrug, ihn sympathischer zu machen.

Aber es war der Blick in seinen Augen, der Ace nervös machte.

Er war völlig ausdruckslos. Er sah weder froh aus, Piper zu sehen, noch traurig, dass nicht seine Tochter aus dem Flugzeug stieg. Er könnte genauso gut eine Fremde treffen anstelle der Frau, mit der seine Tochter fast ihr ganzes Leben lang befreundet gewesen war.

Während sie das Flugzeug verließen und durch den Hangar gingen, hatte Piper es geschafft, ein kleines Stück vor ihm zu sein – und ein Gefühl der Verkehrtheit traf Ace wie ein Blitzschlag.

Er drehte sich bereits, um Rani wieder an Rocco zu übergeben, als sie den Kommandanten und Paul Solberg erreichte.

Ace war nur ein paar Schritte hinter ihnen, aber das war nicht nahe genug, um zu verhindern, was passierte. Wie in Zeitlupe sah Ace, wie Piper mit offenen Armen auf den Vater ihrer besten Freundin zuging.

Anstatt sie in seine Umarmung zu ziehen, holte Solberg mit einer Hand aus und ohrfeigte sie, so fest er konnte.

Pipers Kopf flog nach hinten und sie stolperte zur Seite, bevor sie auf den harten Betonboden fiel. Als Ace zu ihr gelangte, hatte sie eine Hand an der Wange und starrte Solberg fassungslos an.

»*Du* hättest es sein sollen«, zischte Solberg.

Wenn Ace bisher gedacht hatte, dass der Mann keine Emotionen in seinem Gesicht hatte, war jetzt das Gegenteil der Fall. Er funkelte auf Piper herab, als hätte sie seiner Tochter eine Waffe an den Kopf gehalten und selbst abgedrückt.

Die Wut, die aus jeder Pore seines Körpers quoll, war unnatürlich ... und mehr als nur ein bisschen unheimlich.

Ace stellte sich zwischen sie und den wütenden Mann, als Solberg einen Schritt näher kam. Kommandant North packte schnell den Arm des Mannes, aber es war, als würde er die Anwesenheit des Kommandanten gar nicht bemerken.

Kalees Vater bemühte sich, um Ace herum zu Piper zu schauen, aber er blieb standhaft.

»Zurück«, blaffte Ace, der den Mann am liebsten verprügelt hätte, aber er wollte seine Mädchen nicht erschrecken, indem er seine gewalttätige Seite zeigte.

»Gehen Sie mir aus dem Weg«, forderte Solberg.

»Treten Sie zurück«, sagte Ace, die Arme zu den Seiten ausgestreckt. Er hörte, wie einer seiner Teamkameraden Piper auf die Beine half, aber er wandte die Aufmerksamkeit nicht von Solberg ab.

Jetzt, da er näher an ihm dran war, fiel ihm auf, dass der Mann ... verstört aussah. Seine Augen waren blutunterlaufen, so als hätte er entweder ununterbrochen getrunken oder geweint. Ace vermutete, dass es Letzteres war, denn er konnte keinen Alkohol in seinem Atem riechen. Er konnte Flecke auf dem Hemd des Mannes sehen, als hätte er sich seit Tagen nicht mehr umgezogen.

Aber es war der Hass in Solbergs Augen, der Ace am meisten beunruhigte.

Er zog seinen zuvor leeren Ausdruck definitiv vor.

»*Weg da.* Diese Schlampe hat meine Kalee getötet!«, zischte er.

»Paul«, sagte Kommandant North. »Piper hatte nichts mit dem Tod deiner Tochter zu tun.«

»Kalee hätte in Deckung gehen sollen und nicht *sie*«, sagte Paul in leisem, kaltem Tonfall. »Sie ist immer hinter meiner Tochter hergelaufen. Sie war nie die Anführerin. Wenn sie ein einziges Mal in ihrem Leben die Initiative ergriffen hätte, wäre Kalee noch am Leben!«

»Mr. Solberg …«, begann Piper hinter ihm, aber als sie nicht weitersprach, ging Ace davon aus, dass einer seiner Freunde dafür gesorgt hatte, dass sie nichts mehr sagte, um die angespannte Situation nicht noch schlimmer zu machen. Es war klar, dass Solberg keines von Pipers Worten anhören würde, egal was es war. Seiner Meinung nach war Piper der Grund für den Tod seiner Tochter und nichts, was sie sagte, würde daran etwas ändern.

»Sind das die Kinder?«, fragte Solberg abfällig.

»Ja«, bestätigte der Kommandant. »Das sind Rani, Sinta und Kemala. Kalee hat ihnen das Leben gerettet, als sie sie mit Piper vor den Rebellen versteckt hat.«

»Auge um Auge«, murmelte Paul leise mit einem seltsamen Funkeln in den Augen.

»Was zum Teufel soll das heißen?«, fragte Ace. Sein Tonfall war tödlich.

Solberg sah ihn zum ersten Mal an, und Ace starrte zurück. Er war schon mit dem Schlimmsten der Menschheit konfrontiert worden. Er hatte Terroristen mit Messern und Fäusten bekämpft. Er hatte durch ein Gewehr-Zielfernrohr in die Augen eines Dreckskerls gesehen, kurz bevor er sich selbst in die Luft sprengte – und Dutzende von tapferen, engagierten Soldaten mit ihm. Es gab nicht viel, was Ace nicht getan hatte, und nicht viel, wovor er Angst hatte.

Aber als er in die seelenlosen Augen von Paul Solberg sah und wusste, dass seine Mädchen jeden seiner Schritte beobachteten, tat Ace etwas, was er noch nie zuvor getan hatte.

Er zog sich körperlich zurück.

Oberflächlich betrachtet hielt sich der Mann im Zaum – gerade noch so. Aber Solberg war eine tickende Zeitbombe, und Ace wollte seine Mädchen nicht in der Nähe des Mannes haben. Er mochte der Vater von Pipers bester Freundin sein, aber ihre Beziehung endete hier und jetzt. Wenn der Mann wirklich glaubte, dass Piper für den Tod von Kalee verantwortlich war, dann war er eine Gefahr für sie.

Ganz zu schweigen davon, dass er bereits Hand an sie gelegt hatte. Er hatte sie *geschlagen*. Und er empfand offensichtlich auch keine Reue dafür.

Unter Verwendung der einzigen Munition, die ihm im Moment zur Verfügung stand, sagte Ace: »Kalee würde sich gerade für Sie schämen.«

Er sah, dass die Bemerkung einen Volltreffer landete, als Solberg zusammenzuckte, also sprach er weiter.

»Ich kannte Ihre Tochter nicht, aber ich weiß genau, dass ihr angesichts Ihres Verhaltens vor Abscheu übel werden würde. Sie war als ehrenamtliche Helferin im Friedenskorps, weil sie die Welt für Kinder wie die, die hinter mir stehen, besser machen wollte. Piper hat nicht darum gebeten, in die Mitte einer Rebellion zu geraten. Ihre

Tochter auch nicht. Genauso wenig wie die Kinder, die zusammen mit Kalee getötet wurden. Aber sie wurden es. Sie sollten auf Ihren Knien Gott dafür danken, dass er Rani, Sinta und Kemala verschont hat. Aber stattdessen setzen sie Ihre Muskeln ein und werfen wie ein Idiot mit Ihrer vermeintlichen Macht um sich. Genießen Sie Ihr einsames, erbärmliches Leben – denn das wird das letzte Mal sein, dass Sie meine Frau oder meine Kinder sehen. Die letzten Menschen, die Ihre Tochter je gesehen und mit ihr gesprochen haben, sind für Sie verloren. Für immer.«

Ace wandte den Blick nicht ab, als der Mann ihn hasserfüllt anfunkelte. Es war ein Kampf des Willens, den zu gewinnen Ace entschlossen war. Seine Mädchen hatten die Hölle hinter sich, und er wollte verdammt sein, wenn Paul Solberg sie noch eine Sekunde davon erleben ließ.

»Komm schon, Paul. Wir reden in meinem Büro«, sagte Storm, packte den Mann fester am Oberarm und zog ihn nach hinten.

Ace hielt Blickkontakt mit Solberg, bis dieser sich schließlich umdrehte und neben ihrem Kommandanten aus dem Hangar ging.

In dem Moment, in dem er ging, drehte Ace sich zu Piper um. Sie stand ausgerechnet vor Phantom. Er hatte seinen Arm diagonal um ihre Brust gelegt, und Piper hielt ihn mit beiden Händen fest, während sie Ace anstarrte.

Auf ihrer Wange war ein großer roter Fleck an der Stelle, an der Solberg sie geohrfeigt hatte. Der Anblick löste in Ace den Wunsch aus, ihm nachzugehen und dem Mann wehzutun.

Rocco hielt immer noch die schlafende Rani im Arm, Sinta lag in Gumbys Armen und hatte ihr Gesicht an seinem Hals vergraben und Kemala stand neben Bubba und sah verständlicherweise verärgert aus.

Ace hasste es, dass seine Mädchen das erlebt hatten, aber seine größte Sorge galt im Moment Piper. Seine Freunde würden sich um die Kinder kümmern, bis er sie wieder beruhigen konnte.

In dem Moment, in dem er auf sie zukam, nickte Phantom und machte einen Schritt zurück, dann lag Piper in seinen Armen. Sie hielten einander so fest, wie sie konnten. Ace spürte ihren Herzschlag an seiner Brust und ihre zitternden Atemzüge an seinem Hals.

Langsam, aber sicher wich seine Wut der Besorgnis. Er zwang sich, sie zurückzulehnen, damit er ihr Gesicht sehen konnte. »Geht es dir gut?«

Sie nickte.

Ace hob eine Hand und strich mit dem Fingerrücken in einer federleichten Liebkosung über ihre Wange. »Es tut mir leid, dass ich nicht nahe genug dran war, um das zu verhindern.«

Piper schloss eine Sekunde lang die Augen, bevor sie sie wieder öffnete und Ace' Blick erwiderte. »So etwas hat er noch nie gemacht. Ich meine, Kalee hat nie darüber gesprochen, dass er gewalttätig ist. Ganz und gar nicht. Wenn überhaupt, dann hat sie sich immer darüber beschwert, dass er zu beschützend ist. Als Kind gab er ihr praktisch alles, was sie verlangte. Es waren immer die beiden gegen den Rest der Welt.«

Ace presste die Lippen zusammen. Seine Piper hatte das größte Herz von allen, die er je kennengelernt hatte. Der Vater ihrer Freundin hatte gerade die abscheulichsten Dinge zu ihr gesagt – er hatte ihr im Grunde genommen entgegengeschleudert, dass er wünschte, sie wäre anstelle seiner Tochter gestorben, und Piper stand da und verteidigte ihn förmlich.

»Verdreh nicht alles in deinem Kopf, Piper«, warnte er. »Was er gesagt und getan hat, war nicht richtig. Es ist mir egal, dass er trauert.«

»Ich weiß ... aber Ace, du kennst ihn nicht. Du weißt nicht, wie ihre Beziehung war. Kalee war *alles* für ihn. Er ist am Boden zerstört. Gebrochen. Ich kann mir nicht vorstellen, was er gerade durchmacht.«

»Ich habe ihm nur nicht die Scheiße aus dem Leib geprügelt, weil ich es nicht vor dir und unseren Kindern tun wollte. Aber wenn er es noch einmal wagt, sein Gesicht in meiner Gegenwart zu zeigen, werde ich nicht zögern. Niemand hebt die Hand gegen dich oder unsere Mädchen. *Niemand.* Hast du verstanden?«

Piper starrte ihn einen Moment lang an und Ace hatte Mühe, seine Wut unter Kontrolle zu bringen.

Solberg hatte sie geschlagen. *Sie. Geschlagen.* Wenn er nicht dazwischengegangen wäre, hätte er sicher noch viel mehr getan. Das war inakzeptabel.

»Warum Mann Piper geschlagen?«, fragte Kemala neben ihnen. »Was sie getan?«

Ace drehte sich um und sah das Mädchen an. Sie sah schockiert aus, aber nicht besonders ängstlich, wie Sinta es offensichtlich war.

»Piper hat nichts getan«, antwortete Ace.

Kemala nickte. »Männer schlagen«, erklärte sie mit Bestimmtheit. »Augen aufpassen«, sagte sie zu Piper. »Schnell bewegen.«

Ace war entsetzt, dass sie das hatte lernen müssen. Während er einen Arm um Piper hielt, legte er seine freie Hand auf Kemalas Schulter. »In Amerika ist es Männern nicht erlaubt, Frauen zu schlagen. Das ist gegen das Gesetz.«

Kemalas Augen weiteten sich schockiert.

»Und Frauen dürfen Männer auch nicht schlagen«, fügte Piper hinzu.

Ace nickte zustimmend. »Sieh mich an, Kemala.« Der Teenager gehorchte. »Wenn dich oder deine Schwestern jemand schlägt, sagst du mir Bescheid. Wenn du mich nicht finden kannst, sagst du es Rocco, Gumby, Bubba, Rex oder Phantom, und einer von ihnen wird sich darum kümmern. Kein richtiger Mann schlägt jemanden, der kleiner ist als er. Egal aus welchem Grund, es ist *niemals* in Ordnung. Wenn ein Mann dich schlägt, Kemala, liebt er dich nicht. Vergiss das nicht.«

Sie ließ den Blick von ihm zu Pipers Wange und dann wieder zurück zu ihm wandern. »Du also Piper nicht schlagen, wenn sie Fehler macht?«

»Nein, auf keinen Fall«, sagte Ace.

»Oder mich?«

»Nein.«

»Oder Sinta?«

»Nein. Und auch Rani nicht. Du wirst Fehler machen, Kemala. Du wirst Dinge tun, die mich verärgern werden. Vielleicht sogar wütend machen. Aber das bedeutet nicht, dass ich das Recht habe, dich zu schlagen. Ich werde dich niemals körperlich verletzen. Niemals. Das schwöre ich dir als der Mann, der dich adoptiert hat. Verstehst du?«

Sie nickte, legte dann den Kopf schief und fragte: »Du schlägst nicht Piper oder uns, also liebst du?«

Bei dieser Frage zog sich Ace' Herz zusammen und er zögerte nicht. »Ja. Ich liebe euch. Ich werde alles tun, was nötig ist, um euch zu beschützen.«

Kemala nickte und lächelte zufrieden, als hätte sie sich diese Antwort sehnlichst herbeigewünscht. »Ich mag USA.«

»Ich habe gehört, was passiert ist«, sagte eine tiefe Stimme hinter ihnen.

Ace drehte sich um und sah Konteradmiral Creasy in der Nähe stehen. »Ich möchte mich aufrichtig entschuldigen. Mr. Solberg geht Kommandant North auf die Nerven, seit wir erfahren haben, was mit seiner Tochter passiert ist. Er drängt ihn nach Details, sogar nach geheimen. Wir hätten es besser wissen müssen, als ihm zu erlauben, Sie alle hier zu treffen. Er hat darauf bestanden, und da wir keinen Grund hatten, es ihm zu verweigern, haben wir ihn mitkommen lassen ... aber das war offensichtlich ein Fehler. Geht es Ihnen gut, Mrs. Morgan?«

Ace spürte, wie Piper in seinen Armen ein wenig zusammenzuckte. *Mrs. Morgan.* Der Konteradmiral wusste offensichtlich von ihrer Hochzeit. Er hatte Kemala gesagt, dass er sie und Piper liebte, und obwohl er schnell bestätigt hatte, was das Mädchen offensichtlich hören wollte, war Ace nicht überrascht zu erkennen, dass er die Wahrheit gesagt hatte. In dem Moment, in dem er begriff, dass Piper in Gefahr war, hatte sich etwas in ihm verändert.

Niemand verletzte seine Frau und kam damit davon. Und niemand bedrohte seine Kinder.

Auge um Auge.

Die Worte, die Paul Solberg von sich gegeben hatte, sanken zum ersten Mal richtig ein. Was hatte er damit gemeint? Es war eine klare Drohung – aber gegen wen? Piper? Die Kinder?

Die Ungewissheit bereitete Ace ein äußerst unangenehmes Gefühl.

Piper antwortete auf die Frage des Konteradmirals. »Mir geht es gut. Danke. Meinen Sie, wir können irgendwo hingehen und die Mädchen unterbringen? Sie haben eine sehr lange Reise hinter sich und ich weiß, dass wir uns noch mit jemandem auf dem Stützpunkt treffen müssen, um einige Dinge zu klären.«

Ace war stolz auf sie und handelte, ohne nachzudenken. Er lehnte sich dicht an sie heran und küsste ihre Schläfe, bevor er sich an seinen vorgesetzten Offizier wandte. »Ja, bitte, Sir. Ich würde meiner Familie gern etwas zu essen besorgen und sie sich ein wenig die Beine vertreten lassen, bevor wir uns an die Arbeit machen.«

Das Lächeln, das sich auf dem Gesicht des Konteradmirals ausbreitete, war echt, als er nickte. »Natürlich. Der Rest von Ihnen folgt mir. Wenn Ihr Team einverstanden ist, können Sie bei Ihrer Frau bleiben, während die anderen die Nachbesprechung abhalten ... es sei denn, Sie wollen dabei sein.«

Ace nickte sofort. Er würde viel lieber bei Piper und den Mädchen bleiben. Er fühlte sich nicht wohl dabei, sie jetzt schon allein zu lassen. Er wusste nicht, wo Paul Solberg hingegangen war, und er wollte auf keinen Fall, dass er Piper aufspürte, während sie mit der Personalabteilung sprach, nur um ihr noch mehr Mist zu erzählen oder sie erneut körperlich anzugreifen.

»Danke, Sir. Das klingt perfekt. Ich werde den Bericht lesen und alles ergänzen, was meiner Meinung nach noch fehlt.«

Der Konteradmiral nickte und ging zu einer Tür in der Nähe der Stelle, an der der Kommandant und Solberg verschwunden waren. Piper griff nach Rani, und als Rocco sie ihr übergab, wachte sie schließlich auf.

»Willkommen in den Vereinigten Staaten«, sagte Piper leise zu dem schläfrigen Mädchen. Rani griff nach oben und tätschelte Pipers leicht gerötete Wange, dann brachte sie Ace' Herz zum Schmelzen, als sie sich vorbeugte und sie küsste.

Mit Tränen in den Augen begegnete Piper seinem Blick.

Ja. Ace würde jeden umbringen, der es wagte, Hand an eines seiner Mädchen zu legen.

Paul Solberg wurde zu seinem Porsche eskortiert und verfolgt, bis er das Gelände des Marinestützpunktes verlassen hatte. Er fuhr eine Stunde lang ziellos umher, bevor er wieder bei seinem Haus ankam. Er stieg aus seinem teuren Wagen, ohne sich darum zu scheren, dass er den Schlüssel im Zündschloss stecken gelassen hatte, und stolperte zur Haustür.

Das Haus war ebenfalls unverschlossen gewesen, aber er bemerkte es nicht und interessierte sich auch nicht dafür. Nichts schien mehr wichtig zu sein. Nicht, wenn seine schöne Kalee tot war.

Paul ließ sich auf die Ledercouch im Wohnbereich fallen und starrte blind auf den großen Digitalfernseher vor ihm.

Kalee war tot.

Und Piper Johnson ... nein, Piper *Morgan*, war am Leben und anscheinend sehr glücklich.

Er ballte die Fäuste.

Welches Recht hatte sie, glücklich zu sein, wenn er seine eigene persönliche Version der Hölle erlebte?

Er konnte sich gut vorstellen, wie sie Kalee vor dem Loch wegdrängte, das sie gefunden hatte, weil es nur Platz für eine von ihnen gab.

Und jetzt war sie verheiratet – und hatte drei Kinder adoptiert. Diese Kinder hätten *Kalees* sein können. Wenn Piper nicht die ängstliche kleine Maus gewesen wäre, die sie immer war, hätte Kalee nicht das Bedürfnis verspürt, sich um sie zu kümmern. Sie wäre heute noch am Leben. *Sie* wäre mit einem tapferen SEAL verheiratet und würde diese Kinder adoptieren.

Kalee hatte in einer E-Mail, die sie ihm kurz vor ihrem Tod geschrieben hatte, von all den Mädchen im Waisenhaus erzählt. Sie hatte ihrem Daddy erzählt, wie süß sie waren, wie gern sie Zeit mit ihnen verbrachte und sie unterrichtete.

Er sollte jetzt Großvater sein und nicht den Tod seiner Tochter betrauern!

Pauls Stimmung schwankte zwischen Wut, Depression,

Eifersucht und erneutem Zorn. Er konnte nicht aufhören, über die Was-wäre-wenn-Situationen nachzudenken.

Was wäre, wenn Kalee sich in dem Loch versteckt hätte und nicht Piper?

Was wäre, wenn Piper Kalee gar nicht besucht hätte?

Was wäre, wenn er Kalee verboten hätte, dem Friedenskorps beizutreten?

Paul drehte sich der Kopf und ihm wurde schlecht.

In seinen Gedanken sah er Kalee lachen – und dann stellte er sich vor, wie ihre Leiche ausgesehen haben musste. Voller Einschusslöcher und im Dreck in den verdammten Bergen von Timor-Leste liegend.

Paul schlug sich die Hände an den Kopf und konnte nicht verhindern, dass weitere Tränen fielen. Sein Kopf fühlte sich an, als würde er gleich platzen. Er war verwirrt und erlebte die größten Schmerzen, die er je in seinem Leben empfunden hatte. Sowohl seelisch als auch körperlich.

Er hatte keine Ahnung, wann er das letzte Mal gegessen oder geduscht hatte, aber das waren die letzten Dinge, an die er dachte. Außerdem hatte er seit Tagen nicht mehr als zehn Minuten am Stück geschlafen, da er nicht aufhören konnte, an die letzten Momente seiner Tochter auf dieser Erde zu denken.

Er würde alles tun, um mit ihr den Platz zu tauschen. Um derjenige zu sein, der tot war, damit sie noch hier war, lebendig und gesund.

Während Paul in seinem ruhigen Wohnzimmer auf seiner teuren Couch saß, inmitten all der materiellen Dinge, die er im Laufe der Jahre angehäuft hatte, wurde ihm eine Sache klar.

Ohne seine Tochter war all das nicht von Bedeutung.

Auge um Auge.

Der Spruch ging ihm noch einmal durch den Kopf.

Er hatte jedes Wort ernst gemeint, als er zu Piper gesagt hatte, dass *sie* hätte sterben sollen.

Die Kinder hätten Kalees sein sollen.

Der SEAL hätte Kalees sein sollen.

Auge um Auge.

Er würde die Dinge richtigstellen. Für Kalee.

KAPITEL ELF

Piper war erschöpft, hungrig und tief betrübt, aber sie tat ihr Bestes, alles zu unterdrücken und für ihre Mädchen ein fröhliches Gesicht zu bewahren.

Das Treffen mit der Personalabteilung hatte eine gefühlte Ewigkeit gedauert und jedes Mal, wenn sich die Tür zu dem Raum, in dem sie sich befanden, öffnete, zuckte sie zusammen, da sie sich fragte, ob Kalees Vater zurückgekommen war, um sie noch mehr anzuschreien.

Seine Worte hallten immer wieder in ihrem Kopf nach.

Du hättest es sein sollen.

Es war nichts, was sie nicht auch schon gedacht hatte, aber jetzt war es von jemand anderem bestätigt worden.

»Hör auf«, sagte Ace neben ihr. Er fuhr sie in seinem Yukon Denali zu seinem Haus. Sie hatte sich gewundert, dass er so einen großen Wagen hatte, aber er hatte nur mit den Schultern gezuckt und gesagt, dass er sich in einem großen Fahrzeug sicherer fühle.

»Womit aufhören?«, fragte sie und drehte den Kopf, um ihn anzusehen.

»Hör auf, darüber nachzudenken, was dieses Arschloch gesagt hat.«

»Woher weißt du, dass ich das tue?«, fragte sie.

»Du runzelst die Stirn und blickst finster drein.«

Piper wusste nicht, wie er sie so gut lesen konnte. »Ich kann es nicht«, gestand sie. »Er war so wütend. Übermäßig wütend.«

»Das war er«, stimmte Ace zu. »Aber das ist sein Problem, nicht deins.« Er ergriff ihre Hand und hielt sie fest. »Ich bin jedenfalls sehr froh, dass du hier bist. Und die drei kleinen Mädchen da hinten sind auch froh.«

Piper lächelte und drehte sich zu ihren Mädchen um. Sie starrten alle mit großen Augen aus dem Fenster und nahmen alles in ihrer neuen Welt so schnell auf, wie sie konnten. Sie mussten noch Kindersitze für Rani und Sinta besorgen, aber das war nur eines von tausend Dingen, die sie zu erledigen hatten.

»Er hat mir Angst gemacht«, gab Piper leise zu. »Ich dachte, er würde sich freuen, mich zu sehen. Erleichtert sein. Aber das war er nicht. Er war *stinksauer*.«

»Denk nicht mehr an ihn«, sagte Ace. »Ich werde alles in meiner Macht Stehende tun, um ihn von dir fernzuhalten. Aber wenn du ihn jemals siehst, lass dich *nicht* auf ihn ein. Dreh dich um und geh. Es ist mir egal, ob du mitten im Supermarkt stehst ... lass den Einkaufswagen stehen und verschwinde. Hast du verstanden?«

Sie nickte. »Ich bin sicher, mit der Zeit wird seine Trauer nachlassen und vielleicht kommt er an einen Punkt, an dem er mit mir reden will, um zu hören, was passiert ist.«

»Vielleicht«, entgegnete Ace. »Bist du bereit, dein neues Haus zu sehen?«

Piper nahm einen tiefen Atemzug und setzte sich aufrechter hin. Sie bemerkte, dass Ace ihre Hand nicht losgelassen hatte, aber es fühlte sich so gut an, dass sie froh darüber war. Etwas hatte sich zwischen ihnen verändert. Seit sie aus dem Flugzeug ausgestiegen waren und Kalees Vater vor ihr ausgeflippt war, war er noch aufmerksamer als zuvor – und das wollte schon etwas heißen. Er fühlte sich schlecht, weil er nicht zu ihr gekommen war, bevor Mr. Solberg zugeschlagen hatte, aber Piper machte ihm keinen Vorwurf. Woher hätten sie auch wissen sollen, dass er so ausflippen würde?

Außerdem spürte Piper jedes Mal, wenn sie Ace ansah, einen stärkeren Funken. Jetzt, da sie nicht mehr um ihr Leben liefen, konnte sie die Tatsache verarbeiten, dass sie den umwerfenden Mann neben ihr tatsächlich geheiratet hatte. Es fühlte sich unwirklich an. Aber der Ring an ihrem Finger war eine gute Erinnerung. Und sie hatte nicht vergessen, wie er Kemala gesagt hatte, dass er sie liebte. Wahrscheinlich meinte er das jedoch ganz allgemein, so wie man einem Freund sagte, dass man ihn liebt.

»Ich bin mehr als bereit. Solange du ein Bett hast, werde ich glücklich sein.«

Als Ace lachte, schaute sie ihn verwirrt an, dann wurde ihr klar, was sie gesagt hatte. Sie wurde rot und verdrehte die Augen. »Ich habe es nicht so gemeint, wie es geklungen hat«, stellte sie schnell klar.

»Verdammt«, antwortete Ace mit einem kleinen Lächeln.

Bevor sie *darauf* reagieren konnte, fuhr er fort: »Ich habe genügend Betten für uns alle. Ich dachte, wir könnten die Mädchen alle zusammen in einem Zimmer unterbringen, zumindest bis sie sich an ihr neues Zuhause gewöhnt haben.«

»Hast du genügend Schlafzimmer für sie alle?«, fragte Piper. »Daran habe ich gar nicht gedacht.«

»Mein Haus hat fünf Schlafzimmer und drei volle Badezimmer. Mehr als genug für uns alle.«

Piper starrte ihn ungläubig an. »Im Ernst?«

»Jup.«

»Aber Häuser hier in Riverton sind superteuer.«

»Jup.«

»Oh mein Gott, bist du Millionär?«, platzte sie heraus.

Ace brach in Gelächter aus. »Nein. Aber ich habe genügend Geld, um dafür zu sorgen, dass du und unsere Kinder nicht hungern müsst und ihr immer ein Dach über dem Kopf habt.«

Piper konnte nicht glauben, wie sehr sich ihr Leben in so kurzer Zeit verändert hatte. Allein, dass er »unsere Kinder« sagte, brachte die Schmetterlinge in ihrem Bauch zum Flattern.

»Das ist so verrückt«, murmelte sie.

Ace drückte ihre Hand. »Mein Vorgesetzter hat mir eine Woche Urlaub gegeben, damit ich sie mit dir und den Mädchen verbringen kann, und wir haben Zeit, um einige unserer Aufgaben abzuarbeiten. Ich weiß, dass du wieder an die Arbeit gehen musst, und ich werde die Mädchen jeden Tag ein paar Stunden unterhalten, damit du ungestört zeichnen kannst. Und ich bin mir sicher, dass es eine Menge Dinge geben wird, die wir besprechen müssen, zum Beispiel wie wir die Mädchen erziehen und so weiter. Sachen wie Schlafenszeiten, ob wir mit der Familie am Tisch statt vor dem Fernseher essen wollen, wo sie in der Schule angemeldet werden sollen und eine Million anderer Dinge. Du hast recht, es *ist* verrückt – aber es ist auch aufregend, spannend und nur dann überwältigend, wenn wir es zulassen.«

Piper starrte Ace an, während er fuhr. Er hatte recht. Mit allem. Sie hatte das Gefühl, dass ihr das alles über den Kopf wuchs, aber wenigstens war Ace da, um ihr zu helfen. Wäre sie eine alleinerziehende Mutter, wäre es doppelt so schwierig.

»Ich habe Angst«, flüsterte Piper.

»Wovor?«

Es gefiel ihr, dass er ihr nicht sofort sagte, dass sie keine haben müsse. »Was ist, wenn wir es vermasseln und sie uns am Ende dafür hassen, dass wir sie von zu Hause weggeholt haben?«

»Sieh sie an«, befahl Ace.

Piper drehte sich um und betrachtete die Mädchen erneut. Sie saugten alles so schnell auf, wie ihr kleiner Verstand es verarbeiten konnte. Die Fahrzeuge, die Geschäfte, an denen sie vorbeikamen, die Kleidung der Leute. Sie konnte ihre Aufregung und ihr Glück fast spüren, als sie sich ihrem neuen Zuhause näherten.

»Wir werden es vermasseln«, sagte Ace leise. »Das tun alle Eltern. Aber solange sie wissen, dass sie in Sicherheit und jetzt Teil einer Familie sind, die sie sehr liebt, wird es ihnen gut gehen. Wenn sie mehr über Timor-Leste wissen wollen, wenn sie älter sind, werden wir unser Bestes tun, sie aufzuklären. Vielleicht können wir eines Tages sogar mit ihnen eine Reise dorthin machen.«

Piper erschauderte. Sie wollte nicht einmal daran denken, wieder einen Fuß nach Timor-Leste zu setzen.

»Nicht in absehbarer Zeit«, beruhigte Ace sie. »Ich will damit nur sagen, dass sie ihr ganzes Leben noch vor sich haben, und ich glaube, solange wir sie lieben und unterstützen, werden kleine Fehler unsererseits keinen großen Unterschied machen.«

»Ich hoffe, du hast recht.«

»Wir sind da«, verkündete Ace.

Piper drehte den Kopf – und starrte auf das riesige Haus vor ihr. Eines der drei Garagentore öffnete sich langsam.

»Es ist groß!«, rief Sinta staunend hinter ihnen.

»Das Hotel?«, fragte Kemala.

Ace lachte, und nachdem er den Wagen geparkt hatte, drehte er sich zu den Mädchen um. »Nein, das ist kein Hotel. Das ist euer neues Zuhause. Hier leben wir.«

Piper musste fast über die Gesichter der Mädchen lachen. Sie hatten die Augen weit aufgerissen und ihnen stand der Mund offen. Sie war genauso erstaunt wie sie, schaffte es aber, es ein wenig besser zu verbergen. Sie stieg aus und öffnete die Hintertür, um den Mädchen zu helfen. Ace nahm Rani und führte Sinta und Kemala um den Denali herum zu der nahe gelegenen Tür.

Ace öffnete sie und bedeutete ihnen, zuerst einzutreten. Keines der Mädchen rührte sich, als hätten sie Angst, den ersten Schritt zu machen.

Piper schob sich zwischen sie, um sie in Ace' Haus zu führen.

»Ich sollte dich über die Schwelle tragen, aber ich fürchte, das würde sie noch mehr erschrecken, als es ohnehin schon der Fall ist«, murmelte Ace, als sie an ihm vorbeiging.

Piper grinste und drehte sich um, um mit ihm zu lachen, aber er sah nicht so aus, als würde er scherzen. Er sah sogar so aus, als würde es ihm leidtun, dass er sie nicht von den Füßen reißen und ins Haus tragen konnte. Sie öffnete den Mund, um etwas zu sagen – was, das wusste sie nicht –, aber alles, was sie hätte sagen können, blieb ihr im Hals stecken, als sie einen Blick in sein Haus warf.

Die Böden waren aus schönem, dunklem Hartholz und der Flur führte von der Garage in einen großen Raum. Rechts von ihr hing ein riesiger Kronleuchter über einem großen Holztisch. Dieser sah handgefertigt aus und war groß genug, damit sie alle fünf bequem sitzen konnten. Die Küche lag um eine Ecke, war aber ebenfalls offen zu dem großen Raum.

Piper stellte sich sofort vor, wie sie das Abendessen für die Mädchen kochte, während sie entweder am Tisch ihre Hausaufgaben machten oder in dem anderen Raum neben der Küche fernsahen. Dort war ein großer Fernseher an der

Wand befestigt und eine Couch, die weich und bequem aussah.

Sinta stieß von hinten an Pipers Beine, als sie sich in dem großen Raum umsah.

»Willkommen zu Hause«, sagte Ace.

Piper stand in der Mitte des Raumes und drehte sich im Kreis, um Ace' Haus in Augenschein zu nehmen. Es war einfach wunderschön.

»Piper?«, fragte er und klang so ganz anders als der Mann, den sie kennengelernt hatte.

Sie drehte sich zu ihm um.

Ace' Stirn war gerunzelt, seine Lippen waren zusammengepresst. »Gefällt es dir nicht?«, fragte er sichtlich besorgt.

»Nicht gefallen? Ace ... es ist perfekt! Als hättest du in mein Gehirn gegriffen und alle meine Träume von einem Haus, in dem ich eines Tages leben möchte, herausgezupft. Und jetzt ist dieser Tag heute.« Sie schüttelte den Kopf. »Ich bin überwältigt und stehe irgendwie unter Schock.«

Lächelnd nahm Ace ihr Gesicht in die Hände und lehnte sich zu ihr, um sie zu küssen. Sein Bart kitzelte, als seine Lippen die ihren bedeckten. Es war kein leidenschaftlicher Kuss, aber innig und intim.

Als er sich zurückzog, sagte er: »Ich lebe seit zwei Jahren allein in diesem großen Haus und es hat sich noch nie wie ein Zuhause angefühlt, bis zu dieser Sekunde.«

Piper schmolz dahin. Sie konnte nicht anders. Sie hatte keine Ahnung, warum er immer genau das Richtige sagte.

»Ace?«, sagte Kemala zögernd.

Er drehte sich sofort zu ihr um. »Ja?«

»Wie viele andere Kinder hast du hier?«

Piper runzelte die Stirn. Vielleicht hatte sie Kemalas Frage einfach nicht verstanden. Für jemanden, der noch nicht lange Englisch lernte, sprach sie zwar bemerkenswert gut, aber manchmal ging in ihren gebrochenen Sätze etwas verloren.

Aber Ace schien kein Problem damit zu haben, zu verstehen, was sie meinte. Er kniete sich hin, um auf Augenhöhe mit den Mädchen zu kommen. »Keine. Es sind nur du, Sinta und Rani«, antwortete er.

Kemala schüttelte den Kopf, als wäre sie frustriert, dass Ace ihre Frage nicht verstand. »Zu groß für nur uns.« Sie schaute sich um. »Wenigstens«, sie zeigte alle zehn Finger fünfmal, »könnten hier leben. Kommen noch mehr Waisenkinder?«

Ace legte eine Hand sanft in Kemalas Nacken und schenkte ihrer ältesten Tochter seine ungeteilte Aufmerksamkeit. Piper kannte dieses Gefühl ... wusste, dass sein Griff stark war, ohne bedrohlich zu wirken.

»Hier in Amerika hat dieses Haus eine ganz normale Größe für eine Familie wie uns. Im Obergeschoss gibt es fünf Schlafzimmer, eins für jede von euch, eins für Piper und mich und eins für alle anderen Kinder, die wir vielleicht zusammen haben. Das gehört alles uns, Kemala. Das ist dein neues Zuhause. Für immer und ewig. Nur wir. Keine anderen Waisenkinder.«

Pipers Magen krampfte sich zusammen, als er von weiteren Kindern sprach. Sie hatten sich zwar nur geküsst – aber jetzt konnte sie nicht mehr aufhören, an die *Zeugung* dieser zukünftigen Kinder zu denken.

Der Gedanke, mit Ace zu schlafen, ließ sie auf der Stelle wanken. Gott, sie war erschöpft und überwältigt, aber allein die Vorstellung, mit dem schönen Mann, der all ihre Träume wahr gemacht hatte, nackt zu sein, bescherte ihr Übelkeit und Erregung zugleich.

Sie war nicht so schön, wie Kalee es gewesen war. Sicher, sie hatte die stereotypen blonden Haare und blauen Augen, für die Frauen in Kalifornien bekannt waren, aber sie war zu groß, um in diesem übermäßig körperbewussten Staat als sexy zu gelten. Ganz zu schweigen davon, dass sie schüchtern war und lieber zu Hause blieb und zeichnete, als auszugehen. Wenn sie Ace auf der Straße getroffen hätte, hätte er sie nicht zweimal angeschaut.

Aber jetzt waren sie verheiratet.

Verheiratet.

Und er würde Sex haben wollen.

Großer Gott.

Plötzlich konnte Piper an nichts anderes mehr denken als an Sex mit Beckett Morgan. Und nach allem, was sie in ihrer kurzen Bekanntschaft über ihn erfahren hatte, wusste sie ohne Zweifel, dass er im Bett sehr aufmerksam und großzügig sein würde.

Bevor ihre Gedanken zu weit in diese Spirale abrutschen konnten, drehte Kemala sich zu den anderen Mädchen um und sagte etwas auf Tetum – woraufhin sowohl Sinta als auch Rani in Tränen ausbrachen.

Erschrocken taten sie und Ace ihr Bestes, sie zu beruhigen – ohne jedoch genau zu wissen, was das Ganze ausgelöst hatte, war es schwierig.

»Was hast du ihnen erzählt?«, fragte Ace Kemala sanft.

»Was ihr gesagt habt. Dieses Zuhause. *Unser* Zuhause. Wirklich.« Kemala rang um die richtigen Worte, als sie ebenfalls weinend fortfuhr: »Wir träumen davon. Zuhause. Familie. Essen. In Sicherheit sein. Wir reden und sagen, dass USA besser sein muss als Berg. Aber wir dachten nicht *das*. Es ist ein Traum.«

Ace strahlte und wandte sich an die Mädchen. »Im Laufe der nächsten Woche werdet ihr viele Dinge sehen, die euch überraschen werden. Aber schon bald wird das alles normal für euch werden. Piper und ich bitten euch lediglich darum, dass ihr das nie als selbstverständlich anseht. Erinnert euch daran, woher ihr kommt, und gebt euer Bestes, um denjenigen etwas zurückzugeben, die nicht so viel Glück haben wie ihr, okay?«

Alle drei Mädchen nickten.

Piper hatte keine Ahnung, ob sie verstanden hatten, was Ace gesagt hatte, aber sie hatte das Gefühl, dass er ihnen immer wieder das Gleiche sagen würde. Sie stimmte ihm zu. Sie hatten tatsächlich Glück, und sie nahm sich vor, in Zukunft regelmäßig Ausflüge zu Obdachlosenunterkünften zu unternehmen und Projekte zu gestalten, die sicherstellten, dass keiner von ihnen – Piper und Ace eingeschlossen – die weniger Glücklichen vergaß.

»Wie wäre es, wenn wir uns jetzt den Rest des Hauses ansehen?«, schlug Ace vor. »Ich möchte euch eure neuen Schlafzimmer zeigen.«

Die Mädchen lächelten, und nachdem Ace aufgestanden war, griff er nach Piper und sie gingen Hand in Hand die Treppe hinauf.

Als er die erste Tür öffnete, schnappte Piper überrascht nach Luft. Dort standen ein Einzelbett und ein Bücherregal voller Kinderbücher. Auf der rosafarbenen Decke auf dem Bett ruhten etwa zehn Stofftiere. Die Tür des Kleiderschranks stand ebenfalls offen, und Piper konnte mindestens zwanzig verschiedene Outfits darin hängen sehen.

»Wie um alles in der Welt hast du das geschafft?«, fragte sie, als die Mädchen das Zimmer betraten und sich vorsichtig alles ansahen.

»Caite und Sidney.«

»Wer?«

»Die Frauen von Rocco und Gumby.«

»Oh, ja, klar.«

Ace grinste. »Ich habe die Jungs gefragt, ob Caite und Sid ein paar Dinge für die Mädchen besorgen könnten. Ich habe ihre Größen geschätzt, wenn die Sachen nicht passen, können wir sie zurückgeben. Aber ich wollte nicht, dass sie nach Hause in ein steriles Zimmer kommen. Ich wollte, dass sie sich wohlfühlen.« Er atmete schnaubend aus und deutete mit dem Kopf auf die Mädchen. »Damit bin ich wohl gescheitert, was?«

Keines der Mädchen hatte bisher eines der Spielzeuge oder Bücher angefasst. Sie standen in der Mitte des Raumes, als könnten sie nicht ganz verstehen oder glauben, dass alles für sie bestimmt war. Piper merkte, dass Ace etwas enttäuscht war, dass seine Geste nicht so ankam, wie er es gehofft hatte.

»Wir müssen ihnen Zeit geben«, sagte Piper leise. »Und auch wenn sie es noch nicht zu schätzen wissen, ich tue es. Ich danke dir, Ace. Ganz ehrlich. Du bist über die Pflicht hinausgegangen. Vor einer Woche bist du noch zu einer neuen Mission geflogen, und jetzt bist du zu Hause bei deiner Frau und deinen drei Kindern.«

»Ich würde nichts daran ändern wollen«, erwiderte Ace ernst. »Manchmal machen die Dinge einfach klick. Und in dem Moment, in dem ich gesehen habe, wie du deinen Kopf aus den Dielen in der Küche in den Bergen gestreckt hast, hat es bei mir definitiv klick gemacht.«

»Hübsch«, sagte Sinta direkt neben ihnen.

Piper zuckte leicht zusammen. Sie war so vertieft in Ace' Gesichtsausdruck gewesen, dass sie für einen Moment vergessen hatte, wo sie waren.

»Kommt schon«, sagte Ace zu ihnen. »Schauen wir uns die anderen beiden Zimmer an. Ihr könnt später entscheiden, wer welches Zimmer will.«

Nach der Besichtigung der beiden anderen Zimmer, die für die Mädchen eingerichtet worden waren, führte Ace sie in das große Schlafzimmer. Wieder einmal konnte Piper nur begeistert seufzen. Der ganze Raum war einladend und beruhigend, genau wie ein Schlafzimmer sein sollte. Das Doppelbett war mit einer wunderschönen, handgefertigten Steppdecke überzogen. Gegenüber dem Bett stand eine große Kommode und in der Ecke befand sich ein übergroßer Sessel.

Piper ging zum Eingang des Badezimmers und war nicht überrascht, das Bad ihrer Träume zu sehen. Zwei Waschbecken, eine abgetrennte Toilette, eine Jacuzzi-Wanne und eine separate Dusche.

»Der Schrank ist da hinten«, erklärte Ace und zeigte auf einen Eingang auf der Rückseite des Badezimmers. »Er wölbt sich da herum und die Waschküche ist gleich um die Ecke. Es ist praktisch, dass die Waschmaschine und der Trockner direkt neben dem Schrank stehen. Es gibt auch eine Tür, die auf den Flur hinausführt.« Ace grinste. »Natürlich könnten wir es eines Tages bereuen, wenn wir den Mädchen beibringen, ihre Wäsche selbst zu waschen. Wir müssen nur daran denken, die Tür zu unserem Badezimmer geschlossen zu halten, damit wir nicht zu einem unpassenden Zeitpunkt überrascht werden.«

Piper konnte nicht anders, als rot zu werden. Jedes Mal wenn Ace über ihre Beziehung sprach, als wäre es selbstverständlich, für immer ein Ehepaar zu sein, konnte sie es sich immer besser vorstellen. Irgendwie hatte sie gedacht, dass Ace, sobald sie zurück in den Staaten waren und nicht mehr in einer lebensbedrohlichen Situation steckten, es bereuen würde, sie geheiratet zu haben. Dass er versuchen würde, Abstand zwischen sie zu bringen. Aber die Realität war bisher genau das Gegenteil.

Je mehr Zeit sie außerhalb seiner Mission miteinander verbrachten, desto näher schienen sie sich zu kommen. Piper konnte nicht aufhören, ihm verstohlene Blicke zuzuwerfen, und stellte immer öfter fest, dass er auch sie ansah. Ihr ganzer Körper war sich seiner bewusst. Es war aufregend und beängstigend zugleich.

»Wer ist hungrig?«, fragte Ace, als wüsste er, dass Piper überwältigt war.

»Zeit zu essen?«, fragte Kemala begierig.

»Auch das hat sich geändert«, erklärte Ace und führte seine kleine Familie aus dem großen Schlafzimmer in den Flur. »Wenn ihr hungrig seid, könnt ihr essen. Wir tun unser Bestes, um drei anständige Mahlzeiten am Tag zu haben, Frühstück, Mittag- und Abendessen, aber wenn ihr zwischendurch Hunger bekommt, könnt ihr einen gesunden Snack zu euch nehmen.«

»Warum Mahlzeiten anständig? Nicht brav?«, fragte Kemala.

Ace lachte, und Piper stellte fest, wie gern sie ihn lachen hörte.

»Das sagt man so«, erklärte er Kemala. »Aber das Wichtigste ist, dass es genügend Nahrung für alle gibt. Versteht ihr?«

Alle drei Mädchen nickten.

»Also, möchte jemand einen Snack?«

Wieder wippten drei kleine Köpfe auf und ab.

Ace fing Pipers Blick ein. »Caite und Sidney haben auch eingekauft, also sollte es genug zu essen geben. Für das Abendessen kann ich etwas zusammenwerfen, sag mir einfach, was du essen willst. Wir können besprechen, was du für das Beste hältst, während sie sich an amerikanisches Essen gewöhnen.«

Wieder einmal fühlte Piper sich überwältigt. Jede Kleinigkeit musste für ihre neuen Töchter bedacht werden. Sie konnten nicht einfach einen großen Hamburger mit Pommes essen. Ihre Mägen und Geschmacksnerven mussten sich an das neue Essen gewöhnen.

Als sie in der Küche ankamen, öffnete Ace den Kühlschrank und Piper sah, dass er tatsächlich bis zum Rand mit frischen Lebensmitteln gefüllt war.

»Ich muss diese Frauen kennenlernen«, sagte Piper leise.

»Ich bin mir sicher, dass sie morgen herkommen werden«, erwiderte Ace locker.

»Morgen?«, fragte Piper.

Ace sah sie an. »Ist das schlimm?«

»Ich ... ich will einfach einen guten Eindruck machen und habe das Gefühl, dass ich bei den Millionen von Dingen, die wir zu tun haben, ein bisschen erschöpft sein werde.«

»Da hast du recht«, sagte Ace sofort. »Ich rufe Rocco und Gumby an und sage ihnen, dass wir etwas Zeit brauchen, bevor sie alle hier auftauchen.«

»Ist schon gut, Ace«, entgegnete Piper. »Ich will sie kennenlernen.«

»Nein, ich habe nicht nachgedacht. Du hast recht und wir brauchen etwas Zeit nur mit den Mädchen und uns. Um herauszufinden, wie unser neuer Alltag aussieht, und um Dinge zu erledigen. Wie wäre es mit etwas Käse?«

Die Art und Weise, wie er so schnell das Thema wechselte, war irgendwie amüsant. In der einen Sekunde sprach er noch mit ihr, in der nächsten konzentrierte er sich auf die Mädchen.

Er setzte die drei Kinder an den Tisch und stellte ihnen einen Teller mit Schmelzkäse, Cheddar und Mozzarella sowie Weintrauben und Karotten hin.

»Was ist mit dir?«, fragte er, als sie in der Küche standen und beobachteten, wie Rani, Sinta und Kemala an den Käsescheiben rochen und sie sorgfältig untersuchten, bevor sie sie probierten.

»Mir geht's gut, danke.«

Ace legte eine Hand auf ihren Arm, woraufhin Piper ihn ansah.

»Danke.«

Sie runzelte die Stirn. »Wofür?«

»Für das hier«, sagte er, den Kopf zum Tisch geneigt. »Dafür, dass du mir nicht gesagt hast, ich solle mich ins Knie ficken, als ich vorgeschlagen habe zu heiraten. Dafür, dass du mir die Familie gegeben hast, die ich mir immer gewünscht habe.«

»Ich glaube, ich sollte mich wirklich bei *dir* bedanken«, gab Piper zurück.

Ace drehte sie um und zog sie langsam in seine Arme. Piper ließ sich bereitwillig darauf ein. Jedes Mal wenn er sie festhielt, schien ihr Verstand abzuschalten und sie entspannte sich. Aber diesmal konnte sie den Kopf nicht freibekommen, sondern nur daran denken, wie gut es sich anfühlte, von ihm umgeben zu sein. Sie spürte, wie er mit seiner Hand ihren Rücken hinaufglitt und mit den Fingern durch ihr Haar fuhr, bevor er ihren Nacken umfasste. Sie legte ihre Handflächen an seine Seiten und sah ihn erwartungsvoll an.

»Ich möchte, dass unsere Ehe echt ist«, sagte er leise.

Bei seinen Worten breitete sich Gänsehaut auf Pipers Armen aus.

»Ich weiß, dass wir das nicht auf die normale Art und Weise gemacht haben, aber jedes Mal, wenn ich dich ansehe, möchte ich dich besser kennenlernen. Ich will alles wissen, auch wie du deine Cartoons zu einer Karriere gemacht hast. Ich kann es kaum erwarten, unsere Mädchen aufblühen zu sehen. Ich kann es kaum erwarten, bis wir die Augen darüber verdrehen, dass Kemala dreißig Minuten duschen kann und nichts dabei findet. Bis Rani anfängt, uns die Ohren vollzuquatschen, und wir ihr sagen müssen, dass sie still sein soll. Bis Sinta sich wohl genug fühlt, um nicht mit allem einverstanden zu sein, was wir sagen. Ich weiß, es ist zu früh, um über Intimität zu sprechen, aber ich will das auch. Ich habe es ernst gemeint, als ich Kemala gesagt habe, dass ich mehr Kinder möchte. Ich würde gern Kinder mit dir haben, Piper. Nicht sofort, wir haben im Moment genug um die Ohren, aber irgendwann. Ich fühle mich zu dir hingezogen und ich hoffe, dass du dich zu mir hingezogen fühlst. Ich will auf jeden Fall mehr tun, als dich nur zu küssen – ich will *alles*. Ich will eine richtige Ehe, in jeder Hinsicht. Glaubst du, dass du an den Punkt kommen wirst, an dem du das auch willst?«

Er schien so unsicher zu sein, als er diese Frage stellte, dass Piper sprach, bevor sie nachdachte. »Ja. Ich bin schon so weit.«

Das Lächeln, das sich auf seinem Gesicht bildete, war wunderschön und Piper tat ihr Bestes, nicht zu erröten, als sie eilig fortfuhr: »Ich hätte dich nicht geheiratet, wenn ich dich nicht mögen und respektieren würde, Ace. Ich wäre in Dili geblieben und hätte mir etwas anderes einfallen lassen, wenn es nötig gewesen wäre. Ich habe mir Sorgen gemacht, dass du mich nur aus Pflichtgefühl heiraten wolltest oder so.«

»Und du willst eine richtige Ehe? Und noch mehr Kinder?«, fragte er, als bräuchte er eine Klarstellung.

»Ja. Vielleicht nicht heute Abend oder in naher Zukunft, aber ja. Ich möchte dich auch besser kennenlernen. Obwohl wir verheiratet sind, können wir vielleicht miteinander ausgehen oder so. Das hört sich blöd an, weil wir im selben Haus wohnen werden, aber ... ich möchte wissen, warum du zur Marine gegangen bist. Ich möchte etwas über deine Eltern erfahren. Mit deinen Freunden in Situationen abhängen, die keine Käfer, Rebellen und die Flucht aus einem Land beinhalten. Und ...«

Sie zögerte, entschied sich dann aber, es zu versuchen. Wenn sie es nicht schafften, zu Beginn ihrer Ehe ehrlich zueinander zu sein, dann war die Ehe schon vor ihrem Beginn zum Scheitern verurteilt.

»Und ich will mit dir knutschen. Ich will die Vorfreude

spüren, wenn du dich fragst, ob es zwischen uns intimer wird, wenn wir zusammen auf der Couch sitzen und einen Film schauen. Ich will wissen, wie sich dein Bart anfühlt, wenn du mich am ganzen Körper küsst. Ich will das alles auch, Ace. Und ich will es mit dir.«

Während sie redete, beobachtete sie, wie sich sein Gesichtsausdruck entspannte ... bis sie davon sprach, mit ihm rumzumachen. Dann verkrampfte sich sein Kiefer und sie spürte, wie er sich in ihren Armen aufrichtete.

Scheiße, hätte sie nicht so ehrlich sein sollen?

»Wie konntest du immer noch Single sein?«, fragte er.

Piper zuckte mit den Schultern. »Weil ich introvertiert bin, nicht gern in Kneipen herumhänge und mir die Vorstellung, einen Mann über eine Dating-App kennenzulernen, nicht gefiel. Und ich bin ehrlich gesagt nicht so hübsch.«

»Blödsinn«, konterte Ace sofort. »Du bist perfekt. Wenn ich ein Model heiraten wollte, dann hätte ich ein Model geheiratet. Ich wollte eine Frau, die echt ist. Eine Frau, die ich in den Armen halten und *sie* fühlen kann, nicht nur Haut und Knochen. Und dass du denkst, du seist nicht hübsch, sagt mehr über die Gesellschaft aus als über dich.«

Sie liebte es, das zu hören. Sie *liebte* es.

»Du hast zu viele Schönheitsmagazine gelesen, Süße. Deine Vorstellung von hübsch muss ziemlich verkorkst sein. Schönheit ist nur oberflächlich und die Art von Mensch, die du in dir trägst, macht jeden *vermeintlichen* Makel mehr als wett. Und falls du denkst, das bedeutet, dass ich dich nicht hübsch finde, lass es mich klarstellen ... du bist wunderschön und ich bin stolz darauf, dich zur Frau zu haben.«

Piper wollte mit ihm diskutieren. Sie wollte ihn auf ihre Speckröllchen hinweisen, darauf, dass ihre Augen zu weit auseinanderstanden, und auf die seltsamen kleinen Leberflecke, die sie am ganzen Körper hatte und aus denen manchmal kleine lästige Härchen wuchsen. Aber wenn er sie schön finden wollte, lag es ihr fern, ihm zu widersprechen. »Danke«, sagte sie ein wenig einfallslos.

Er lachte. »Gut, dann glaub mir eben nicht. Aber ich muss sagen, ich bin ziemlich froh, dass du diesen Ring am Finger trägst, damit jeder andere Kerl da draußen weiß, dass du wirklich vergeben bist.«

Auch *das* hörte sie gern.

»Willst du, dass ich das Essen koche, oder lechzt es dich danach, es selbst zu tun?«

Ace streichelte mit dem Daumen über ihren Nacken, woraufhin sie am liebsten zu seinen Füßen dahingeschmolzen wäre. Sie war erschöpft von der Reise und der Zeitumstellung und wünschte sich nichts sehnlicher, als ins Bett zu fallen, aber sie war jetzt Mutter. Sie musste sich um drei Mädchen kümmern und dafür sorgen, dass ihre Bedürfnisse befriedigt wurden. »Kannst du kochen?«

»Ja.«

Sie glaubte ihm. Es gab wahrscheinlich nichts, was Ace nicht konnte.

»Wenn es dir recht ist, mach doch vielleicht Hühnchen mit Reis. Lass es uns heute Abend eher einfach halten, dann können wir uns an geschmacksintensivere Sachen ranarbeiten.«

»Klingt gut. Was willst du machen, während ich koche?«

»Vielleicht lese ich ihnen vor?« Sie hasste es, dass es wie eine Frage klang, aber die Wahrheit war, dass sie nicht wusste, was sie mit den Mädchen machen *sollte*. Sie mussten die Koffer auspacken und hatten eine Million anderer Dinge zu tun, aber sie wollte einfach nur dasitzen und für eine Weile Ruhe haben.

»Das ist perfekt.« Ace küsste sie kurz, bevor er sie an sich zog. Sie standen eine ganze Weile so da, um das Gefühl zu genießen, mit jemandem zusammen zu sein, und sich sicher, glücklich und warm zu fühlen.

»Gut!«, rief Sinta vom Tisch aus.

Sowohl Piper als auch Ace drehten sich um und sahen, dass der Teller leer war und alle Mädchen ein breites Grinsen im Gesicht hatten.

»Hat euch das geschmeckt?«, fragte Ace. Er löste sich nicht von Piper. Er stand einfach nur da und hielt sie im Arm, während er die Frage stellte.

»Ja!«, sagten Sinta und Kemala gleichzeitig, und Rani nickte ebenso begeistert.

»Wir müssen uns überlegen, wie wir die regelmäßigen Hausarbeiten für alle aufteilen, aber Sinta, würdest du bitte die Teller zur Spüle bringen? Kemala, auf der Theke liegt eine Rolle Papierhandtücher, würdest du bitte eines anfeuchten und den Tisch abwischen? Und Rani, deine Aufgabe ist es, dafür zu sorgen, dass alle Stühle wieder unter den Tisch geschoben werden, wenn alle aufstehen. Meint ihr, ihr könnt das?«

Alle drei Mädchen nickten und standen eifrig auf, um ihre Aufgabe zu erledigen.

»Ich schätze, es wird nicht lange dauern, bis sie ihre Hausarbeit satthaben und sich darüber beschweren«, sagte Piper trocken.

Ace' Lachen hallte durch seine Brust in ihre, da sie sich immer noch in seiner Umarmung befand. »Ich kann es nicht erwarten. Ich freue mich auf jeden einzelnen Moment.«

Piper zögerte nicht, beugte sich vor und küsste ihn. Sie konnte sich nicht zurückhalten, ihm über die Unterlippe zu lecken, und er erwiderte es sofort ... und ehe sie sichs versah, küssten sie sich mit einer Leidenschaft, die sie beide noch nie erlebt hatten. Es war, als hätte ihre Diskussion über eine echte Ehe ihre Reaktionen aufeinander noch intensiver gemacht.

In dem Wissen, dass die Mädchen genau dort waren

und wahrscheinlich zusahen, trat Piper zurück und konnte nicht umhin, sich über die Lippen zu lecken, wobei sie Ace an sich kosten konnte. Sie spürte seine Erektion an ihrem Bauch, ließ sich davon jedoch nicht beunruhigen. Sie gingen die Dinge einen Tag nach dem anderen an. Sie war froh, dass er sich zu ihr hingezogen fühlte und sie diese Wirkung auf ihn hatte. Genauso wie er Wirkung auf sie hatte. Zum ersten Mal seit Langem spürte Piper Feuchtigkeit zwischen ihren Beinen. Nur von einem *Kuss*.

Oh ja, sie wollte eine richtige Ehe mit Ace genauso sehr wie er.

Lächelnd löste Ace seine Arme von ihr und drehte sich um, um zu sehen, wie ihre Töchter ihre erste Hausarbeit erledigten. Als sie fertig waren, sagte Piper: »Ich dachte, ich lese euch mal ein Buch vor. Hat jemand Interesse?«

Die Mädchen nickten. Als sie die Küche verließ, um nach oben zu gehen und in den Büchern zu stöbern, die Sidney und Caite mitgebracht hatten, in der Hoffnung, ein Buch zu finden, das die Aufmerksamkeit aller drei Mädchen fesseln würde, schaute sie noch einmal zu Ace.

Er stand genau dort, wo sie ihn verlassen hatte, und starrte sie mit dem größten Lächeln an, das sie je auf seinem Gesicht gesehen hatte. Er sah zufrieden und entspannt aus, ein Ausdruck, den sie in Timor-Leste noch nicht an ihm gesehen hatte. Da wurde Piper klar, wie viel sie noch über ihren Mann lernen musste ... und wie sehr sie sich darauf freute.

KAPITEL ZWÖLF

Die nächste Woche war jeden Tag hektisch, vom Aufgang der Sonne am Morgen bis zu ihrem Untergang am Abend. Ace hatte gewusst, dass es chaotisch sein könnte, Vater zu werden, aber er hatte nicht gewusst, *wie* chaotisch. Aber ehrlich gesagt genoss er jede Sekunde.

Sie waren bei dem Arzt auf dem Stützpunkt gewesen und hatten die Mädchen untersuchen lassen. Sie waren alle ein wenig untergewichtig und klein im Vergleich zu amerikanischen Kindern in ihrem Alter, aber insgesamt war ihre Gesundheit gut, was eine Erleichterung war.

Der Arzt schlug vor, für Rani einen Termin bei einem Logopäden zu vereinbaren, da sie kein einziges Wort gesprochen hatte, seit Piper sie kannte, aber Ace argumentierte erfolgreich, dass ein Logopäde nichts tun könne, wenn sie nicht sprach, und dass sie, solange sie gesund und glücklich sei, von selbst anfangen würde zu sprechen. Piper stimmte zu.

Sie hatten Sinta und Kemala für das Programm »Englisch als Zweitsprache« in der Schule auf dem Stützpunkt angemeldet, und Rani sollte halbtags in die Vorschule gehen. Ein Ausflug in den Lebensmittelladen war für alle drei Mädchen völlig verblüffend, denn sie hatten noch nie so etwas wie einen großen Supermarkt gesehen. Die Menge an Lebensmitteln und Waren hatte sie überwältigt und Piper und Ace hatten letztendlich ihren Einkaufswagen stehen lassen, um die Mädchen zu beruhigen.

Sie hatten einen Spielplatz besucht und waren in die örtliche öffentliche Bibliothek gegangen, um jedem der Mädchen einen Bibliotheksausweis zu besorgen. Piper und Ace hatten bereits jedes Buch gelesen, das Caite und Sidney für sie gekauft hatten, und sie wollten sichergehen, dass sie genügend Bücher hatten, um ihr Interesse zu wecken.

Sie hatten sogar das Altersheim besucht, in dem Pipers Großeltern lebten. Sie waren schockiert, als sie hörten, dass Piper geheiratet hatte und nun Mutter von drei Kindern war, aber sie freuten sich für sie. Ace hatte den Eindruck, dass sie ihre Enkelin zwar liebten, aber nicht besonders daran interessiert waren, viel Zeit mit ihren neuen Urenkeln zu verbringen. Sie begnügten sich damit, Karten zu spielen und mit anderen ihres Alters zusammen zu sein.

Bevor sie gegangen waren, hatte Ace mit den beiden unter sechs Augen gesprochen und ihnen versichert, dass er sich um Piper und die Mädchen kümmern und alles in seiner Macht Stehende tun würde, damit sie ein sicheres und glückliches Leben hätten. Sie hatten höflich genickt, aber das war's auch schon. Nach dem Besuch verstand Ace besser, warum Piper die Entscheidung getroffen hatte, die Mädchen zu adoptieren. Sie sehnte sich offensichtlich nach einer engeren Verbindung zu Familie, und wenn sie dafür ihre eigene Familie gründen musste, würde sie es tun.

Trotz der verrückten Woche war es Ace nicht entgangen, wie sehr sich das Englisch der Mädchen bereits verbessert hatte. Es waren zwar nur sieben Tage gewesen, aber das Eintauchen in die Sprache – Zuhören, Reden, Lesen und

Kindersendungen im Fernsehen – hatte Wunder für ihr Verständnis bewirkt. Ace hatte keinen Zweifel daran, dass alle drei in nicht allzu ferner Zukunft in eine normale Schulklasse wechseln würden.

An einem Tag hatte er Piper im Haus gelassen, wo sie den Mädchen vorlas, und war losgezogen, um einen neuen Ehering zu kaufen. Er hatte ihn ihr noch nicht gegeben, da er auf den perfekten Moment warten wollte. Je mehr Zeit er mit Piper verbrachte, desto schneller verliebte er sich, aber er war nicht beunruhigt über seine Gefühle. Er hatte gesehen, wie Gumby und Rocco sich genauso schnell und heftig in ihre Frauen verliebt hatten.

Aber er *war* ein wenig unsicher, was Pipers Gefühle für *ihn* betraf. Sie hatten fast jede wache Stunde mit den Mädchen verbracht und nachts, wenn die Kinder im Bett waren, schlief Piper normalerweise sofort auf der Couch ein. Für gewöhnlich trug Ace sie nach oben ins Bett. Sie war oft müde, und er konnte es ihr nicht verdenken. Er war es auch. Es war anstrengend, sich um die Mädchen zu kümmern und dafür zu sorgen, dass ihre körperlichen und emotionalen Bedürfnisse befriedigt wurden.

Wenn er an ihre Schlafvorkehrungen dachte, musste Ace lächeln. In der letzten Woche hatten die Mädchen Angst gehabt, allein in ihren eigenen Zimmern zu schlafen, also hatten er und Piper ihnen erlaubt, in seinem großen Bett im Elternschlafzimmer einzuschlafen, und die beiden gesellten sich zu den Mädchen, wenn sie bereit fürs Bett waren. Als Piper sich während der ersten Nacht ständig hin und her wälzte, tat er das, was er jedes Mal getan hatte, wenn sie zusammen geschlafen hatten – er zog sie auf sich und ließ sie seinen Körper als Kopfkissen benutzen. Sie war sofort eingeschlafen.

Er liebte es, ihren Körper auf seinem zu spüren. Er liebte es, ihren warmen Atem an seinem Hals zu spüren, wenn sie im Tiefschlaf atmete. Sie hatte sich jeden Morgen dafür entschuldigt, ihn »zerquetscht« zu haben, und Ace sagte ihr jedes Mal, dass sie sich keine Sorgen machen müsse. Dass er es liebte, wenn sie auf ihm schlief. Und er wollte sie nicht nur beschwichtigen. Ihre menschliche Matratze zu sein war viel besser, als im Gästezimmer zu schlafen, bis sie sich wohlfühlte. Sie fühlte sich bereits wohl bei ihm, was das beste Gefühl der Welt war.

Vor zwei Tagen hatten sie nachgegeben und ein Doppelbett für Kemalas Zimmer gekauft, und heute Nacht würden ihre Töchter zum ersten Mal versuchen, gemeinsam darin zu schlafen, ohne Piper und Ace. Mit jedem Tag, der verging, wurden sie sicherer in ihrer Umgebung. Nicht so sicher, dass sie in ihren eigenen Zimmern allein in den Betten schlafen wollten, aber mutig genug, um zu versuchen, gemeinsam in dem Doppelbett zu schlafen.

Ace konnte es nicht erwarten. Er wusste nicht, ob Piper ihn bitten würde, im Gästezimmer zu schlafen, jetzt, da sie ihren Töchtern nicht mehr versichern mussten, dass sie sicher waren und alles in Ordnung war.

Er hoffte es nicht.

Während der letzten Woche hatte Ace auch Pipers Sachen aus ihrer Wohnung in sein Haus bringen lassen. Alle anderen Jungs hatten geholfen und sie hatten die Arbeit an einem Tag erledigt. Dadurch, dass ihre Sachen bei ihm untergebracht waren, fühlte sich das große alte Haus noch mehr wie ein Zuhause an. Ihre bunten Kissen auf seiner Couch. Ihr Desktop-Computer neben seinem im Arbeitszimmer. Ihre Kleidung in seinem Kleiderschrank.

Ja, je mehr Zeit er mit Piper verbrachte, desto sesshafter fühlte er sich.

Heute war auch der Tag, an dem sie sich zum ersten Mal mit Caite und Sidney treffen sollte. Gumby feierte eine kleine Party in seinem Strandhaus und hatte das ganze Team eingeladen.

Rani, Sinta und Kemala konnten nicht schwimmen, also stand auch das auf Ace' Tagesordnung. Obwohl sie auf einer tropischen Insel aufgewachsen waren, hatten sie ihr ganzes Leben in den Bergen verbracht, und als Piper zum ersten Mal die Badewanne mit Wasser gefüllt und versucht hatte, Rani und Sinta zum Baden zu bewegen, hatten sie schreckliche Angst gehabt.

Schwimmunterricht stand also *definitiv* auf dem Plan.

Ace wusste, dass Piper nervös war, Sidney und Caite kennenzulernen, und er hatte ihr immer wieder gesagt, dass sie es nicht sein müsse, aber er wusste, dass sie sich erst beruhigen würde, wenn sie mit eigenen Augen sah, wie wunderbar die beiden Frauen waren.

Als er zu dem kleinen Haus fuhr, das zwischen größeren, extravaganteren und teureren Häusern lag, konnte Ace nicht anders, als ein wenig neidisch zu sein. Wie alle seine SEAL-Freunde liebte er das Wasser und hätte gern ein Haus, von dem aus er sich jederzeit in die Wellen stürzen konnte, wenn er wollte. Da er gewusst hatte, dass er irgendwann eine große Familie haben wollte, war es praktisch erschienen, im Landesinneren mehr Haus für sein Geld zu bekommen.

Er half Piper, die Kinder aus dem Wagen zu holen, und hob dann Rani hoch, während Sinta Pipers Hand festhielt, als sie zur Haustür gingen. Noch bevor sie klingeln konnten, öffnete Sidney die Tür und begrüßte sie herzlich.

»Hi! Ich bin so froh, dass ihr gekommen seid! Oh, meine Güte, eure Mädchen sind wunderschön! Du musst Rani sein«, sagte Sidney zu dem kleinen Mädchen in Ace' Armen. »Ich liebe dein Hemd! Rosa ist meine Lieblingsfarbe. Und du musst Sinta sein. Dein Name ist so schön! Und Kemala, ich habe schon so viel von dir gehört! Ace hat meinem

Verlobten erzählt, wie klug du bist, und ich freue mich so sehr, dich kennenzulernen. Kommt rein!«

Angesichts Sidneys Begeisterung konnte Ace sich ein Lachen nicht verkneifen. Sobald die Mädchen drinnen waren, wandte sie sich an Piper und lächelte wieder. »Ich würde dich gern umarmen, aber da wir uns nicht kennen, wäre das komisch, oder? Aber ich bin so froh, dass es dir gut geht. Ich kenne keine Details, weil Gumby sie mir nicht mitteilen kann, aber ich weiß genug, um zu wissen, dass du durch die Hölle gegangen bist. Das tut mir sehr leid. Aber soweit ich weiß warst du supertapfer und hast außerdem diese drei hübschen Mädchen gerettet!«

Piper wurde rot, aber sie erwiderte Sidneys Lächeln. »Ich weiß nicht, ob ich viel getan habe, außer mich zu verstecken, bis Ace und die anderen kamen, um mich zu retten.«

»Unsinn«, erwiderte Sidney und winkte mit der Hand ab. »Es gab eine Million Entscheidungen, die du hättest treffen können, während du darauf gewartet hast, dass sie auftauchen, und jede davon hätte das Ergebnis zum Schlechten verändern können.«

Das war sehr wahr. Ace hatte nicht über all diese Entscheidungen nachgedacht, aber jetzt, da Sidney es erwähnt hatte, konnte er plötzlich nicht mehr aufhören, daran zu denken. Wenn sie aus dem Loch gekommen wäre, als die Rebellen noch dort waren, wenn sie zur falschen Zeit geniest hätte. All die Was-wäre-wenn-Szenarien waren überwältigend.

»Hör auf, sie in Beschlag zu nehmen, Sid«, rief Caite, als sie mit einem Lächeln auf sie zukam. Alle standen noch immer direkt hinter der Tür. »Ich bin Caite«, sagte sie zu Piper, eine Hand ausgestreckt.

Piper schüttelte sie, und dann übernahm Caite die Kontrolle. »Kommt mit. Alle sind hinten. Ein paar Jungs werfen einen Football umher, Gumby grillt und Sidney und ich haben uns mit Kartoffelchips vollgestopft. Mögt ihr Kartoffelchips?«, fragte sie die Mädchen.

Als sie nicht antworteten, sondern stattdessen Piper anschauten, lachte Caite.

»Na kommt. Ihr werdet sie lieben, versprochen.«

Ace nickte Kemala zu, als sie ihn als Nächstes anschaute. Der Teenager hatte sich hervorragend um ihre Schwestern gekümmert. Das machte ihn stolz, aber er wollte auch, dass sie wusste, dass sie sich in der Nähe ihrer Freunde entspannen und einfach Spaß haben konnte. »Wir kommen mit, Kemala«, versicherte er ihr.

Sie nickte und griff nach Sintas Hand. »Wir gehen alle«, sagte sie zu ihr.

Piper stellte Rani auf die Beine, die daraufhin Kemalas andere Hand nahm. Als Ace sah, wie seine Töchter Hand in Hand gingen, explodierte sein Herz beinahe. Das war genau das, was er wollte. Ja, Vater zu sein war verrückt und wahnsinnig. Er wusste, dass die Mädchen nicht immer so gut miteinander auskommen würden. Aber aktuell genoss er jeden Moment.

Er griff nach Pipers Hand und sie lächelten einander an. Er wusste, dass sie das Gleiche dachte. Sie folgten Caite, Sidney und ihren Mädchen durch das kleine Haus zur Terrasse auf der Rückseite.

Die Mädchen hatten einen Moment lang Angst vor Sidneys und Gumbys schwarzem Pitbull, aber nachdem Sidney ihnen versichert hatte, dass Hannah ein großes Weichei war, entspannten sie sich. Nicht genug, um den großen Hund streicheln zu wollen, aber genug, um an ihm vorbei zum Sand zu gehen, während Caite sie zu einem kleinen Bereich führte, der bereits mit einer Decke, einem Sonnenschirm und genügend Spielzeug ausgestattet war, um stundenlang im Sand zu spielen.

»Schön, dich zu sehen, Piper«, sagte Gumby neben dem Grill.

»Ebenso. In Klamotten siehst du anders aus«, erwiderte Piper.

Kaum hatte sie die Worte ausgesprochen, wurde ihr klar, was sie gesagt hatte, und sie schlug sich mit einer Hand auf den Mund. Sidney lachte nur.

»Ich habe es nicht so gemeint, wie es geklungen hat«, erklärte Piper schnell. »Ich meinte nur, dass er jetzt normale Kleidung trägt. T-Shirt und Shorts, während er vorher immer in Uniform war.«

Sie schloss die Augen, als Ace neben ihr leise lachte.

»Ich halte jetzt die Klappe. Es gibt einen Grund, warum ich so oft zu Hause bin.«

»Das verstehe ich total«, sagte Sidney und ließ sie vom Haken. »Ich meine, in ihren Uniformen sind sie heiß und so, aber in ihrer Alltagskleidung sehen sie ganz anders aus. Und seien wir mal ehrlich ... wenn sie Shorts und T-Shirts tragen, können wir ihre Muskeln *richtig* sehen.« Sie deutete in Richtung der anderen Jungs, die am Strand herumsprangen und praktisch mit einem Football *Schweinchen in der Mitte* spielten.

»Hey«, protestierte Gumby gespielt. »Augen weg von meinen Freunden, Frau.«

Sidney lachte wieder und umarmte ihn. »Du weißt, dass ich nur Augen für dich habe.«

Ace liebte es, Gumby entspannt und glücklich zu sehen. Nach all der Scheiße, die sie durchgemacht hatten, war es ein gutes Gefühl zu wissen, dass er die Person gefunden hatte, bei der er sich fallen lassen und einfach das Leben genießen konnte.

»Aber im Ernst, es ist schön, dass du auch so entspannt aussiehst, Piper. Eine Zeit lang war es dort ziemlich heftig und ich bin sehr froh, dass wir dich und die Mädchen rechtzeitig aus Timor-Leste rausgeholt haben«, sagte Gumby.

Ace stimmte zu. Die Nachrichten, die aus dem kleinen Land kamen, waren nicht gut. Die Rebellen schienen stärker zu sein, als alle gedacht hatten. Sie hatten die Hauptstadt verwüstet und so viele Männer und Jungen wie möglich rekrutiert. Sie stürmten in die Häuser und töteten entweder die Frauen und Mädchen und zwangen die Männer, für die Rebellen zu den Waffen zu greifen, oder sie drohten, die Frauen zu töten, bis die Männer keine andere Wahl hatten, als den Befehl zu befolgen.

Einige Rebellenbanden zwangen auch die Frauen, zu den Waffen zu greifen, und vergewaltigten und zermürbten sie, bis sie zu allem bereit waren, damit die Misshandlungen aufhörten. Es war schrecklich, und Ace wusste, dass sie großes Glück gehabt hatten, Piper und die Mädchen aus dem Land zu bringen.

»Es ist furchtbar«, sagte Piper mit einem Schaudern. »Ich werde Krieg und Politik nie verstehen.«

Ace hasste es, dass ihr glücklicher Tag eine Wendung nahm, die Piper an all das denken ließ, was sie durchgemacht hatte, und tat sein Bestes, das Thema zu wechseln. »Nach dem Essen könnte ich etwas Hilfe gebrauchen, um den Mädchen das Schwimmen beizubringen. Meinst du, die anderen helfen auch?«

»Natürlich. Das würden wir gern tun. Rocco hat es Caite beigebracht, also bin ich mir sicher, dass er es auch deinen Mädchen beibringen kann.«

Deine Mädchen. Ace würde es nie leid sein, das zu hören. Er war erst seit etwa einer Woche Vater, obwohl er damit gerechnet hatte, dass es noch ein paar Jahre dauern würde, aber er konnte nicht leugnen, dass er sich bis über beide Ohren in Rani, Sinta und Kemala verliebt hatte.

»Danke. Willst du helfen?«, fragte er Piper.

Sie schüttelte sofort den Kopf. »Nein. Sie vertrauen dir und ich würde wahrscheinlich zu nervös werden, was sie wiederum merken würden. Ich werde einfach zusehen.«

»Caite und ich werden hier oben bei dir sitzen. Wir können uns unterhalten und uns besser kennenlernen«, warf Sidney sofort ein.

Ace merkte, dass Piper auch *darüber* nervös war, aber sie nickte nur und sagte: »Klingt gut.«

»Großartig. Die Burger und Hotdogs sind fast fertig. Was denkst du, was davon deine Mannschaft essen wird?«, fragte Gumby.

Während Piper überlegte, was von beidem die Mädchen lieber essen würden, betrachtete Ace sie, als sie nicht aufpasste. Sie trug Shorts, die ihre kurvigen Beine zur Schau stellten. Er wusste, dass sie nicht begeistert von ihrer Figur war, aber er konnte nichts an ihr aussetzen. Nein, sie war nicht spindeldürr, aber er liebte es, sie nachts auf seiner Brust zu spüren ... und allein der Gedanke daran, sich zwischen diese Schenkel zu legen und zu fühlen, wie sie sich fest um seine Hüften schlossen, ließ seinen Schwanz in den Shorts zucken.

Sie trug ein übergroßes T-Shirt, das den Großteil ihres Oberkörpers verbarg, aber wenn er eine Hand auf ihre Taille oder ihren Rücken legte, konnte er spüren, wie weich und weiblich sie war. Kurz gesagt, sie war alles, was er sich je von einer Frau gewünscht hatte. Und sie war *sein*.

Der Ring, den er Anfang der Woche gekauft hatte, brannte ihm ein Loch in die Tasche. Er wollte das billige Ding, das er in Timor-Leste besorgt hatte, ersetzen, hatte aber noch keinen guten Zeitpunkt gefunden, um es zu tun. Es war ihm wichtig und er wollte in ihr nicht einfach mitten in dem Chaos, das im Haus herrschte, entgegenstrecken.

»... was denkst du?«

Ace blinzelte. Er hatte nur das Ende von Pipers Frage

mitbekommen, weil er zu sehr damit beschäftigt gewesen war, auf ihren Hintern zu starren und daran zu denken, sie nach Hause zu befördern, die Kinder ins Bett zu bringen und mit ihr auf der Couch zu knutschen. Gestern Abend, bevor sie vor Erschöpfung eingeschlafen war, hatten sie sich wie Teenager benommen, die versuchten, heftig miteinander rumzumachen, bevor ihre Eltern die Treppe hinunterkamen.

Sie hatten einander überall berührt, und mit jedem Kuss und jeder Liebkosung hatte Ace sie mehr gewollt. Er wollte ihr zeigen, wie sehr er sie mochte und respektierte, aber auch wie sehr er sie begehrte.

Er verliebte sich in Piper. Noch vor einer Woche war sie nur eine weitere Mission gewesen. Jetzt war sie seine Frau, die Mutter seiner Kinder und wurde schnell zum wichtigsten Menschen in seinem Leben. Es war Wahnsinn. Völliger Wahnsinn. Aber es fühlte sich so richtig an.

»Ace?«, fragte sie, den Kopf schief gelegt.

»Tut mir leid, ich habe nicht zugehört«, gestand er ein wenig verlegen. Ace sah Gumbys Lächeln, bevor er sich umdrehte und sich dem Grill zuwandte, um es zu verbergen. Der andere Mann wusste offensichtlich genau, was er dachte und fühlte.

»Ich habe dich gefragt, ob du denkst, dass die Mädchen eher bereit wären, einen Hotdog zu probieren, wenn ich ihn in Stücke schneide.«

»Ja«, sagte Ace. »Und schmiere Ranis mit Ketchup ein. Du weißt, dass sie das Zeug liebt.«

»Aber das ist so eklig! Und voller Zucker«, protestierte Piper.

Ace ging auf sie zu und tat, was er schon die letzten fünf Minuten hatte tun wollen … er berührte sie. Er legte eine Hand in ihren Nacken und hielt sie fest, während sie ihn ansah. Ihre Hände landeten auf seiner Brust und er konnte spüren, wie sie die Finger anspannte.

Für eine kurze Sekunde schoss ihm der Gedanke durch den Kopf, wie sie so dastanden, aber nackt wie am Tag ihrer Geburt. Er spürte, wie ihre Finger sich an seinem nackten Fleisch anspannten, während er sich tief in ihr vergrub. Sie würde ihn genau so ansehen wie jetzt ...

Er schüttelte den Kopf, zwang sich, seine Gedanken umzulenken, und sagte: »Aber wenn sie dadurch essen, ist das das Wichtigste. Ihre Geschmacksnerven werden sich mit der Zeit daran gewöhnen und sich erweitern. Wir müssen ihnen nur Zeit geben. Und du weißt, wenn Rani es isst, werden die anderen es zumindest versuchen. Sie ist wie die alte Müsliwerbung aus den Siebzigern. Mikey schmeckt es!«

Piper seufzte, nickte aber. »Okay.«

»Okay«, stimmte Ace zu. Dann streichelte er ein letztes Mal mit dem Daumen über die empfindliche Haut ihres Halses, ließ sie los und trat zurück.

»Wir sind gleich fertig«, verkündete Gumby. »Sid, du und Piper, wollt ihr die anderen holen? Ihnen sagen, sie sollen kommen und es sich abholen?«

»Natürlich«, erwiderte Sidney und stellte sich auf die Zehenspitzen, um Gumby zu küssen. Da er so viel größer war als sie, beugte er sich zu ihr hinunter. Sie küssten sich kurz, aber intensiv, bevor sie sich an Piper wandte. »Komm schon. Ich bin am Verhungern. Je eher wir diese Typen dazu bringen, sich nicht mehr gegenseitig zu quälen, indem sie *Schweinchen in der Mitte* spielen, desto eher können wir essen.«

Kaum hatten die Frauen die Terrasse verlassen, sagte Gumby: »Dich hat es wirklich erwischt, Bruder.«

Ace lächelte und behielt Pipers Hintern im Auge, als sie durch den Sand lief. »Jup.«

»Das freut mich für dich«, sagte Gumby zu ihm.

Schließlich drehte Ace sich, um seinen Freund und Teamkameraden anzusehen. »Keine Belehrung darüber, dass ich sie zu schnell geheiratet oder einen Fehler gemacht habe?«

»Auf keinen Fall«, verneinte Gumby sofort. »Hör mal. Wir alle wissen, wie kurz das Leben sein kann. Ich war mit dir in diesem verdammten Loch in Bahrain. Ich weiß noch, was du gesagt hast, was du in deinem Leben am meisten bereust. Und es scheint mir, dass du den Jackpot geknackt hast. Du hast nicht nur die Kinder bekommen, die du dir immer gewünscht hast, sondern auch eine wunderbare, fürsorgliche Frau gefunden. Und ich verstehe, wie du Piper betrachtest. Diese Ehe ist nicht gerade eine Qual. Ich würde sogar so weit gehen zu behaupten, dass du ein Idiot bist, wenn du sie nicht bald richtig für dich beanspruchst.«

Ace konnte nicht anders. Er lachte. Man konnte sich immer auf seinen Freund verlassen, die Wahrheit auszusprechen. »Ich mag sie«, gab er zu. »Sogar sehr. Sie ist lustig und so selbstlos, dass ich sie zwingen muss, mal Luft zu holen und etwas für sich selbst zu tun. Sie schuftet bis zum Umfallen und macht sich jede Stunde des Tages Sorgen um die Mädchen. Sie ist eine fantastische Mutter und bringt mich dazu, ein besserer Vater sein zu wollen. Aber noch wichtiger ist, mit jedem Tag, der vergeht, merke ich, dass ich sie *wirklich* mag. Ich glaube, ich habe in der letzten Woche mehr gelacht als in meinem ganzen Leben. Es graut mir davor, wieder Vollzeit arbeiten zu gehen, weil ich dann nicht mehr den ganzen Tag mit ihr verbringen kann.«

»Das klingt, als würdest du sie mehr als nur *mögen*«, bemerkte Gumby.

»Ja«, antwortete Ace schlicht.

Ihr Gespräch wurde unterbrochen, als die Gruppe zum Essen zurückkehrte.

»Mein Rat ist, nicht mehr dagegen anzukämpfen«, sagte Gumby schnell, bevor sie ankamen. »Du willst sie, und sie will dich offensichtlich auch, das zeigen ihre Blicke. Ihr seid verheiratet. Es ist an der Zeit, sie offiziell zu deiner Frau zu machen. Das Leben ist kurz, und du weißt nie, ob sie nicht an einem Tag hier ist und am nächsten schon wieder weg.«

Während der Rest ihrer Teamkameraden zusammen mit den Frauen und Kindern die Treppe zur Terrasse hinaufstieg, dachte Ace darüber nach, was Gumby gesagt hatte. Sein Freund hatte Sidney fast verloren. Genau wie er gesagt hatte, war sie an einem Tag sicher und glücklich gewesen und am nächsten Tag hatte sie sich in einem Kampf um Leben und Tod befunden.

Gedanken an Paul Solberg schossen Ace durch den Kopf. Seit sie aus dem Flugzeug gestiegen waren, hatten sie ihn nicht mehr gesehen, aber Kommandant North hatte den Mann im Auge behalten – und was er zu sagen gehabt hatte, war nicht gut.

Er war nicht mehr bei der Arbeit aufgetaucht. Die Polizei hatte bei ihm zu Hause nach ihm gesehen, und er war in seinem Haus und lebendig gewesen, aber die Beamten berichteten, dass er ausgesehen hatte, als hätte er seit Tagen nicht geduscht. Im Haus roch es unangenehm und es herrschte, so wie sie es von der Tür aus sehen konnten, ein einziges Chaos. Der Müll lag überall verstreut und seine Sachen waren unordentlich.

Auge um Auge.

Ace gingen die Worte des Mannes nicht mehr aus dem Kopf.

Er wollte auf keinen Fall, dass Paul durchdrehte und Jagd auf Piper machte. Der Gedanke war ihm zuwider und erschreckend.

Ja, er mochte Piper Morgan mehr als gern. Seine Frau.

Und er würde sie mit allem beschützen, was er hatte. Sie und seine Kinder.

Es war an der Zeit, die Dinge zu beschleunigen. Er und Piper hatten vielleicht aus der Not heraus geheiratet, aber sie sollte wissen, was er wirklich empfand. Er wollte, dass sie in jeder Hinsicht eine richtige Ehe führten.

Piper saß auf der Terrasse und sah zu, wie Ace und die anderen Männer ihre Mädchen unterwiesen und mit ihnen spielten. Sie waren fest entschlossen, ihnen zumindest die Grundlagen des Schwimmens beizubringen.

Sie konnte nicht leugnen, dass ihr Herzschlag sich beschleunigt hatte, als Ace seine Badehose angezogen hatte. Alle sechs Männer trugen etwas, das im Wesentlichen wie Boxershorts aussah. Enge schwarze Hosen, die sich an ihre Oberschenkel schmiegten.

Neben ihr seufzte Caite schwer.

Sidney kicherte. »Sie sind so verdammt heiß«, bemerkte sie.

»Ich schwöre, es ist, als wären sie Bilder in einem dieser Kalender mit umwerfenden bärtigen Männern, die zum Leben erwachen«, stimmte Piper zu.

Sowohl Caite als auch Sidney krümmten sich vor Lachen.

»Oh mein Gott, du hast ja so recht!«, rief Caite.

»Und wenn ich sie mit den Mädchen sehe ... Ich glaube, meine Eierstöcke explodieren«, fügte Sidney noch immer kichernd hinzu.

Piper musste zugeben, dass auch das verdammt heiß war. Aber sie hatte nur Augen für Ace. Er stach für sie aus der Masse der Männer heraus, obwohl er ein paar Zentimeter kleiner war.

Vielleicht lag es an der Art, wie er immer wieder auf die Terrasse schaute, als wollte er sich vergewissern, dass es ihr gut ging. Aber jedes Mal, wenn sie Blickkontakt hatten, spürte sie ihre Verbindung noch stärker.

Seit einer Woche kämpfte sie gegen ihre Anziehung zu ihm an, aber mit jedem Tag, der verging, und mit jeder zärtlichen Geste ihr und den Mädchen gegenüber wollte sie ihn mehr.

Sie hatte schon einmal geliebt, aber das war nichts im Vergleich zu den tiefen Gefühlen, die sie bereits für Ace entwickelte. Vielleicht hatte ihre Zeit in Timor-Leste diese Gefühle irgendwie beschleunigt, sodass sie intensiver und dringlicher waren als mit jedem anderen in ihrer Vergangenheit. Aber was auch immer es war, sie wusste, dass sie für Ace mehr empfand als für jeden anderen Mann, mit dem sie zusammen gewesen war.

Er hatte keine Mühe gescheut, damit sie sich in seinem Haus wohlfühlte. Er hatte sich nicht über die Veränderung seiner Routine beschwert – und vier Frauen in seinem Haus zu haben war sicherlich eine große Veränderung. Aber die Zeit, die sie abends zu zweit verbrachten, hatte geholfen, ihre Gefühle wirklich zu festigen. Sie sprachen über alles Mögliche und es schien nie so, als würde er sich zurückhalten.

Gestern Abend, als sie rumgemacht hatten, war sie so versucht gewesen, ihm zu sagen, dass sie bereit war, mit ihm zu schlafen. Aber er schien ihren Körper besser zu kennen als sie selbst, denn keine fünf Minuten, nachdem er sie sanft weggezogen und ihr gesagt hatte, sie solle die Augen schließen und sich ausruhen, war sie eingeschlafen.

Sie liebte es, auf ihm zu schlafen. Es war ihr fast peinlich, wie wohl sie sich auf seinem Körper fühlte. Auf diese Weise zu schlafen erinnerte sie daran, wie er sich während ihrer Flucht aus den Bergen von Timor-Leste um sie gekümmert hatte. Wie er sich buchstäblich zwischen sie und das Ungeziefer gelegt hatte, von dem sie dachte, dass es über sie krabbeln würde, wenn sie im Dreck schliefe.

Und in den ersten Nächten, als sie von Rani, Sinta und Kemala umgeben gewesen waren, war sie aufgewacht und hatte gedacht, sie wären wieder in der Herberge in Dili. Aber heute Nacht würden sie nur zu zweit sein. Und Piper konnte nicht aufhören, darüber nachzudenken, was in seinem Bett passieren könnte. Würde er der Gentleman sein, als den sie ihn kannte, und sie zum Schlafen drängen, oder würde erneutes Küssen zu mehr führen? Sie wusste, was *sie* sich wünschte.

»Also ... Rocco hat mir erzählt, dass du Künstlerin bist«, sagte Caite.

Piper tat ihr Bestes, ihre Hormone auszuschalten und ein normales Gespräch mit den Frauen zu führen, mit denen sie befreundet sein wollte, und nickte. »Ja, ich habe einen Abschluss in Betriebswirtschaftslehre, aber der Gedanke, den Rest meines Lebens in einem Büro zu sitzen und auf Zahlen zu schauen oder Geschäftspläne zu erstellen, hat mich nicht gereizt. Ich habe eine seltsame Art, die Dinge zu betrachten, und ich habe schon immer gern gezeichnet. Um mich in meinem Job nicht zu Tode zu langweilen, begann ich einen Blog, in dem ich meine Cartoons veröffentlichte. Ich hatte immer viele positive Kommentare, aber eines Tages postete ich einen bestimmten Cartoon, der sich in den sozialen Medien verbreitete. Es ist verrückt, wie schnell sich mein Leben danach verändert hat. Mein Blog hatte so viele Zugriffe, dass er total abstürzte. Die Leute schickten mir Nachrichten und E-Mails und fragten, ob sie meine Cartoons auf T-Shirts gedruckt bekommen könnten. Andere wollten Tassen zum Verschenken. Manche wollten meine Bilder kaufen, um sie an ihre Wand zu hängen. Es war verrückt, aber ich war viel glücklicher, wenn ich meine

Zeit mit Zeichnen verbrachte, als wenn ich in meinem normalen Job arbeitete.«

»Warte mal kurz! Du bist Piper J?«, fragte Sidney überrascht und setzte sich in ihrem Stuhl auf.

Piper nickte. »Ja.«

»Heilige Scheiße! Ich liebe deine Sachen!«, rief sie. »Du nimmst alltägliche, normale Situationen, über die niemand nachdenkt, und verdrehst sie auf eine Art, die urkomisch ist!«

»Das tue ich«, stimmte Piper zu. Sie wusste, dass sie rot wurde, aber es wurde nie langweilig, wenn die Leute ihr sagten, dass ihnen ihre Cartoons gefielen. Was als Mittel zur Rettung ihres Verstandes begonnen hatte, war zu einem Beruf geworden, und die Tatsache, dass sie die Leute gleichzeitig zum Lachen bringen konnte, war ein großer Bonus. »Danke.«

»Und der Cartoon, den du diese Woche gepostet hast, hat mir gefallen. Jetzt, da ich dich ein wenig kenne, habe ich das Gefühl, dass deine Comics sich mehr an Kinder richten werden, oder?«

Piper zuckte mit den Schultern. »Wahrscheinlich. Ich meine, die Mädchen zu haben hat mir so viele neue Möglichkeiten eröffnet.«

»Ganz zu schweigen davon, dass du jetzt verheiratet bist«, sagte Caite mit einem Lächeln.

»Das auch. Gestern Abend habe ich ein Bild gezeichnet, in dem ein Mann eine Frau fragt, was es zum Abendessen gibt, und nach einer langen, langwierigen Erklärung dieses riesigen Gourmetessens sagt der Mann: *Vielleicht bestelle ich eine Pizza.*«

Die beiden anderen Frauen lachten.

»Das gilt natürlich mehr für die Mädchen als für alles, was Ace getan hat. Neulich hat er sich wirklich Mühe gegeben, diese unglaublich leckeren selbst gemachten Makkaroni mit Käse zuzubereiten, und alle drei Mädchen haben die Nase darüber gerümpft. Am Ende habe ich ihnen denselben Reis mit Hühnchen vorgesetzt, den sie schon die ganze Woche gegessen haben.«

»Die Hotdogs schienen ihnen heute zu schmecken«, erinnerte Caite sie.

»Ja, das ist ehrlich gesagt eine Erleichterung«, entgegnete Piper. »Ich möchte, dass sie sich gesund ernähren und eine gute Mischung aus Gemüse und Eiweiß zu sich nehmen, aber bisher ist mir das nicht gelungen. Ich mag es nicht, dass Rani immer Ketchup auf allem haben will, aber wenn sie dann etwas isst, nehme ich es hin.«

»Ich habe keine Kinder, aber ich vermute, dass es eine Weile dauern wird, bis sie sich an das Essen hier gewöhnt haben. Und Kinder sind bekanntermaßen wählerisch«, warf Sidney ein.

»Ich weiß. Ich bin diese Woche einer Gruppe in den sozialen Medien beigetreten, in der sich Eltern über Tipps und Tricks austauschen, wie sie ihre Kinder an neue Lebensmittel gewöhnen können, und mir ist klar geworden, dass ich nicht allein bin«, sagte Piper mit einem kleinen Lächeln. »Und jetzt habe ich mir einen neuen Cartoon ausgedacht.«

»Ich muss dich unbedingt mal im Internet nachschauen«, meinte Caite. »Aber ... kann ich dich etwas fragen?«

Piper nickte sofort. Sie fühlte sich wohl bei den beiden anderen Frauen. Sie verurteilten sie nicht im Geringsten und es beruhigte sie, dass sie nicht wie Laufstegmodels aussahen. Sie wusste, dass es völlig falsch und schrecklich war, so etwas zu denken, aber sie wusste auch, dass sie total eingeschüchtert und verlegen wäre, wenn sie überirdisch schön wären.

Ehrlich gesagt sahen sie beide wie das Mädchen von nebenan aus. Sie fühlten sich in ihrer eigenen Haut wohl.

Caite hatte einen riesigen Ketchup-Fleck auf ihrem T-Shirt, wo Rani sie mit ihren verschmierten Fingern angefasst hatte, und Sidney hatte Schlammflecke auf ihren Shorts, wo ihr Hund Hannah sie angesprungen hatte. Kurz gesagt, sie waren sehr real. Genau wie sie.

Ja, man konnte mit Sicherheit behaupten, dass sie versuchen würde, alle Fragen zu beantworten, die eine von ihnen stellte.

»Rocco hat mir ein bisschen von deiner Geschichte erzählt, wie du nach Timor-Leste geflogen bist, um deine Freundin Kalee zu besuchen, und dann mitten in das Chaos geraten bist. Es tut mir wirklich leid zu hören, was mit Kalee passiert ist«, sagte Caite.

»Danke«, murmelte Piper leise. »Ich vermisse sie jeden verdammten Tag. Sie war witzig und der Mittelpunkt jeder Veranstaltung, an der sie teilnahm. Die Leute wurden von ihr angezogen. Meistens hielt ich mich zurück und sah zu, wie sie Freunde gewann, und wenn sie dann alle in ihren Bann gezogen hatte, kam ich dazu und amüsierte mich.«

»Das klingt, als wäre sie fantastisch gewesen. Es tut mir leid, dass ich sie nie kennengelernt habe«, sagte Sidney leise.

»Sie *war* fantastisch«, stimmte Piper zu. »Es war nicht fair, was mit ihr passiert ist, und egal was Ace sagt, ich fühle mich trotzdem ein bisschen schuldig.«

»Tu das nicht«, mahnte Caite. »Ich meine, es fällt mir leicht, das zu sagen, aber du kannst dein Leben nicht damit verbringen zurückzublicken. Du musst vorwärtsgehen. Ich glaube wirklich, dass alles aus einem bestimmten Grund geschieht. Du weißt vielleicht nicht sofort, warum alles passiert ist, aber irgendwann wird es dir klar werden. Und ich muss sagen, du hast drei kleine Gründe da unten, und du hast Ace. Ich würde behaupten, das ist ein ziemlich guter Anfang.«

Piper dachte über Caites Worte nach. Sie hatte recht. Es wäre ihr immer noch lieber, wenn Kalee heute bei ihr wäre, aber wenn die Ereignisse nicht so eingetreten wären, wie sie es getan hatten, würde sie vielleicht nicht in dieser Sekunde hier sitzen und auf drei Mädchen blicken, die jetzt rechtmäßig zu ihr gehörten ... ganz zu schweigen davon, dass sie mit dem tollsten Mann verheiratet war, den sie je getroffen hatte ...

Ja, an Caites Worten war definitiv etwas dran.

»Zurück zu meiner Frage«, sagte Caite. »Was hat dich dazu bewogen, Rani, Sinta und Kemala zu adoptieren? Ich meine, ich weiß, dass ihr zusammen etwas Schlimmes durchgemacht habt, aber wie kam es zu der Adoption?«

Piper hatte sich genau dasselbe schon mehr als einmal gefragt, also war sie nicht beleidigt über die Frage. »Als Kind hat es mir gefehlt, Geschwister zu haben. Es gab nur mich. Als meine Mutter starb und ich dachte, ich müsste in ein Pflegeheim, hatte ich schreckliche Angst. Meine Großeltern haben sich bereit erklärt, mich aufzuziehen, aber ich habe das Gefühl nie vergessen zu denken, dass ich ganz allein auf der Welt war. Du hast recht, es ist seltsam, dass ich von einer alleinstehenden Frau mit wenig Verantwortung zu dem Wunsch kam, drei Mädchen zu adoptieren, von denen eines ein Teenager ist. Es ist schwer zu erklären, aber die drei Tage, die wir zusammen in dem Kriechkeller unter der Küche verbrachten, haben mich verändert. Diese Mädchen waren völlig abhängig von mir. Wenn wir hörten, wie Männer durch das Haus liefen und nach jedem suchten, den sie finden konnten, kauerten wir uns alle zusammen und hielten praktisch den Atem an. Als die kleine Sinta pinkeln musste, musste ich mir überlegen, wie ich eine Toilette für uns alle schaffen konnte. Als wir kein Wasser und keine Nahrung mehr hatten, wollte ich auf keinen Fall riskieren, dass einer von ihnen aus dem Loch steigt, um etwas zu besorgen. Ich ging selbst. Schon nach kurzer Zeit wurde mir klar, dass ich alles – und ich meine alles – tun würde, um die Mädchen zu beschützen. Sie haben nicht darum gebeten, in dieser Lage zu sein. Ich auch nicht, aber es sind Kinder. Sie sollten beschützt und geliebt werden. Stattdessen wuchsen sie in einem Waisenhaus auf, ohne dass sich jemand darum scherte, ob sie lebten oder starben. Als die Jungs ankamen und ich sie Englisch sprechen hörte, dachte ich nur an die Mädchen. Das war meine Chance, sie zu befreien. Ich wusste, dass wir nicht mehr lange überleben würden, wenn wir unter dem Boden kauerten, und das Team war die Antwort auf meine Gebete. Ich hatte zwar schon darüber nachgedacht, sie mit in die USA zu nehmen, aber erst als ich das sogenannte private Waisenhaus sah und erkannte, dass die Besitzerin die Mädchen buchstäblich an jeden verkaufte, der eines haben wollte, wusste ich, dass ich sie nicht dort lassen konnte. Niemand würde sie so beschützen, wie ich es tun würde. Niemand würde dafür sorgen, dass ihre Bäuche voll sind, so wie ich es tun würde. Niemand würde buchstäblich sein Leben für sie aufs Spiel setzen, so wie ich es tun würde.«

»Und sie waren damit einverstanden, ihr Land zu verlassen?«, fragte Caite. Sie hatte sich nach vorn gesetzt und ihre Hand als Unterstützung auf Pipers Bein gelegt.

Piper nickte. »Ja. Ich glaube, die Zeit in diesem Loch hat auch sie verändert. Ganz zu schweigen von der Art und Weise, wie das Team sie auf unserer Reise in die Stadt beschützt hat. Ich glaube nicht, dass sich jemals zuvor jemand so sehr um sie gekümmert hat. Vor allem keine Männer. Aber ich muss zugeben, dass Kemala mich eine Zeit lang nicht sonderlich mochte. Ich dachte, sie sei nur ein normaler launischer Teenager, aber es stellte sich heraus, dass sie Angst hatte, verstoßen zu werden, sobald wir die Hauptstadt erreichten. Sie hatte Todesangst davor, in der

Stadt allein gelassen zu werden. Sie dachte, ich würde sie einfach verlassen, ohne einen Blick zurückzuwerfen. Als sie herausfand, dass das nicht der Fall war und dass sie mit mir nach Amerika kommen würde, änderte sich ihre Einstellung komplett.«

»Sie scheint dir und Ace total ergeben zu sein«, bemerkte Sidney.

»Ich hoffe, dass sie sich mit der Zeit etwas mehr entspannt und sich nicht mehr so verpflichtet fühlt, uns ständig zu helfen. Ich möchte, dass sie das unbekümmerte junge Mädchen ist, das sie sein soll. Sie muss sich keine Sorgen machen, dass sie mit vierzehn Jahren verheiratet wird. Sie muss nicht die Kinder eines Mannes gebären, wenn sie sechzehn ist, und sie muss sich keine Gedanken darüber machen, woher ihre nächste Mahlzeit kommt.«

»Ich bewundere dich«, sagte Caite und lehnte sich zurück.

Piper schüttelte sofort den Kopf. »Ich habe nichts getan, was jeder andere in dieser Situation nicht auch getan hätte.«

»Falsch«, erwiderte Caite. »Ich glaube, du bist der *einzige* Mensch, der nicht nur sein Leben für ihren Schutz riskiert hätte, sondern sie auch sofort adoptiert hätte.«

»Nun, es gibt noch einen anderen – Ace. Und es ist nicht so, als wäre ich allein in einen gefährlichen Teil einer fremden Stadt gegangen, um einen Navy SEAL zu retten oder so«, konterte Piper mit einem kleinen Lächeln.

Caite lachte. »Stimmt.«

»Oder versucht, einen Hund von einem bekannten Bandenmitglied und insgesamt schrecklichen Menschen zu stehlen«, fügte Piper mit Blick auf Sidney hinzu.

»Damit ist es offiziell, wir sind alle wahnsinnig«, sagte Caite lächelnd.

»Deshalb kommen wir auch so gut miteinander aus«, ergänzte Sidney.

Piper strahlte. Sie mochte diese Frauen. Sie mochte es, sie als Freundinnen zu haben, und wusste, dass sie für sie da sein würden, wenn sie etwas brauchte, ohne sie fragen zu müssen. Genauso wie sie sich auf Ace' Teamkameraden verlassen konnte.

Zum ersten Mal in ihrem Leben fühlte sie sich nicht ganz so allein.

Als sie Rufe vom Strand hörte, warf Piper einen Blick dorthin, wo sie ihre Kinder zuletzt gesehen hatte. Sie stand sofort auf, bereit, zum Strand zu laufen, um eines von ihnen vor der Gefahr zu schützen, die aufgetaucht war. Aber sie sah weder die Jungs in Panik geraten noch ihre Mädchen. Stattdessen humpelte ein Mann zwischen Gumbys Haus und dem Nachbarhaus auf sie zu.

»Wer ist das?«, fragte Piper.

»Ich weiß es nicht«, antwortete Caite. »Aber es sieht so aus, als würden sich die Jungs freuen, ihn zu sehen.«

Und das taten sie. Das Team hatte den Ozean verlassen und ging auf den geheimnisvollen Mann zu. Ace hielt Rani, Bubba trug Sinta und Kemala stand zwischen Phantom und Rex.

»Kommt schon. Jetzt bin ich neugierig«, sagte Caite, als sie aufstand.

Sidney und Piper folgten ihr und bald waren sie alle zusammen mit Hannah, die mit ihnen auf der Terrasse geschlafen hatte, auf dem Weg in die Richtung des Mannes.

»Heilige Scheiße, bist du es wirklich, Tex?«, fragte Ace, als sie sich dem Mann, der auf sie zukam, näherten.

»Höchstpersönlich«, sagte Tex in seinem bekannten Südstaatenakzent.

»Was zum Teufel machst du hier?«, fragte Rocco, als er den Mann umarmte.

»Ich war neugierig«, antwortete Tex und zwinkerte Ace zu, nachdem er sich zurückgezogen hatte. »Nachdem ich alle Hebel in Bewegung gesetzt hatte, damit deine Adoption im Schnellverfahren genehmigt wird und du deine Mädchen aus Timor-Leste ausfliegen kannst, wollte ich sie selbst kennenlernen.«

Ace sah Piper auf sie zukommen, während er sich Tex' Erklärung anhörte. Er streckte einen Arm aus und sie kam direkt auf ihn zu und legte ihren Arm um seine Taille, woraufhin Ace sich wie auf Wolke sieben fühlte. »Und wir sind froh, dass du es getan hast. Das ist Rani, Sinta ist da bei Bubba, und das hübsche Mädchen bei Phantom ist Kemala.«

Tex begrüßte jedes der Mädchen und Ace freute sich, dass sie zwar schüchtern, aber nicht ängstlich reagierten. Er nahm an, dass es für sie einfacher war, da sie von Menschen umgeben waren, denen sie vertrauten. Ganz zu schweigen von der Tatsache, dass sie gerade ihr Leben in die Hände der Männer um sie herum gelegt hatten, während sie schwimmen lernten.

»Und das muss Piper sein«, sagte Tex mit einem Lächeln.

»Tex, das ist meine Frau, Piper Morgan«, erklärte Ace, der sich freute, sie einem der Männer, die er am meisten respektierte und bewunderte, als seine Frau vorzustellen.

»Es ist schön, dich kennenzulernen«, sagte Piper feierlich. »Und ich kann dir nie genug dafür danken, was du für uns getan hast. Ich weiß, dass Adoptionen normalerweise nicht so ablaufen wie unsere, sie kosten einen Haufen Geld und Zeit. Aber du sollst wissen, dass ich ... *wir* ... es zu schätzen wissen.«

Tex winkte ab, so wie Ace es von ihm kannte. »Ich

brauche deinen Dank nicht. Ich muss nur wissen, dass diese Schönheiten sicher und glücklich sind.«

»Wie geht es Akilah und Hope?«, fragte Rocco.

»Es geht ihnen großartig. Hope wächst wie Unkraut und Akilah macht dieses Jahr ihren Highschool-Abschluss.«

»Wow, schon?«, rief Gumby aus.

»Nicht wahr? Es kommt mir vor, als wäre es erst gestern gewesen, dass ich sie zum ersten Mal getroffen habe.«

Ace lehnte sich nahe zu Piper und erzählte: »Er hat Akilah aus dem Irak adoptiert. Sie wurde in die USA gebracht, um ihren Arm behandeln zu lassen, der bei einem Feuergefecht verletzt worden war.«

Sie nickte. »Daher kannte er auch den richtigen Ansprechpartner bei der Einwanderungsbehörde.«

Tex, der ihr Gespräch mitgehört hatte, nickte. »Jup. Und ich habe im Laufe der Jahre hier und da ein paar Jobs für die Leute dort erledigt. Es war kein Problem für sie, *mir* einen kleinen Gefallen zu tun.«

Ace schüttelte den Kopf. Ein »kleiner Gefallen« für Tex bedeutete für ihn und Piper die ganze Welt.

»Komm schon«, sagte Gumby und klopfte seinem Freund auf den Rücken, »wir haben noch etwas zu essen übrig. Nimm dir eine Auszeit.«

»Ich kann nicht bleiben«, entgegnete Tex. »Ich bin auf dem Weg zu Wolf und Caroline und zum Rest seines Teams. Ich wollte nur kurz vorbeischauen, um deine Mädchen kennenzulernen, Ace, und um euch zu sagen, dass ihr mich nur anrufen müsst, wenn ich jemals etwas für euch tun kann. Ich weiß, ihr denkt, dass ich hauptsächlich Wolfs Kontaktperson bin, aber das ist weit gefehlt. Ich bin für jeden Einzelnen von euch da, und ich hoffe, das ist euch jetzt klar. Ihr müsst auch nicht über Kommandant North gehen, um mich zu erreichen. Nehmt einfach das verdammte Telefon in die Hand und ruft an, okay?«

Alle nickten, und Ace konnte nicht leugnen, dass die Worte des pensionierten SEALs eine Erleichterung waren. Tex wusste mehr über das Hacken und Finden von Informationen als jeder andere, den er je getroffen hatte. Und die Leichtigkeit, mit der er die Adoption seiner Mädchen in die Wege geleitet hatte, war mehr als genug Beweis für seine Beziehungen. Tex war die ultimative Ressource und Ace machte sich die geistige Notiz, dafür zu sorgen, dass alle, auch Piper und die anderen Frauen, seine Nummer hatten.

»Los, zurück zu unserer Schwimmstunde!«, rief Rocco, als Tex sich umdrehte, um zu seinem Fahrzeug zurückzukehren.

Ace beugte sich hinunter, küsste Piper und lächelte dann. Er liebte es, den Ausdruck der Zufriedenheit – und Begierde – in ihrem Gesicht zu sehen.

Da er wusste, dass seine Mädchen umso müder werden würden, je länger sie im Meer waren und am Strand herumliefen, wurde sein Lächeln noch breiter. Hoffentlich würde er heute Abend die Gelegenheit haben, Piper ihren neuen Ring zu geben und ihr zu zeigen, wie sehr er sich wünschte, dass ihre Beziehung sich änderte ... zum Besseren.

Phantom lief Tex hinterher, als dieser den Strand verließ, und holte ihn auf der Höhe von Gumbys Haus ein. »Hey, kann ich dich etwas fragen?«, rief er, als er näher kam.

Tex blieb stehen und nickte sofort. »Natürlich. Es war mein Ernst, als ich meinte, ihr sollt mir Bescheid sagen, wenn ihr etwas braucht.«

»Ich weiß, dass Kommandant North über alles, was in Timor-Leste passiert, auf dem Laufenden ist, aber ich wäre dankbar, wenn du auch ein Auge darauf haben könntest.«

»Du willst zurückgehen und Kalee holen«, sagte Tex. Es war keine Frage.

Phantom hätte überrascht sein sollen, dass der SEAL im Ruhestand das wusste, aber er war es nicht. »Ja. Wir hätten sie gar nicht erst zurücklassen sollen.«

»Soweit ich weiß hattet ihr keine Wahl. Ihr hättet schließlich nicht tagelang mit ihrer Leiche über der Schulter herumlaufen können. Das wäre unmöglich gewesen und hätte Piper und die Mädchen wahrscheinlich für immer gezeichnet. Und ein Abzug konnte nicht sofort erfolgen, wie es normalerweise der Fall ist, wenn eine Mission schiefgeht.«

Phantom wusste das, aber es ärgerte ihn trotzdem. »Ich weiß, aber irgendetwas an dem, was da drüben passiert ist, gefällt mir nicht. Ich kann es nicht genau sagen, aber es beunruhigt mich.«

Tex starrte ihn einen Moment lang an. »Sprich mit mir«, forderte er ihn schließlich auf.

Phantom zuckte mit den Schultern. »Das ist es ja gerade. Ich weiß nicht, was nicht stimmt, wenn überhaupt etwas. Wir mussten schon öfter Leute für das Allgemeinwohl zurücklassen, aber es fühlt sich fast so an, als hätte ... als hätte mein Gehirn etwas von dem Tag im Waisenhaus verdrängt. Ich stand da und starrte auf das Massengrab, dann sah ich wieder zu Piper und den anderen, die aus einem der Gebäude kamen. Ich drehte mich wieder zum Grab um ... Ich kann mich nicht daran erinnern, dass irgendetwas anders war, aber ich werde das Gefühl nicht los, dass ich etwas übersehen habe. Etwas Wichtiges.«

»Hast du etwas zu den anderen gesagt?«, fragte Tex.

»Nein«, antwortete Phantom. »Wir haben die Rebellen kommen hören und mussten schnell von dort verschwinden. Außerdem bin ich mir nicht sicher, ob ich *wirklich* etwas Seltsames gesehen habe. Es ist nur so ein Gefühl, das ich habe. Aber im Endeffekt hasse ich es, eine Mission nicht beenden zu können. Ich muss zurückkehren. Um Kalee nach Hause zu bringen.«

»Ich habe gehört, dass ihr Vater ihren Tod nicht gut verkraftet.«

»Das ist die Untertreibung des Jahres«, murmelte Phantom.

»Stimmt. Und das geht klar. Ich werde meine Augen und Ohren offen halten und dir sofort Bescheid sagen, wenn ich etwas Interessantes höre.«

»Ich weiß das zu schätzen«, sagte Phantom.

Tex verdrehte die Augen. »Wenn du dich bei mir bedankst, werde ich etwas Drastisches tun müssen.«

Phantom lachte. Es war bekannt, dass Tex es hasste, wenn man sich bedankte, und wenn jemand es wagte, ein Geschenk zu schicken oder eine große Geste zu machen, machte er es sich zur Lebensaufgabe, den armen Trottel in Verlegenheit zu bringen. Er hob kapitulierend die Hände. »Kein Dank von mir.«

»Gut. Bewahre die Ruhe, Phantom. Die Welt braucht mehr Männer wie dich.«

Phantom blinzelte überrascht und konnte Tex nur anstarren, als er sich zu seinem Wagen umdrehte, der an der Straße vor Gumbys Haus stand.

Phantom hatte sich selbst nie als etwas Besonderes betrachtet. Sein Leben als Kind war die Hölle gewesen – die reine Hölle – und er hatte die meiste Zeit seines Erwachsenenlebens mit dem Versuch verbracht, das zu vergessen und weiterzumachen. Er war einigermaßen erfolgreich gewesen, aber es gab Zeiten, in denen die Vergangenheit ihr Bestes tat, ihn zu überrumpeln und ihn noch mehr fertigzumachen.

Er schüttelte den Kopf, um ihn freizubekommen, und drehte sich, um zum Meer zurückzukehren. Er zeigte es vielleicht nicht besonders gut, aber er mochte Caite, Sidney und sogar Piper wirklich. Er hatte sich Sorgen gemacht, wie sie sich auf seine Freunde auswirken würden, vor allem darauf, wie sie ihren Job machten, aber diese Sorgen waren unbegründet gewesen. Rocco, Gumby und Ace waren Profis, die in der Lage waren, ihr Privatleben von ihrem Beruf zu trennen.

Und er musste zugeben, je mehr Zeit er mit Rani, Sinta und Kemala verbrachte, desto mehr mochte er auch sie. Die Art und Weise, wie Sinta zu ihm hochgeschaut hatte, als er ihr half, auf dem Rücken im Meer zu treiben, würde ihm noch lange in Erinnerung bleiben. Ihre großen braunen Augen zeigten nichts als Vertrauen ... und das fühlte sich gut an.

Als er zu seinen Freunden joggte, die mit den Mädchen wieder im Meer waren, um ihnen das Schwimmen beizubringen, wurde Phantom das unheimliche Gefühl nicht los, dass er während ihrer Zeit in den Bergen von Timor-Leste etwas übersehen hatte. Er wusste nicht, was es war, und das war das Problem. Aber der nagende Zweifel in seinem Hinterkopf war ein ständiger Begleiter, und er war mehr als beunruhigend.

Mit einem geistigen Achselzucken holte er tief Luft und stürzte sich ins Meer, wobei er die Mädchen anspritzte. Als er sie kreischen und kichern hörte, lockerte sich etwas in ihm ein klein wenig.

Paul Solberg saß am Strand, hundert Meter von dem Ort entfernt, an dem die Mädchen, die eigentlich zu seiner Kalee hätten gehören sollen, mit ihren Beschützern im Meer spielten. Er wurde von einem großen Familientreffen verdeckt, bei dem überall junge und alte Leute herumliefen.

In seinen Shorts und seinem T-Shirt fiel er nicht auf, und während er auf einer Bank an der Uferpromenade saß, konnte er die Männer und Kinder beobachten, die im Wasser spielten, ohne sich dabei Sorgen machen zu müssen, gesehen zu werden.

Seinem Gesicht sah man nichts an, aber innerlich war er völlig durcheinander. Seit Tagen schwankten seine Gefühle zwischen Wut, Verzweiflung, Eifersucht und wieder Wut ... ein endloser Kreislauf.

Er verbrachte seine gesamte Freizeit damit, die Mädchen zu beobachten. Er hatte dem Vorstand bei der Arbeit gesagt, dass er sich eine Auszeit nehmen würde, und weil die Mitglieder wussten, was er durchmachte, hatten sie nicht mit der Wimper gezuckt.

Paul konnte sich nicht davon ablenken, was hätte sein können. Er war Piper und den Mädchen in den Laden gefolgt, in die Bibliothek und überall sonst, wo sie hingingen. Er wusste, dass Ace seiner neuen Frau Schmuck gekauft hatte, und selbst das tat weh, denn er wusste, dass seine Kalee nie einen Mann haben würde, der sich so um sie kümmerte, wie Ace es bei Piper tat.

Aber in seinem Kopf reifte ein Plan heran. Da die Mädchen neu für sie waren, beobachteten Ace und Piper sie im Moment genau. Sie machten alles gemeinsam und ließen die Mädchen nicht mehr als ein paar Minuten am Stück aus den Augen.

Aber irgendwann würden sie ihre Deckung fallen lassen. Die Mädchen würden sich immer behaglicher fühlen, so wie ihre Eltern.

Er sollte derjenige sein, der seinen Enkelkindern das Schwimmen beibrachte. Er konnte sie mit mehr Geschenken überhäufen, als ein einfacher Seemann und eine dumme Karikaturistin es je könnten.

Paul war nicht dumm. Er wusste, dass er nicht einfach

alle drei Mädchen mitnehmen konnte. Aber er konnte eine nehmen. Niemand würde ihn verdächtigen, bevor es zu spät war. Er hatte genügend Geld, um sich und eine Enkelin aus dem Land zu bringen.

Während seine Gedanken mit Plänen umherwirbelten und sich mit Erinnerungen an seine Kalee vermischten, starrte er auf die lachenden und im Meer spielenden Mädchen – und etwas in seinem Kopf zersplitterte.

Seine Trauer über den Tod seines kleinen Mädchens überwältigte seinen rationalen Verstand. Anstatt das kleinste Mädchen im Ozean als eines der Kinder zu sehen, die aus Timor-Leste geflohen waren, wurde sie zu dem kleinen Kind, das er großgezogen hatte.

Es war nicht Rani im Ozean, es war Kalee.

Seine Tochter.

Sein Mädchen.

Sein Leben.

Und er musste sie retten. Er musste sie von der bösen Frau wegbringen, die sie ihm gestohlen hatte. Er musste seine Kalee retten.

KAPITEL DREIZEHN

Wie sich herausstellte, bekam Ace am Abend des Grillfests in Gumbys Haus keine Gelegenheit, Piper ihren neuen Ring zu geben *oder* ihre körperliche Beziehung zu vertiefen. Oder am nächsten Abend. Oder in den nächsten anderthalb Wochen, um genau zu sein.

Sie waren pausenlos beschäftigt, und sobald es Abend wurde, waren sie zu erschöpft, um mehr zu tun, als sich auf die Couch zu setzen und die Nachrichten zu schauen, bevor sie beide schnarchten.

Die Mädchen gewöhnten sich an ihre neue Schlafsituation und genossen es, gemeinsam in dem Doppelbett in Kemalas Zimmer zu kuscheln.

Ace war begeistert von der Tatsache, dass Piper immer noch in seinem Bett schlief und ihn als riesiges Kissen benutzte, aber sie hatten nicht mehr getan, als zu knutschen. Er wäre über die ganze Situation frustriert gewesen, aber da die Dinge mit ihren Töchtern so gut liefen, konnte er das nicht sein.

Das war alles, was er je gewollt hatte. Das Chaos, die Freude darüber, dass seine Mädchen sich an ihr neues

Leben gewöhnten und neue Dinge lernten, und die Behaglichkeit durch die Gewissheit, dass seine Frau jeden Abend zu Hause wäre, wenn er zurückkehrte. Lange Zeit war ihm sein Haus zu groß vorgekommen und er hatte sich gefragt, warum er überhaupt ein Haus mit fünf Schlafzimmern gekauft hatte, aber jetzt verstand er es. Es war für Piper und seine Töchter bestimmt.

Es war Samstagmorgen, die Mädchen frühstückten und er besprach mit Piper ihre Pläne für den Tag. Sie hatten beschlossen, mit den Mädchen ins Aquarium zu gehen und dann noch einmal in die Bibliothek. Piper hatte am Vortag einen Cartoon fertiggestellt, sodass sie den Rest des Wochenendes nicht arbeiten musste, und wenn der Kommandant nicht in letzter Minute mit einer Mission anrief, hatte er auch bis Montag frei.

»Wir müssen den Mädchen ein paar Schuhe besorgen«, sagte Piper. »Ich dachte, wir könnten vielleicht ins Einkaufszentrum fahren.«

»Du weißt doch, dass sie in Panik geraten sind, als wir sie zu Walmart gebracht haben«, warnte Ace.

»Ich weiß, aber sie sind jetzt seit fast drei Wochen hier. Ich glaube, sie haben sich schon ein bisschen eingewöhnt. Und wir werden ihnen sagen, was sie erwarten können. Ich denke, sie werden schon klarkommen.«

»In Ordnung, aber wir sollten den Ausflug kurz halten.«

Piper lächelte. »Das sagst du nur, weil du nicht gern einkaufen gehst.«

Ace grinste. »Ja. Und ich weiß auch, dass das wahrscheinlich das einzige Mal ist, dass ich mit einem kurzen Einkaufsbummel durchkomme. Mit drei Mädchen kann ich meine Zukunft schon sehen.«

Pipers Lächeln wurde breiter. »Da hast du wahrscheinlich recht. Ich habe Sinta dabei erwischt, wie sie ein paar der Werbeprospekte durchgeblättert hat, die wir bekommen haben, und sie sah ganz begeistert aus.«

Ace streckte die Hand aus und zog Piper in eine lockere Umarmung. Sie kam ihm mühelos entgegen und er liebte es, wie sie sich an ihm entspannte.

»Wenn man mich vor einem Monat gefragt hätte«, sagte Piper leise, »hätte ich nie gedacht, dass dies mein Leben sein könnte. Ich weiß, dass einige Leute, wie zum Beispiel mein Agent, mich für verrückt halten und meinen, dass alles zu schnell geht, aber ganz ehrlich ... als ich in Timor-Leste war und das durchgemacht habe, wurde mir klar, wie wichtig Familie für mich ist. Ich habe zwar meine beste Freundin verloren, aber dafür drei wunderbare, tolle Mädchen gewonnen.«

»Und einen Ehemann«, fügte Ace hinzu.

»Und einen Ehemann«, stimmte Piper zu.

Ace senkte gerade den Kopf, um sie zu küssen, als ein Klopfen an der Haustür ihn aufhielt.

»Tür!«, schrie Sinta unnötigerweise.

»Ich gehe schon«, sagte Ace.

»Ich kann das machen«, entgegnete Piper.

Ace schüttelte den Kopf und ignorierte das zweite Klopfen für den Moment. »Ich weiß, dass du das kannst, aber wir erwarten niemanden und wir haben keine Ahnung, wer auf der anderen Seite der Tür ist. Es könnte eine Gruppe von Pfadfinderinnen sein, die Kekse verkaufen, oder Paul, der dich wieder anschreien will. Ich weiß, dass wir seit dem Tag unserer Landung nichts mehr von ihm gehört haben, aber die Dinge, die wir von meinem Kommandanten erfahren, machen mich sehr nervös. Ich habe es vielleicht nicht laut gesagt, als wir geheiratet haben, aber ich habe geschworen, alles zu tun, um dich und unsere Mädchen zu beschützen, und dazu gehört auch, dass ich zwischen euch und jeder potenziellen Gefahr stehe – einschließlich Besuchern an einem Samstagmorgen.«

»Es ist wahrscheinlich nur der Postbote, der ein Paket abliefert«, sagte Piper sanft, aber Ace konnte nicht übersehen, wie ihr Gesicht weicher wurde. Sie sah ihn an, als hätte er den Mond an den Himmel gehängt.

»Wahrscheinlich«, stimmte Ace zu, ohne sie loszulassen.

»Gut«, sagte sie nach einem kurzen Moment. »Ich sehe mal nach den Mädchen und schaue, ob sie das Rührei, das du für sie gemacht hast, überhaupt probiert haben.«

»Mach dir nicht so viele Sorgen«, erwiderte Ace. »Sie sind nicht am Verhungern und werden irgendwann mehr als Reis und Hühnchen essen.« Er beugte sich zu Piper hinunter und küsste sie. Es schien jetzt ganz natürlich und er konnte seine Hände nicht mehr von ihr lassen. Wann immer sie in der Nähe war, wollte er sie berühren, riechen und küssen, bis sie ihn genauso brauchte wie er sie.

Sie lächelte ihn an und berührte mit ihrer Handfläche seine Wange, bevor sie zum Tisch ging, um nach ihren Kindern zu sehen.

Ace ging zur Haustür, als es erneut klopfte, und spähte durch den Spion. Überrascht blinzelnd öffnete er die Tür und starrte seine Freunde an.

»Gumby, Sidney. Was macht ihr denn hier?«

»Wir schmeißen euch raus«, antwortete Sidney mit einem Lächeln. »Es ist eine Intervention.«

»Eine Intervention?«, fragte Ace verwirrt.

Gumby zuckte nur mit den Schultern. »Sid und ich haben uns unterhalten und uns ist aufgefallen, dass weder du noch Piper einen Tag für euch hattet, seit ihr eure Mädchen nach Hause gebracht habt. Heute bekommt ihr also etwas Freizeit.«

»Und heute Abend auch«, fügte Sidney hinzu.

Hannah, ihr Pitbull, war bei ihnen und saß mit heraushängender Zunge auf seiner Veranda. Sie sah äußerst zufrieden aus – und in diesem Moment bemerkte Ace auch die beiden Taschen, die neben seinen Freunden standen.

»Wir tauschen mit dir und Piper das Haus bis mindestens morgen Mittag«, informierte Sidney ihn. »Und glaub mir, es ist kein Problem, einige Zeit in eurer wunderschönen Villa zu verbringen. Wir werden uns um eure Mädchen kümmern, und ihr müsst euch um nichts Sorgen machen. Verbringe etwas Zeit mit Piper, nur ihr beide. Ihr habt es verdient.«

Ace war sich nicht sicher, was er sagen sollte. Er war völlig überrascht und gerührt von dieser Geste. Er wollte sofort zustimmen, aber er musste auch an Pipers Gefühle denken. Sie würde sich vielleicht nicht wohl dabei fühlen, die Mädchen bei ihren Freunden zu lassen.

»Komm rein«, sagte er sofort, öffnete die Tür komplett und beugte sich vor, um Sidneys Tasche zu nehmen. »Die Mädchen sind mit dem Frühstück fertig und wir haben gerade besprochen, was wir heute vorhaben.«

Ace folgte seinen Freunden durch die Diele in die Küche. Kemala räumte gerade das Frühstücksgeschirr in die Spülmaschine und er konnte sehen, wie Sinta den Tisch mit einem feuchten Tuch abwischte. Er lächelte. Es gefiel ihm, dass die Mädchen bereit waren zu tun, was sie konnten, um zu helfen. Er wusste, dass ihr Wunsch zu gefallen im Moment besonders ausgeprägt war, denn sie wollten sichergehen, dass sie nichts taten, was ihn oder Piper dazu bringen würde, ihre Adoption zu bereuen – als würde das jemals passieren.

»Oh, hallo Sidney. Gumby«, sagte Piper mit fragendem Blick zu Ace.

»Hi!«, antwortete Sidney fröhlich.

Gumby hob das Kinn an.

Sidney ging sofort zu Rani hinüber, hob sie hoch und

ließ sie auf ihrer Hüfte hüpfen, bis das kleine Mädchen lachte. »Wir sind hier, um dich und Ace für den Tag und den Abend zu befreien«, sagte Sidney, ohne zu zögern. »Ich weiß, du bist dir wahrscheinlich noch nicht sicher, wenn es darum geht, die Mädchen allein zu lassen, aber ich *schwöre* dir, es wird ihnen gut gehen. Gumby und ich haben eine ganze Reihe von Dingen geplant, um sie zu unterhalten.«

»Was?«, fragte Piper völlig verwirrt.

Ace ging zu ihr und legte einen Arm um ihre Taille. »Ich wusste auch nichts davon«, erklärte er, »aber sie haben angeboten, die Mädchen bis morgen Nachmittag zu hüten. Sie sagten, wir könnten in ihrem Strandhaus übernachten.«

»Wir wollen, dass ihr etwas Zeit für euch habt. Ihr habt so viel gearbeitet, seit ihr die Mädchen bekommen habt, und wir dachten, es wäre schön, wenn ihr euch für eine kurze Zeit auf euch konzentrieren könntet.«

»Oh, aber wir wollten doch heute ins Einkaufszentrum fahren und Schuhe für die Mädchen kaufen. Und Kemala und Sinta brauchen mehr Bücher, also wollten wir in die Bücherei gehen«, erklärte Piper.

»Das können wir machen«, sagte Gumby zu ihr.

Piper schaute von ihm zu Sidney und dann zu Ace.

Er wartete geduldig auf ihre Entscheidung. Er wollte das mehr als alles andere. Er liebte Rani, Sinta und Kemala, aber er wollte auch ganz egoistisch etwas Zeit mit seiner Frau verbringen. Er hatte ihr versprochen, mit ihr auszugehen, aber sie hatten noch keine Zeit dafür gefunden. Das war die perfekte Gelegenheit.

»Ich bin mir nicht sicher ...«, sagte Piper zögernd.

»Piper und Ace gehen«, sagte Kemala plötzlich. »Ich helfe mit Schwestern.«

Ace blinzelte seine älteste Tochter an. Das war das erste Mal, dass sie Rani und Sinta als ihre Schwestern bezeichnete. Er spürte Pipers Hand an seinem Oberschenkel, die ihre Finger fest hineingrub. Auch sie erkannte die Bedeutung dessen, was Kemala gesagt hatte.

»Ich weiß, dass du es tun wirst«, sagte Piper nach einem Moment. »Du warst eine große Hilfe, und Ace und ich wissen das zu schätzen. Bist du sicher, dass du mit Sidney und Gumby zurechtkommst?«

Kemala nickte begeistert.

Sinta war zu sehr damit beschäftigt, Hannah zu streicheln, um darauf zu achten, was die Erwachsenen taten. Als sie den Pitbull zum ersten Mal gesehen hatte, hatte sie Angst vor ihm gehabt, aber jetzt war sie ganz vernarrt in ihn. In Timor-Leste waren die einzigen Hunde, die sie gesehen hatten, Streuner gewesen, die nichts mit Menschen zu tun haben wollten. Einen Hund zu haben, der nicht nur in einem Haus lebte, sondern auch gern Küsse gab, war fast so gut wie ein eigener kleiner Streichelzoo.

Rani sah nicht so aus, als würde es sie auch nur im Geringsten interessieren, was Piper und Ace taten, denn Sidney beschäftigte sie, indem sie sie in ihren Armen auf und ab hüpfen ließ und nach hinten kippte, sodass ihr Kopf fast den Boden berührte, um sie dann wieder aufzurichten.

»Und ihr seid wirklich damit einverstanden?«, fragte Piper Gumby und Sidney. »Sie sind ziemlich wählerisch, wenn es ums Essen geht. Daran arbeiten wir noch. Und sie schlafen zusammen in Kemalas Zimmer. Rani macht immer noch ein Nachmittagsschläfchen und –«

»Wir schaffen das«, sagte Sidney zuversichtlich. »Die Bettwäsche bei uns zu Hause ist sauber, und ihr könnt euch an allem bedienen, was wir in der Küche haben. Das Wetter soll heute und morgen schön sein, also könnt ihr auf der Terrasse sitzen und euch entspannen, im Meer schwimmen gehen oder einen langen Spaziergang machen. Was auch immer ihr tun wollt.«

Ace behielt Pipers Gesicht im Auge und sah die Sehnsucht darin. Sie wollte das genauso sehr wie er. Er wusste nicht, ob sie sich auf die Aussicht freute, sich einen Tag lang zu entspannen, oder ob sie Zeit mit *ihm* verbringen wollte. Was Ace betraf, so konnte er es kaum erwarten, sie allein zu bekommen.

»Wenn ihr sicher seid –«, begann Piper.

»Wir sind sicher«, unterbrach Sidney sie, bevor sie den Satz beenden konnte. »Geh hoch und pack deine Sachen. Wir schaffen das schon.«

Als Piper das Zimmer verlassen hatte und Sidney mit den Mädchen ins andere Zimmer gegangen war, um fernzusehen, wandte Ace sich an Gumby. »Ich nehme an, das war deine Idee?«

Sein Freund zuckte mit den Schultern. »Du hast neulich gesagt, wie frustriert du bist, dass du noch keinen guten Zeitpunkt gefunden hast, um Piper den Ring zu geben, den du ihr gekauft hast. Ich habe darüber nachgedacht und mir ist klar geworden, dass ihr beide wahrscheinlich keine Zeit für etwas anderes hattet, als den Mädchen beim Einleben zu helfen. Ich dachte mir, du hättest nichts dagegen, etwas Zeit mit deiner Frau allein zu verbringen.«

»Du hast recht. Ich weiß das zu schätzen.«

»Sidney und ich sind dabei, die Details für unsere Hochzeit am Strand festzulegen, und wir haben auch darüber gesprochen, was wir uns für die Zukunft wünschen. Und natürlich kamen Kinder zur Sprache. Dass wir etwas Zeit mit euren Mädchen verbringen können, ist eine gute Generalprobe für uns. Und wir überlegen, irgendwo im Landesinneren ein Haus zu kaufen. Wir werden das Haus am Strand nicht verkaufen, denn es birgt viele schöne Erinnerungen für uns beide, und wir dachten uns, dass es ein toller Rückzugsort für uns und alle im Team sein wird. Wir arbeiten verdammt hart und die Möglichkeit, im Strandhaus zu entspannen und abzuschalten, ist unbezahlbar.«

Ace musste schlucken, bevor er nickte. Gumby war nicht nur ein guter Freund, er war auch unglaublich großzügig. »Wann ist der große Tag?«, fragte er nach einem Moment.

»Wir denken, in etwa zwei Wochen ... vorausgesetzt wir werden nicht auf eine Mission geschickt. Wir werden nichts Ausgefallenes machen. Konteradmiral Creasy hat versprochen, die Trauung zu vollziehen, und wir haben nicht vor, die ganze Sache mit Blumen, Brautjungfern, Smokings und großen aufgebauschten Kleidern zu machen. Mein Vater und seine Frau haben gesagt, dass sie hier sein können, genauso wie mein Bruder. Du weißt, dass wir etwas Kleines wollen, und wenn ihr alle da seid, ist es perfekt.«

»Ich freue mich darauf«, sagte Ace und klopfte seinem Freund auf die Schulter.

Sie unterhielten sich eine Weile über alles Mögliche, bis Piper zurück in die Küche kam. Sie schleppte einen kleinen Koffer hinter sich her.

»Ich bin fertig«, verkündete sie. »Ich habe die Bettwäsche vom Bett abgezogen und in die Waschmaschine gesteckt. Ich dachte, ich könnte mit Sidney reden und ihr vom Tagesablauf der Mädchen erzählen, während du packst.«

Ace nickte. »Klingt gut.« Er ging zu ihr hinüber und küsste sie auf die Stirn, bevor er sich umdrehte und zur Treppe ging. Er hatte das Gefühl, dass es eine Weile dauern würde, bis sie das Haus verlassen konnten. Sidney würde sehr geduldig sein müssen, während Piper ihr alles über die Mädchen erzählte, was ihr einfiel.

Ace musste lächeln, als er schnell eine Reisetasche packte. Er konnte es kaum erwarten, die nächsten vierund-zwanzig Stunden mit Piper zu verbringen. Er war so aufgeregt wie ein Teenager auf dem Weg zu seiner ersten Verabredung.

Das Erste, was er einpackte, war der Diamantring, den

er vor ein paar Wochen für sie gekauft hatte. Endlich würde er ihn an ihrem Finger sehen können ... hoffte er.

Acht Stunden später saß Piper auf Gumbys Terrasse und seufzte zufrieden. Der ganze Tag war sehr entspannend gewesen ... und lustig. Das Zusammensein mit Ace war viel unterhaltsamer, als sie es sich hätte vorstellen können. Das war genau das, was sie gebraucht hatte. Sie liebte Rani, Sinta und Kemala, aber Mutter zu sein war extrem anstrengend. Sie versuchte ständig, sie zu unterhalten und dafür zu sorgen, dass sie alles hatten, was sie zum Gedeihen brauchten, und das ließ ihr nicht viel Zeit, sich auf sich selbst oder ihre Beziehung zu Ace zu konzentrieren.

Aber sie und Ace hatten den ganzen Tag nichts anderes getan als das, was *sie* tun wollten, und es war absolut perfekt gewesen. Sie waren am Strandhaus angekommen und Ace hatte vorgeschlagen, schwimmen zu gehen. Sie hatte gesehen, wie er sie in ihrem Badeanzug musterte, und sie hatte ihn genauso gründlich unter die Lupe genommen. Sie lachten und spielten mindestens eine Stunde lang in der kleinen Brandung, bevor sie sich auf ihre Handtücher im Sand legten und eine weitere Stunde lang redeten.

Dann hatten sie geduscht und einen Snack gegessen. Sie hatten über ihre Kindheit gesprochen und ein wenig über die Ereignisse in Timor-Leste. Sie hatte sich bei Sidney gemeldet und ihre Freundin hatte ein Bild von den Mädchen geschickt, wie sie sich im Einkaufszentrum eine Eistüte gönnten. Die kleine Rani hatte mehr im Gesicht und auf dem Hemd, als sie wahrscheinlich gegessen hatte, aber am meisten bedeutete Piper das fröhliche Lächeln auf den Gesichtern der Mädchen.

Dann hatte Ace angeboten zu kochen, und sie saß in der

Küche und leistete ihm Gesellschaft, während er das Essen zubereitete. Sie hatten gegessen und saßen nun in den bequemen Stühlen auf der hinteren Terrasse, um den Sonnenuntergang zu beobachten.

»Komm her«, sagte Ace, nachdem eine angenehme Stille zwischen ihnen eingetreten war.

Piper schaute zu ihm hinüber und sah, dass er ihr eine Hand hinhielt. Langsam stand sie auf und machte die zwei Schritte, die nötig waren, um vor ihm zu stehen. Er griff nach ihren Hüften und führte ihren Hintern auf seinen Schoß. Es dauerte einen Moment, bis sie es sich bequem gemacht hatte, aber als sie es geschafft hatte, fühlte es sich wunderbar an, in seinen Armen zu liegen. Sie hatte sich auf die Seite gedreht und sein breiter Oberkörper stützte sie, als sie ihren Kopf auf seine Schulter legte.

Sie hatte seinen Bart schon so oft an ihrem Gesicht und Hals gespürt, dass sie es nicht mehr zählen konnte, aber sie hatte sich nie die Zeit genommen, ihn zu untersuchen. Sie hob eine Hand und tat endlich das, wovon sie während der letzten Wochen immer wieder geträumt hatte. Sie streichelte seine Gesichtsbehaarung.

Ace lächelte, hielt sie aber nicht auf und sagte auch nichts.

Nach einigen Augenblicken murmelte Piper: »Er ist so weich. Aus irgendeinem Grund dachte ich, dass er rau sein würde.«

Er zuckte mit den Schultern. »Wenn er kratzig wäre, würde ich ihn wohl abrasieren. Ich will meine Frau oder meine Kinder nicht jedes Mal reizen, wenn ich sie berühre oder küsse.«

»Du reizt mich nicht«, entgegnete Piper, ohne nachzudenken. Nach dem erholsamen Tag fühlte sie sich sehr entspannt. Ganz zu schweigen davon, dass auch ihre Libido Überstunden machte. Sie hatte nicht annähernd so viel Zeit gehabt, wie sie gern gehabt hätte, um zu bewundern, wie gut ihr Mann aussah. Oder wie muskulös er war. Oder wie er in seinen Boxershorts aussah, wenn er morgens aufstand.

Sie hatte so viel mit den Mädchen zu tun und damit, ihren Mann kennenzulernen, dass der Sex in den Hintergrund getreten war.

Aber nachdem sie den ganzen Tag nichts anderes getan hatte, als ihren Mann anzustarren und noch mehr über ihn zu erfahren, war ihr Körper bereit loszulegen. Es war nicht gerade eine Offenbarung, dass sie den Mann mochte, mit dem sie verheiratet war, sondern eher eine Bestätigung dessen, was sie in den letzten Wochen erlebt hatte. Es war lange her, dass sie Sex gehabt hatte, und sie merkte, dass sie Ace mehr wollte als je einen anderen Mann zuvor. Tatsächlich war es ein wenig beunruhigend. Und zu wissen, dass sie nicht unterbrochen werden würden, war fast ein Aphrodisiakum.

»Gut zu wissen«, sagte Ace mit einem leisen Lachen.

Piper war sich mehr als bewusst, wie er mit der Hand langsam ihren nackten Oberschenkel auf und ab glitt. Es war eine sanfte Liebkosung und er führte seine Hand nicht in den intimen Bereich. Er schien es einfach zu genießen, sie zu berühren. Da sie Shorts trug, sandte seine Berührung ihrer nackten Haut elektrische Ströme direkt zu ihrer Klitoris. Es war nervenaufreibend und aufregend zugleich.

Da sie nicht wusste, was sie mit ihren Händen machen sollte, legte sie schließlich eine in seinen Nacken und ließ die andere in ihrem Schoß. So saßen sie eine ganze Weile. Sie saugten die Atmosphäre des Augenblicks in sich auf. Das Plätschern der Wellen an der Küste, das Zwitschern der Vögel und der Anblick der Sonne, die hinter dem Horizont versank. Piper wollte nicht, dass der Abend zu Ende ging.

Nachdem die Sonne untergegangen war, war das Licht im Haus das Einzige, was die hintere Terrasse beleuchtete.

Das Halbdunkel war intim und gemütlich – und Piper kam an einen Punkt, an dem sie Ace' Hand auf ihren Oberschenkel legen und ihn zwingen wollte, sie zwischen den Beinen zu berühren. Sie hatte keine Ahnung, ob er wusste, wie sehr er sie erregt hatte, aber sie wollte ihn. Unbedingt.

»Ich bin glücklich«, sagte Ace aus heiterem Himmel, was Piper aufschreckte, ihr jedoch auch erlaubte, sich auf etwas anderes zu konzentrieren als darauf, wie feucht sie war und wie hart ihre Brustwarzen geworden waren.

»Ich auch«, antwortete sie.

»Nein, ich meine, ich bin *glücklich*«, wiederholte er.

Piper hob den Kopf und sah ihn an.

»Als ich zu dieser Mission in Timor-Leste aufbrach, hatte ich keine Ahnung, wie sehr mein Leben sich verändern würde. Ich weiß, dass einige Leute uns für verrückt halten, aber dich zu fragen, ob du mich heiraten willst, war ein wenig egoistisch. Ich mochte dich natürlich, aber ich kann nicht lügen – der Gedanke, Vater zu werden, war ein wichtiger Faktor. Aber in den letzten Wochen habe ich gemerkt, dass es mir zwar Spaß gemacht hat, die Mädchen kennenzulernen und herauszufinden, wie ich ein Vater sein kann, aber das Zusammenleben mit *dir* hat mir am meisten die Augen geöffnet.«

Piper starrte ihn weiter an und fürchtete sich halb vor dem, was er sagen würde, aber sie wollte auch, dass er die Worte aussprach, die in ihrem Herzen waren, mehr als sie atmen wollte.

»Du bist mitfühlend und freundlich, aber kein Schwächling. Du hast ein angeborenes Gespür dafür, was unsere Mädchen brauchen, und hast keine Angst, Nein zu sagen. Du bist rücksichtsvoll und arbeitest hart, und meistens gibst du mehr, als du je von uns verlangen würdest. Wenn wir abends ins Bett gehen und du wie tot auf meiner Brust liegst, kann ich an nichts anderes denken als daran, wie glücklich ich bin. Ich habe keine Ahnung, wie ich es geschafft habe, nicht nur drei wunderbare Kinder zu haben, sondern auch noch eine fantastische, einzigartige Frau. Und den Tag heute mit dir zu verbringen, dich lachen und lächeln zu sehen und einfach hier bei dir zu sein, war ein Geschenk. Ein Geschenk, an das ich mich für den Rest meines Lebens erinnern werde. Ich bin glücklich, Piper. Und du bist der Grund dafür. Ich hätte Kinder adoptieren und mein Bedürfnis, Vater zu sein, selbst erfüllen können, aber dich in meinem Leben zu haben hat alles perfekt gemacht. Als ich dir den Ring geschenkt habe, habe ich dir versprochen, ihn durch etwas Besseres zu ersetzen ... und ich bin vor ein paar Wochen einkaufen gegangen und habe diesen Ring für dich erstanden.«

Piper wusste, dass sie den Tränen nahe war, aber sie hielt sich an Ace fest, als er eine Pobacke anhob und in die Tasche der Jeans griff, die er trug. Er zog etwas heraus und hielt es ihr entgegen. In dem schwachen Licht konnte sie es kaum erkennen – aber *was* sie sehen konnte, haute sie um.

Der Ring hatte vier gelbe Diamanten im Prinzessinnen-Schliff in einer Reihe mit kleineren weißen Diamanten, die jeden der größeren umgaben. Er sah verdammt teuer aus ... und war wunderschön.

»Ich wollte etwas haben, das unsere Familie symbolisiert. Ich dachte, vier Diamanten würden gut passen, drei für unsere Mädchen und einer für uns. Ich wollte, dass er praktisch und nicht riesig ist, aber trotzdem jedem, der hinschaut, zeigt, dass du vergeben bist.«

Piper griff nicht danach; sie war wie erstarrt. Sie konnte nicht glauben, dass Ace ihr etwas so Schönes gekauft hatte. Sie hatte schon einmal Blumen von einem Mann bekommen, aber nicht so etwas. Nicht einmal annähernd. Sie war sich nicht sicher, was sie tun sollte. Weinen? Lachen? Aufspringen und ein kleines Tänzchen wagen?

»Wenn er dir nicht gefällt, kann ich ihn zurückbringen und dir etwas anderes besorgen«, sagte Ace besorgt, als sie immer noch nicht reagierte.

Ohne nachzudenken, griff Piper nach seinem Handgelenk, als er seine Hand zu senken begann.

»Das ist der schönste Ring, den ich je gesehen habe«, flüsterte sie. »Er ist viel zu teuer für jemanden wie mich.«

»Ganz im Gegenteil«, konterte Ace. »Er ist nicht teuer genug. Wenn es nach mir ginge, hätte ich dir einen abscheulichen Zehn-Karat-Ring besorgt, der so hoch von deinem Finger absteht, dass du damit gar nichts machen könntest. Aber ich dachte mir, das hier ist mehr dein Stil. Du kannst ihn anbehalten, wenn du zeichnest oder mit Rani in der Badewanne spielst. Er wird deinen Finger nicht grün färben wie der, den du gerade trägst. Und mir gefällt der Gedanke, dass wir alle an deinem Finger sind. Jedes Mal wenn du ihn ansiehst, wirst du an unsere Familie denken.«

Piper atmete tief durch und griff nach dem einfachen weißgoldenen Ring, den Ace ihr in Timor-Leste an den Finger gesteckt hatte. Sie legte ihn in ihre rechte Hand und streckte ihre linke aus.

Zärtlich lächelnd legte Ace seine Hand um ihre und ließ den schönen Ring langsam über ihren Finger gleiten, wobei er ihn zärtlich küsste, als er ihren Knöchel erreichte. »Wunderschön«, murmelte er. »Ich habe auch einen schlichten Platin-Ehering besorgt, der dazu passt.«

Ihr Herz schmolz dahin. »Was ist mit dir?«, fragte sie.

Ace zog fragend eine Augenbraue hoch.

»Wirst du auch einen tragen?«

Er lächelte verlegen und griff wieder in seine Tasche, zog einen breiten schwarzen Ring heraus und hielt ihn ihr zur Ansicht hin. Piper hob ihn hoch und untersuchte ihn.

»Es ist aus schwarzem Titan. Ich dachte mir, ich brauche etwas Robustes, denn ich werde ihn wahrscheinlich durch die Hölle gehen lassen. Wahrscheinlich wird er zerkratzt und eingekerbt werden, aber ich denke, das macht ihn nur noch interessanter. Außerdem wollte ich etwas, das an meinem Finger gut zu sehen ist – damit jeder weiß, dass *ich* auch vergeben bin. Ich kann ihn nicht auf Missionen tragen, aber ich schwöre, dass ich ihn immer bei mir haben werde. Sobald ich kann, stecke ich ihn mir wieder an den Finger.«

Die Tränen, die sie bis dahin hatte zurückhalten können, liefen ihr schließlich aus den Augen. Piper griff nach seiner linken Hand und ließ den Ring auf seinen Finger gleiten, so wie er es bei ihr getan hatte. Sie küsste ihn, als er seinen Platz gefunden hatte, und er beugte sich vor, um seine Stirn auf die ihre zu legen.

Keiner von beiden sprach, sie saugten den Moment in sich auf, damit sie ihn nie vergessen würden. Piper hatte sich noch nie so geliebt gefühlt. So umsorgt. So ... begehrt.

Sie zog sich zurück und sprach die Worte aus, die ihr schon den ganzen Tag durch den Kopf gegangen waren. »Ich will dich, Ace.«

Mit angehaltenem Atem wartete sie auf seine Antwort.

Sie spürte, wie sich sein Herzschlag unter ihrer Handfläche beschleunigte, und ehe sie sichs versah, war er mit ihr in den Armen aufgestanden und zur Tür gegangen.

»Bei uns zu Hause konnte ich dich nicht über die Schwelle tragen, also muss das hier reichen. Hilfst du mir?«

Piper lächelte und öffnete die Tür, und er trug sie mühelos hindurch. Aber er setzte sie nicht im Wohnzimmer ab, sondern ging direkt ins Schlafzimmer, wo er sie zum Bett brachte. Er beugte sich vor und legte sie auf die Matratze, dann stützte er seine Handflächen neben ihr ab.

Piper kam sich klein vor unter ihm, und sie liebte dieses Gefühl. Das einzige Mal, dass sie sich so von ihm umgeben und beschützt gefühlt hatte, war im Wald von Timor-Leste gewesen, als er ihren Körper mit dem seinen bedeckt hatte.

»Wenn ich mit dir schlafe, gibt es kein Zurück mehr«, warnte Ace.

Piper wusste genau, was er meinte. »Ich will kein Zurück. Ich will weder eine Annullierung noch eine Scheidung. Du bist ein großartiger Vater und ein noch besserer Ehemann. Ich will mit dir alt werden und kann es kaum erwarten zu sehen, was unsere Zukunft bringt. Wir werden unterschiedlicher Meinung sein und du wirst dich wahrscheinlich über mich ärgern, genauso wie ich mich über dich. Du wirst mehr auf Missionen unterwegs sein, als mir lieb ist, und du könntest von den weiblichen Hormonen im Haus genervt sein. Aber mit jedem Tag, der mit dir an meiner Seite vergeht, verliebe ich mich mehr in dich. Das macht mir verdammt viel Angst, Ace ... aber ich hoffe, dass du mich eines Tages auch lieben kannst.«

»Das tue ich bereits«, sagte Ace. Sein Blick bohrte sich in ihren und Piper konnte kaum noch atmen. »Ich glaube, Tatsache ist, dass ich *dich* am Ende viel mehr nerven werde, als du mich jemals nerven könntest. Ich hoffe nur, dass du mit mir redest und mich das, was ich getan habe, in Ordnung bringen lässt.«

Piper führte eine Hand zu seinem Gesicht und bedeckte sanft seine Lippen. »Im Moment bin ich genervt, weil du nicht die Klappe hältst und mit mir schläfst«, sagte sie grinsend.

Sie spürte, wie sich seine Lippen unter ihrer Hand zu einem Lächeln verzogen, dann zog er sie auf dem Bett weiter hoch und drehte sich um. Sie lag auf ihm, so wie sie es jede Nacht getan hatte, seit sie sich kennengelernt hatten, aber diesmal spürte sie seine Erektion zwischen ihren Schenkeln.

»Ich liebe es, mit dir zu schlafen, aber ich muss zugeben, dass ich mehr als eine Fantasie darüber hatte, wie du mich tief in deinen Körper aufnimmst, während du auf mir liegst, so wie jetzt«, sagte er völlig ernst.

»Es liegt mir fern, einem amerikanischen SEAL-Helden eine seiner Fantasien zu verwehren.« Mit diesen Worten nahm Piper einen tiefen Atemzug, setzte sich auf und riss sich ihr Hemd über den Kopf, bevor sie es irgendwo neben dem Bett auf den Boden fallen ließ.

Sie wusste, dass sie sich für den Rest ihres Lebens an Ace' Gesichtsausdruck erinnern würde. Eine Mischung aus Amüsement und Lust ging über sein Gesicht, bevor er sich aufsetzte, sie noch immer auf seinem Schoß, und sein Gesicht zwischen ihren Brüsten vergrub.

Sein Atem war heiß auf ihrer Haut und sein Bart kitzelte ein wenig, als er über ihre zarte Haut strich. »Wunderschön«, murmelte er, während er mit den Fingern den Verschluss an ihrem Rücken fand und ihn öffnete. Ihr BH lockerte sich, und Ace zögerte nicht einmal, ihn von ihr zu ziehen, dann saugte er an einer Brustwarze, als hinge sein Leben davon ab.

Piper schrie vor Ekstase auf, ließ den Kopf nach hinten fallen und vergrub eine Hand in Ace' Haar. Er war nicht zögerlich, als er sie erforschte; er nahm sich das, was er wollte, als hätte er sich kaum im Zaum halten können. Seine Hand hielt ihre Brust an seinen Mund, während er an ihr saugte, und mit der freien Hand kniff und spielte er mit ihrer anderen Brustwarze.

Sie konnte nicht mehr stillhalten und begann, sich an der Erektion zu reiben, die sie unter ihrem Hintern spüren konnte. »Ace, Gott ...«, hauchte sie, während sie sich auf ihm wand.

Er antwortete nicht mit Worten, sondern wanderte zu ihrer anderen Brustwarze und saugte sie in seinen Mund, wobei er gierig an ihr knabberte und leckte.

Auf Pipers Armen bildete sich eine Gänsehaut und sie

wollte unbedingt seine nackte Haut an ihrer eigenen spüren. Sie griff nach dem Saum seines Hemdes und versuchte, es hochzuziehen, aber er kooperierte nicht. Er ließ nicht von ihr ab.

»Ace«, jammerte sie, als sie seine nackte Brust unter dem Hemd streichelte. Seine Brustwarzen waren hart, genau wie ihre, und sie kniff sie grob, da sie von ihm dieselbe Verzweiflung spüren wollte. Es funktionierte. Er löste sich von ihr und nur wenige Sekunden später war sein Hemd verschwunden. Dann ließ er seine Finger zu den Knöpfen und dem Reißverschluss ihrer Shorts wandern, und innerhalb einer weiteren Sekunde waren auch diese geöffnet.

»Ausziehen«, sagte er mit einem tiefen, heiseren Bariton, der Piper ebenso erregte, wie er sie zum Handeln anspornte. Sie hasste es, die Verbindung zu ihm zu verlieren, aber sie wusste auch, dass sie sonst niemals ihre Shorts und ihren Slip ausziehen könnte. Schnell kletterte sie von Ace herunter und stellte sich neben das Bett, zog ihren BH den Rest des Weges aus und entledigte sich ihrer anderen Kleidung.

Als sie sich wieder rittlings auf Ace setzte, hatte er bereits seine Jeans und Boxershorts ausgezogen und lag in Erwartung ihrer Rückkehr wieder auf dem Rücken. Piper konnte den Blick nicht von seiner Erektion abwenden. Sie war ebenso schön wie einschüchternd. Es war schon eine Weile her, dass sie mit einem Mann zusammen gewesen war, und plötzlich war sie sich nicht mehr sicher, ob sie ihn einfach in sich würde aufnehmen können.

»Komm her«, sagte Ace, während er nach ihr griff.

Piper warf wieder ein Bein über seine Hüfte und fühlte sich diesmal viel entblößter.

Sie spürte, wie er mit den Daumen die Stellen streichelte, wo ihre Beine auf ihre Hüften trafen, und als er sich nicht sofort auf sie stürzte oder eine andere sexuelle Bewegung machte, entspannte sie sich langsam.

»Genau so«, sagte er leise. »Wir machen es in deinem Tempo. Du bist so verdammt schön, ich könnte die ganze Nacht hier sitzen und dich einfach nur anstarren.«

»Ich bin mir nicht sicher, ob das für uns beide befriedigend wäre«, erwiderte sie trocken.

Ace lachte, dann sah er sie mit so viel Liebe und Intensität an, dass Piper fast das Atmen schwerfiel.

»Ich, Beckett Morgan, nehme dich, Piper Morgan, zu meiner rechtmäßig angetrauten Ehefrau. In guten und in schlechten Zeiten, in Reichtum und in Armut, in Krankheit und Gesundheit, bis dass der Tod uns scheidet. Ich werde für dich und unsere Kinder sorgen und nichts im Gegenzug erwarten. Ich werde dich nie verletzen und ich werde töten, um dich vor jedem zu schützen, der es tut.«

Ihre Kehle war wie zugeschnürt und alles, was Piper herausbringen konnte, war: »Ace ...«

»Lass mich dich lieben«, sagte er. »Ich werde dir nicht wehtun. Niemals.«

»Ja«, flüsterte sie.

Ace ließ eine Hand zwischen ihre Beine wandern und begann, langsam und sanft ihre Klitoris zu streicheln. Ihre Beine waren über ihm gespreizt und sie war völlig geöffnet für alles, was er tun wollte, aber er stieß seine Finger nicht in sie hinein. Er ließ sich Zeit. Spielte mit ihr. Er verteilte ihre wachsende Feuchtigkeit um ihre Schamlippen, reizte sie und bereitete sie vor.

Es dauerte nicht lange, bis Piper merkte, wie sich ihre Hüften im Takt mit seinen Fingern bewegten. Sie verlangte nach mehr. Mehr von seiner Berührung, härter. Sie griff nach unten und nahm seinen Schwanz in die Hand, nicht überrascht, dass ihre Fingerspitzen sich kaum berührten, als sie sie um ihn legte. Sie bewegte sich nach oben, bis sie ihre nassen Schamlippen an der Ader an der Unterseite seiner Erektion auf und ab gleiten lassen konnte.

Ace stöhnte, aber er stieß seine Hüften nicht vor. Er zwang sie nicht, ihn in ihren Körper aufzunehmen. Sein Daumen bewegte sich jedoch schneller und fester gegen ihre Klitoris und er berührte sie fast so, wie sie sich selbst berührt hätte, wenn sie masturbieren würde. Mit der anderen Hand griff er nach oben, nahm eine ihrer Brüste und kniff in die Brustwarze, während sie sich gegen ihn wand.

»Das ist es«, murmelte er. »Genau so. Du bist so verdammt schön, Piper. Gott, ich könnte dir die ganze Nacht dabei zusehen. Reite mich, nimm es dir von mir.«

Piper versuchte es, aber so gut sich sein Daumen auch anfühlte, er bewegte sich nicht schnell genug. Er rieb ihre Klitoris nicht fest genug. Sie stand am Abgrund ihres Orgasmus und es war frustrierend, dass sie ihn nicht ganz erreichen konnte.

Ohne darüber nachzudenken, ging sie auf die Knie, um ihren Körper abzustützen, und ließ ihre freie Hand zwischen ihre Beine wandern.

Eine Sekunde lang waren Ace' Finger ihr im Weg, dann zog er sich zurück.

»Verdammt, das ist *so* heiß«, hörte sie ihn sagen, aber sie war zu sehr in ihrer eigenen Lust versunken. Sie presste ihre Finger heftig gegen sich selbst und rieb hektisch ihre Klitoris. Sie wollte es schaffen. Sie wollte über den Abgrund springen.

Piper zuckte zusammen, als sie spürte, wie einer von Ace' Fingern in ihren Körper eindrang. Sie hatte ihm Platz gemacht, indem sie auf die Knie ging. Dann konnte sie ihre Hüften nicht mehr ruhig halten, während sie sich an seinem Finger rieb. Sie stöhnte laut.

»Mach weiter, Süße. Ich werde dich auffangen. So sexy. *Verdammt*.«

Das war das Letzte, was sie hörte, bevor sie stöhnend über den Abgrund stürzte.

»Sag Ja«, flehte Ace unter ihr.

Piper schaute nach unten und sah, dass er eine Grimasse zog. Dann spürte sie ihn zwischen ihren Beinen. Und dieses Mal war es nicht sein Finger. Er hatte seinen Schwanz in einer Hand und fuhr mit der Spitze zwischen ihre nun tropfenden Schamlippen. Er war noch nicht hineingestoßen, sondern wartete auf ihre Bestätigung, dass es in Ordnung war.

Daraufhin legte Piper, die immer noch kleine Nach-beben ihres Orgasmus spürte, eine Hand um seinen Schwanz und sank langsam auf ihn herab.

Sie stöhnten beide auf, als die Spitze seiner Erektion in ihr heißes, feuchtes Inneres eindrang. Sie hielt einen Moment inne, um sich an seinen Umfang zu gewöhnen, und Ace' Körper war unter ihr fest wie ein Fels. Er hielt sich selbst still, ließ sie ihn nehmen und drängte sie nicht zu mehr, als sie verkraften konnte.

Langsam, ganz langsam, senkte Piper ihren Körper um ein paar Zentimeter, bevor sie ihn wieder anhob. Als sie sich das nächste Mal sinken ließ, nahm sie mehr von ihm auf.

In gefühlten Minuten, die vermutlich nur wenige Sekunden waren, hatte sie ihn ganz in sich aufgenommen.

Er war so tief in ihr vergraben, dass ihre Schamhaare aufeinandertrafen. Als sie auf die Stelle schaute, an der sie miteinander verbunden waren, konnte sie nicht erkennen, wo er aufhörte und sie begann.

»Verdammt, das ist so verflucht sexy«, knurrte Ace.

Piper schaute auf und sah, dass auch sein Blick auf die Stelle fixiert war, an der sie zusammenkamen. Ihre inneren Muskeln spannten sich an und er stöhnte.

»Mach das noch mal«, bat er sie.

Sie tat es und lächelte über den Ausdruck von Lust, der über sein Gesicht huschte.

Dann sah er ihr in die Augen ... und sie erstarrte. Sie konnte den Blick nicht von ihm abwenden, von der Liebe, die sie darin sah.

»Fick mich, Piper«, bettelte er.

Piper hatte nicht viel sexuelle Erfahrung, und sie hatte noch nie auf diese Weise Sex gehabt, aber sie tat, was sich gut anfühlte. Sie hob ihre Knie ein wenig an und ließ ihre Hüften kreisen, während sie sich erneut herabsenkte.

»Ja, Baby. Genau so.«

Also tat sie es wieder. Wieder und wieder. Aber bald war es nicht mehr genug. Es fühlte sich nett an, aber sie wollte es nicht *nett*. Sie wollte außer Kontrolle geratene Leidenschaft.

»Hilf mir«, flüsterte sie.

Er ließ seine Hände, die zuvor sanft mit ihren Brustwarzen gespielt hatten, sofort zu ihren Hüften wandern und griff fest zu. Ohne dass es so aussah, als würde er sich anstrengen, hob Ace sie von seinem Schwanz und zog sie dann viel härter zurück, als sie je gedacht hätte, dass es sich gut anfühlen könnte. Aber das tat es. Es fühlte sich an, als würde sein Schwanz noch tiefer in ihren Körper eindringen, während ihre Schenkel gegen ihn klatschten.

Dann tat er es wieder.

Und wieder.

Piper fing den Rhythmus seiner Bewegungen auf und begann zu helfen. Sie nutzte ihre Oberschenkelmuskeln, um ihn zu reiten. Auf und ab. Auf und ab. Die schmatzenden Geräusche, die zwischen ihren nassen Schenkeln entstanden, waren laut, aber verdammt sexy. Sie war noch nie so feucht und so erregt gewesen.

Als sie an sich herunterschaute, sah sie, dass Ace' Blick

nicht mehr auf ihr Gesicht gerichtet war, sondern abwechselnd auf ihre hüpfenden Brüste und seinen Schwanz, der immer wieder verschwand und auftauchte, während sie ihn ritt.

Der Sex war außer Kontrolle. Und chaotisch. Und besser als alles, was sie je zuvor erlebt hatte.

Plötzlich wollte sie wieder kommen. Sie wollte seinen Schwanz drücken, während er sie fickte. Piper hatte noch *nie* zwei Orgasmen während einer Runde gehabt, sie hatte nicht gewusst, dass sie dazu fähig war, aber in diesem Moment *brauchte* sie es.

Erneut ließ sie eine Hand zwischen ihre Beine wandern. Sie streichelte Ace' Schwanz, als er in ihr verschwand, und hörte, wie er als Reaktion stöhnte. Sobald ihre Finger mit ihrer eigenen Erregung bedeckt waren, begann sie erneut, ihre Klitoris zu reizen.

»Ja ... oh Gott, ich kann spüren, wie du mich drückst«, sagte Ace. »Komm noch mal. Ich will es an meinem Schwanz spüren. So ist es gut. Scheiße!«

Piper gefiel es, wie Ace etwas zusammenhangslos wurde, während sie ihn fickte. *Sie* tat das. Sie zwickte ihre Klitoris immer schneller und innerhalb von Sekunden spürte sie, dass sie kurz vor dem Höhepunkt stand. Sie erstarrte, als sie über ihm schwebte, aber das hielt ihn nicht auf. Während ihre Oberschenkelmuskeln zitterten, bewegten sich seine Hüften auf und ab und er vögelte sie, während sie regungslos blieb.

Es war sexy und heiß und Piper konnte ihren Orgasmus nicht mehr zurückhalten.

Sie stöhnte, und als ihr Körper bebte und sich um ihn herum zusammenzog, packte Ace ihre Hüften und zog sie auf sich. *Hart.* Er vergrub sich so tief in ihr, wie er konnte, und Piper schwor, dass sie seinen pochenden Schwanz spüren konnte.

»Oh ja, Piper ... Deine Muschi ist unglaublich! Du drückst meinen Schwanz so verdammt hart ... Gott, ich komme. *Unghhhhh!*«

Sie hätte über die Geräusche gelacht, die er machte, als er kam, aber sie war selbst völlig neben sich. Ace ließ sie auf seine Brust sinken, aber sie konnte nicht mehr tun, als wie ein Sack Kartoffeln dazuliegen.

Sie waren immer noch miteinander verbunden, was sich fantastisch anfühlte. Sie liebte es, auf ihm zu schlafen, aber sie würde das nie wieder tun können, ohne sich an diesen Moment zu erinnern.

Als ihr Herzschlag sich schließlich soweit beruhigt hatte, dass sie wieder klar denken konnte, hob sie eine Hand und tätschelte seinen Bart.

Sie spürte und hörte, wie er lachte, als er ihre Hand in die seine nahm. »Wir haben nichts benutzt«, sagte er leise.

Piper war einen Moment lang verwirrt, aber in diesem Augenblick glitt sein weicher Schwanz aus ihrem Körper – und sie wusste genau, was er meinte. Sie hob den Kopf. »Ich bin gesund«, sagte sie ernsthaft.

Überraschenderweise lachte er erneut. »Ich weiß, dass du das bist, Süße. So wie ich. Ich kann dir die Untersuchungsergebnisse zeigen, wenn du willst. Wir werden regelmäßig im Rahmen unserer Gesundheitschecks bei der Marine untersucht. Ich habe eher von Verhütung gesprochen. Bist du diesbezüglich abgedeckt?«

Sie schüttelte langsam den Kopf. »Ich musste nichts nehmen, weil meine Periode regelmäßig ist und ich mit niemandem zusammen war. Schon lange nicht mehr.«

Sie konnte Ace' Gesichtsausdruck nicht deuten. Aber schließlich sagte er: »Ich liebe dich, Piper. Das tue ich wirklich. Wir hatten das schnellste Liebeswerben der Welt, aber das ändert nichts an meinen Gefühlen für dich. Ich will damit nur sagen ... ich hätte kein Problem damit, wenn du schwanger würdest.«

Piper konnte nicht mehr atmen. »Nicht?«

»Nein«, sagte er sofort. »Ich habe keinen Hehl daraus gemacht, dass ich mehr Kinder möchte. Und ich kann mir nichts Besseres vorstellen, als sie mit dir zu haben.«

»Wie viele willst du denn noch?«, fragte sie, während sie noch immer zu verstehen versuchte, was er sagte.

»So viele, wie du mir geben willst.«

Sie blinzelte. »Und wenn ich sage, ich will acht?«, fragte sie mit einem kleinen Grinsen.

»Dann würde ich mich nach einem größeren Haus umsehen.«

Piper schüttelte den Kopf. »Ich will keine acht Kinder«, antwortete sie.

»Es tut mir leid wegen heute Abend. Ich wollte auf dem Weg hierher ein Kondom aus meiner Tasche holen, aber ich habe mich hinreißen lassen. Wenn du morgen früh nicht zu wund bist, würde ich es gern noch einmal versuchen. Mir vielleicht etwas mehr Zeit lassen. Es ist lange her, dass ich Sex hatte, und du warst einfach zu schön, als dass ich mich hätte zurückhalten können. Ich würde dich gern kosten, erforschen. Ich möchte sehen, was dich erregt und dich kommen lässt. Aber ich muss wissen, was du in Bezug auf Verhütung willst, Piper. Ich werde gern ein Kondom benutzen, wenn du jetzt mit allem, was wir zu tun haben, noch nicht bereit für ein Baby bist.«

Sobald der Gedanke, ein Kind mit Ace zu bekommen, in ihrem Kopf war, konnte sie ihn nicht mehr abschütteln. Sie liebte ihn. Mehr als sie es je für möglich gehalten hätte. »Du musst keine Kondome benutzen«, sagte sie leise.

»Du willst mein Baby?«, fragte Ace offen.

Sie konnte sich nicht vor ihm verstecken. Sie atmete tief durch und nickte.

Das Lächeln, das sich auf seinen Lippen bildete, war wunderschön und Piper wünschte, sie könnte ein Foto davon machen und es für immer festhalten. Andererseits wusste sie, dass er wieder so für sie lächeln würde. Weil er es ständig tat.

Er beugte sich vor und küsste sie auf die Lippen. Ein langer, langsamer Kuss, der sie dazu brachte, sich ein wenig auf ihm zu winden. Ace legte eine Hand auf ihren Rücken und drückte sie an sich, während sein Kopf wieder auf das Kissen sank. »Schlaf, Piper. Ich wecke dich später und wir können *erkunden*, okay?«

»Okay«, flüsterte sie.

Sie versuchte, wach zu bleiben und die Tatsache zu genießen, dass sie und Ace endlich offiziell Mann und Frau waren, aber zwei Orgasmen und die Hitze des Mannes unter ihr machten es unmöglich. Innerhalb weniger Minuten schlief sie tief und fest, sicher in dem Wissen, dass sie in den Armen des Mannes lag, der sie liebte und dessen Liebe sie erwiderte.

Ihre Kinder waren sicher in ihrem Haus, wo gute Freunde auf sie aufpassten, und selbst als sie einschlief, sorgte die Möglichkeit, dass ein weiteres Kind tief in ihrem Bauch entstand, dafür, dass sie sich zufrieden lächelnd an ihren Mann kuschelte.

Auf der anderen Seite der Stadt saß Paul Solberg in seinem Wagen, ein paar Häuser von Pipers und Ace' Zuhause entfernt, und betrachtete es aufmerksam. Irgendwie musste er Kalee da rausholen, damit sie aus dem Land fliehen und ein neues Leben beginnen konnten.

Aber wie?

Mit einem Foto, das er an dem Tag gemacht hatte, an

dem er Piper und den Kindern an den Strand gefolgt war, hatte er einen Pass für Kalee besorgt. Die Frau hatte seine Kalee gestohlen, und er würde sie zurückholen, so oder so.

Er würde sein kleines Mädchen bald befreien. Sie würden zuerst nach Mexiko gehen und sich dann auf den Weg nach Südamerika machen. Mit ihrer dunkleren Hautfarbe würde Kalee sich dort besser einfügen.

Pauls Kopf pochte und er konnte sich nicht erinnern, wann er das letzte Mal etwas gegessen hatte. Aber Essen spielte keine Rolle. Kalee war das Einzige, was zählte.

Der Gedanke an ihr dunkles Haar ließ seinen Kopf noch mehr schmerzen ... irgendetwas stimmte daran nicht ... aber er presste die Handballen auf seine Augen, bis sein Kopf etwas weniger wehtat.

Er hatte ein schlechtes Gewissen. Er hatte seiner Kalee versprochen, immer die Pillen zu nehmen, die der Arzt ihm verschrieben hatte, aber er hatte sie vor zwei Wochen alle in der Toilette runtergespült. Paul holte tief Luft. Er brauchte die Pillen nicht. Es ging ihm auch ohne sie gut. Einfach *gut*.

Als er zum Haus zurückblickte, wusste er, dass Piper und Ace nicht da waren und dass sie seine Kalee bei Babysittern gelassen hatten. Das war gut. Das bedeutete, dass sie ihre Wachsamkeit verringerten. Er musste nur aufmerksam sein und sich seine Tochter zurückholen, wenn die Zeit reif war. Sie war ihm gestohlen worden. Piper hatte ihm seine Tochter gestohlen ... und es war bald an der Zeit, dass sie nach Hause kam.

Auge um Auge.

Er tat das Richtige.

KAPITEL VIERZEHN

Die nächsten zwei Wochen vergingen für Ace wie im Flug.
Er war so beschäftigt wie immer, aber mit der Veränderung
in seiner Beziehung zu Piper kam eine Entspannung, von
der er nicht gewusst hatte, dass er sie brauchte. Piper liebte
ihn. Er liebte sie. Das ganze Chaos und das ständige Herum-
rennen, das mit drei Kindern einherging, schien nicht mehr
so unüberwindbar zu sein.

Die Mädchen wurden endlich mutig und aßen mehr als
das fade Essen, das sie bei ihrer Ankunft in den Staaten zu
sich genommen hatten. Die kleine Rani war eine Nasch-
katze, die ihresgleichen suchte. Für ein Stück Schokolade
hätte sie alles getan, und Ace schämte sich nicht zuzugeben,
dass er sie mehr als einmal mit Leckereien bestochen hatte.

Sinta hatte entdeckt, wie sehr sie Müsli liebte. Sie aß es
morgens, mittags und abends, wenn sie durfte. Schoko-
müsli, Nougatkissen, Honigflocken, Cornflakes ... egal, was
es war, sie aß es, als hätte sie ein großes Stück Kuchen
bekommen.

Auch Kemala hatte ihr Bestes getan, verschiedene

Lebensmittel zu probieren. Schließlich entdeckte sie, dass sie Makkaroni und Käse mochte, aber bei Kartoffelpüree war sie sich noch nicht so sicher. Sie liebte Ranch-Dressing und bedeckte damit oft alles, vom Gemüse bis zur Pizza.

Ace war neugierig auf Pipers Cartoons geworden und eines Abends hatte sie ihn dabei erwischt, wie er sich ihren Blog ansah. Sie hatte sich zu ihm gesetzt und sie sahen sich fast zwei Stunden lang ihre älteren Cartoons an. Sie beschrieb, was sie dachte, während sie jedes Bild zeichnete. Sie hatten zusammen gelacht, und er war noch faszinierter von ihrem Talent und ihrer Fähigkeit gewesen, das Gewöhnliche in etwas Außergewöhnliches zu verwandeln.

Eine seiner Lieblingszeichnungen zeigte eine ältere Frau, die mit ausgebreiteten Armen und zurückgeworfenem Kopf in einem Einkaufswagen saß. Ein älterer Mann, ihr Ehemann, schob sie mit einem breiten Grinsen im Gesicht über den Parkplatz. Die Freude und Liebe, die sie in dieser einen Zeichnung zeigen konnte, und die Tatsache, dass sie die Schönheit des Moments sah, anstatt den Kopf über das Paar zu schütteln und es für verrückt zu halten, war ein Teil des Grundes, warum er sie liebte.

Sie hatte ihm auch ihre neuesten Zeichnungen gezeigt, und er konnte sehen, welchen Einfluss ihre Mädchen bereits auf ihre Arbeit hatten. In den meisten ihrer neuen Cartoons kamen Kinder vor und zeigten die schöne Seite der Unschuld der Jugend.

Aber sein Lieblingsbild war eines, das sie nur für sie gezeichnet hatte. Er hatte es einrahmen lassen und es hing jetzt in ihrem Schlafzimmer, damit er es als Erstes sehen konnte, wenn er aufstand, und als Letztes, wenn er und Piper abends ins Bett krochen.

Sie hatte ihr Cartoon-Ich gezeichnet, das auf einem Mann in einem Bett lag, von dem er wusste, dass er es sein sollte. Sein Kopf war zur Seite gedreht, genau wie der ihre. Eine ihrer Hände war um seinen Nacken geschlungen. Er hatte eine Hand auf ihrem Rücken und die andere weiter oben zwischen ihren Schulterblättern. Die Bettdecke hing tief auf ihrem Rücken und es war offensichtlich, dass sie beide nackt waren.

Piper hatte das Wort *Zuhause* unter die Zeichnung geschrieben, und als er es zum ersten Mal gesehen hatte, hatte Ace gespürt, wie sich ihm die Kehle zuschnürte.

Sie hatte genau das eingefangen, was er jedes Mal fühlte, wenn sie sich nachts an ihn kuschelte. Sie war sein Zuhause. Egal, ob sie in ihrem Bett in ihrem Haus lagen oder im Dschungel von Timor-Leste.

Ihr Sexleben war robust, wenn auch nicht sehr regelmäßig. Am Ende des Tages waren sie beide müde und in vielen Nächten begnügten sie sich damit, zusammen im Bett zu liegen und leise zu reden, bevor sie in einen tiefen Schlaf fielen.

Aber die Nächte, in denen sie nach einem langen Tag mit den Kindern noch Energie hatten, waren erotisch und schön. Sie liebten sich in der Dusche, im Stehen und in fast jeder Stellung, die ihm einfiel. Piper war im Schlafzimmer ebenso sinnlich und hingebungsvoll wie aggressiv und fordernd. Er liebte jede Facette ihres Charakters und wusste, dass er alles tun würde, um ihr im Bett alles zu geben, was sie brauchte und wollte.

Sie war noch nicht schwanger, aber das machte Ace keine Sorgen. Es würde passieren, wenn es passierte, und wenn nicht, dann würden sie noch einmal adoptieren. Vielleicht würden sie sogar ein paar Pflegekinder aufnehmen. Sie wünschten sich beide sehnlichst weitere Kinder, und Ace wusste genau, dass es so oder so kommen würde. Im Moment genoss er einfach sein hektisches Leben mit Piper an seiner Seite.

Leider wusste er, dass ihnen einige harte Zeiten bevorstanden. Die Lage auf der Arbeit spitzte sich zu und es war wahrscheinlich, dass ihr Vorgesetzter sie jederzeit zu einem Einsatz rufen würde. Sie hatten mögliche Szenarien durchgespielt, um sich vorzubereiten, und wenn sich die eingehenden Informationen bestätigten, würde das Team wahrscheinlich eher früher als später auf Mission geschickt werden.

Ace verließ Piper nur ungern, aber es ließ sich nicht ändern. Sowohl Sidney als auch Caite hatten ihnen versichert, dass sie bei Bedarf zur Verfügung stehen würden, was ihn beruhigte, aber er hasste es zu wissen, wie hart Piper arbeiten würde, wenn er nicht da war, um zu helfen.

Da Kemala und Sinta auf dem Stützpunkt in die Schule gingen und Rani die Halbtagsvorschule in der Nähe ihres Hauses besuchte, würde Piper viel Zeit damit verbringen, alle herumzufahren. Sie hatte ihm versichert, dass sie klar kommen würde, aber Ace machte sich dennoch Sorgen.

Aber heute würde er versuchen, nicht an die Missionen und daran zu denken, Piper sich selbst zu überlassen. Heute heirateten Gumby und Sidney. Alle trafen sich in ihrem Strandhaus, und Konteradmiral Creasy würde die beiden im Sand ihres Garten trauen. Für die Zeit nach der Zeremonie war ein entspanntes Grillfest geplant und alle würden einfach nur abhängen und entspannen, wahrscheinlich so lange, bis Gumby die Nase voll von ihnen hatte und sie rauswarf.

Ace nahm Pipers Hand in seine eigene, als sie zum Strandhaus fuhren. Ohne Gumbys oder Sidneys Wissen hatten die Jungs sich zusammengetan und beschlossen, für die Zeremonie ihre weiße Uniform zu tragen. Ihre Freunde wollten zwar nichts Ausgefallenes, aber ihre Uniform zu tragen war eine der besten Möglichkeiten, ihrem Waffenbruder Respekt zu erweisen.

Caite und Piper hatten sich ebenfalls abgestimmt und trugen lilafarbene Kleider. Sidney würde ein hübsches weißes Sommerkleid tragen und hatte lila Gänseblümchen und Flieder für ihren schlichten Strauß ausgewählt. Nachdem sie das gehört hatten, waren Caite und Piper einen Nachmittag lang einkaufen gegangen und hatten Kleider in ähnlichen Farben gefunden.

Ace liebte es, wie seine Frau dazu beigetragen hatte, Sidneys Tag unvergesslich zu machen. Er fand, dass sie in dem knielangen, fließenden Kleid wunderschön aussah. Vorne war es tief ausgeschnitten und hinten reichte der Reißverschluss bis zu ihrem Hals. Sie hatte ihr blondes Haar zu einem Knoten hochgesteckt, und er konnte weder den Blick von ihr lassen noch seine Hände bei sich behalten ... wie immer.

Irgendwie hatte sie es geschafft, sie alle rechtzeitig aus dem Haus zu bekommen, und sie würden bald am Strandhaus ankommen.

»Können wir schwimmen?«, fragte Sinta auf dem Rücksitz.

»Vielleicht«, sagte Piper zu ihr. »Aber definitiv nicht vor der Zeremonie. Ihr Mädchen müsst euch bemühen, bis nach den Fotos sauber und sandfrei zu bleiben, okay?«

Ace lachte leise vor sich hin. Seine Mädchen fühlten sich zum Schmutz hingezogen. Sie hatten kein Problem damit, im Dreck zu wühlen oder unter Betten und andere Möbel zu krabbeln, um jede kleine Wollmaus zu finden, die sein Reinigungsdienst noch nicht weggefegt hatte. Außerdem trugen alle drei Kleider. Rani trug ein dunkelblaues, bauschiges Exemplar, in das sie sich auf den ersten Blick verliebt hatte. Sinta trug ein knöchellanges Kleid mit gerade so viel fließendem Stoff, dass sie sich im Kreis drehen und dabei zusehen konnte, wie er sie umspielte.

Und Kemala trug ein wunderschönes hellgraues Etuikleid, das sie nach Ace' Meinung viel zu erwachsen aussehen ließ.

Piper hatte die Haare ihrer Töchter gebürstet und frisiert und sie sogar ein wenig von ihrem Lipgloss benutzen lassen.

»Wird Hannah da sein?«, fragte Kemala.

Ace war erstaunt, wie viel besser das Englisch seiner ältesten Tochter geworden war. Ja, sie war in einem speziellen Kurs für Englisch als Zweitsprache, aber es war nach nur einem Monat trotzdem ein großer Unterschied.

»Ja«, antwortete Piper. »Sidney hat gesagt, dass sie die Ringträgerin sein wird ... sie wird den Ring, den Gumby für sie gekauft hat, zum Altar tragen, zu ihren Besitzern.«

»Was ist, wenn sie weglaufen?«, fragte Sinta.

»Dann müsst ihr sie wieder einfangen«, sagte Piper lachend.

Sinta wurde auch immer besser darin, Englisch zu sprechen und zu verstehen. Seine Mädchen waren so klug, dass Ace sich gar nicht vorstellen konnte, ihre Ausbildung mit zwölf Jahren abbrechen zu müssen, wie es der Fall gewesen wäre, wenn sie noch in Timor-Leste wären.

Rani hatte immer noch kein Wort gesagt, weder auf Englisch noch auf Tetum, aber nach allem, was sie gelesen hatten, sagten die Fachleute, dass das nicht abnormal sei. Ihr Gehirn nahm alles auf, und wenn sie sich bereit fühlte zu sprechen, würde sie es tun. In der Zwischenzeit schaffte sie es, ihren Standpunkt mit nonverbalen Gesten, großen Hundeaugen, Schmollen und gelegentlichem Grunzen mehr als deutlich zu machen.

»Tut es dir leid, dass wir keine richtige Hochzeit hatten?«, fragte Piper ihn, als sie sich dem Haus näherten.

Ace schaute zu ihr hinüber. »Was mich betrifft, hatten wir eine *richtige* Hochzeit.« Er führte ihre Hand zu seinem Mund und küsste die Ringe an ihrem Finger.

»Gute Antwort«, sagte Piper. »Aber fühlst du dich schlecht, weil du so etwas nicht mit deinen Freunden teilen konntest?«

»Nein«, entgegnete Ace. »Ich glaube wirklich, dass die Dinge so passiert sind, wie sie passieren sollten. Wenn du eine große Party schmeißen willst, ist das für mich völlig in Ordnung, aber ich muss nicht meine Uniform anziehen oder dich in voller Montur sehen, um mich dir und unseren Mädchen hundertprozentig verbunden zu fühlen.«

Piper lächelte ihn an. »Ich will nur nicht, dass du etwas bereust.«

»Ich würde nur bereuen, wenn du das Gefühl hättest, etwas verpasst zu haben«, sagte er.

Sie schüttelte den Kopf. »Mir geht es gut. Ehrlich gesagt hatte ich nie viel über eine Hochzeit nachgedacht, weil ich nicht sicher war, ob ich jemals heiraten würde. Es ist schwer, jemanden kennenzulernen, wenn man den ganzen Tag in seiner Wohnung sitzt.«

»Ich liebe dich«, murmelte Ace, als er auf der Straße in der Nähe von Gumbys Haus parkte.

»Und ich liebe dich«, erwiderte Piper.

»Bist du bereit?«

»Absolut. Lass es uns tun.«

Ace küsste sie noch einmal auf die Handfläche, dann stiegen sie aus dem Denali und öffneten beide Hintertüren, um ihre Kinder zu versammeln und ins Haus zu gehen.

»Das lief gut, meinst du nicht?«, fragte Caite Piper viele Stunden später. Sie saßen auf der hinteren Terrasse und sahen den Jungs beim Spielen mit den Kindern zu. Sie hatten ihre Uniformen und Kleider gegen andere Kleidung getauscht und eine Weile im Wasser gespielt. Jetzt warfen sie einen Strandball hin und her. Hannah hatte sich während der Zeremonie perfekt verhalten und Piper wusste, dass sie diesen Tag nie vergessen würde, solange sie lebte.

Gumby und Sidney waren vor einer Stunde verschwunden. Er hatte seine Braut für die Nacht in ein Hotel gebracht und ihnen gesagt, sie könnten so lange im Haus bleiben, wie sie wollten. Caite und Rocco hatten vor, die Nacht dort zu verbringen und auf Hannah aufzupassen, und wenn die Mädchen müde wurden, würden Piper und Ace sie nach Hause bringen. Aber im Moment hatten sie sehr viel Spaß und es gab keine Anzeichen dafür, dass das in naher Zukunft ein Ende fände.

Die Sonne ging langsam unter und es wurde spät, aber Piper brachte es nicht übers Herz, den Mädchen zu sagen, dass sie aufbrechen mussten. Sie beschloss, dass es wichtiger war, ihren Kindern fantastische Erinnerungen zu schenken, die sie hoffentlich ein Leben lang begleiten würden, als sie ins Bett zu bringen, und lehnte sich in ihrem Stuhl zurück.

Sidney und Gumby hatten ein umwerfendes Paar abgegeben, und ihre Gelübde waren von Herzen gekommen und wunderschön gewesen. Die Zeremonie selbst war kurz und auf den Punkt gewesen; tatsächlich dauerte das Bildermachen länger als die eigentliche Vermählung. In der Mitte der Zeremonie hatte Ace ihre rechte Hand in seine genommen, und als er mit dem Daumen über den billigen Ring streichelte, den er in Timor-Leste gekauft hatte – und den sie nicht abnehmen wollte –, wusste sie, dass er sich genauso deutlich an ihren Hochzeitstag erinnerte wie sie selbst.

Das Überraschendste an der Zeremonie war danach gewesen – Rocco war auf ein Knie gegangen und hatte Caite einen Antrag gemacht.

Alle Frauen hatten geweint und von Anfang bis Ende

war es buchstäblich ein perfekter Tag gewesen. Piper liebte es, ihre Freundinnen so glücklich und die Männer so entspannt zu sehen.

Der Konteradmiral und seine Frau waren vor dreißig Minuten gegangen, und Piper war angenehm überrascht, wie sehr sie die beiden mochte. Sein Rang hatte sie eingeschüchtert, aber nachdem sie gehört hatte, wie Brenae Creasy und Caite in ihrem Wohngebäude als Geiseln festgehalten worden waren, und nachdem sie gesehen hatte, wie offen und freundlich die ältere Frau war, hatte sie ihre Nervosität in ihrer Nähe schnell abgelegt.

»Es war perfekt«, sagte Piper zu Caite, um ihre vorherige Frage zu beantworten. »Dein Ring ist wunderschön.«

Caite hielt ihre linke Hand hoch und bewunderte den Ring, den ihr Mann ihr vor einer Weile angesteckt hatte. »Das ist er, nicht wahr?«

Piper nickte. »Der Solitär scheint genau richtig für dich zu sein. Er ist sehr traditionell.«

»Ich liebe ihn«, sagte Caite. »Ich hatte schon Angst, dass er am Ende etwas Riesiges kauft, das an meinem Finger komisch aussieht.«

Piper kicherte. »Das Gefühl kenne ich. Warum müssen unsere Männer immer dafür sorgen, dass jeder Mann im Umkreis von zehn Kilometern weiß, dass wir vergeben sind?«

Caite lachte mit ihr zusammen. »Ich habe keine Ahnung, aber ich muss zugeben, dass es mich nicht wirklich stört.«

»Mich auch nicht. War deine Mutter aufgeregt?«, fragte Piper.

»Ich dachte, sie würde gleich am Telefon einen Herzinfarkt bekommen«, antwortete Caite. »Ich meine, ich weiß, dass sie schon wussten, dass Blake mich fragen würde, weil er heimlich zu meinem Vater geflogen ist, um um meine Hand anzuhalten, aber trotzdem.«

»Das hat er getan? Heilige Scheiße!«

»Ich weiß. Es ist so altmodisch, aber die Geste war trotzdem sehr süß. Meine Mutter hat mir erzählt, dass er versprochen hat, mich immer zu beschützen und glücklich zu machen«, sagte Caite mit einem kleinen Lächeln.

»Das ist so schön«, entgegnete Piper. »Weißt du schon, wann ihr die Zeremonie abhalten werdet?«

Caite rollte mit den Augen. »Nicht du auch noch. Ich will es erst mal eine Weile lang genießen, verlobt zu sein, bevor alle mit der verdammten Zeremonie anfangen. Um deine Frage zu beantworten: Nein, das tun wir nicht, aber ich denke, ich möchte so etwas wie bei Sidney heute. Unauffällig. Entspannt. Ich bin zu alt, um zwanzig Brautjungfern zu haben und einen Haufen Geld auszugeben. Ich würde lieber sparen und es für ein neues Haus oder so ausgeben.«

»Das kann ich dir nicht verdenken«, sagte Piper. »Aber sag mir bitte, dass die Jungs ihre Uniformen tragen werden. Ich schwöre bei Gott, ich glaube nicht, dass sie heute noch heißer hätten aussehen können.«

»Nicht wahr?«, rief Caite. »Großer Gott. Mit ihren Bärten und all den Medaillen auf der Brust konnte ich mich nur schwer beherrschen, nicht zu sabbern.«

Sie lachten beide.

»Wir haben wirklich Glück«, sagte Piper. »An einem Tag haben wir uns noch um unsere eigenen Angelegenheiten gekümmert und unser Leben gelebt, und am nächsten Tag sind wir hier und leben den amerikanischen Traum.«

»Genau«, stimmte Caite inbrünstig zu.

Sie saßen noch eine Weile da und sahen den Männern beim Spielen mit den Kindern zu. Doch als Rocco auf das Haus zugelaufen kam und auch die anderen Jungs begannen, die Mädchen in ihre Richtung zu treiben, standen Caite und Piper besorgt auf.

»Keine Panik«, sagte Rocco zu Caite, »aber wir müssen los. Der Kommandant hat gerade angerufen. Wir werden auf dem Stützpunkt gebraucht.«

»Scheiße«, sagte Piper leise. Sie und Ace hatten über die Möglichkeit gesprochen, dass er bald losgeschickt werden würde, aber sie war noch nicht bereit. Nicht ausgerechnet heute. »Aber es ist schon spät«, merkte sie an.

Dann stand er vor ihr. Er legte die Hände an ihre Wangen und neigte ihr Gesicht zu seinem. »Ich weiß. Es tut mir so leid.«

Piper griff nach seinen Handgelenken und atmete tief durch. »Es ist in Ordnung. Wir schaffen das«, sagte sie zu ihm.

Er lächelte. »Oh ja, das werden wir. Das Gute daran ist, dass die Mädchen erschöpft sein dürften und wahrscheinlich gleich einschlafen werden, wenn du nach Hause kommst.«

Sie tat ihr Bestes, ihn anzulächeln. »Glaubst du, dass du so schnell aufbrechen wirst?«

»Ich weiß es ehrlich gesagt nicht. Dies könnte nur eine Vorsichtsmaßnahme sein. Offensichtlich sind weitere Informationen eingetroffen, die sofort geprüft werden müssen. Vielleicht machen wir uns heute Abend auf den Weg, vielleicht bin ich aber auch schon in ein paar Stunden wieder zu Hause. Ich lasse es dich auf jeden Fall wissen.«

»Was ist mit Gumby?«

»Darüber haben wir schon gesprochen. Keiner von uns wird ihn aus seinen Flitterwochen holen. Wenn wir heute Abend los müssen, dann ohne ihn.«

»Ist das sicher?«, fragte Piper besorgt.

»Natürlich. Wir schaffen das«, sagte Ace als Wiederholung ihrer Worte.

Piper nahm einen tiefen Atemzug und nickte. Sie spürte, wie sich zwei kleine Arme um ihre Taille legten, und schaute nach unten. Sinta umarmte sie und blickte besorgt auf. Kemala stand mit Rani im Arm in der Nähe.

»Es ist alles in Ordnung, Mädchen«, versicherte Ace ihnen. Er strich mit einer Hand über Ranis feuchtes Haar und legte die andere auf Sintas Schulter. »Ich wurde zur Arbeit gerufen. Ich hoffe, ich komme heute Abend nach Hause, aber vielleicht muss ich sofort los. Seid brav für Piper, okay?«

Rani und Kemala nickten. Sinta hielt ihre Arme zu Ace hoch. Er beugte sich herunter und hob sie hoch. »Was ist, meine Kleine?«

Sinta tätschelte ihm die Wange. »Daddy in Sicherheit?«

Piper schloss die Augen und atmete tief ein. Das war das erste Mal, dass eines der Mädchen Ace »Daddy« genannt hatte – und es klang *so* gut. Sinta hatte gefragt, ob sie ihre Mom und ihr Dad sein würden, als sie noch in Dili gewesen waren, aber sie hatte es nicht mehr erwähnt ... bis jetzt. Piper konnte sich nicht vorstellen, wie Ace sich fühlte.

Sie öffnete die Augen und sah, dass ihm das Sprechen schwerfiel. Sie konnte nur vermuten, dass er nicht wollte, dass seine Stimme brach oder er Sinta durch übermäßige Emotionen beunruhigte.

»Natürlich wird er in Sicherheit sein«, sagte Piper, eine Hand auf Sintas Rücken gelegt. »Wenn dein Vater weggehen muss, um anderen zu helfen, hat er alle seine Freunde, die ihm helfen, und du weißt ja, wie mutig und stark er ist.«

Sinta nickte, beugte sich vor und gab ihm einen Kuss auf die Wange, bevor sie anfing zu zappeln, um heruntergelassen zu werden. Ace setzte sie sofort auf den Boden und blieb still stehen, während sie seine Beine umarmte. Dann drehte sie sich um und lief ins Haus, wobei sie Hannahs

SUSAN STOKER

Namen rief, als hätte sie nicht gerade die Welt ihrer Eltern erschüttert.

»Ich helfe mit Schwestern«, sagte Kemala zu ihnen.

»Ich weiß, dass du das tun wirst«, entgegnete Ace. »Vergiss nicht, dir auch Zeit für dich zu nehmen. Wir wissen, dass du die Mädchen liebst, aber es ist wichtig, dass du auch Dinge tust, die *du* gern tust.«

Sie hatten hart daran gearbeitet, dass Kemala Dinge tat, die anderen Mädchen in ihrem Alter vielleicht Spaß machen würden. Sie war nicht ihr Babysitter, und so sehr sie ihre Hilfe auch schätzten, wollten sie nicht, dass sie dachte, sie sei nur da, um auf die anderen beiden Mädchen aufzupassen.

»Das werde ich. Ich habe neue Bücher in Bibliothek bekommen. Ich werde lesen.«

»Gut. Ich freue mich darauf, dass du mir vorliest, wenn ich nach Hause komme«, sagte Ace zu ihr.

Kemala strahlte.

Ace streckte die Arme aus und Piper übergab ihm Rani. Er hielt das kleine Mädchen hoch, sodass sie auf Augenhöhe waren. »Wird mein kleines Äffchen brav sein, während Daddy weg ist?«, fragte Ace.

Rani kicherte und nickte begeistert.

»Gut. Warum geht du und deine Schwester nicht rein und seht nach, ob ihr alle eure Sachen findet? Es wird Zeit aufzubrechen und ich bin mir sicher, dass eure Sachen überall im Haus verteilt sind.«

Rani lächelte wieder, und Ace küsste sie auf die Wange, bevor er sie absetzte. Sie lief ins Haus, Kemala dicht auf den Fersen.

Piper tat ihr Bestes, nicht zu weinen. Sie war noch nicht bereit. Sie war nicht bereit, dass Ace sie verließ. Es war dumm, er war ein Navy SEAL. Ein verdammt guter. Natürlich musste er gehen, wenn sein Land ihn dazu aufforderte.

Aber sie war sich nicht sicher, ob sie bereit war, alleinerziehend zu sein. Ace hatte ihr mehr geholfen, als sie sich je erträumt hatte, und allein der Gedanke daran, alles selbst zu machen, ließ ihre Atmung schneller werden, bis Piper das Gefühl hatte zu hyperventilieren.

»Atmen, Piper«, befahl Ace und zog sie in seine Arme. »Du schaffst das schon. Vergiss nicht, dass du das allein machen wolltest. Ein Kinderspiel.«

»Aber ich habe es nicht allein getan«, protestierte sie an seinem warmen Hals. Sie konnte seinen Schweiß vom Spielen am Strand und den guten alten Ace riechen. Am liebsten hätte sie ihn an ihr Bett gefesselt, damit er nie wieder weggehen konnte ... und damit sie es ein weiteres Mal mit ihm tun konnte. »Bitte komm zurück zu mir«, flüsterte sie.

Ace lehnte sich zurück und küsste sie lang und innig. Als er sich eine Minute später von ihr löste, atmeten beide schnell. »Ich komme zurück«, sagte er entschieden. »Heute Abend. Morgen. In einer Woche. Ich werde immer da sein, wenn du mich brauchst.«

Piper nickte. Sie musste stark sein. Sie musste aufhören, ein Weichei zu sein. Caite und Sidney kamen gut damit zurecht, wenn ihre Männer weg waren; sie konnte das auch. »Okay.«

»Okay«, wiederholte er. »Alles klar?«

»Alles klar«, antwortete sie.

»Ich liebe dich«, sagte Ace. »Mehr als du es je wissen wirst.«

»Oh, ich weiß es«, entgegnete Piper. »Weil ich dich ebenso sehr liebe.«

»Wenn wir losgeschickt werden, werden wir nicht sofort aufbrechen. Schick mir eine SMS, sobald du die Mädchen ins Bett gebracht hast, und sag mir, wie es gelaufen ist, okay?«

»Mache ich.«

»Ich fahre mit einem der Jungs zum Stützpunkt. Ich stecke die Schlüssel für den Denali in deine Tasche.«

Piper nickte.

Er küsste sie noch einmal. Ein harter Kuss, der nicht annähernd lang genug war. Dann strich er ihr mit den Fingerspitzen über die Wange und drehte sich um, um hineinzugehen.

Tränen drohten zu fallen, aber Piper hielt sie mit reiner Willenskraft zurück. Er würde nicht für immer gehen. Nur für den Moment. Er würde zurückkommen. Sie konnte das schaffen.

Piper atmete tief durch und machte sich auf den Weg, um die Kinder einzusammeln und nach Hause zu bringen, bevor es zu dunkel wurde.

Kaum waren sie auf der Straße, schlief Rani in ihrem Kindersitz ein. Kemala und Sinta plauderten über den Tag, während Piper sich darauf konzentrierte, sicher nach Hause zu kommen. Ihr Kopf war voller Sorgen um Ace. Aus Sicherheitsgründen sprachen sie nicht viel über seine Arbeit und sie hasste es, dass sie keine Ahnung hatte, in welchen Teil der Welt er unterwegs sein könnte.

So stolz sie auch auf ihren Mann war, so wurde Piper doch klar, dass es einige Bereiche seines Jobs gab, die ihr nicht gefielen. Aber da sie wusste, dass sie sich damit auseinandersetzen musste, nahm sie ihre Kraft zusammen und dachte an all die Dinge, die sie tun musste, wenn sie nach Hause kamen.

Zuallererst musste sie die Mädchen baden. Sie waren klebrig vom Salzwasser und hatten wahrscheinlich noch eine Menge Sand auf ihren kleinen Körpern. Und da es

Samstagabend war, konnten sie vielleicht noch einen Film sehen, bevor sie ins Bett gingen. Außerdem wollte sie mit Kemala noch ein wenig Harry Potter lesen.

Und wenn die Mädchen erst einmal schliefen, konnte sie zusammenbrechen und sich selbst ein wenig bemitleiden.

Dann würde sie sich überlegen, was sie morgen mit den Kindern machen sollte. Vielleicht würde sie fragen, ob Caite im Strandhaus Gesellschaft haben wollte. Sie wohnte dort mit Hannah, bis Sidney und Gumby nach Hause kamen. Wenn nicht, würden sie vielleicht in den Zoo gehen.

Gedankenverloren öffnete sie eines der Garagentore am Haus und fuhr den großen Geländewagen hinein. Sie öffnete den Kofferraum und sagte, während sie aus dem Fahrzeug stieg: »Ich hole Rani, damit sie nicht aufwacht. Sinta und Kemala, nehmt bitte ein paar der Taschen mit. Ich lege eure Schwester auf die Couch und komme dann wieder raus, um den Rest der Sachen zu holen.«

»Okay«, antwortete Kemala.

Sinta nickte nur.

Piper löste Ranis Sicherheitsgurt und hob das immer noch schlafende Mädchen hoch. Ihr Kopf fiel auf ihre Schulter, während sie fast wie ein Sack in ihren Armen hing. Sie wunderte sich über die Fähigkeit ihrer Tochter, fast alles zu verschlafen. Piper genoss das Gefühl ihres leichten Gewichts und wartete, bis Sinta ihr die Haustür öffnete, dann ging sie ins Wohnzimmer.

Sie hatte Rani gerade auf die Kissen gelegt, als sie ein Geräusch hinter sich hörte.

Piper drehte sich um und konnte den Mann in der Mitte des Raumes nur anstarren. Er war offensichtlich durch die noch offene Tür in die Garage gekommen und direkt ins Haus gegangen.

Paul Solberg stand mit verzweifeltem Ausdruck in den Augen vor ihr.

Piper erinnerte sich sofort daran, was bei ihrer letzten Begegnung mit ihm passiert war – und Panik stieg in ihr auf.

»Mr. Solberg«, sagte sie in dem Versuch, ruhig zu bleiben. »Stimmt etwas nicht?«

»Ja, etwas stimmt nicht«, antwortete er. »Du hast meine Kalee – und ich nehme sie zurück.«

»Was?«, fragte Piper. Der Klang seiner Stimme erfüllte sie mit Schrecken. Sie war leer und völlig gefühllos. Außerdem war das Hemd, das er trug, zerknittert und fleckig. Sie hatte Kalees Vater noch nie anders als gepflegt und ordentlich gesehen.

Und sie hatte keine Ahnung, was er mit »Du hast meine Kalee« meinte. Seine Tochter war tot ... seine Worte waren verrückt.

Der ältere Mann trat einen Schritt vor und Piper wurde klar, dass sie nicht gleichzeitig Rani und die anderen Mädchen beschützen konnte. In der Hoffnung, dass er Rani nicht auf der Couch gesehen hatte, trat sie zwischen Mr. Solberg und Sinta und Kemala, die gerade aus der Küche ins Wohnzimmer gekommen waren.

»Ich bin wegen meiner Tochter hier«, sagte Mr. Solberg erneut und funkelte sie an, als würde er sie herausfordern, ihm zu widersprechen.

Im Bruchteil einer Sekunde traf Piper eine Entscheidung und befahl: »Kemala, geh mit deiner Schwester in den Keller ins Spielzimmer und bleib dort.«

In der unteren Etage hatte Ace eine Art Schutzraum eingerichtet. Es war eher ein Zimmer, in dem er seine Waffen aufbewahrte, aber sie hatten den Mädchen gesagt, dass es Daddys »Spielzimmer« sei und sie dort niemals ohne einen von ihnen hineingehen durften.

Aber für den Fall der Fälle hatte Ace Kemala gezeigt, wie

man mit dem geheimen Schalter, den er eingebaut hatte, in den Raum gelangen konnte. Die Tür war immer verschlossen, aber leicht zu öffnen, wenn man wusste, wie es funktionierte.

Sie hoffte inständig, dass Kemala verstehen würde, was sie sagte. Sie hatte keine Ahnung, was mit Mr. Solberg los war, aber er machte ihr Angst – und sie musste ihre Mädchen aus dem Zimmer bekommen. Und sie in den Keller zu schicken diente einem doppelten Zweck. Zum einen konnten sie so in den geheimen Raum gelangen, zum anderen war es die einzige Möglichkeit, sie rauszubekommen, ohne dass sie in Mr. Solbergs Nähe gehen mussten, wenn sie sie nicht zurück in die Garage schicken wollte.

»Aber –«, protestierte Kemala, doch Piper unterbrach sie in einem Ton, den sie bei ihr noch nie benutzt hatte.

»Sofort! Tu, was ich sage.«

Ohne ein weiteres Wort hob Kemala Sinta hoch und ging zur Kellertür, die sich neben dem Eingang zur Küche befand.

Piper atmete erleichtert auf, dass wenigstens zwei ihrer Kinder außer Gefahr waren, und machte einen Schritt auf die Couch zu, um sich zwischen Kalees Vater und Rani zu stellen, die immer noch tief und fest auf den Kissen schlief.

Aber der große Mann war schneller. Er stand bei Rani, bevor Piper zu ihr gelangen konnte.

Sie hatte keine Ahnung, was er dachte, aber sie wusste instinktiv, dass es nichts Gutes war. Sie versuchte, ruhig zu bleiben. »Mr. Solberg, ich bin froh, Sie zu sehen, vor allem weil ich nichts von Ihnen gehört habe. Möchten Sie eine Tasse Kaffee?« Sie versuchte, ihre Stimme so ruhig wie möglich zu halten.

»Nein. Ich will *nichts* von dir«, knurrte er. »Ich nehme mir, was mir gehört, und gehe. Du wirst weder mich noch Kalee je wiedersehen!«

»Mr. Solberg«, sagte Piper so fest sie konnte. »Kalee ist tot. Sie ist in Timor-Leste gestorben. Das tut mir sehr leid. Ich vermisse sie genauso sehr wie Sie.«

In der einen Sekunde stand Kalees Vater noch drei Meter entfernt, und in der nächsten war er direkt vor ihrem Gesicht. Er holte mit seiner riesigen Faust aus und schlug so schnell und hart gegen ihren Kopf, dass Piper keine Chance hatte, sich zu wehren.

Ihr Körper flog zur Seite und sie knallte gegen ein Bücherregal. Ihr Kopf prallte buchstäblich von der Kante des Regals ab, bevor sie auf die Hände und Knie fiel.

Der Schmerz in ihrem Kopf war unerträglich und Piper spürte sofort, wie Blut in ihr Auge zu tropfen begann.

»Ich hätte dich nicht auf sie aufpassen lassen sollen!«, schrie Mr. Solberg mit schriller, wahnsinniger Stimme. »Ich wusste, dass du einen schlechten Einfluss auf mein Baby hast! Ich kann *niemandem* trauen. Ich bin der Einzige, der sich um sie kümmert! Versuche nicht, uns zu finden. Ich bringe Kalee an einen Ort, an dem sie sicher ist. Ich werde sie beschützen!«

Piper war schwindelig und ihr Kopf tat höllisch weh, aber sie zwang sich aufzustehen.

Als sie sah, wie Kalees Vater sich bückte, um Rani hochzuheben, drehte sie durch. Auf keinen Fall wollte er ihr kleines Mädchen mitnehmen.

Piper stürzte sich auf die Beine des Mannes, überrumpelte ihn und schaffte es, ihn von den Füßen zu stoßen. Sie hatte noch nie einen Selbstverteidigungskurs besucht und wusste daher nicht, was sie tun sollte, aber sie würde alles tun, was nötig war, um Rani zu beschützen.

Es kam ihr wie Stunden vor, aber in Wirklichkeit waren es wahrscheinlich nur Sekunden, in denen die beiden auf dem Boden des Wohnzimmers miteinander rangen. Aber obwohl Mr. Solberg schon älter war, wog er mehr als sie und war viel stärker – und schon bald lag er auf ihr, die Hände um ihren Hals gelegt.

Als er sie ansah, wusste Piper, dass sie in der Klemme steckte. Seine Augen waren leer. Es war, als würde er sie gar nicht sehen. Er sah nicht die beste Freundin seiner Tochter. Die Frau, mit der er früher gelegentlich zu Abend gegessen hatte.

Aus Angst, dass er sie erwürgen würde, begann Piper, sich verzweifelt zu wehren. Sie versuchte, ihn mit den Knien am Rücken zu treffen, aber das schien ihn nicht einmal zu stören. Sie hob die Hände zu seinem Gesicht, um ihre Fingernägel als Waffen zu benutzen, aber er erkannte ihre Absicht und drehte ihren Körper schnell herum, als wöge sie nicht mehr als ein Kind.

Piper atmete tief durch, jetzt, da seine Hände nicht mehr um ihren Hals lagen, und war für den Bruchteil einer Sekunde erleichtert – bis er ihren Kopf packte und nach hinten riss, bevor er ihn auf den Boden knallte.

Der Raum war mit Teppich ausgelegt, aber das verhinderte nicht, dass Schmerz in ihrer Stirn explodierte.

Piper lag auf dem Boden und versuchte, zu Atem zu kommen und zu begreifen, was passiert war. Er musste denken, sie bewusstlos geschlagen zu haben, denn sie spürte, wie sein Gewicht von ihrem Rücken abfiel.

Mit geballter Faust drehte Piper sich auf den Rücken und setzte sich auf, wobei sie noch in der Bewegung zielte.

Sie verfehlte seine Leistengegend, die sie eigentlich hatte treffen wollen, und erwischte stattdessen nur seinen Oberschenkel.

Mit einem wütenden Knurren packte Mr. Solberg Piper an den Haaren und zerrte sie über den Boden zur Glasschiebetür, die zur Terrasse auf der Rückseite des Hauses führte. Er fummelte am Schloss herum, während Piper ihr Bestes tat, sich aus seinem Griff zu befreien, während sie gleichzeitig versuchte, dem Mann irgendeine Art von Schaden zuzufügen.

Er schien keinen ihrer Schläge zu spüren, als wäre er auf Drogen oder völlig weggetreten. Irgendwie schaffte er es, die Tür zu öffnen, und bevor Piper ihn aufhalten konnte, schleuderte er sie auf die Terrasse, wo sie hart landete. Ihr Steißbein pochte, ebenso wie ihre Wange, wo er sie getroffen hatte, und ihre Stirn, wo er sie auf den Boden geknallt hatte.

Piper richtete sich auf Händen und Knien auf und kroch auf ihn zu. Sie würde nicht aufgeben. Nicht wenn es offensichtlich war, dass der Mann den Verstand verloren hatte. Nicht wenn ihre Töchter in Gefahr waren.

Gerade als sie nach ihm griff, glitt die Glastür zu.

Pipers Blut gefror. Sie streckte sich nach dem Griff aus und rüttelte daran, aber die Tür rührte sich nicht.

Er hatte sie aus ihrem eigenen Haus ausgesperrt.

Entsetzt beobachtete Piper, wie Kalees Vater auf die Couch zuging. Er beugte sich vor und hob die kleine Rani hoch. Die Tatsache, dass er sanft mit dem Mädchen umging, tröstete sie nicht im Geringsten.

»Nein, Mr. Solberg, bitte! Nehmen Sie sie nicht mit!«, schrie Piper von der anderen Seite der Tür. Sie hämmerte gegen das dicke Glas und flehte ihn an, Rani in Ruhe zu lassen. Sie hatte Blut an den Händen, das von dem Kampf mit dem älteren Mann stammte, und auch an der Seite ihres Gesichts lief es herunter, da sie sich bei dem Kampf eine Schnittwunde zugezogen hatte.

Aber der Vater ihrer besten Freundin ignorierte sie. Er ging schnell auf die offene Tür zur Garage zu, während Rani in seinen Armen schlief.

Durch das Weinen fühlte ihr Kopf sich nur noch schlimmer an, aber Piper konnte die Tränen nicht zurückhalten. Sie vermischten sich mit dem Blut, das von der

Wunde an ihrem Kopf tropfte, und machten es schwer, etwas zu sehen.

»*Bitte!* Nicht Rani – nehmen Sie mir nicht meine Tochter!«, schrie sie.

Mr. Solberg, der sie offensichtlich sogar durch das Glas hörte, drehte sich um, bevor er zur Tür hinausging. »Du hast mir meine genommen!«, rief er ihr zu, bevor er aus der Tür verschwand.

»*Nein!*«, kreischte Piper und zwang sich auf die Beine. Sie konnte ihn nicht mit Rani gehen lassen. Sie musste etwas unternehmen! Sie musste um das Haus herum nach vorne gelangen, bevor er in seinen Wagen steigen konnte.

Piper zwang sich aufzustehen und stolperte zur Treppe, die in den Garten hinunterführte, wobei sie sich am Holzgeländer festhielt, um aufrecht zu bleiben.

Sie schaffte die Hälfte der Dutzend Stufen, bevor die Welt sich wieder zu drehen begann. Dann überkam sie die Übelkeit und sie schwankte auf der Treppe.

»Nein!«, flüsterte sie. »Ich muss zu Rani.«

Aber es war sinnlos. Ihr Körper ließ sie im Stich. Schwärze kroch aus ihren Augenwinkeln in sie hinein, sie schätzte die nächste Stufe falsch ein und ihr Fuß glitt unter ihr weg. Sie fiel hart und rutschte die letzten fünf Stufen auf ihrem Hintern hinunter.

Keuchend vor Schmerzen hörte Piper, wie auf der anderen Seite des Hauses ein Automotor ansprang, woraufhin sie vor Frust und Entsetzen aufschrie.

»Rani!«, rief sie, aber das Wort kam eher als Flüstern heraus, als sie schließlich begriff, was soeben passiert war. Die Schwärze, die sie bedroht hatte, weitete sich aus, bis Piper nichts mehr sehen konnte. Sie fiel auf die Seite und sackte zusammen.

Reifen quietschten, als Mr. Solberg vom Haus wegfuhr, aber Piper hörte sie nicht. Sie war am Boden.

Unten im Keller ging Kemala auf und ab. Sinta war dazu übergegangen, mit ihr auf Tetum zu sprechen, etwas, das sie seit Wochen nicht mehr getan hatte. Die Mädchen hatten sich geschworen, nur noch Englisch miteinander zu sprechen, damit sie es schneller lernen konnten.

Aber sie wussten beide, dass etwas nicht stimmte. Überhaupt nicht. Piper hätte ihnen nicht gesagt, dass sie hierherkommen sollten, wenn sie nicht besorgt wäre. Und der Mann, der ihr Haus betreten hatte, war derselbe, der Piper geschlagen hatte, als sie aus dem Flugzeug gestiegen waren.

Irgendetwas stimmte nicht mit ihm. Er wirkte verzweifelt. Kemala wusste, wie Verzweiflung aussah. Sie hatte sie in Timor-Leste oft gesehen. In den Gesichtern von Kindern, die alles tun würden, um etwas zu essen zu bekommen. In den Gesichtern der Rebellen, die sie auf der Flucht aus dem Waisenhaus gesehen hatte. In Kalees Gesicht, als sie die Tür zum Kriechkeller geschlossen und gesagt hatte, dass sie in ein oder zwei Minuten zurück sein würde.

Aber was Kemala wirklich auffiel, war die Art und Weise, wie Piper sich zwischen sie, Sinta und den Mann gestellt hatte. Kemala wusste, dass sie in Timor-Leste gemein zu Piper und Ace gewesen war, aber sie hatte Angst gehabt, in der Stadt zurückgelassen zu werden. Sie wusste nichts über das Leben in einer Stadt, außer dass sie keine Wahl haben und wahrscheinlich an jeden Mann verkauft werden würde, der eine Frau brauchte. Die Reise nach Dili war ihre erste gewesen, und sie war überwältigend und beängstigend. Der Gedanke, auf sich allein gestellt zu sein, machte ihr Angst, und das hatte sie an Piper ausgelassen.

Aber dann hatte sie ihr gesagt, dass sie sich für Kemala entscheiden würde, wenn sie sich eine von ihnen aussuchen müsste, um sie mit nach Amerika zu nehmen. Das hatte sie verblüfft.

Und gerade eben, oben, hatte sie gesehen, wie Piper sich für sie in Gefahr begab. Und für Sinta.

Kemala kam sich wie ein Feigling vor, weil sie sich im Keller versteckt hatte, und ging weiter hin und her in dem Versuch zu entscheiden, was sie tun sollte.

»Was denkst du, was der Mann will? Ist er der Vater von Kalee?«, fragte Sinta, die immer noch in ihrer Muttersprache sprach.

Kemala nickte. »Ja. Er schien nicht ganz bei Verstand zu sein.«

Sinta stimmte zu. »Piper ist da oben mit ihm und Rani. Wir müssen etwas tun! Daddy hat Waffen hier.«

Kemala drehte sich um und blickte Sinta an. »Fass. Sie. Nicht. An.«

Sinta hob die Hände. »Habe ich nicht. Ich habe es nicht getan!«

»Wir können die Waffen nicht benutzen. Nein. Aber du hast recht, dass wir etwas tun müssen. Der Mann schlägt zu. Ace und Piper haben gesagt, dass es in Amerika gegen das Gesetz ist, wenn Männer Frauen schlagen. Auch wenn er alt ist, könnte er sowohl Rani als auch Piper töten.«

»Was sollen wir also tun?«, kreischte Sinta fast. Ihre Augen füllten sich mit Tränen und sie starrte zu Kemala hinauf, als könnte sie all ihre Probleme lösen.

Als sie Sinta ansah ... wurde sie von Entschlossenheit erfüllt.

Zum ersten Mal fühlte Kemala sich wichtig.

Ihr ganzes Leben lang war sie nur eine weitere Nummer gewesen. Ein weiteres Maul, das gestopft werden musste. Ein Mädchen, das irgendwann an jeden verheiratet werden würde, der eine Haushälterin brauchte. Aber hier in Amerika war sie eine ältere Schwester. Eine Tochter.

»Wir brauchen ein Telefon«, sagte Kemala zu Sinta. »Piper würde nicht wollen, dass wir das Zimmer verlassen, aber Ace hat uns gesagt, dass wir Hilfe rufen sollen, wenn etwas passiert.«

Die beiden Mädchen öffneten Schubladen und durchsuchten alle Regale im Raum, ohne die Waffen und Kugeln zu beachten, die sie fanden.

Schließlich öffnete Sinta eine letzte Schublade und hielt etwas hoch, das aussah wie ein kleines Handy, das noch in einer Plastikverpackung steckte. »Ist das eins? Das, das Piper und Daddy benutzen, sieht nicht so aus.«

Kemala nahm es ihr ab und kämpfte sich volle fünf Minuten lang durch das Plastik, um an das Handy zu gelangen. Sie klappte es auf und drückte auf den grünen Knopf. Als sie Timor-Leste verlassen hatte, kannte sie sich mit Elektronik nicht aus, aber nachdem sie fast einen Monat lang mit Piper und Ace zusammengelebt hatte, hatte sie den Umgang damit schnell gelernt.

Als der Bildschirm aufleuchtete, lächelte Kemala Sinta an. »Es funktioniert.«

»Toll!« Dann runzelte sie die Stirn. »Aber wen willst du anrufen?«

Kemala verzog das Gesicht. Sie wollte Ace anrufen, aber sie wusste nicht, welche Zahlen sie drücken musste, um ihn zu erreichen. Sie könnte auch einen von Pipers Freundinnen anrufen, aber auch deren Nummern kannte sie nicht.

Ihre Schultern sackten zusammen. Piper brauchte Hilfe, aber sie wusste nicht, wie sie sie bekommen konnte.

»Schau!«, rief Sinta und zeigte auf einen Zettel in der Schublade, in der noch weitere Handys in Plastik eingeschweißt waren.

Kemala beugte sich vor und hob ihn auf. Auf dem Papier stand ein Wort und dahinter eine Reihe von Zahlen. Sie wusste nicht, wer die Person war – wenn es überhaupt eine Person war –, aber sie wusste nicht, was sie sonst tun sollte.

Langsam und vorsichtig drückte sie die Zahlen auf dem Telefon in der gleichen Reihenfolge wie auf dem Zettel.

Als sie fertig war, hielt sie das Telefon an ihr Ohr und hielt den Atem an.

»Hallo?«, sagte ein Mann, nachdem das Telefon dreimal geklingelt hatte.

»Hallo?«, antwortete Kemala.

»Wer ist da?«, fragte er mit strenger Stimme. »Woher haben Sie diese Nummer?«

Kemala ließ die Schultern hängen und hätte fast auf den roten Knopf gedrückt, um aufzulegen, aber stattdessen atmete sie tief durch. Wer auch immer das war, er war wichtig genug für Ace, um seine Zahlen in die Schublade zu legen. Und sie musste Piper helfen. Sie musste stark sein.

»Mein Name ist Kemala. Meine ... Piper braucht Hilfe. Bitte.«

»Kemala? Verdammte Scheiße! Hier ist Tex. Ich habe dich neulich am Strand getroffen, weißt du noch?«

»Tex?« *Ja*, sie erinnerte sich. Er war der nette ältere Mann, der es Piper und Ace ermöglicht hatte, sie zu adoptieren und in die Vereinigten Staaten zu bringen. Piper hatte ihr noch am selben Abend ein wenig mehr über den Mann erzählt. Wie er früher das getan hatte, was Ace tat, und wie er sein Bein verloren hatte. Er hatte auch ein Mädchen aus einem anderen Land adoptiert.

»Ja, ich bin's. Sag mir, was los ist.«

Kemala wusste, dass ihr Englisch immer noch nicht sehr gut war, aber sie tat ihr Bestes, die Situation zu erklären.

Als sie fertig war, sagte Tex: »Bleib genau da, wo du bist, und *rühr dich nicht*. Hast du das verstanden?«

»Ja. Aber Piper brauchen Hilfe! Mann vom Flughafen, der schlägt, ist hier.«

»Ich weiß, und ich werde Hilfe für sie *und* dich holen. Aber egal, was du hörst, du darfst den Raum mit Sinta nicht verlassen, bis jemand kommt und euch holt. Es ist sehr wichtig. Piper hat euch dorthin geschickt, damit ihr in Sicherheit seid. Genau wie damals in Timor-Leste. Manchmal ist es besser, an Ort und Stelle zu bleiben und sich zu verstecken, als sich noch mehr in Gefahr zu bringen.«

Kemala verstand das besser als die meisten Menschen. »Ich bleibe.«

»Das hast du gut gemacht, Kemala. Ich bin so stolz auf dich, und deine Eltern werden es auch sein, wenn sie es hören. Ich lege jetzt auf und hole Hilfe für dich, okay?«

Ihre Eltern.

Kemala hatte die beiden Menschen, die sie adoptiert hatten, als Piper und Ace betrachtet, aber jetzt verstand sie erst, was sie für sie getan hatten. Sie hatten ihr eine Familie gegeben. Eine *richtige* Familie. Sie gehörte zu ihnen, und sie gehörten zu ihr. Sie waren ihre Eltern. Dafür hatte sie jede Nacht gebetet, bis sie alt genug gewesen war, um zu verstehen, dass sie nie adoptiert werden würde. Dass sie immer auf sich selbst gestellt sein würde.

»Okay«, flüsterte sie.

»Ich lege jetzt auf«, sagte Tex. »Bleib dort in Sicherheit, Hilfe ist auf dem Weg.«

Kemala nickte und hörte den Ton in ihrem Ohr, von dem sie wusste, dass er das Ende der Verbindung mit Tex bedeutete.

»Wer war das? Wird er uns helfen?«, fragte Sinta ungeduldig.

»Es war Tex. Der Mann, der es unseren Eltern ermöglicht hat, uns zu adoptieren«, sagte Kemala auf Tetum.

»Wird er uns helfen?«, wollte Sinta wissen.

»Ja. Wir müssen hierbleiben. Er schickt uns Hilfe.«

Nachdem sie das gehört hatte, brach Sinta in Tränen aus.

So wie sie es im Kriechkeller unter der Küche in Timor-Leste getan hatte, schlang Kemala die Arme um Sinta, manövrierte sie an die Wand des Spielzimmers ihres Vaters gelehnt auf den Boden und hielt sie, während sie weinte.

KAPITEL FÜNFZEHN

Ace und seine Teamkameraden studierten die neuen Informationen, die sie erhalten hatten, und besprachen verschiedene Angriffspläne. Ein hochrangiges Ziel war gefunden worden und sie sollten es ausschalten. Hochrangige Terroristen waren wie Kakerlaken, sie konnten in die kleinsten Ritzen schlüpfen und sich verstecken, selbst wenn Bomben auf ihre Köpfe herabregneten. Sie wurden von Untergebenen beschützt und in sichere Verstecke gebracht, bis ihre Standorte erneut gefährdet waren, dann wurden sie wieder verlegt. Und so ging es weiter.

Aber dieses Mal würde diese Zielperson nicht entkommen. Die Regierung und das Militär waren entschlossen, ihn für all die unschuldigen Menschen bezahlen zu lassen, die er getötet oder von seinen Anhängern hatte töten lassen. Die SEALs würden im Schutz der Dunkelheit eindringen, ihn ausschalten, sichergehen, dass der Mann wirklich tot war, und dann wie eine Rauchwolke verschwinden, als wären sie nie da gewesen.

Mitten in ihrer Planung klingelte das Telefon von

Kommandant North. Er entschuldigte sich und ging auf den Flur, um den Anruf entgegenzunehmen.

In Sekundenschnelle war er zurück, das Handy immer noch am Ohr. »Ace, rufen Sie Piper an. Sofort.«

Eine Sekunde lang fiel es Ace schwer, sein Gehirn von militärischen Taktiken und dem Eindringen in feindliches Gebiet abzulenken, aber als er die Worte seines Kommandanten verstand, krampfte sich sein Magen vor Angst zusammen. Er nahm sein Handy heraus und drückte auf Pipers Namen. Das Telefon klingelte mehrmals, dann ging die Mailbox an. »Scheiße«, sagte er, bevor er es sofort erneut versuchte.

Wieder klingelte es und die Mailbox übernahm.

»Sie geht nicht ran«, sagte er zu seinem Kommandanten. »Lagebericht.«

»Ich spreche gerade mit Tex. Er sagt, er hat einen Anruf von einem Wegwerfhandy bekommen und es war Ihre Tochter Kemala am anderen Ende der Leitung.«

Ace hörte seinen Kommandanten noch reden, aber er war schon auf den Beinen und ging zur Tür. Rocco hielt ihn am Arm zurück, und Ace bemühte sich, seinen Freund abzuschütteln.

»Lass los! Ich muss nach Hause!«

»Wir kommen alle mit dir, aber wir brauchen mehr Informationen. Du kannst nicht einfach so losziehen. Benutze deinen Verstand, Mann.«

Ace atmete tief durch in dem Wissen, dass sein Freund recht hatte, aber sein erster Instinkt war, zu seiner Frau und seinen Kindern zu kommen.

»Tex hat die Polizei gerufen. Sie ist auf dem Weg zu Ihrem Haus. Er sagte Kemala, sie solle mit Sinta bleiben, wo sie ist. Ich nehme an, sie sind in Ihrem Schutzraum?«, fragte der Kommandant.

Ace nickte. »Wenn sie ein Wegwerfhandy benutzen, ist

das wahrscheinlich. Ich bewahre sie in einer Schublade da drin auf. Moment – Sie sagen, Kemala und Sinta sind da drin? Wo sind Piper und Rani?«

»Ich weiß es nicht. Kemala sagte, dass der Mann, der Piper am Flughafen geschlagen hat, dort war und Piper ihr befohlen hat, sie solle Sinta in den Keller bringen. Sie sagte ihr, sie solle in das Spielzimmer dort unten gehen. Rani schlief auf der Couch, als Kemala sie das letzte Mal sah.«

Mit jedem Wort aus dem Mund seines Kommandanten wurde Ace immer verzweifelter. Er hatte keine Ahnung, warum Paul Solberg bei ihm zu Hause war, zumal er auf keine der E-Mails geantwortet hatte, die Piper geschickt hatte. Er hatte versucht, sie zum Aufhören zu bewegen, aber sie hatte einfach behauptet, dass sie nicht könne. Dass er Kalees Vater sei, leide und sie alles tun wolle, was sie konnte, um ihm zu helfen.

Piper hatte das größte Herz aller Menschen, die er je kennengelernt hatte, und der Gedanke, dass Solberg etwas getan haben könnte, um das in seiner Frau zu trüben, war abstoßend.

Er streckte dem Kommandanten die Hand entgegen und wackelte ungeduldig mit den Fingern. Er wusste, dass er respektlos war, aber er hoffte, dass Storm ihm in Anbetracht der Situation verzeihen würde.

Ohne zu zögern, reichte sein Kommandant ihm sein Handy.

»Paul Solberg«, sagte Ace zu Tex. »Er ist der Vater von Kalee. Als wir nach unserer Rückkehr aus Timor-Leste gelandet sind, hat er Piper eine Ohrfeige verpasst. Hart. Er war nicht glücklich darüber, dass sie am Leben ist, während seine Tochter getötet wurde. Er könnte versuchen, meine Frau zu entführen oder ihr etwas anzutun.«

»Ich bin dran«, beruhigte Tex ihn. »Ich schicke dir, was ich über den Mann herausfinde, sobald ich etwas weiß.«

»Ich will jede Kleinigkeit über ihn wissen«, knurrte Ace. »Ich weiß, dass er einen Haufen Geld hat, und Männer, die so viel Geld zur Verfügung haben, müssen auch Leichen im Keller haben. Ich will *alles* wissen.«

»Wenn er Piper entführt hat und reich ist, hat er wahrscheinlich die Mittel, um recht gründlich zu verschwinden«, warnte Tex. »Und da deine Frau keinen Peilsender trägt, wird es noch schwieriger, sie zu finden.«

»Wenn er Piper auch nur ein Haar krümmt, bringe ich ihn um«, knurrte Ace.

»Ganz ruhig, Mann. Reg dich nicht auf, bis wir herausgefunden haben, was los ist. Es könnte ja sein, dass er gekommen ist, um sich zu entschuldigen, und sie sitzt in diesem Moment auf deiner Couch und redet mit ihm.«

Ace wusste, dass das nicht der Fall war, wenn Piper die Mädchen in den Keller geschickt hatte ... aber er widersprach Tex' Worten nicht. »Wir sind jetzt auf dem Weg dorthin. Schick mir alles, was du findest.«

»Mach ich.«

»Und, Tex?«

»Ja?«

»Ich werde mich nie dafür revanchieren können, dass du für meine Tochter da warst, als ich es nicht war.«

»Nun hör schon auf«, entgegnete Tex locker. »Du musst mir niemals für so etwas danken. Aber Ace, deine Tochter soll sich deine Nummer einprägen. Ich weiß nicht, wie sie mich erreicht hat, aber ich vermute, dass es nur war, weil sie nicht wusste, wie sie *dich* finden kann.«

Daran hatte er schon gedacht. Er hatte Tex' Nummer auf einen Zettel geschrieben, der in der Schublade mit den Wegwerfhandys lag. Er wusste nicht, warum er sie dort hingelegt hatte, aber irgendetwas hatte ihm gesagt, dass er es tun sollte. Und Gott sei Dank hatte er es getan. Als ihm klar wurde, dass er und Piper nicht darüber gesprochen hatten, wie man den Notruf wählte und die Guten zu sich rief, schwor er sich, dafür zu sorgen, dass alle drei Mädchen genau wussten, wie sie ihn, Piper und die Polizei in Zukunft erreichen konnten.

»Wird gemacht«, sagte er zu Tex. »Bis dann.« Er legte auf und reichte das Telefon an den Kommandanten zurück. Seine Teamkameraden hatten bereits die Karten eingepackt, die sie sich angesehen hatten, und waren bereit zum Aufbruch.

»Geh voran«, sagte Bubba.

Als er sah, dass alle seine Freunde bereit waren, ihm bei dem zu helfen, was auch immer aus dieser beschissenen Situation geworden war ... dankte Ace seinen Glückssternen für sie.

»Was ist mit dem Einsatz?«, fragte er ihren Kommandanten. Er war ein Profi durch und durch und wusste, dass sein Land an erster Stelle stand. Das hatte er schon gewusst, als er sich entschlossen hatte, ein SEAL zu werden, damals, als es niemanden gab, der wichtiger war als sein Job – aber er konnte auf keinen Fall ignorieren, was in seinem Haus geschah. Er würde auf der Stelle kündigen, bevor er das tat.

Er würde aber nicht zulassen, dass seine Freunde und Mannschaftskameraden ihre Karriere für ihn aufs Spiel setzten.

»Es gibt ein Delta-Team in Texas, das in Bereitschaft ist. Ich werde dem Konteradmiral sagen, dass sie grünes Licht bekommen müssen. Dass wir hier eine Situation haben, die wichtiger ist.«

Der Respekt, den Ace vor seinem Kommandanten hatte, stieg noch weiter an und er seufzte erleichtert. Er liebte seine Arbeit, aber wenn es hart auf hart kam, würde er das alles für seine Familie aufgeben.

»Komm schon«, drängte Rex ihn. »Es wird Zeit, dass wir aufhören herumzualbern.«

»Kemala und die Mädchen brauchen uns«, knurrte Phantom.

Ohne ein weiteres Wort drehte Ace sich um und verließ den Raum, gefolgt von vier seiner Teamkameraden.

Zehn Minuten später fuhr Phantom in Ace' Straße und trat auf die Bremse, als er die vielen Blaulichter der Polizeifahrzeuge sah.

Ace zögerte nicht. Er riss die Tür auf und lief so schnell er konnte zu seinem Haus. Er schaffte es, an den beiden Polizisten vorbeizukommen, die versuchten, ihn aufzuhalten, aber er erstarrte, als er sein Wohnzimmer betrat.

Überall auf dem Boden war Blut. Es sah so aus, als hätte das, was passiert war, bei dem großen Bücherregal an der einen Wand angefangen, dann führte eine Blutspur zur Couch, bevor sie an der Tür zur Terrasse landete ... die gerade offen stand.

Piper lag blutüberströmt auf dem Boden direkt hinter der Glastür, während die Sanitäter sich um sie kümmerten.

Bevor er zu ihr gelangen konnte, wurde er von drei Polizeibeamten gewaltsam zurückgehalten. Ace versuchte verzweifelt, sich aus ihrem Griff zu befreien, damit er zu seiner Frau gelangen konnte. Piper blutete, sie brauchte ihn, und die Arschlöcher versuchten, ihn von ihr fernzuhalten!

Nach einigen angespannten Momenten und mit der Hilfe seiner Teamkameraden erkannten die Beamten schließlich, wer er war, und ließen ihn los. Ace schüttelte sie ab und fiel zu Pipers Füßen auf die Knie, wobei er darauf achtete, den Männern, die die Blutung in ihrem Gesicht stoppten, nicht in die Quere zu kommen.

»Was ist passiert?«, krächzte er.

»Wir wissen es nicht. Aber sie hat zwei große Platzwunden im Gesicht. Eine an der Schläfe, direkt über dem rechten Auge, und die andere an der Stirn.«

»Gibt es noch weitere Verletzungen?«, fragte Rocco von dort, wo er in der Nähe von Ace stand.

»Keine, die wir sehen könnten, aber wir müssen sie im Krankenhaus untersuchen lassen. Sie muss genäht werden.«

In diesem Moment stöhnte Piper auf und Ace griff nach ihrem Knöchel, um sie wissen zu lassen, dass er da war.

In der einen Sekunde war sie still und gefügig, in der nächsten kämpfte sie mit allem, was sie hatte. Ihr linker Fuß traf Ace in die Brust, aber er grunzte kaum. Die Sanitäter riefen ihr zu, sie solle sich beruhigen, aber sie hörte nicht zu, noch immer in dem verloren, was vor Eintreffen der Hilfe passiert war.

»Weg da!«, befahl Ace einem der Sanitäter. »Lassen Sie mich sie sehen. Lassen Sie mich mit ihr reden. Ich kann sie beruhigen.«

Der Mann ging zur Seite und Ace griff nach Pipers Gesicht, während er sich über sie beugte. »Piper«, sagte er laut. »Ich bin's! Ace. Du bist in Sicherheit. Hör auf zu kämpfen, Baby. Es ist alles okay.«

Ihre Augen waren offen, aber er wusste, dass sie ihn nicht sah. Er war so stolz darauf gewesen, wie sie nach der Flucht aus Timor-Leste klargekommen war, aber Ace war klar, dass unter der Oberfläche eine posttraumatische Belastungsstörung gelauert hatte. Was auch immer in seinem Haus passiert war, hatte sie zum Vorschein gebracht.

Er milderte seinen Tonfall und begann, ihr Unsinn zuzumurmeln. Er versuchte, zu ihr durchzudringen. Es dauerte zwei lange Minuten, in denen sie sich wehrte und gegen die Hände ankämpfte, die sie festhielten, aber schließlich verloren ihre Augen den wilden Ausdruck und sie blinzelte, als sie ihn zum ersten Mal sah. Ihn *wirklich* sah.

»Ace?«

»Ja, Süße, ich bin's. Es ist alles okay. Beruhige dich und rede mit mir.«

»Ace!«, weinte sie. Und anstatt ihn wegzuschieben, packte sie sein Handgelenk und drückte fest zu. »Mr. Solberg war hier!«

»Ich weiß. Kannst du mir sagen, was passiert ist?«

»Rani – wo ist Rani?«, fragte sie verzweifelt, wobei sie versuchte, sich aufzusetzen und umzuschauen.

Ace hielt sie fest und ließ nicht zu, dass sie sich bewegte. »Sprich mit mir, Piper. Atme tief durch und sag mir, was passiert ist.«

Sie tat, was er befahl, und erklärte: »Wir kamen gerade vom Wagen rein. Rani hat geschlafen ... Du weißt ja, was Autofahrten mit ihr machen. Ich habe sie auf die Couch gelegt und die anderen Mädchen haben mir geholfen, unsere Sachen reinzutragen. Als ich mich umdrehte, stand Kalees Vater einfach im Haus. Er muss hinter uns reingekommen sein, ohne dass ich es bemerkt habe. Er benahm sich total verrückt und sagte die seltsamsten Dinge. Ich habe Sinta und Kemala in den Keller geschickt – oh! Wo sind sie? Geht es ihnen gut?«

»Phantom ist runtergegangen, um sie zu holen«, beruhigte Ace sie. Er hatte gehört, wie Rocco dem anderen Mann gesagt hatte, er solle hinuntergehen und nach den Mädchen sehen, also wusste er, dass sie in guten Händen waren. »Wie wurdest du verletzt? Hat Paul das getan? Hat er dich geschnitten?«

Stirnrunzelnd streckte Piper eine Hand in Richtung ihres Auges aus, aber einer der Sanitäter hielt sie auf, bevor sie die Wunde berühren konnte.

»Ja, du bist verletzt«, sagte Ace. »Ist dir schlecht? Hast du Kopfschmerzen?«

Piper nickte leicht. »Beides.«

»Gehirnerschütterung«, bestätigte einer der Sanitäter.

»Hat er dich geschlagen?«, fragte Ace erneut, der wissen wollte, was das Arschloch seiner Frau angetan hatte.

»Ja, aber das ist nicht die Ursache für die Blutung«, sagte Piper. »Er hat mir einen Schlag auf den Kopf verpasst und ich bin gegen das Bücherregal geprallt. Wir haben gekämpft. Ich wollte nicht, dass er in die Nähe von Rani kommt, aber er war zu stark! Er hat mich überwältigt und mich auf der Terrasse ausgesperrt. Ich wollte um das Haus herumgehen, um ihn aufzuhalten, aber ich habe es nicht geschafft.«

»Das erklärt die Blutlache da drüben«, sagte einer der Polizisten hinter ihnen. Ace wusste, dass alle hörten, was Piper sagte, aber er in dem Wissen, dass Paul Solberg wieder Hand an Piper gelegt hatte, konnte er kaum denken. Es kostete ihn alles, ruhig zu bleiben.

»Ace, er hat sich verrückt angehört«, schluchzte Piper. »Er hat davon gesprochen, sich zu nehmen, was ihm gehört. Er hat mich als Entführerin bezeichnet und Rani immer wieder *Kalee* genannt. Ich denke, er glaubt wirklich, dass Rani seine Tochter ist! Als ich versucht habe, ihn daran zu erinnern, dass Kalee gestorben ist, ist er durchgedreht. Dann hat er mich geschlagen. Er sprach davon, dass ich auf seine Tochter aufgepasst hätte, und sagte, ich hätte einen schlechten Einfluss auf sie. Er sagte, er wolle Kalee an einen Ort bringen, an dem niemand sie je finden würde. Gott, bitte sag mir, dass du Rani gefunden hast! Dass er mit ihr nicht weit gekommen ist!«

Das Blut in Ace' Adern wurde eiskalt. Er drehte den Kopf und sah zu Rocco auf. Sein Freund schüttelte kurz den Kopf, und Ace presste die Lippen zusammen.

Paul Solberg hatte ihre Rani entführt. Nicht nur das, es hörte sich auch so an, als hätte er den Verstand verloren. Wenn er dachte, Rani sei Kalee, war er durchgedreht.

Dann dachte er daran, wie viel Geld Paul Solberg zur Verfügung hatte, und Tex' Worte fielen ihm wieder ein. Es war durchaus möglich, dass der Mann mit ihrer Tochter für immer verschwand.

»Ace?«, fragte Piper, und er konnte den Schrecken in ihrer Stimme hören.

Er beugte sich zu ihr und fixierte sie mit seinem Blick. »Ich werde unsere Tochter finden und sie zu dir nach Hause bringen«, schwor er.

»Er hat sich wirklich verrückt verhalten«, weinte Piper. »Er dachte, Rani sei Kalee.«

Er musste sie dazu bringen, sich zu konzentrieren. Sie wiederholte Dinge, die sie ihm bereits erzählt hatte. »Vertraust du mir?«, fragte Ace.

Piper nickte sofort.

»Dann vertrau mir, wenn ich sage, dass ich unsere Tochter finden und zu dir nach Hause bringen werde.«

Sie starrte ihn einen Moment lang schweigend an. Dann nickte sie. »Okay.«

Ace hörte eine Bewegung hinter sich und drehte den Kopf, wo er Phantom mit Sinta und Kemala stehen sah.

»Kommt her, Mädels«, sagte er mit ausgestrecktem Arm. Er wusste, dass das Blut sie wahrscheinlich erschreckte, aber sie mussten sehen, dass es ihrer Mutter gut ging. Dass sie wach war und sprechen konnte. Außerdem sollte Kemala wissen, wie stolz er auf sie war und wie gut sie es gemacht hatte.

Die beiden Mädchen schlurften langsam zu ihnen hinüber. Sinta kniete vor Pipers Füßen, so wie Ace es getan hatte, bevor sie aufgewacht war, aber Kemala kniete sich direkt neben ihn.

»Piper geht es gut«, sagte Ace zu den Mädchen. »Sie hat sich den Kopf gestoßen, deshalb ist da so viel Blut. Aber es geht ihr gut.«

»Piper?«, fragte Kemala zögernd.

»Dein Vater hat recht. Mir geht es gut«, murmelte sie

leise.

Sinta schluchzte, aber Kemala schaute Piper direkt in die Augen. »Ich habe getan, was du gesagt hast. Habe Telefon gefunden. Habe Tex angerufen. Hilfe kam.«

»Das hast du perfekt gemacht«, sagte Piper zu dem Mädchen. »Ich hatte keinen Zweifel daran, dass du es schaffst. Ich bin so stolz auf dich. Danke, dass du Hilfe geholt hast.«

»Rani?«, fragte Kemala.

»Ich werde sie finden«, sagte Ace noch einmal. »Mach dir darüber keine Sorgen. Ich werde sie nach Hause bringen.«

»Der Mann sie mitgenommen, ja?«, fragte Kemala.

»Ja.« Ace würde die Tatsachen vor seinen beiden Töchtern nicht verheimlichen.

Kemala schaute wieder zu Piper. »Du hast dich vor mich und Sinta gestellt. Du hast uns vor Mann beschützt.«

Ace war nicht überrascht zu hören, was Piper getan hatte.

»Ja, das habe ich«, stimmte Piper zu. »Und ich würde es wieder tun.«

Einen Moment lang dachte Ace, Kemala würde weinen, aber er sah, wie sie tief durchatmete und ihre Gefühle unter Kontrolle brachte. Sie streckte eine Hand aus und tätschelte Pipers Hand. »Keine Sorge, Mom. Ich werde mich um Sinta kümmern. Du gehst in Krankenhaus. Wir klarkommen.«

Mom. Großer Gott, Kemala hatte sie gerade Mom genannt.

Ace war jetzt noch entschlossener, Paul Solberg zu finden und ihn dafür bezahlen zu lassen, dass er sich das genommen hatte, was ihm gehörte.

Piper erkannte offensichtlich auch die Bedeutung dessen, was Kemala gerade gesagt hatte, aber sie griff nur nach ihrer Tochter und hielt sie am Hemd fest, als sie sie nicht umarmen konnte. Ace hielt ihren Kopf immer noch in seinen beiden Händen und hatte nicht vor, sie loszulassen. Erstens machte es das dem Sanitäter auf der anderen Seite leichter, Druck auf die Wunden an ihrem Kopf auszuüben, und zweitens war er sich nicht sicher, ob Piper noch andere Verletzungen hatte, und er wollte nicht, dass sie sich so bewegte, dass sich diese verschlimmerten.

»Ich liebe dich, Kemala«, sagte Piper. »Dich und deine Schwestern. Ich werde immer zwischen euch und jeder Gefahr stehen, die den Versuch wagt, zu euch vorzudringen. Das ist ein Versprechen. Ich bin so stolz auf dich, wie ich nur sein kann, und ich fühle mich viel besser, wenn ich weiß, dass du hier bist und auf Sinta aufpasst, bis ich nach Hause kommen kann.«

Kemala tätschelte erneut Pipers Hand. »Hör auf zu reden. Geh in Krankenhaus und werde gesund.«

Ace lachte, erstaunt darüber, dass er in der Lage war, auch nur einen Funken Humor in der Situation zu finden.

»Okay, ich werde gehen.« Piper schaute zu Ace auf. »Wird Phantom bei ihnen bleiben? Ich weiß, dass er nie zulassen würde, dass Mr. Solberg zurückkommt und sie mitnimmt.«

»Das werde ich«, antwortete Phantom über ihnen. »Mach dir keine Sorgen. Deine Mädchen werden sicher sein.«

»Ich danke dir«, sagte Piper. Dann schloss sie die Augen, als der Sanitäter ein wenig fester auf ihre Wunden drückte. Doch kaum hatte sie die Augen geschlossen, öffnete sie sie wieder und starrte Ace an. »Komm nicht mit mir mit«, befahl sie.

Ace blinzelte überrascht. »Was?«

»Ich will, dass du herausfindest, wo er Rani hingebracht hat. Sie braucht dich im Moment mehr als ich. Ich muss wissen, dass du da draußen bist und nach ihr suchst.«

Ace verließ sie nur ungern, aber er wusste, dass sie recht hatte. Er musste nach seiner Tochter suchen, genauso sehr wie Piper es brauchte, dass er sie suchte. »Okay. Aber ich schicke Bubba mit dir ins Krankenhaus.«

»Okay.«

»Unsere Familie ist in guten Händen«, flüsterte er.

»Ich weiß.« Tränen füllten ihre Augen. »Ich habe versucht, ihn aufzuhalten«, erklärte sie mit leiser Stimme, als Kemala und Sinta von Phantom weggeführt worden waren.

»Oh, Süße. Ich weiß, dass du das getan hast«, entgegnete Ace.

»Mir war so schwindelig und dann bin ich dummerweise die Verandatreppe runtergefallen. Ich konnte nicht einmal sehen, welchen Wagen er gefahren hat oder so. Ich habe sie im Stich gelassen. Ich habe *dich* im Stich gelassen!«

»Das hast du nicht«, sagte Ace entschieden. »Weißt du noch, worüber wir vorhin gesprochen haben? Der einzige Mensch, der hier Schuld hat, ist Paul. Nicht du.«

»Du hasst mich nicht?«, fragte sie.

»Niemals. Ich *liebe* dich, Piper. Für immer und ewig.«

»Ich liebe dich auch.«

»Geh jetzt, lass die Sanitäter sich um dich kümmern. Ich melde mich bei Bubba und wenn wir Rani finden, bist du die Erste, die ich anrufe.«

»Okay. Sei vorsichtig.«

Nickend stand Ace schließlich auf. Er sah zu, wie die Sanitäter Piper auf die Trage schnallten und sie in den wartenden Krankenwagen brachten, wobei Bubba ihnen folgte.

Kaum war sie aus seinem Blickfeld verschwunden, wandte Ace sich an Rocco und Rex. »Lasst uns diesen Mistkerl finden.«

KAPITEL SECHZEHN

Drei Stunden später war Ace erleichtert, als er von Bubba die Nachricht erhielt, dass es Piper gut ging. Die Schnittwunde über ihrem Auge hatte mit drei Stichen genäht werden müssen und sie hatte eine leichte Gehirnerschütterung, aber sonst ging es ihr gut. Sie würde wund sein, aber sie hatte keine größeren Verletzungen. Er würde sie bald nach Hause bringen.

Draußen war es dunkel, fast Mitternacht, und Ace hasste es, dass sein kleines Mädchen irgendwo da draußen wahrscheinlich zu Tode verängstigt und einem Fremden ausgeliefert war. Sie sprach nicht einmal, um Himmels willen. Es war also nicht so, dass sie um Hilfe rufen konnte, wenn sie irgendwo anhielten.

Tex tat alles, was er konnte, um Informationen über Paul Solberg zu sammeln und seinen Wagen zu finden. Ace hatte keine Ahnung, warum Solberg dachte, Rani sei seine Tochter. Trauer macht sich bei jedem anders bemerkbar, und Solberg hatte sich unberechenbar verhalten. Er musste annehmen, dass der Mann endgültig gebrochen war.

Das Einzige, was Ace davon abhielt, völlig den Verstand

zu verlieren, war die Tatsache, dass Solberg dem kleinen Mädchen, wenn er es für seine Tochter hielt, wahrscheinlich nichts antun würde.

Aber das führte zum nächsten Problem. Wo zum Teufel waren sie? Sie wussten alle, dass er wahrscheinlich kein Problem damit hätte, nach Mexiko zu gehen, wenn er es wollte.

Auch wenn Rani noch nicht so lange bei ihm war, hatte sie sich dennoch in sein Herz geschlichen. Er hatte die Papiere unterschrieben, in denen stand, dass er für den Rest ihres Lebens für sie verantwortlich sein würde, und verdammt, das würde er auch tun.

Nein, er würde einfach weitersuchen müssen. Wenn er Solberg nicht selbst finden konnte, würde er so viele Privatdetektive wie nötig engagieren und jeden Cent ausgeben, den er besaß, um Rani nach Hause zu bringen.

Tex hatte auf so viele Überwachungskameras zugegriffen, wie es ihm möglich war. Er hatte Solbergs schwarze viertürige Mietlimousine von seinem Haus aus durch die Innenstadt von Riverton verfolgt und ihn dann auf der Schnellstraße in Richtung Süden verloren.

Ace' Magen drehte sich, aber er weigerte sich zu glauben, dass sie weg waren. Tex würde seine Magie einsetzen ... er musste es tun.

Paul Solberg saß in seinem Wagen und starrte auf Kalee hinunter, die auf dem Sitz neben ihm schlief. Er hatte keinen Kindersitz für sie dabei, aber darum würde er sich kümmern, wenn sie in Mexiko ankamen.

Er war nicht darauf vorbereitet gewesen, so bald und so spät abends die Obhut über sein Mädchen zu bekommen. Er hatte auch nicht für ihr Abenteuer gepackt. Also hatte er mehrere Zwischenstopps eingelegt, damit sie alles Nötige dabeihatten.

Das erste war Bargeld. Er hatte an einigen Geldautomaten angehalten, um genügend Geld für sie zu besorgen. Paul wollte sichergehen, dass er seinem kleinen Mädchen alles kaufen konnte, was sie wollte, während sie weg waren. Dann folgte der ausgiebige Besuch eines Kaufhauses. Schließlich waren sie zurück zu seinem Haus gefahren, wo er packte. Kalee war ihm wortlos durch die Wohnung gefolgt und hatte ihm dabei zugesehen, wie er zuerst die Wäsche wusch und dann sorgfältig und methodisch einen Koffer mit Kleidung für sich selbst packte.

Dann hatte er den Koffer herausgeholt, den er für Kalee gekauft hatte. Er setzte sie neben sich und zeigte ihr jedes einzelne Kleidungsstück, das er für sie besorgt hatte, sowie alle Spielsachen. Sie lächelte, nachdem sie alles gesehen hatte, und schien glücklich zu sein, was Paul ebenfalls zum Lächeln brachte.

Nachdem er die Koffer im Wagen verstaut hatte, war er zum Lebensmittelgeschäft gefahren, hatte eine App geöffnet und Lebensmittel bestellt, die ihnen zum Fahrzeug geliefert wurden. Es dauerte eine Weile, bis die Bestellung fertig war, aber so hatte Paul mehr Zeit, Kalee von den Abenteuern zu erzählen, die sie vor sich hatten. Jetzt hatten sie ein paar Tüten voll mit Lebensmitteln, die sie bis Mexiko versorgen würden, und er hatte darauf geachtet, alles zu bestellen, was Kalee gern mochte.

Er hatte keine Ahnung, wie viel Zeit seit dem Verlassen seines Hauses vergangen war. Jetzt gab es nur noch ihn und Kalee gegen den Rest der Welt. Nichts anderes war wichtig.

Aber er musste zugeben, dass er erschöpft war. Er hatte schon lange nicht mehr geschlafen. Draußen war es so dunkel und er musste die Augen schließen. Nur für eine Stunde oder so. Dann würden sie wieder aufbrechen. Er würde die Grenze überqueren und sich auf den Weg nach Südamerika machen. Es würde eine Weile dauern, bis sie dort ankamen, aber er hatte viel Geld und es würde ein schöner Ausflug für ihn und Kalee werden. Er hatte einen Koffer voll mit allem, was seine Tochter brauchte, also würden sie gut zurechtkommen, bis sie an ihrem Ziel ankamen und er wieder einkaufen gehen konnte.

Paul fuhr zu einem abgelegeneren Teil des Parkplatzes des Lebensmittelladens. Das kleine Mädchen neben ihm rutschte auf dem Sitz hin und her, und er konnte sich ein Lächeln nicht verkneifen. Er hatte sein Baby so sehr vermisst, und es fühlte sich so gut an, sie wieder bei sich zu haben.

Irgendetwas in den Tiefen seiner Gedanken drohte seine gute Laune zu trüben, aber er schob es rücksichtslos zurück. Nichts würde ihn und sein kleines Mädchen daran hindern, das beste Leben zu leben, das sie führen konnten.

Ja, das war ein großes Abenteuer. Er hatte sein kleines Mädchen zurück und sie würden glücklich bis ans Ende ihrer Tage leben.

»Was meinst du damit, dass du den Wagen nicht finden kannst?«, fragte Ace Tex. Er war erschöpft und krank vor Sorge. Als Tex anrief, hatte er gehofft, der Mann hätte eine Spur zu Solbergs Aufenthaltsort. Aber stattdessen rief er an, um ihnen mitzuteilen, dass er ihn verloren hatte.

»Genau das. Ich habe alle Verkehrskameras durchkämmt und mit meiner Software nach dem Kennzeichen gesucht, aber es gab keine Treffer. *Keine.*«

»Was bedeutet das?«, fragte Rocco. Alle vier Männer saßen um das Handy herum, das auf Ace' Esstisch lag. Die Mädchen schliefen in Kemalas Zimmer und Bubba würde jeden Moment mit Piper durch die Tür kommen. Sie hatten ihr Bestes gegeben, um Kalees Vater zu finden ... ohne Erfolg.

»Entweder hat er den Mietwagen, den er benutzt hat, entsorgt und ein anderes Fahrzeug gefunden, oder er hat das Nummernschild ausgetauscht.«

»Scheiße!«, fluchte Ace. Er konnte sehen, dass die anderen auch nicht glücklich waren, aber es war nicht ihr Kind, das vermisst wurde. Er hatte Piper eine gute Nachricht überbringen wollen, wenn sie nach Hause kam, aber sie waren seit ihrer Fahrt zum Krankenhaus keinen Schritt weiter gekommen. Er konnte es kaum erwarten, sie in seinen Armen zu halten, aber er hasste es, ihr sagen zu müssen, dass sie immer noch keine Ahnung hatten, wohin Solberg Rani gebracht hatte.

»Ich bin noch auf der Suche«, sagte Tex zu ihnen. »Die Zollbeamten wissen Bescheid und tun, was sie können, um zu verhindern, dass er an ihnen vorbeikommt.«

»Wie viele Stellen gibt es, an denen er die Grenze überqueren könnte?«, fragte Phantom.

»Acht. Einige sind nur zu Fuß begehbar, andere sind eine gute Autofahrt entfernt, aber wenn er versucht, unauffällig zu bleiben, könnte es sich für ihn lohnen, ein paar Stunden Umweg in Kauf zu nehmen. Aber es gibt auch andere Orte, an denen die Grenze ungeschützt ist und an denen er sich vielleicht davonschleichen kann, ohne den offiziellen Weg zu nehmen«, erklärte Tex. »Obwohl ich vermute, dass er nicht versuchen würde, eine Vierjährige dort über die Grenze zu bringen. Aber auch wenn die Grenzbeamten darüber informiert wurden, dass Paul ein Kind entführt hat, ist das Problem, dass sie sich mehr um Leute kümmern, die sich in die Vereinigten Staaten *hinein*schleichen als hinaus.«

»Verdammt«, fluchte Rex.

Ace konnte nichts sagen, so sehr waren seine Zähne aufeinandergepresst.

»Und der Grenzübergang San Ysidro ist riesig. Fünf Fahrspuren voller Verkehr, Stoßstange an Stoßstange. Ich schätze, es wäre ziemlich einfach, jemanden nach Mexiko zu schmuggeln, selbst wenn die Grenzbeamten auf der Hut sind. Solberg könnte seine und Ranis Haare färben. Eine falsche Brille aufsetzen, Rani in ein paar teure Klamotten stecken, und niemand würde zweimal hinsehen.«

Ace schob seinen Stuhl heftig zurück und stand auf. Das Geräusch der Stuhllehne, die auf dem Boden aufschlug, war laut in dem ruhigen Haus. Er ging auf und ab und fuhr sich aufgebracht mit einer Hand über den Kopf. »Du willst mir also sagen, dass ich mein kleines Mädchen verloren habe? Dass ein offensichtlich geistig verwirrter Mann es geschafft hat, sie mir direkt vor der Nase wegzunehmen?«, fragte er in tiefem, tödlichem Ton.

»Nein«, sagte Tex, und es war leicht, sowohl die Frustration als auch die Entschlossenheit in seiner Stimme zu hören. »Ich will die Situation nicht beschönigen. Leider wird die Suche nach Rani nicht heute Abend enden. Oder morgen. Wir alle wissen, dass der Mann die Mittel hat, um lange Zeit auf der Flucht und unter dem Radar zu bleiben. Das heißt aber nicht, dass er nicht irgendwann mehr Geld braucht. Ich habe ein Auge auf jedes einzelne seiner Konten. Er wird keinen einzigen Cent abheben können, ohne dass ich im Umkreis eines halben Kilometers weiß, wo er es getan hat. Wir werden ihn kriegen, Ace. Ich schwöre beim Leben meiner eigenen Adoptivtochter, wir werden ihn finden.«

Ace nahm einen tiefen Atemzug und verschränkte die Hände im Nacken. Er starrte an die Decke und widerstand dem Drang, lauthals zu schreien. Das würde Rani nicht helfen und seine beiden anderen Töchter, die oben schliefen, zu Tode erschrecken.

Er hörte, wie seine Teamkameraden sich wieder mit Tex unterhielten, und ging zur Schiebetür, die auf die Terrasse führte. Er starrte in den Himmel und fragte sich, ob Rani in diesem Moment auch zu den Sternen hinaufschaute. Aus irgendeinem Grund fühlte er sich ihr dadurch näher.

»Halte durch, Baby«, flüsterte er. »Daddy wird dich finden.«

»Du musst essen, Kalee«, sagte Paul zu seinem kleinen Mädchen.

Sie saß auf dem Sitz neben ihm und starrte stirnrunzelnd auf das Kirsch-Pop-Tart, das er ihr gegeben hatte.

»Ich habe deine Lieblingsspeise besorgt. Na los, iss.«

Große braune Augen sahen ihn an und sie schüttelte den Kopf.

Paul starrte seiner Tochter in die Augen und wieder einmal fühlte sein Magen sich seltsam an. Er konnte es nicht genau sagen, aber Kalee verhielt sich nicht richtig. Sie schien verwirrt und misstrauisch zu sein, als er eine knappe Stunde nach Beginn seines Nickerchens aufgewacht war. Seine Tochter hatte nie Angst vor ihm gehabt. Niemals.

Und irgendetwas an ihren Augen stimmte auch nicht. Sie hatten die falsche Farbe ...

Nein ... es lag an der Beleuchtung im Wagen, die sie braun statt dunkelgrün aussehen ließ.

»Willst du keine Pop-Tarts?«, fragte er und kramte in einer der Tüten mit den Lebensmitteln, die er bestellt hatte. Er holte ein Teil nach dem anderen heraus und bot es Kalee an, aber jedes Mal rümpfte sie die Nase und schüttelte den Kopf.

Paul war verwirrt. Was um alles in der Welt war hier los? Seine Tochter war noch nie so wählerisch gewesen.

Das war alles die Schuld dieser Frau. Sie hatte irgendwie dafür gesorgt, dass Kalee ihre Lieblingsspeisen nicht mehr essen wollte. Ein weiteres Vergehen, das er ihr anlasten konnte!

»Gut. Später wirst du etwas essen müssen. Aber wie wäre es jetzt mit einem Schokoriegel?«

Er freute sich sehr, als Kalee begeistert nickte und eifrig nach der Schokolade griff. Sein Magen beruhigte sich, als sie mit ihren kleinen Fingern die Verpackung aufriss und einen großen Bissen von dem Schokoriegel nahm.

Paul streckte eine Hand aus und strich Kalee über das Haar, als er den Parkplatz des Lebensmittelladens verließ. Er hatte viel länger gebraucht, um all seine Besorgungen zu erledigen, und er war froh, dass sie nun auf dem Weg waren. »Bist du aufgeregt wegen unseres Abenteuers?«

Das kleine Mädchen legte den Kopf schief, während sie kaute, sagte jedoch nichts.

»Du bist furchtbar still, Kalee«, sagte er. »Normalerweise kaust du mir das Ohr ab.«

Sie antwortete auch diesmal nicht.

Seine Augen schlossen sich von selbst und die Lider fühlten sich an, als würden sie hundert Pfund wiegen. Er öffnete sie abrupt und sah, dass Kalee ihn immer noch anstarrte.

»Ich bin immer noch müde, Baby. Bist du müde?«, fragte er.

Sie nickte zaghaft.

»Ja. Ich auch. Es ist schon sehr spät«, sagte Paul zu ihr. Sein Kopf fiel erneut zur Seite und er hätte fast das Schild für die Fahrgemeinschaftsparkplätze übersehen, das auf der Schnellstraße an ihnen vorbeizog. »Ich glaube, wir brauchen beide etwas Schlaf. Dann können wir unsere Reise fortsetzen. Klingt das gut?«

Wieder nickte seine Tochter.

Wie er es geschafft hatte, den Wagen sicher auf den verlassenen Parkplatz zu bringen, wusste Paul nicht. Er hatte seit Tagen nicht mehr geschlafen. Seit Wochen. Er war erschöpft. Die Sorge um seine vermisste Tochter hatte ihn schwer belastet, aber jetzt waren sie wieder zusammen. Und er hatte das Gefühl, endlich schlafen zu können.

Als er den Wagen einparkte, schaute er sich um. Draußen war es stockdunkel, und da sie das einzige Fahrzeug auf dem Parkplatz waren, fühlte er sich relativ sicher.

Kalee aß den Schokoriegel zu Ende und lächelte ihn an.

Als Paul den Blick über seine Tochter schweifen ließ, begann sein Bauch wieder zu kribbeln. Irgendetwas fühlte sich immer noch falsch an, aber er wollte nicht darüber nachdenken. Alles, woran er dachte, war sein kleines Mädchen.

»Geh schlafen, Kalee«, sagte er zu ihr. »Wir haben morgen einen großen Tag vor uns.«

Sie nickte, drehte sich auf die Seite des Sitzes und schloss die Augen.

Paul legte den Kopf zurück auf die Kopfstütze und tat sein Bestes, noch etwas zu schlafen. Aber so sehr er sich auch bemühte, er wurde das Gefühl nicht los, etwas Schreckliches getan zu haben. Er träumte sogar, dass seine Tochter erwachsen war und ihn missbilligend ansah.

Sie sagte ihm, er solle sie zurückbringen. Sie gehen lassen.

Als er Stunden später aufwachte, war das aufgewühlte Gefühl in seinem Bauch noch schlimmer. Und sein Kopf fühlte sich an, als würde er gleich explodieren.

Als er den Kopf drehte, um sich zu vergewissern, dass

Kalee sicher neben ihm schlief, war er überrascht, ein Kind zu sehen, das er nicht erkannte.

Sie hatte braunes, kein rostrotes Haar, und ihre Haut war viel dunkler als die von Kalee.

Paul kniff die Augen zusammen und murmelte: »Nein, das ist Kalee. Meine Kalee.«

Als er sie erneut öffnete und nach rechts schaute, war er erleichtert, sein kleines Mädchen wieder schlafen zu sehen.

Alles würde gut werden. Sobald er seine Tochter nach Mexiko gebracht hatte, wäre er in Sicherheit.

Ace' Laune, sein Verstand und seine Frustration hingen an einem sehr dünnen Faden. Piper war mit Bubba aus dem Krankenhaus nach Hause gekommen und er hätte am liebsten etwas geworfen, nachdem er ihr armes Gesicht gesehen hatte.

Sie hatte eine Reihe von Fäden über ihrer Augenbraue und blaue Flecke auf Stirn und Wange. Sie sah müde und besorgt aus und war am Boden zerstört, dass er keine weiteren Informationen für sie hatte.

Er hatte sie mit dem Rest des Teams an den Tisch gesetzt, und sie hatte ihnen alles berichtet, woran sie sich an diesem Abend erinnern konnte. Erneut war Ace untröstlich, dass er nicht da gewesen war. Dass er seine Familie nicht besser beschützt hatte.

Tex hatte zurückgerufen und sie sprachen gerade über Kalee, in dem Versuch, irgendetwas herauszufinden, das ihnen einen Hinweis darauf geben könnte, wohin Solberg Rani gebracht haben könnte.

»Ich war nicht oft bei Kalee zu Hause«, sagte Piper. »Sie hat immer gesagt, dass ihr Vater Struktur braucht und es ihn aus der Bahn wirft, wenn Leute da sind.«

Rocco beugte sich vor. »Struktur in welcher Hinsicht? Was hat sie noch über ihn gesagt?«

Piper runzelte die Stirn. »Ich bin mir nicht sicher. Sie hat viel mehr Zeit bei mir zu Hause verbracht als ich bei ihr. Oh ... da war dieses eine Mal, als sie sagte, ihr Vater sei im Krankenhaus. Ich glaube, wir waren ungefähr vierzehn oder so. Sie blieb etwa eine Woche bei uns, glaube ich.«

»Welches Krankenhaus?«, fragte Tex. »Ich habe keine langen Krankenhausaufenthalte gefunden, als ich über ihn recherchiert habe.«

»Ich weiß es nicht. Ich meine, ich war erst vierzehn. Aber ich erinnere mich, dass sie deswegen ziemlich gestresst war. Ich fragte sie, ob er operiert wurde, weil ich dachte, ins Krankenhaus zu gehen bedeutet, aufgeschnitten zu werden, aber sie lachte nur und meinte, man würde seinen Kopf untersuchen.«

»Verdammt. Okay, wartet mal«, antwortete Tex.

Piper schaute zu Ace hinüber und er sah, welche körperlichen Schmerzen sie hatte, aber sie weigerte sich, diesen nachzugeben. Zusammen mit den blauen Flecken in ihrem Gesicht war sie erschöpft und er vermutete, dass sie versuchte, ihn von der Erkenntnis abzulenken, wie sehr ihr Kopf wirklich schmerzte.

»Warum gehst du nicht hoch ins Bett?«, schlug er leise vor.

Sie schüttelte hartnäckig den Kopf. »Nein. Ich möchte helfen.«

»Du kannst nicht helfen, wenn du in deinem Stuhl einschläfst«, schimpfte Ace sanft. »Und du willst dich bestmöglich fühlen, wenn Rani nach Hause kommt.«

Seine Worte hatten nicht die von ihm erhoffte Wirkung.

Piper schüttelte wieder den Kopf. »Sie wird nicht so bald nach Hause kommen, oder?«

»Doch, das wird sie«, betonte Ace.

»Aber Tex ist in einer Sackgasse gelandet. Er hat es selbst gesagt. Mr. Solberg ist verschwunden.«

Ace beugte sich vor und zog Piper vorsichtig auf seinen Schoß. Er hasste es, die Niederlage in ihrer Stimme zu hören. »Solberg wird Fehler machen, Süße. Und wenn er das tut, wird Tex da sein. *Wir* werden da sein. Verstanden?«

Sie nickte.

Ace legte eine Hand seitlich an ihren Kopf und ermunterte sie, sich auf seine Schulter zu stützen. »Wenn du nicht nach oben gehen willst, dann schließ wenigstens die Augen. Ich werde dich halten, okay?«

Sie nickte an ihm und er spürte, wie ihr Körper sich entspannte. Sie schlang die Arme um ihn und sie hielt ihn so fest, dass er praktisch spüren konnte, wie besorgt und gestresst sie war.

»Ich habe etwas gefunden«, sagte Tex über das Telefon auf dem Tisch.

»Was?«, fragte Phantom.

»Paul Solberg hat sich vor fast zwanzig Jahren für eineinhalb Wochen in die psychiatrische Klinik in Riverton eingewiesen. Er benutzte einen falschen Namen, aber sein richtiger Name musste trotzdem in seinen Unterlagen aufgeführt werden.«

»Weshalb?«, fragte Rocco.

»Schizophrenie.«

Das Wort hallte durch den Raum, aber niemand sagte etwas dazu.

Tex fuhr fort: »Er wurde behandelt und entlassen und nimmt seither Medikamente. Im Laufe der Jahre hatte er hier und da ein paar Rückfälle, aber sobald die Dosis angepasst wurde, schien er sich davon zu erholen.«

»Gott«, sagte Piper von ihrem Sitzplatz auf Ace' Schoß. »In Timor-Leste haben Kalee und ich uns eines Abends unterhalten und sie sagte, dass sie sich Sorgen um ihren

Vater gemacht habe. Als ich fragte warum, blieb sie ziemlich vage und meinte nur, dass er älter wird und sie alles ist, was er hat. Sie hat mir auch einmal etwas erzählt, aber da waren wir auf dem College und betrunken, also habe ich nicht viel darüber nachgedacht ... aber jetzt macht es mir Angst.«

»Was war es?«, fragte Ace.

»Sie sagte, wenn sie vor ihrem Vater sterben würde, würde er es vermutlich nicht verkraften. Sie hatte das Gefühl, er würde seine Medikamente nicht mehr nehmen und durchdrehen.«

Schweigen folgte auf ihre Worte.

»Ich weiß, ich hätte mich früher an dieses Gespräch erinnern sollen«, sagte Piper reumütig. »Ich hatte ihr versichert, die Wahrscheinlichkeit ihres baldigen Todes sei gering, wenn überhaupt. Dann haben wir Witze darüber gemacht, wie wir alt und grau sind und zusammen im selben Altersheim leben.«

Ace drückte Piper an sich, als sie zu weinen begann, und schloss die Augen. Er verstand, wie sie eine beiläufige Bemerkung vor vielen Jahren hatte vergessen können, als sie und ihre Freundin getrunken hatten. Vor allem wenn man bedachte, was in letzter Zeit alles passiert war.

»Solberg hat also seine Medikamente abgesetzt und jetzt hat er Wahnvorstellungen«, murmelte Tex am Telefon. »Das macht Sinn. Als er vom Tod seiner Tochter hörte, hat er wahrscheinlich ein paar Dosen seiner Medikamente vergessen, und von da an könnte sich alles nur noch verschlimmert haben. Piper wiederzusehen ... Wenn man bedenkt, wie nahe sie seiner Tochter stand, war das wahrscheinlich zu viel für ihn. Ich vermute, dass das Wissen, wie sehr Kalee Kinder liebte, besonders die in dem von ihr besuchten Waisenhaus, seine Wahnvorstellungen verschlimmerte, bis er wirklich dachte, Rani *sei* Kalee.«

»Aber Kalee hätte überhaupt nicht wie Rani ausgesehen«, sagte Phantom. »Mit ihren grünen Augen und rost-roten Haaren ist das doch sehr weit hergeholt, oder?«

»Nicht wirklich. Wenn der Verstand so gestresst ist wie der von Solberg, sieht er genau das, was er sehen will, wenn er Rani ansieht«, erklärte Tex.

»Und wie bringt uns das weiter, sie zu finden?«, fragte Ace.

Es herrschte kurz Stille, bevor Tex sagte: »Ich durch-suche immer noch die Kennzeichenkameras an den Grenzen und überprüfe andere Kameras auf sein Fahrzeug. Es gibt Tausende von Fahrzeugen und Lastwagen da drau-ßen, aber ich hoffe, noch Glück zu haben. Ich hoffe, dass er aufgrund seines geistigen Zustands nicht versteht, wie drin-gend er Rani aus dem Land bringen muss, und dass er eher früher als später einen Fehler macht.«

Ace seufzte niedergeschlagen. Das war nicht akzeptabel, aber es gab nichts, was er tun konnte. Ranis Leben und die geistige Gesundheit seiner Frau hingen von einem Mann ab, der alles verloren hatte und nichts mehr zu verlieren hatte. Scheiße.

Paul hielt das Lenkrad fest umklammert und starrte durch die Windschutzscheibe. Er hatte sich und Kalee so nahe an den Grenzübergang herangefahren, wie er es wagte. Der morgendliche Berufsverkehr hatte begonnen und er wusste, dass er aussteigen, Kalee an die Hand nehmen und losgehen musste. Er wollte sich den anderen Reisenden auf dem Weg nach Mexiko anschließen.

Aber etwas hielt ihn zurück. Die Albträume hielten an, auch wenn er nicht schlief. Er sah Kalee immer wieder als erwachsene Frau und sie hörte nicht auf, ihn missbilligend anzusehen. Sie bat ihn, sie zurückzubringen. Zurück zu ihrer Familie. Was keinen Sinn ergab, denn *er* war ihre Familie. Es waren die beiden gegen den Rest der Welt. Das war immer so gewesen. Und er wusste nicht, wohin sie zurückgebracht werden wollte.

Er schaute zu Kalee hinüber und sah, dass sie geduldig auf dem Sitz neben ihm saß. Das war seltsam, wenn er darüber nachdachte. Seine Kalee saß nie still. Sie zappelte und kicherte immer.

Das war eine andere Sache. Warum sprach Kalee nicht mit ihm? Sie war schon immer eine Quasselstrippe gewesen. Sie liebte es, zu lachen und mit sich und ihm zu plappern.

Aber jetzt starrte sie ihn einfach nur an. Ihre großen braunen Augen enthielten so viele Geheimnisse.

Moment. Nein ... ihre grünen Augen waren voller Geheimnisse.

Paul schloss die Augen und schüttelte den Kopf. Fetzen von Gesprächen, die er mit der erwachsenen Kalee geführt hatte, schossen ihm durch den Kopf.

Versprich mir, dass du deine Medikamente weiternimmst.

Dad, ich brauche dich noch lange, und du kannst nur für mich da sein, wenn du deine Medizin nimmst.

Egal was passiert, du musst jeden Morgen deine Pillen nehmen.

Versprich es mir, Dad.

Versprich es mir.

Versprich es mir.

Als er etwas neben sich hörte, öffnete Paul die Augen und sah zu dem kleinen Mädchen hinüber. Sie hatte das Handschuhfach geöffnet und blätterte in den Papieren darin. Sie zog seine Brieftasche heraus und lächelte. Sie öffnete sie – dann wurde sie ganz still.

Mit ihren kleinen Fingern fuhr sie über ein kleines Bild, das er darin hatte. Er trug es schon seit Jahren bei sich.

Kalee bei ihrem College-Abschluss. Sie hatte ein breites Lächeln im Gesicht und stand neben ihm, den Arm um ihn gelegt.

Das kleine Mädchen drehte sich um, sah zu Paul auf und sagte das erste Wort, das er sie sprechen hörte. Und es wurde mit einem Akzent gesprochen. »Kalee.«

Und in dieser Sekunde ... einem Moment der Klarheit in seinem gesplitterten Verstand ... wurde Paul klar, was er getan hatte.

Das kleine Mädchen neben ihm war nicht seine Tochter.

Es war nicht seine Kalee.

Seine wunderschöne Tochter war tot. Sie war Tausende von Kilometern entfernt getötet worden, und er war nicht in der Lage gewesen, sich von ihr zu verabschieden. Er war nicht in der Lage gewesen, ihr ein letztes Mal zu sagen, wie sehr er sie liebte.

Tränen stiegen ihm in die Augen und er begann zu schluchzen. Er weinte über den Verlust seiner kostbaren Tochter. Über die Enttäuschung, dass er sie nie wiedersehen würde.

Mitten in seinem Zusammenbruch spürte Paul ein warmes Gewicht auf seinem Schoß.

Als er die Augen öffnete, sah er das kleine Mädchen, von dem er überzeugt gewesen war, es sei sein eigenes. Sie war auf seinen Schoß gekrochen und umarmte ihn fest.

»Kalee nett. Liebe sie«, sagte das kleine Mädchen.

Das brachte Paul noch mehr zum Weinen. Er drückte das kleine Kind an seine Brust und brach völlig zusammen.

Der Morgen war angebrochen, und sie waren bei der Suche nach Paul Solberg und Rani noch nicht weiter gekommen als am Abend zuvor. Eine Vermisstenmeldung war herausgegeben worden und die Polizei erhielt Anrufe von Leuten, die behaupteten, den Mann und das Kind gesehen zu haben, aber bis jetzt hatte sich keine der Spuren als hilfreich erwiesen.

Gumby hatte bei der Arbeit angerufen und war von seinem Vorgesetzten über die Geschehnisse informiert worden, woraufhin er und Sidney direkt vom Hotel zu Ace' Haus fuhren.

Auch Caite war vorbeigekommen und die Frauen saßen alle zusammen auf der Couch.

Ace schätzte alle seine Freunde mehr, als er in Worte fassen konnte. Bis zu diesem Moment hatte er die genaue Intensität seiner Dankbarkeit nicht verstanden. Er war für Caite da gewesen, als sie in Schwierigkeiten gewesen war. Auch für Sidney. Als Rocco und Gumby versucht hatten, sich zu bedanken, hatte er sie praktisch abblitzen lassen.

Aber jetzt verstand er es.

Auf der Welt ging nichts über gute Freunde.

Freunde, die alles stehen und liegen ließen, um für einen selbst und die Menschen, die man liebte, da zu sein.

Bubba unterhielt Sinta und Rex las Kemala vor. Caite und Sidney beschäftigten Piper und waren einfach da, um sie zu unterstützen.

Tex tat immer noch alles, was in seiner Macht stand, um Solberg elektronisch aufzuspüren. Rocco hatte sich mit ihrem Kommandanten in Verbindung gesetzt und versuchte herauszufinden, was die Grenzschutzbeamten wussten. Sogar Phantom – der gerade an Ace' Esstisch saß und zwanghaft sein Kampfmesser schärfte – war seltsam beruhigend.

Ja, er hatte die besten Freunde auf der ganzen Welt.

Aber seine Liebe zu ihnen half ihm nicht, seine Angst um Rani zu lindern.

Wo war sie? Hatte sie Angst? Machte sie sich Sorgen?

Dachte sie, er und Piper hätten sie an Solberg gegeben? Die ganzen Was-wäre-wenn-Fragen machten ihn verrückt. Er konnte nur warten, und das war beschissen.

»Komm schon, Solberg. Gib uns einen kleinen Hinweis. Das ist alles. Nur einen«, flüsterte er.

In diesem Moment klingelte Ace' Telefon und alle drehten den Kopf in seine Richtung, als er abnahm. Da es Tex war, stellte er ihn auf Lautsprecher, damit alle es hören konnten.

»Ace.«

»Ich bin's, Tex. Nur so zum Spaß, weil ich sonst nichts gefunden habe, habe ich ein paar Kameras auf den Fahrgemeinschaftsparkplätzen in der Nähe der Grenze überprüft. Es war zwar weit hergeholt, aber ich konnte nirgendwo anders suchen.«

»Hast du ihn gefunden?«, unterbrach Ace ihn.

»Möglicherweise. Zumindest habe ich einen Wagen gefunden, der auf die Beschreibung des Mietfahrzeugs passt. Das Kennzeichen war anders, aber er könnte das Nummernschild ausgetauscht haben oder so.«

Noch bevor Tex zu Ende gesprochen hatte, war Ace in Bewegung. Er ging zu Piper hinüber und küsste sie lange und innig, bevor er eine Hand seitlich an ihren Kopf legte. Er streichelte mit dem Daumen einen Moment lang ihre makellose Wange, bevor sie flüsterte: »Geh.«

Das war alles, was er hören musste.

Als er sich umdrehte, sah er, wie Bubba Rocco zu verstehen gab, dass er bei den Mädchen und Piper bleiben würde. Auch Rex versprach zu bleiben.

Alles war in Sekundenschnelle entschieden, und das war ein weiterer Grund, warum Ace diese Männer liebte. Sie arbeiteten zusammen wie eine gut geölte Maschine. Es gab keinen Streit darüber, wer bleiben und wer gehen würde.

»Es ist nicht viel«, sagte Tex, als die vier verbliebenen SEALs zur Tür gingen. »Aber es ist etwas. Das Fahrzeug fuhr an der Kamera vorbei und wurde in der hinteren Ecke des Parkplatzes geparkt, außerhalb der Reichweite der Kamera. Ich fürchte, die Aufnahmen sind schon ein paar Stunden alt. Offenbar schaltet die Stadt die Kameras nachts ab, weil zwischen ein und vier Uhr morgens niemand den Parkplatz benutzt.«

»Scheiße«, fluchte Rocco. »Er könnte also schon weg sein.«

»Ja«, bestätigte Tex. »Ich überprüfe noch die Kameras an der Grenze, aber ich dachte, ihr wollt vielleicht wissen, dass er möglicherweise gesehen wurde.« Er ratterte die Adresse des Parkplatzes herunter und Ace sah, wie Phantom sie notierte und auf seinem Handy nach dem Standort suchte.

»Ja«, sagte Ace zu ihm. »Wir wollten es unbedingt wissen.«

»Der Parkplatz scheint nicht weit von hier zu sein«, sagte Phantom. »Er ist allerdings verdammt nahe an der Grenze.«

»Ja, deshalb sind solche Parkplätze auch so beliebt. Die Leute treffen sich dort und überqueren in Fahrgemeinschaften die Grenze. Das ist einfacher«, erklärte Tex.

»Alles klar, wir sind auf dem Weg«, sagte Ace zu Tex, nachdem sie alle in Gumbys Silverado eingestiegen waren.

»Ruf mich an, wenn ihr etwas findet. Das könnte mir helfen, meine Suche einzugrenzen«, befahl Tex.

»Mache ich«, sagte Ace. »Danke für die Info.«

Beide Männer legten auf und Ace hielt sich fest, als Gumby aus seiner Einfahrt raste und auf die Schnellstraße zusteuerte. Phantom gab Anweisungen, während Gumby viel zu schnell fuhr, aber niemand beschwerte sich oder sagte ein Wort darüber. Sie alle wussten, die Wahrscheinlichkeit, dass Solberg sich noch auf dem Parkplatz befand, war gering, aber niemand wollte es laut zugeben.

Innerhalb von zwanzig Minuten fuhr Gumby von der Schnellstraße auf den Parkplatz für Fahrgemeinschaften. Er war nicht mehr leer, denn die Sonne ging gerade auf und die Pendler hatten bereits begonnen, zur Arbeit zu fahren und ihre Mitfahrgelegenheiten wahrzunehmen.

»Wo ist laut Tex der Wagen geparkt?«, fragte Rocco auf dem Rücksitz neben Ace.

»Südwestliche Ecke«, antwortete Ace knapp.

Als sie um den hinteren Teil des Parkplatzes fuhren, konnte jeder sehen, dass dort kein Fahrzeug stand, das zu dem passte, das Paul gefahren hatte.

»Verdammt«, murmelte Ace.

»Ich bin nicht bereit aufzugeben«, sagte Rocco. »Lasst uns nach San Ysidro fahren und sehen, ob wir seinen Wagen sehen können.«

Ace nickte. Er wollte auf keinen Fall zu seinem Haus zurückkehren und Piper sagen, dass sie zu spät gekommen waren. Dass Solberg bei ihrer Ankunft schon weg gewesen war.

Gumby steuerte zurück zur Schnellstraße und bog nach Süden ab. Mit jedem Kilometer, der verging, wurde Ace immer deprimierter. Er und die anderen waren Männer der Tat. Sie bekamen Informationen, handelten danach und beendeten dabei meistens ihre Mission. Aber im Moment fühlten sie sich wie kopflose Hühner. Sie liefen ohne klares Ziel herum und versuchten, das Ende des Regenbogens und das sprichwörtliche Gold zu finden.

»Hey ... schaut mal«, sagte Phantom, der durch die Windschutzscheibe des Pick-ups deutete. »Ist das ... Ist das nicht derselbe Wagen, den Solberg gefahren hat?«

Ace beugte sich vor und blickte mit zusammengekniffenen Augen in die Richtung, in die Phantom zeigte. Vor ihnen stand ein dunkles Fahrzeug, das dem von Solberg *sehr* ähnlich war. Er öffnete den Mund, um Gumby zu sagen, er solle Gas geben, aber sein Freund hatte das Pedal bereits durchgetreten.

Ace hielt sich fest, während Gumby sich zwischen den Fahrzeugen um sie herum hindurchschlängelte, in dem Versuch, den Wagen einzuholen, der nach Süden in Richtung Grenze fuhr. Wenn das Solberg und hoffentlich auch Rani war, mussten sie ihn einholen, bevor er merkte, dass er verfolgt wurde, und entweder versuchte, sie abzuhängen, indem er von der Schnellstraße abfuhr und die Verfolgung auf die Nebenstraßen verlagerte, oder seine Gefangene verletzte.

Der Gedanke, dass Rani von Solberg verletzt werden könnte, brachte Ace' Blut in Wallung. Sie hatte in ihrem kurzen Leben schon so viel durchgemacht. Sie hatte es nicht verdient, dazu auch noch verletzt zu werden.

Er behielt das Fahrzeug im Auge, während Gumby alles tat, was er konnte, um durch den dichten Verkehr zu kommen. »Halte durch, Rani. Halte einfach durch«, murmelte er, während sie auf den Wagen zurasten.

Paul konnte seine Tränen nicht zurückhalten. Als er die Nachricht erhalten hatte, dass Kalee von Rebellen in Timor-Leste getötet worden war, hatte er sich weitgehend unter Kontrolle gehalten, aber jetzt, da er wieder zu weinen begonnen hatte, konnte er den Fluss einfach nicht mehr stoppen.

Er wischte sich die Tränen aus den Augen, damit er beim Fahren die Straße besser sehen konnte. Mit dem Mädchen auf dem Sitz neben ihm wollte er keinen Unfall verursachen.

Sie hatte ihr Bestes getan, damit er sich besser fühlte, aber als er sie sah und wusste, was er getan hatte, schluchzte er nur noch mehr. Kalee würde sich für ihn schämen. Sie wäre so enttäuscht. Er hatte nicht nur sein Versprechen ihr gegenüber gebrochen, indem er seine Medikamente nicht genommen hatte, sondern er hatte auch noch ein Kind seiner Mutter weggenommen.

Er war ein Entführer. Wie er so tief gesunken war, wusste er nicht einmal.

Paul verstand zwar nicht, warum Kalee und Piper trotz ihrer Gegensätzlichkeiten so gute Freundinnen geworden waren, und es hatte ihm vielleicht nicht gefallen, aber er hatte Piper nie wirklich etwas Böses gewünscht. Und jetzt hatte er der besten Freundin seiner Tochter ein kleines Mädchen weggenommen. Ein Kind, das Kalee tatsächlich gekannt hatte. Er erinnerte sich an die E-Mails, die Kalee über das Waisenhaus in der Nähe des Dorfes, in dem sie lebte, geschrieben hatte.

Sie war beim Friedenskorps angestellt gewesen, um den Dorfbewohnern Englisch beizubringen, aber sie hatte sich nicht davon abhalten können, wöchentlich zum Waisenhaus zu gehen, um die Kinder zu sehen und auch sie zu unterrichten.

Und das kleine Mädchen neben ihm *kannte* Kalee. Sie hatte sie auf dem Foto erkannt, das er in seiner Brieftasche mit sich herumtrug. Und er hatte sie von Piper weggerissen.

Er war ein schrecklicher Mensch und musste das wiedergutmachen.

Sie hieß Rani. Der Name kam ihm plötzlich in den Sinn. So lange hatte er das kleine Mädchen nur als Kalee wahrgenommen, aber jetzt erinnerte er sich an ihren Namen. Und er konnte nicht glauben, dass er sie jemals mit Kalee verwechseln konnte. Sie sahen sich überhaupt nicht ähnlich.

Eine Stimme in seinem Kopf versuchte, ihm zu sagen, dass er sich irrte. Dass es seine Tochter war, die neben ihm saß, und dass er sie nach Mexiko bringen und verschwinden sollte, aber Paul kämpfte zum ersten Mal gegen die Stimme an. Heftig.

Rani war nicht Kalee, und er musste irgendwie wiedergutmachen, was er getan hatte.

Nachdem er von Kalee geträumt und sich hin und her gewälzt hatte, hatte Paul den Parkplatz verlassen, als die anderen Fahrzeuge für den Pendlerverkehr ankamen. Seitdem war er ziellos herumgefahren und hatte überlegt, was er tun sollte. Er konnte Rani nicht einfach nach Riverton zurückbringen und sich entschuldigen. Das würde nicht funktionieren. Piper hasste ihn jetzt. Das musste sie auch. Er hasste sich selbst. Und Paul erinnerte sich vage daran, dass er auch dem Kommandanten des SEAL-Teams, das versucht hatte, Kalee zu retten, die Hölle heißgemacht hatte. Nein, er würde dort keine Verbündeten haben.

Paul hatte nichts.

Keine Kalee.

Sein Geschäft konnte natürlich auch ohne ihn laufen, so wie schon während der letzten Wochen.

Niemand würde um ihn trauern, wenn er für immer verschwand.

Durch seine Tränen hindurch sah Paul ein Gebäude, das ihm bekannt vorkam ... und plötzlich wusste er genau, was er zu tun hatte. Er fuhr auf einen Parkplatz neben dem Gebäude und holte ein Stück Papier aus dem Handschuhfach. Die Vorderseite war der Mietvertrag für den Wagen, aber die Rückseite war leer. Er kritzelte eine Notiz auf die Rückseite und faltete das Papier zusammen, dann drehte er sich zu Rani um.

Sie starrte ihn mit einem Blick an, der weit über ihr Alter hinausging, und Paul verstand zum ersten Mal, wie er sie für Kalee hatte halten können.

Die Stimme in seinem Kopf sagte ihm immer wieder,

dass er sich an den Plan halten sollte. Er sollte seine Tochter über die Grenze bringen und glücklich bis ans Ende seiner Tage leben, aber Paul tat sein Bestes, sie abzuwehren.

Dieses Mädchen war nicht seine Tochter. Sie gehörte zu Piper. Sie war *Rani*. Und er musste sie zu ihrer Mutter zurückbringen.

»Nun«, sagte er leise, »hier endet unser Abenteuer.«

Rani starrte zu ihm auf.

Paul drückte ihr den Zettel, den er geschrieben hatte, in die Hand. »Du musst genau das tun, was ich dir sage, okay?«

Sie nickte.

»Siehst du das Gebäude da drüben?«

Rani drehte den Kopf, um dorthin zu schauen, wohin er zeigte, dann blickte sie zu ihm zurück und nickte erneut.

»Gut. Du musst aus dem Wagen aussteigen und dorthin gehen. Geh durch die offene Tür und gib den Zettel der ersten Person, die du siehst. Hast du verstanden?«

Sie zog die kleinen Augenbrauen zusammen, nickte aber.

»Gut. Jetzt geh. Tu, was ich sage.«

Das kleine Mädchen, das ihm gehören könnte, wenn er nur befolgte, was die Stimmen in seinem Kopf ihm sagten, erhob sich langsam auf die Knie. Sie streckte eine Hand aus und berührte Pauls Wange mit ihrer kleinen Handfläche.

Sie sah ihm in die Augen und sein Schmerz überwältigte ihn fast, als sie sprach.

»Okay, Kalee Vater. Ich werde tun. Sie Geschichten über dich erzählt. Großer, starker Vater. Sie geliebt.«

»Ich – ich habe sie auch geliebt«, brachte Paul heraus. »Sie war meine Welt. Jetzt geh schon. Piper macht sich bestimmt große Sorgen um dich.«

»Mutter«, sagte Rani.

»Ja, Piper ist deine Mutter. Und Ace ist dein Vater.«

»Großvater«, sagte Rani ... und zeigte auf Paul.

Er schüttelte den Kopf. »Nein, du wirst mich nicht wiedersehen.«

»*Großvater!*«, rief sie aus und stieß ihn diesmal in die Brust. »Kalees Vater. Ranis Großvater.«

Er hatte es nicht verdient, jemandes Großvater zu sein. Nicht nach dem, was er getan hatte. Aber als er in Ranis dunkle Augen sah, konnte er es ihr nicht verwehren. Nicht nach allem, was sie durchgemacht hatte.

Er wusste, dass Piper und Ace ihn nie wieder in die Nähe dieses kostbaren Kindes lassen würden, aber er tat, was sein Herz ihm befahl. Er stimmte zu.

»Ich werde dein Großvater sein«, sagte er leise. »Aber du musst den Zettel zur Feuerwache bringen und ihn der ersten Person geben, die du siehst, okay?«

»Okay«, stimmte sie fröhlich zu. Ohne ein weiteres Wort oder einen Blick zurück öffnete sie die Tür und kletterte aus dem Wagen. Sie ging auf die offene Halle der Feuerwache zu, als hätte sie keine Sorgen auf der Welt. Als wäre sie in der Nacht zuvor nicht entführt worden. Als wäre sie nicht fast über die Grenze gebracht worden, um von denen, die sie am meisten liebten, nie wiedergesehen zu werden.

Wieder weinte Paul und startete den Mietwagen. Er wartete, bis er einen jungen Mann in marineblauer Uniform vor Rani niederknien sah. Er sah, wie das kleine Mädchen ihm den Zettel überreichte, den er geschrieben hatte, und wusste, dass es Zeit war.

Langsam fuhr er vom Parkplatz und steuerte auf die große Brücke zu, die er keine Stunde zuvor überquert hatte.

Die Stimme in seinem Kopf schimpfte mit ihm, weil er Kalee hatte gehen lassen. Sie sagte ihm, dass er ein schrecklicher Vater sei, da er sie weggegeben hatte, und dass sich niemand auf der Welt mehr um ihn kümmern würde. Dass er der Welt einen Gefallen tun und dafür sorgen sollte, dass niemand mehr unter seiner Existenz leiden musste.

Paul Solberg machte sich nicht die Mühe, der Stimme zu widersprechen. Er wusste, dass sie recht hatte. Er war ein furchtbarer Mensch. Die Welt wäre ohne ihn besser dran.

Aber dann drängte sich Ranis Forderung auf. *Großvater*.

Seufzend umklammerte Paul das Lenkrad fester.

Gumby hatte den Wagen, in dem sie Solberg und hoffentlich auch Rani vermuteten, fast eingeholt, als Ace' Telefon klingelte. Er war versucht, es zu ignorieren, weil er die Nummer, die auf dem Display aufblinkte, nicht erkannte. Wenn das Fahrzeug, dem sie auf den Fersen waren, Solberg war, musste er sich auf das konzentrieren, was um ihn herum geschah, und nicht darauf, mit einem verdammten Telefonverkäufer zu reden.

Aber irgendetwas brachte seinen Finger dazu, zum Bildschirm zu fahren und darüberzuwischen, um zu antworten.

»Hallo?«, sagte er unwirsch.

Wenn er gestanden hätte, wären ihm bei den Worten, die er von der Person am anderen Ende des Telefons hörte, die Knie weich geworden.

»Wir haben Ihre Tochter gefunden. Sie ist in Sicherheit und Sie können sie auf dem Polizeirevier von San Ysidro abholen.«

»Fahr an der nächsten Ausfahrt ab«, blaffte Ace.

Gumby schaute ihn über die Schulter an und was immer er in seinem Gesicht sah, veranlasste ihn, sofort den rechten Blinker zu setzen.

»Ace?«, fragte Rocco neben ihm.

Aber Ace ignorierte seinen Freund und sprach in sein Telefon. »Ich bin auf dem Weg. Haben Sie meine Frau angerufen?«

»Sie ist die Nächste auf meiner Liste«, antwortete die Person.

»Rufen Sie sie an. Sofort«, befahl Ace, bevor er auflegte. Er dachte gar nicht daran, nach weiteren Details zu fragen. Solberg war ihm im Moment völlig egal. Er wollte nur zur Polizeiwache kommen und sich vergewissern, dass es seinem kleinen Mädchen gut ging.

»Wo soll ich hin?«, fragte Gumby, als er die Ausfahrt nahm.

»San Ysidro Polizeiwache. Rani wurde gefunden. Sie ist dort und es geht ihr gut.«

Die anderen drei Männer im Wagen atmeten alle erleichtert auf, aber Ace wusste, dass er dieses Gefühl der Erleichterung erst verspüren würde, wenn er Rani in seinen Armen hielt.

Eine Stunde später saß Ace auf einer Couch im Polizeirevier von San Ysidro, Rani auf seinem Schoß, Sinta an seiner linken Seite, Piper an seiner rechten und Kemala neben ihr. Der Raum war voll mit seinen SEAL-Kameraden, Caite, Sidney und mehreren Detectives.

Ace hatte die Nachricht gelesen, die Solberg auf die Rückseite des Mietvertrags geschrieben und offensichtlich Rani gegeben hatte, um ihn in die Feuerwache zu tragen. Solberg war noch nicht gefunden worden, aber Rani schien es gut zu gehen. Sie hatte keinerlei Verletzungen. Dafür musste Ace dankbar sein.

Während er mit seiner Familie zusammensaß und dem Himmel dankte, dass sie alle wieder zusammen waren und die schreckliche Tortur gut ausgegangen war, musste er daran denken, was hätte passieren *können*.

Er hatte versagt.

Ihr ganzes Team hatte versagt.

Sie hatten Rani nicht gefunden. Sie hatten irgendein verdammtes Fahrzeug verfolgt, um Himmels willen.

Selbst mit Tex' Fachwissen und der Suche nach Rani durch gefühlt den ganzen Bundesstaat Kalifornien hatten sie keinen Erfolg gehabt. Trotz all ihrer Stärken, ihrer Ressourcen, ihrer Erfahrung bei der Jagd auf Bösewichte und aller Waffen der Welt ... hatten sie dennoch versagt.

Solberg hatte Rani stundenlang in seinen Klauen gehabt. Er hätte schon längst weg sein müssen. Er sollte schon auf halbem Weg durch Mexiko sein. Ace hätte nie aufgehört, nach Rani zu suchen, aber er wusste, dass es wie die Suche nach einer Nadel im Heuhaufen hätte sein können.

Es war unglaublich demütigend und beängstigend zu wissen, dass er nur dank eines Fünkchens Klarheit in Paul Solberg – und einer Dosis Menschlichkeit – in diesem Moment auf dieser Couch saß und seiner Frau beim Lächeln, Lachen und Weinen zusah, weil sie mit ihrer Tochter wiedervereint war, anstatt Piper im Arm zu halten, während sie in Tränen ausbrach, weil Rani weg war, möglicherweise für immer.

Er hatte sich und seine SEAL-Kameraden immer für unzerstörbar gehalten. Sie waren die Besten der Besten. Wenn die Kacke am Dampfen war, waren sie normalerweise diejenigen, die zur Rettung kamen. Aber innerhalb von weniger als vierundzwanzig Stunden war er daran erinnert worden, dass sie alle nur Menschen waren. Sie machten Fehler und konnten nicht jeden retten. Auch wenn sie es noch so sehr wollten.

Ace wusste, wie sehr sein Team, insbesondere Phantom, es hasste zu versagen. Sie alle wollten immer nur Heldentaten vollbringen, aber das Glück spielte eine viel größere Rolle bei ihrem Erfolg, als er zugeben wollte.

Er war so lange in seine Überlegungen vertieft gewesen, dass er nicht darauf achtete, was um ihn herum geschah. Erst als Rani eine kleine Hand auf sein Gesicht legte, kehrte Ace in die Gegenwart zurück. Er sah zu seiner Tochter hinunter und fragte: »Ja, Schatz?«

»Wir nach Hause?«

Als er ihre Stimme zum ersten Mal hörte, stiegen Ace Tränen in die Augen. »Ja, Baby. Ich glaube, es ist Zeit, dass wir alle nach Hause fahren.«

Ace drehte sich zu Piper um und sah, dass auch sie weinte. Er legte eine Hand in den Nacken seiner Frau und zog sie zu sich. Dann küsste er sie in dem Versuch, ihr ohne Worte zu zeigen, wie glücklich er war. Wie sehr er sie liebte.

Es musste ihm gelungen sein, denn als er sich zurückzog, lächelte Piper ihn an und flüsterte: »Ich liebe dich auch.«

Ace atmete tief durch und schaute seine beiden anderen Töchter an, bevor er sagte: »Kommt schon. Lasst uns nach Hause fahren und ausgiebig frühstücken. Was sagt ihr dazu?«

»Ja!«, rief Sinta laut.

»Okay«, stimmte Kemala zu.

»Pfannkuchen!«, rief Rani aus, womit sie alle im Raum zum Lachen brachte.

Als sie aufstanden, Ace den Detectives die Hände schüttelte und ihnen dafür dankte, dass sie sich um Rani gekümmert hatten, bis er und die anderen eintrafen, dachte er noch einmal darüber nach, wie dankbar er dafür war, dass Solberg es geschafft hatte, lange genug aus seinen Wahnvorstellungen herauszukommen, um seine Tochter freizulassen.

KAPITEL SIEBZEHN

»Damit das klar ist: Ich bin nicht glücklich darüber«, sagte Ace.

Piper sah zu ihrem Mann auf und nickte. »Ich weiß. Aber das ist etwas, das ich tun muss.«

Sie standen vor der psychiatrischen Klinik in Riverton und wollten gerade hineingehen, damit Piper mit Paul Solberg sprechen konnte. Tex hatte sofort angerufen, nachdem seine Programme ihn darüber informiert hatten, dass der Mann sich selbst in die Einrichtung eingewiesen hatte.

Es waren zwei lange Monate vergangen, seit Paul Rani entführt hatte. Er hatte bei der Polizei alles zugegeben und beteuert, wie leid es ihm tat und wie falsch er gehandelt hatte. Die Ärzte, die ihn untersucht hatten, erklärten, er sei selbstmordgefährdet, niedergeschlagen und befände sich mitten in einer depressiven Episode, die mit seiner Schizophrenie zusammenhinge.

Piper hatte beschlossen, keine Anzeige zu erstatten, womit Ace nicht einverstanden war. Überhaupt nicht. Er sagte, er sei dankbar, dass Solberg Rani freigelassen hatte, aber das bedeutete nicht, dass er ihm die Entführung verziehen hatte. Er hatte zwar zugegeben zu glauben, Paul sei nicht bei Verstand gewesen und durch Kalees Verlust durchgedreht, doch das war keine Entschuldigung. Aber zumindest hatte Piper das Gefühl, dass Ace ein wenig von dem verstand, was Paul durchmachte. Nachdem sie gedacht hatten, dass sie vielleicht ihre eigene Tochter verloren hatten, und plötzlich ein wenig von dem verstanden, was Paul empfunden hatte, machte das, was er aus Verzweiflung getan hatte, fast schon Sinn.

Fast.

Piper wünschte sich, sie könnte ihre Gefühle besser erklären, damit Ace verstand, was in ihr vorging. Mr. Solberg war schon so lange in ihrem Leben, wie sie sich erinnern konnte. Sie hatte ihm nie nahegestanden, aber Kalee hatte ihn mehr geliebt als jeden anderen in ihrem Leben. Piper erinnerte sich daran, dass sie gesagt hatte, sie würde alles für ihren Vater tun.

Ja, er hatte Rani entführt, aber er hatte ihr nicht wehgetan. Der Wagen, den er benutzt hatte, war auf dem Parkplatz der Nervenheilanstalt gefunden worden, voll mit Snacks und Kleidung für Rani. Sogar der Zettel, den Rani bei sich getragen und den Feuerwehrleuten an jenem schicksalhaften Tag gegeben hatte, drückte Reue aus.

Dies ist Rani Morgan. Sie wurde aus dem Haus ihrer Eltern in Riverton entführt. Bitte rufen Sie die Polizei an und lassen Sie sie wissen, dass es ihr gut geht und sie in Sicherheit ist. Es tut mir leid. Es war so falsch von mir. Ich wollte nur ein kleines Stück meiner Tochter zurückbekommen.

. . .

Danach hatte Paul Solberg kurz vor dem Selbstmord gestanden. Er wollte seinen Wagen von der Brücke fahren, aber schließlich hatte er sich selbst in die Klinik eingewiesen.

Piper konnte ihn nicht hassen. Sie wusste, dass ihr Mann kein Problem damit hatte, Kalees Vater zu hassen, und das war auch in Ordnung. Sie liebte es, wie sehr Ace sie und ihre Töchter beschützte.

Sie lächelte vor sich hin und widerstand dem Drang, eine Hand auf ihren Bauch zu legen. Er würde das kleine Leben, das in ihr wuchs, genauso beschützen ... aber diese Neuigkeit hob sie sich für heute Abend auf. Ace würde etwas brauchen, das ihn von Paul Solberg ablenkte.

»Danke, dass du mit mir kommst«, sagte sie leise.

»Als würde ich dich allein gehen lassen«, schnaubte er.

Piper beugte sich vor und drückte ihre Lippen auf seine. Ace erwiderte den Kuss sofort, ohne sich auch nur im Geringsten zurückzuhalten. Als sie sich von ihm löste, strich Piper mit den Fingerspitzen über sein Gesicht und genoss das Gefühl seines Bartes an ihrer Hand. Sie war mit einem verdammt sexy Mann verheiratet.

Es hatte eine Weile gedauert, bis sie sich wohl dabei fühlten, ihre Mädchen wieder in Kemalas Zimmer schlafen zu lassen, nachdem Rani nach Hause gekommen war, aber jetzt, da sie wieder allein in ihrem Bett lagen, waren sie gierig nacheinander. Sie liebten sich jede Nacht, manchmal langsam und sanft, manchmal hart und rau. Piper liebte jede Sekunde. Sie liebte Ace von ganzem Herzen. Sie konnte es kaum erwarten, den Rest ihres Lebens mit ihm zu verbringen und ihre Familie zu vergrößern.

Aber um endlich über das, was in Timor-Leste und mit Rani passiert war, hinwegzukommen, musste sie mit Mr. Solberg sprechen.

»Komm schon, Süße. Bringen wir es hinter uns«,

sagte Ace.

Sie betraten die Einrichtung und meldeten sich an. Sie warteten etwa eine halbe Stunde, bevor sie einen weißen Flur entlanggeführt wurden und der Angestellte auf halbem Weg vor einer Tür stehen blieb.

»Das ist Mr. Solbergs Zimmer. Sie haben zwanzig Minuten Zeit für Ihren Besuch. Ein Mitarbeiter wird in dem Zimmer anwesend sein. Dem Patienten dürfen keine Geschenke gemacht werden und Sie dürfen nichts von ihm annehmen. Bitte versuchen Sie, die ganze Zeit über ruhig zu bleiben. Aufregung in jeglicher Form ist im Moment nicht gut für ihn.«

»Ist er eine Bedrohung für meine Frau?«, fragte Ace mit kalter Stimme.

»Nein«, sagte der Pfleger sofort. »Er ist ein gebrochener Mann, Mr. Morgan. Ich weiß, was passiert ist, und ich weiß, dass Sie beide durch die Hölle gegangen sind. Aber das ist er auch. Jede Geschichte hat zwei Seiten, und bei meiner Arbeit hier habe ich gelernt, das sowohl zu schätzen als auch zu verabscheuen. Ich bitte Sie nur darum, vorsichtig zu sein.«

»Das werden wir«, versicherte Piper ihm und legte eine Hand auf Ace' Arm. Seine Muskeln waren gespannt wie ein Bogen und sie wusste, dass er überall anders sein wollte als hier. Er wollte nichts mit dem Mann zu tun haben, der seine Tochter entführt und seiner Frau Leid zugefügt hatte, aber er war hier, weil sie ihn gebeten hatte zu kommen. Gott, sie liebte ihn.

Piper öffnete die Tür und trat hindurch, wobei sie Ace direkt hinter sich spürte. Seine Hand ruhte auf ihrem Rücken und sie liebte den engen Kontakt mit ihm. Sie war nervös, aber sie wusste, dass sie das tun musste.

Mr. Solberg lag in einem Bett und hatte eine beigefarbene Decke bis zum Kinn hochgezogen. Statt des dreisten, forschen Mannes, den sie ihr ganzes Leben lang gekannt hatte, sah er klein und schwach aus. Seine Augen waren geschlossen und es sah so aus, als hätte er sich seit ein paar Tagen nicht mehr rasiert. Sein Bart war von Grau durchzogen. Er hatte Tränensäcke unter den Augen und die Falten auf seiner Stirn waren deutlich zu sehen. Kurz gesagt, er sah schrecklich aus.

Ein Mann, der einen Ausweis trug, der ihn als Mitarbeiter der Einrichtung auswies, saß in der Ecke auf einem Stuhl und nickte ihnen zu, sagte aber nichts.

Piper ging an Pauls Seite und Ace zog ihr einen Stuhl heran. Sie setzte sich und zögerte dann, bevor sie eine Hand sanft auf Mr. Solbergs Arm legte.

Er erschrak und drehte den Kopf in ihre Richtung. In dem Moment, in dem er sie sah, zuckte er zusammen.

»Hallo, Mr. Solberg.«

Er starrte sie weiter an, aber Piper sah, wie sich seine Augen mit Tränen füllten. Es war beunruhigend, denn Kalees Vater war in ihrer Vorstellung immer überlebensgroß gewesen. Er beschützte seine Tochter und hatte keine Angst, seine Meinung zu sagen. Aber als sie ihn weinend auf dem kleinen Bett liegen sah, verflog jeder Rest von Feindseligkeit, den sie vielleicht noch hatte, sofort.

»Es tut mir so leid wegen Kalee«, sagte sie.

Er schüttelte den Kopf. »Nein. Es tut mir leid, was ich dir und deiner Familie angetan habe.«

»Das ist schon okay«, erwiderte Piper.

»Nein, das ist es nicht. Ich weiß, wie nahe du und Kalee euch gestanden habt. Du hast auch gelitten, und was ich getan habe, ist unverzeihlich.«

Piper wagte es und nahm Mr. Solbergs Hand in ihre eigene. »Sie haben Rani nicht wehgetan. Und was auch immer zwischen euch beiden vorgefallen ist, hat die Blockade gelöst, die sie in sich trug. Sie redet jetzt. Sie hat mich auf dem Polizeirevier total überrascht, als sie mich Mom nannte.«

Mr. Solberg runzelte die Stirn. »Sie hat nicht viel geredet, als sie bei mir war, aber ich dachte, sie hätte Angst.«

»Ich habe kein Wort von ihr gehört, seit ich sie im Waisenhaus kennengelernt habe«, gab Piper zu.

»Ich verdiene es nicht, etwas über deine Reise nach Timor-Leste zu erfahren ... aber würdest du mir davon erzählen? Über das Waisenhaus und Kalees Mitwirkung?«

Während der nächsten fünfzehn Minuten erzählte Piper Mr. Solberg alles, was sie über seine Tochter und ihr Leben in dem fernen Land wusste. Sie erzählte ihm, wie sie Kalee das letzte Mal gesehen hatte und wie tapfer seine Tochter gewesen war. Mr. Solberg lag die ganze Zeit über nur da und hörte zu. Gelegentlich wischte er sich die Tränen aus dem Gesicht, aber er nickte und wandte kein einziges Mal den Blick von ihr ab.

Als der Mann in der Ecke sie darauf hinwies, dass sie nur noch wenige Minuten Zeit für ihren Besuch hatten, atmete Piper tief durch und sagte: »Ich würde gern wiederkommen, wenn das in Ordnung ist.«

Die Hoffnung, die sie in den Augen des älteren Mannes sah, brachte *sie* fast zum Weinen.

»Ich habe es nicht verdient. Das weiß ich. Was ich getan habe, war abscheulich. Das Schrecklichste, was man einem anderen antun kann. Und ich weiß das, weil mir meine Tochter weggenommen wurde ... und ich hätte alles getan, um sie zurückzubekommen. Das ist einer der Gründe, warum ich getan habe, was ich getan habe. Ich wollte Kalee einfach so sehr zurückhaben. Das ... und die Tatsache, dass ich meine Medikamente nicht mehr genommen habe.«

»Ich vergebe Ihnen, Mr. Solberg.«

»Danke«, flüsterte er.

»Wenn es Ihnen nichts ausmacht, könnte ich meine

Mädchen vielleicht mal mitbringen?«, schlug Piper vor. Sie spürte, wie sich Ace' Hand auf ihrer Schulter anspannte, aber sie schaute ihn nicht an. Er war offensichtlich nicht glücklich über ihr Angebot, aber in ihrem Herzen wusste sie, dass es das Richtige war. Es war nicht nett von ihr, das Angebot zu machen, ohne vorher mit Ace darüber gesprochen zu haben, aber deshalb hatte sie es offengelassen. Wenn Ace sich absolut weigerte, hätte sie Mr. Solberg nichts versprochen.

»Wie kannst du sie überhaupt in meiner Nähe haben wollen?«, fragte Mr. Solberg.

»Sie haben einen Fehler gemacht. Und ich glaube Ihnen von ganzem Herzen, dass Sie Rani nicht wehgetan und sie schließlich zurückgebracht hätten. Ich bin so froh, dass Sie es eher früher als später getan haben. Aber Kalee würde sich das für Sie wünschen. Für *mich*. Sie würde wollen, dass ich Ihnen vergebe und mit meinem Leben weitermache. Aber noch mehr als das hat Rani nicht aufgehört, von Ihnen zu reden. Sie hat über das Essen gesprochen, das Sie für sie besorgt haben. Und über die Kleidung. Sie redet immer wieder von ›Kalees Vater‹ und davon, dass Sie ihr Großvater sind. Ich weiß nicht genau, was zwischen euch beiden passiert ist, aber was auch immer es war, es hat sie beeindruckt. Nach allem, was in ihrem Leben gefehlt hat, möchte ich nicht, dass ihr ein Großvater fehlt. Sie wissen, dass meine Eltern beide verstorben sind, und die von Ace auch. Meine Großeltern haben kein großes Interesse daran, in ihrem Leben aktiv zu sein ... also bleiben damit Sie. So wie ich das sehe, sind Rani, Sinta und Kemala das Beste von Timor-Leste und Kalees Vermächtnis.«

Mr. Solberg schluchzte nur.

Piper hatte Mitleid mit ihm und hielt seine Hand fest, bis er sich wieder unter Kontrolle hatte.

Schließlich sah er sie an und nickte. »Das würde mir

gefallen.«

»Gut. Ich werde auf dem Weg nach draußen beim Personal nachfragen, wann wir Sie besuchen können, okay?«

»Okay.«

Piper stand auf – und wurde nervös, als Ace sagte: »Geh schon mal vor, ich komme gleich nach.«

Sie wollte protestieren. Sie wollte ihren Mann anflehen, den Vater ihrer besten Freundin zu schonen, aber als sie den entschlossenen Blick in seinen Augen sah, nickte sie einfach.

Piper ging zur Tür hinaus, schloss sie aber nicht hinter sich. Sie lauschte, wie der Mann, den sie mehr liebte als das Leben selbst, mit dem Mann sprach, der seine Tochter entführt hatte.

»Ich kann Sie nicht leiden«, sagte Ace leise zu ihm.

Sie spähte um die Ecke und sah, wie Mr. Solberg nickte.

»Sie haben meine Frau nicht nur einmal, sondern zweimal geschlagen. Beim zweiten Mal musste sie genäht werden, um die Wunde im Gesicht zu schließen. Sie blutete unseren Fußboden voll und kroch auf Händen und Knien, um zu Rani zu gelangen. Sie haben meine Tochter entführt und geplant, sie aus dem Land zu bringen, damit ich sie nie wiedersehe. Wenn es nach mir ginge, würden Sie für den Rest Ihres Lebens eingesperrt werden.«

Pipers Magen krampfte sich zusammen. Ace hörte sich sachlich an ... aber sie erkannte seine Wut. Es bestand die Möglichkeit, dass er dem alten Mann, der in diesem Bett lag, niemals vergeben könnte. Sie hätte auf jeden Fall mit ihm darüber reden sollen, ihre Mädchen zu Mr. Solberg zu bringen, bevor sie es dem älteren Mann gegenüber erwähnt hatte. Scheiße.

»Piper ist nicht nachtragend. Sie hat eine wunderbare Seele, die vom Scheitel bis zu den Zehenspitzen verzeiht.

Sie hat Kalee wie eine Schwester geliebt, und aus irgendeinem Grund liebt sie auch Sie. Ich erlaube Ihnen, in der Nähe meiner Familie zu sein, solange Sie sich benehmen. Wenn Sie auch nur ein Wort sagen, das eines meiner Mädchen verärgert, oder sie auch nur schief ansehen, werde ich so schnell eine einstweilige Verfügung gegen Sie erwirken, dass Ihnen schwindelig wird.«

Piper schaute nervös zu dem Krankenpfleger im Raum hinüber. Sie war sich nicht sicher, wie viel Ace noch sagen konnte, bevor der Besuch beendet wurde. Aber vielleicht ließ der Pfleger ihn weitermachen, weil Ace' Tonfall ruhig war und er äußerlich nicht wütend wirkte.

»Ich tue das nur, weil meine Frau es so will. Ich habe Ihre Tochter nicht gekannt, aber nach allem, was Piper mir über sie erzählt hat, war sie eine tolle Frau. Reißen Sie sich zusammen, Mann. Nehmen Sie Ihre Medikamente und danken Sie Gott für das, was Sie noch in Ihrem Leben haben – eine wunderbare Frau, die bereit ist, Ihnen zu verzeihen und Sie in ihr Leben aufzunehmen.«

»Das werde ich. Ich weiß, wie sehr ich es vermasselt habe. Ich *weiß* es. Ich schwöre beim Grab meiner Tochter, dass ich Ihrer Familie nie wieder etwas antun werde.«

Ace quittierte die Worte des Mannes mit einem kleinen Nicken.

Piper trat von der Tür zurück, als sie sah, dass Ace sich umdrehte. Sie versuchte nicht einmal, die Tränen zu verbergen, die ihr nun über die Wangen liefen. Als Ace den Raum verließ und sie sah, schüttelte er den Kopf und rollte mit den Augen.

»Woher wusste ich, dass du nicht zurück in die Eingangshalle gehen würdest?«, fragte er entnervt.

»Weil du mich besser kennst als jeder andere?«, erwiderte sie unter Tränen.

Ace nahm sie in die Arme und hielt sie fest. »Bist du

sauer?«, fragte er nach einem Moment.

Piper schüttelte den Kopf. »Nein. Ich weiß, dass du ihn warnen musstest. Ich bin froh, dass du dir das von der Seele geredet hast.« Sie sah zu ihm auf. »Hast du es dir von der Seele geredet?«

»Ja, Süße, das habe ich. Aber ich werde nie mit diesem Mann befreundet sein. Ich werde nicht mit ihm am Montagabend auf der Couch sitzen und Fußball gucken. Wir werden kein Bier trinken und plaudern. Dir und unseren Mädchen zuliebe werde ich ihn tolerieren, aber das war's. Verstanden?«

»Ja.« Das tat sie. Und das war genug. Es war mehr, als sie je erhoffen konnte. »Danke.«

»Bedanke dich nie dafür, dass ich auf dich aufpasse«, erwiderte Ace. »Ich würde alles für dich und unsere Kinder tun.«

»Ich liebe dich.«

»Und ich liebe dich auch«, sagte Ace. »Können wir jetzt gehen? Dieser Ort bereitet mir eine Gänsehaut.«

Piper nickte sofort, und er drehte sie um und ging den Flur zurück in Richtung Eingangshalle.

»Also, was steht heute auf dem Programm?«, fragte Ace, als sie draußen auf dem Weg zu seinem Wagen waren. »Kemala geht zu jemandem nach Hause, stimmt's? Eines der Mädchen aus ihrem Sprachkurs? Und Sinta hat Schwimmunterricht und Sidney hat gesagt, sie würde rüberkommen und auf Rani aufpassen, ja? Willst du Kemala abholen oder Sinta zum Unterricht bringen?«

Während sie den Zeitplan ihrer Kinder besprachen, dachte Piper über die letzten Monate nach. Sie liebte es, wie wahnsinnig beschäftigt sie war. Und es würde nur noch verrückter werden, wenn ihr Baby geboren wurde. Als Ace sie zum Denali führte, dachte sie an die Tage vor Timor-Leste zurück, die eine gefühlte Ewigkeit her waren, in Wirklichkeit jedoch nur ein paar Monate. Damals war sie ein anderer Mensch gewesen.

Sie hatte zwar den einen Menschen verloren, der ihr am nächsten gestanden hatte, aber dafür eine ganze Familie gewonnen.

Ace brachte sie auf der Beifahrerseite des Wagens unter und ging zur Fahrerseite, währenddessen schloss sie die Augen und sprach ein kleines Gebet für Kalee.

Wo auch immer du bist, ich hoffe, du bist glücklich. Ich hoffe, dass dein Lachen allen um dich herum Freude bereitet und dein Lächeln ihre Stimmung erhellt. Danke, dass du dich für die Mädchen und mich aufgeopfert hast. Mir wäre es lieber gewesen, du wärst noch da, um Tante Kalee zu sein, und damit wir gemeinsam alt werden können, wie wir es immer geplant hatten. Ruhe in Frieden, Kalee. Ich werde dich nie vergessen.

Ace stieg in den Geländewagen und sah sie einen Moment lang an. »Geht es dir gut?«

»Ja, mir geht's gut.«

Er griff nach ihr, legte eine Hand in ihren Nacken und zog sie zu sich heran. Er küsste sie lange und innig, bevor er seine Stirn auf ihre legte. »Ich liebe dich, Piper. So sehr.«

»Ich liebe dich auch, Ace. Danke, dass du so verdammt wunderbar bist.«

Er schnaubte und zog sich ein wenig zurück. »Ich bin ein besitzergreifender und beschützender Mistkerl, aber ich bin froh, dass es dir nichts ausmacht.«

»Es macht mir nichts aus. Es ist schön zu wissen, dass unsere Kinder einen Vater haben, der sich sorgt.«

»Ich sorge mich«, antwortete er schlicht, als er nach dem Schlüssel im Zündschloss griff.

Während er sie nach Hause fuhr, hielt Piper eine Hand auf ihrem Bauch und die andere mit Ace' verschränkt. Sie konnte es kaum erwarten zu sehen, wie er auf die Nachricht reagierte, dass er zum vierten Mal Vater werden würde.

EPILOG

Drei Wochen nachdem Ace Piper in die Nervenheilanstalt begleitet hatte, um Solberg zu besuchen, traf sich das Team in Gumbys Strandhaus und veranstaltete ein gemütliches Grillfest. Caite, Sidney und Piper spielten mit Rani, Sinta und Kemala in der Brandung. Die Männer waren vor zwei Tagen aus dem Nahen Osten zurückgekehrt und alle genossen die kurze Zeit, die sie freihatten, bevor sie wieder an die Arbeit gingen und sich über den nächsten Bösewicht informierten, den sie ausfindig machen sollten.

»Piper sieht gut aus«, sagte Rex.

»Die Schwangerschaft steht ihr gut«, antwortete Ace.

»Und dir«, bemerkte Rocco.

Ace lächelte. »Und mir. Es ist immer noch so unwirklich, dass ein kleiner Mensch in ihrem Körper heranwächst.«

Bubba lächelte seinen Freund an. Es war offensichtlich, wie sehr er seine Frau liebte, und Piper erwiderte seine Zuneigung zehnfach. Rocco und Gumby und ihre Frauen waren genauso verliebt, und er genoss es, in ihrer Nähe zu sein. Sie verbrachten so viel Zeit damit, sich mit dem Schlimmsten der Menschheit zu befassen, dass es wie ein

Hauch frischer Luft war, unter Menschen zu sein, die wirklich glücklich waren.

Wenn dann noch Rani, Sinta und Kemala mit ihrer Freude und dem Überschwang der Jugend dazukamen, war die Stimmung am Strand geradezu ausgelassen.

Er, Rex und Phantom waren die einzigen alleinstehenden Männer im Team, und das war für ihn in Ordnung. Bubba war nicht auf der Suche nach jemandem. Es war nicht so, dass er nicht die Liebe seines Lebens finden wollte, wenn es sie überhaupt gab, aber er hatte am eigenen Leib erfahren, wie schwierig eine Ehe sein konnte.

Wenn er an seine Eltern dachte, verflog ein Teil seiner guten Laune. Die meiste Zeit seiner Kindheit hatten sie sich gestritten. Seine Mutter hatte Alaska gehasst und wollte umziehen, aber sein Vater liebte es und hatte dort sein Geschäft. Sie war an einem Herzinfarkt gestorben, als er und sein Zwillingsbruder noch die Mittelschule besucht hatten.

Bubba war mehr wie seine Mutter als wie sein Vater. Er hasste die Stadt, in der er aufgewachsen war, und hatte sie am Tag nach seinem Highschool-Abschluss ohne einen Blick zurück verlassen. Sein Zwillingsbruder Malcom war bei seinem Vater in Juneau geblieben, wo er mit ihm arbeitete und sein Geschäft aufbaute. Sein Vater und sein Bruder hatten inzwischen ein Vermögen angehäuft, aber Bubba war das Geld scheißegal.

Er bereute jedoch, dass er nicht in Kontakt mit seinem Vater geblieben war. Im Laufe der Jahre hatte er zwar ab und zu mit Malcom gesprochen, aber sie standen sich nicht mehr so nahe, wie sie es als Kinder getan hatten.

Ein Schrei vom Strand riss ihn aus seinen Gedanken und er bewegte sich schon auf die Treppe zu, bevor er überhaupt merkte, was er da tat. Aber der Schrei war nur Sinta gewesen, die mit ihrer Schwester spielte.

Er schaute gerade noch rechtzeitig zu Phantom, um zu sehen, wie er den Hamburger, den er gegessen hatte, weglegte, als hätte er keinen Appetit mehr. Der Mann schien schon eine Weile wie auf glühenden Kohlen zu sitzen. Seit sie Kalee in Timor-Leste hatten zurücklassen müssen. Bubba und die anderen hatten versucht, mit ihm darüber zu reden. Sie versuchten, ihm zu versichern, dass die Mission nicht gescheitert war, da sie Piper und die Mädchen gerettet hatten, aber Phantom winkte immer ab und bestand darauf, dass es ihm gut ginge. Auch wenn es offensichtlich *nicht* so war.

Das Klingeln von Bubbas Telefon in seiner Tasche erregte seine Aufmerksamkeit und er stellte seinen Teller ab, um danach zu greifen. Als er eine unbekannte Nummer sah, hätte er das Handy fast auf stumm gestellt und den Anruf ignoriert, aber irgendetwas sagte ihm, dass er rangehen musste.

»Hallo?«

»Ist da Mark Wright?«, fragte eine tiefe, unbekannte Stimme.

Bubba konnte sich nicht erinnern, wann ihn das letzte Mal jemand mit seinem Vornamen angesprochen hatte. Er hieß Bubba, seit er das SEAL-Training abgeschlossen hatte und mit dem Team im Bubba Gump Shrimp-Restaurant essen gegangen war. Er hatte einen ganzen Eimer Shrimps allein gegessen und den Rest des Abends damit verbracht, alles wieder auszukotzen. Sein Magen war nicht auf die riesige Menge vorbereitet gewesen, die er gegessen hatte, ganz zu schweigen von der reichhaltigen Butter und den Gewürzen.

»Ja, wer ist da?«

»Mein Name ist Kenneth Eklund. Ich bin der Anwalt Ihres Vaters. Es tut mir leid, Ihnen diese Nachricht überbringen zu müssen, aber Colin Wright ist letzte Nacht verstorben.«

Bubba atmete scharf ein, womit er die Aufmerksamkeit seiner Teamkameraden auf sich zog.

»Was? Was ist passiert? Wie?«

»Herzinfarkt«, erwiderte Kenneth knapp. »Sie werden gebeten, bei der Verlesung seines Testaments anwesend zu sein.«

Bubba war das Testament scheißegal. Er wollte Einzelheiten über seinen Vater. Hatte er gewusst, dass er krank war? Wann war die Beerdigung? Wurde er gebraucht, um sie zu organisieren? Er hatte so viele Fragen.

»Wie Sie wissen, ist Ihr Bruder bereits hier in Juneau, aber Sie und eine weitere Person, die im Testament aufgeführt ist, müssen so schnell wie möglich in die Stadt kommen, damit die Angelegenheiten geregelt werden können.«

Bubba konnte kaum noch klar denken. Er wusste nicht, wen sein Vater sonst noch in seinem Testament bedacht hatte, aber er nahm an, dass er es bald herausfinden würde. »Gut. Ich komme, so schnell ich kann.«

»Eine kleine Vorwarnung, das Testament ist ein wenig kompliziert«, sagte Kenneth.

»Was ist mit Sean?«

»Sean Kassamali?«, fragte der Anwalt.

»Ja. Er war der Geschäftspartner meines Vaters, solange ich denken kann. Ich nehme an, dass er auch im Testament steht?«

»Wie ich schon sagte, es ist kompliziert. Wenn Sie es nach Anchorage schaffen können, organisieren Sean und ich ein Privatflugzeug für Sie, das Sie nach Juneau bringt.«

Seufzend fuhr Bubba sich mit der Hand durch die Haare. »Ich gebe Ihnen meine Flugdaten, sobald ich sie habe.«

»Danke. Wir sehen uns bald. Mein Beileid für Ihren Verlust.«

Bubba beendete das Gespräch und sah auf. Fünf Augenpaare waren auf ihn gerichtet.

»Ist alles in Ordnung?«, fragte Rocco.

Bubba schüttelte den Kopf. »Nein. Das war der Anwalt meines Vaters. Er hatte einen Herzinfarkt und ist gestorben. Ich muss zur Testamentseröffnung nach Alaska.«

Rex legte eine Hand auf Bubbas Schulter. »Das tut mir leid, Mann.«

»Ja, mir auch«, sagte Bubba. »Ich hätte mich früher bemühen sollen zurückzukehren. Mit ihm zu reden. Ich weiß nicht wirklich viel über den Mann, der er war.«

»Brauchst du etwas?«, fragte Rocco.

Bubba schüttelte den Kopf. »Nein, aber danke. Ich werde jetzt nach Hause fahren, packen, hoffentlich für morgen früh einen Flug buchen und versuchen, etwas zu schlafen, bevor ich losfahre. Auf dem Heimweg werde ich den Kommandanten anrufen und ihm Bescheid sagen.«

»Wenn du irgendetwas brauchst, musst du nur anrufen«, sagte Gumby.

»Ich weiß, und ich weiß das zu schätzen.«

»Ist es im Moment kalt da oben? Brauchst du irgendwelche Ausrüstung?«, fragte Phantom.

»Es sollte nicht allzu schlimm sein. Es ist September, also wird es kühl sein, aber um diese Jahreszeit ist es meistens nur nass. Schnee wird es erst in ein paar Monaten geben.«

»In Ordnung. Willst du, dass einer von uns mit dir kommt?«, fragte Ace.

Bubba wusste, dass er die besten Freunde hatte, die man sich wünschen konnte, und schüttelte den Kopf. »Nein, ihr bleibt hier und genießt die freie Zeit. Mein Bruder ist dort und ich fühle mich beschissen, weil ich nicht auf dem

Laufenden war, was in seinem Leben und dem meines Vaters passiert ist. Ich bin mir sicher, dass ich nur dorthin fahre, mir das Testament anhöre und dann wieder nach Hause komme. In Juneau passiert nie etwas Aufregendes.«

»Berühmte letzte Worte«, murmelte Rocco, woraufhin alle lachten.

»Das mit deinem Vater tut mir leid«, sagte Gumby. »Ich weiß, dass du es bereust, dich nicht mit ihm versöhnt zu haben.«

Und das tat er. Bubba und sein Vater hatten sich zwar nicht gerade gestritten, aber sie waren sich schon lange nicht mehr nahe gewesen. Colin Wright hatte nie verstanden, warum sein Sohn seine Heimatstadt nicht mochte. Er hatte nie verstanden, dass er sich dort erdrückt fühlte. Bubba war seiner Mutter in dieser Hinsicht sehr ähnlich, und das hatte einen Keil zwischen ihn und seinen Vater getrieben – der nie mehr geheilt werden würde. Und das war beschissen.

»Danke«, sagte Bubba zu Gumby. »Ich nehme einen Flug nach Anchorage und dann werden der Anwalt und der Geschäftspartner meines Vaters ein Flugzeug chartern, das mich nach Juneau bringt. Ich rufe euch an, bevor ich Anchorage verlasse, und lasse euch wissen, wie es läuft.«

»Ich werde auf diesen Anruf warten«, entgegnete Rocco stirnrunzelnd.

»Warum siehst du so besorgt aus?«, fragte Bubba. Dann versuchte er, die Stimmung aufzulockern, indem er sagte: »Hast du Angst, dass Terroristen ein zweisitziges Wasserflugzeug entführen werden oder so?«

»Das ist nicht witzig, Bubba«, warf Gumby mit einem Stirnrunzeln seinerseits ein.

»Im Ernst, jetzt hast du es selbst beschrien«, fügte Ace hinzu.

»Nehmt's nicht so schwer, Jungs«, sagte Bubba. »Ich bin

schon zu oft mit so einem kleinen Ding geflogen, um es zählen zu können. Da es keine Straßen gibt, die nach Juneau führen, kann man nur mit dem Flugzeug oder dem Boot dorthin gelangen. Ich war noch nie in einem Wasserflugzeug, das abgestürzt ist.«

»Scheiße!«, beschwerte Rex sich und drehte sich um, um an das hölzerne Geländer der Terrasse zu klopfen. »Jetzt hast du es *wirklich* getan.«

Bubba rollte mit den Augen. »Wie auch immer. Ich rufe an, bevor ich aufbreche und sobald ich in Juneau gelandet bin. Wird das eure überaktive Fantasie beruhigen?«

Nachdem er noch mehr Ermahnungen seiner Freunde, vorsichtig zu sein, und ihr Beileid ertragen hatte, fuhr Bubba zwanzig Minuten später schließlich los. Auch die Umarmungen und Küsse der kleinen Mädchen taten ihm gut, denn ihre Nähe verbesserte seine Stimmung immer.

Aber kaum war er weg, war Bubba in seinen Erinnerungen versunken. Er wünschte, er hätte eine bessere Verbindung zu seinem Vater und seinem Bruder gehalten. Er wusste, dass das Geschäft seines Vaters erfolgreich war, aber er war sich nicht einmal hundertprozentig sicher, was er tat. Und obwohl er nicht glaubte, dass sein Vater eine ernsthafte Beziehung mit einer Frau gehabt hatte, wusste er doch, dass er jemandem nahestand, der sein Haus putzte, Besorgungen für ihn erledigte und gelegentlich kochte. Er wusste, dass ihr Name Zoey war, aber das war auch schon alles.

Er hatte so viele Fragen und keine Antworten, aber hoffentlich würde er nach seiner Ankunft in Juneau und dem Treffen mit dem Anwalt und Malcom einige Dinge klären können.

Bubba spürte, wie die Reue in ihm wieder aufstieg, und schwor sich, Dinge, die er tun wollte, nicht mehr aufzuschieben. Das Leben war zu kurz. Ab heute würde er nichts mehr für selbstverständlich halten.

An diesen Schwur erinnerte er sich noch Tage später, als das gecharterte Wasserflugzeug, in dem er saß, Schwierigkeiten mit dem Motor hatte – und er und die Frau auf dem Sitz neben ihm sich auf eine Bruchlandung vorbereiten mussten.

Einige Monaten zuvor in Timor-Leste, zehn Minuten nachdem Piper und die SEALs aus dem Waisenhaus geflohen waren

Kalee Solberg stöhnte und krümmte ihre Zehen, um sicherzugehen, dass sie nicht gelähmt war. Sie hörte Männer schreien sowie Schüsse in der Ferne und erstarrte. Eine Sekunde lang konnte sie sich nicht erinnern, wo sie war und warum ihr alles so wehtat.

Dann fiel es ihr wieder ein.

Das Waisenhaus. Die Rebellen. Sie war nach draußen gestürmt, um einige der anderen Kinder zu holen, und war direkt in die Hölle gelaufen. Die Rebellen waren schon da gewesen und hatten alle zusammengetrieben. In dem Moment, in dem sie sie sahen, war ihr Leben, wie sie es kannte, vorbei.

Einige der Männer hatten sich die älteren Mädchen geschnappt und waren zurück in den Dschungel verschwunden. Kalee wollte nicht darüber nachdenken, was sie mit ihnen vorhatten oder wohin sie sie brachten. Sie betete, dass sie nur wollten, dass sie für ihre Sache zu den Waffen griffen, aber sie hatte das Gefühl, dass die Realität viel schlimmer war.

Sie hatten sie mit den jüngeren Mädchen zusammen

gehalten, sie terrorisiert, mit all den Dingen geprahlt, die sie ihnen antun würden, und beteuert, dass es niemanden interessieren würde, weil sie Waisen seien. Sie lachten, wenn die Kinder weinten.

Eineinhalb Tage lang mussten sie mit verdeckten Augen dasitzen, während verschiedene Gruppen von Rebellen kamen und gingen.

Dann hatten sie Kalee in den Dschungel verschleppt ... und ihr schreckliche Dinge angetan.

Dinge, an die Kalee nie wieder denken wollte.

Dinge, die keine Frau jemals erleiden sollte.

Durch ihren Schmerz und ihre Demütigung hindurch hatte sie Schüsse gehört, und gerade als sie dachte, dass es nicht mehr schlimmer werden könnte, zwangen sie sie, an den Rand eines riesigen Loches im Boden zu gehen.

Sie erinnerte sich daran, wie sie auf die Leichen der Mädchen hinunterblickte, die sie am Tag zuvor getröstet hatte. Sie hatte ihnen die Tränen abgewischt und sie beruhigt und ihnen gesagt, dass alles gut werden würde.

Aber sie hatte gelogen. Es war *nicht* gut.

Das war das Letzte, woran sie sich erinnerte – bis jetzt.

Kalee stützte sich leicht auf ihre Arme, öffnete die Augen ...

Und konnte gerade noch den entsetzten Schrei unterdrücken, der ihr die Kehle hochkroch.

Sie lag auf denselben Leichen, die sie vom Rand des Loches aus gesehen hatte.

Sie würgte heftig, aber ihr Magen war zu leer, um tatsächlich etwas zu erbrechen. Um von den Leichen wegzukommen, drückte sie sich höher und brach fast zusammen, da ihr sofort schwindelig wurde. Ihr Kopf schmerzte und sie führte eine Hand an ihre Schläfe – woraufhin sie zischend einatmete, als sie eine Schürfwunde berührte, die von einer Kugel stammen musste.

Jetzt erinnerte sie sich. Das Geräusch, das die Waffe gemacht hatte, kurz bevor sie ohnmächtig geworden war, war lauter gewesen als alles, was sie je in ihrem Leben gehört hatte.

Sie zitterte und spürte, wie ihr eine Schweißperle an der Schläfe heruntertropfte. Sie trug kein Hemd, nur einen BH, aber das war in diesem Moment egal.

Kalee biss die Zähne zusammen und hielt den Atem an in dem Versuch, den schrecklichen Gestank zu verdrängen ... und nicht daran zu denken, wie glücklich die kleine Eden gewesen war, als sie sich an das englische Wort für Lehrerin erinnert hatte ...

Als sie eine leuchtend rote Schleife unter ihrer Hand sah, während sie über leblose Arme und Beine kroch, erinnerte sie sich daran, wie stolz Amivi gewesen war, das einfache Accessoire in ihrem Haar zu tragen ...

Die Erinnerungen brachen Kalee fast das Herz, aber sie zwang sich, zum Rand des Loches weiterzugehen – dann landeten ihre Gedanken bei Piper. Das war besser, als darüber nachzudenken, wo sie selbst war und was sie im Moment tat.

Hatte ihre Freundin überlebt? Hatte sie sich versteckt gehalten?

Kalee fühlte sich unendlich schuldig, ihre beste Freundin in diese Sache hineingezogen zu haben. Sie war diejenige gewesen, die die introvertierte Piper dazu ermutigt hatte, sie zu besuchen. *Es wird Spaß machen*, hatte sie gesagt. *Ein Abenteuer.*

Was für ein Abenteuer es war.

Kalee hielt sich am Rand des Loches fest und zog sich mit letzter Kraft aus der Todesgrube hoch.

Sie hörte ein Geräusch und sah auf – direkt in die glänzenden braunen Augen eines von einem halben Dutzend Rebellen.

Bevor sie wieder in das Loch fallen konnte, packten sie sie und zogen sie aufrecht. Sie unterhielten sich auf Tetum, das Kalee nicht verstand, dann hielten sie ihr ein Messer an die Seite, verbanden ihr die Augen und zwangen sie zu gehen.

Wohin sie gingen und was sie mit ihr vorhatten, wusste Kalee nicht, aber sie *wusste*, dass ihr eine weitere Hölle bevorstand.

Hilfe, betete sie. *Bitte, jemand muss mich finden und mir helfen.*

*

Ich weiß, Sie warten schon sehnsüchtig darauf herauszufinden, was mit Kalee passiert (*Ein Beschützer für Kalee*), aber erst mal geht es mit *Ein Beschützer für Zoey* weiter. Finden Sie auch, dass Bubba einfach nicht über dieses kleine Flugzeug hätte reden sollen, das er in Alaska besteigen will?

BÜCHER VON SUSAN STOKER

SEALs of Protection: Legacy
Ein Beschützer für Caite
Ein Beschützer für Brenae
Ein Beschützer für Sidney
Ein Beschützer für Piper
Ein Beschützer für Zoey (1 Sept)
Ein Beschützer für Avery (1 Dec)
Ein Beschützer für Kalee
Ein Beschützer für Jane

Die SEALs von Hawaii:
Die Suche nach Elodie
Die Suche nach Lexie
Die Suche nach Kenna
Die Suche nach Monica
Die Suche nach Carly
Die Suche nach Ashlyn
Die Suche nach Jodelle

Das Bergungsteam vom Eagle Point

Ein Retter für Lilly
Ein Retter für Elsie
Ein Retter für Bristol
Ein Retter für Caryn
Ein Retter für Finley
Ein Retter für Heather
Ein Retter für Khloe

Die Zuflucht in den Bergen

Zuflucht für Alaska
Zuflucht für Henley
Zuflucht für Reese
Zuflucht für Cora
Zuflucht für Lara
Zuflucht für Maisy
Zuflucht für Ryleigh

Delta Team Zwei

Ein Held für Gillian
Ein Held für Kinley
Ein Held für Aspen
Ein Held für Jayme
Ein Held für Riley
Ein Held für Devyn
Ein Held für Ember
Ein Held für Sierra

Die Delta Force Heroes:

Die Rettung von Rayne
Die Rettung von Emily
Die Rettung von Harley
Die Hochzeit von Emily
Die Rettung von Kassie
Die Rettung von Bryn

Die Rettung von Casey
Die Rettung von Wendy
Die Rettung von Sadie
Die Rettung von Mary
Die Rettung von Macie
Die Rettung von Annie

Mountain Mercenaries:
Die Befreiung von Allye
Die Befreiung von Chloe
Die Befreiung von Morgan
Die Befreiung von Harlow
Die Befreiung von Everly
Die Befreiung von Zara
Die Befreiung von Raven

Ace Security Reihe:
Anspruch auf Grace
Anspruch auf Alexis
Anspruch auf Bailey
Anspruch auf Felicity
Anspruch auf Sarah

SEALs of Protection:
Schutz für Caroline
Schutz für Alabama
Schutz für Fiona
Die Hochzeit von Caroline
Schutz für Summer
Schutz für Cheyenne
Schutz für Jessyka
Schutz für Julie
Schutz für Melody
Schutz für die Zukunft

EIN BESCHÜTZER FÜR PIPER

Schutz für Kiera
Schutz für Alabamas Kinder
Schutz für Dakota

Eine Sammlung von Kurzgeschichten
Ein langer kurzer Augenblick

BIOGRAFIE

Susan Stoker ist die New York Times, USA Today und Wall Street Journal Bestsellerautorin der Buchreihen »Badge of Honor: Texas Heroes«, »SEAL of Protection«, »Die Delta Force Heroes« und einigen mehr. Stoker ist mit einem pensionierten Unteroffizier der US-Armee verheiratet und hat in ihrem Leben schon überall in den Vereinigten Staaten gelebt – von Missouri über Kalifornien bis hin zu Colorado. Zurzeit nennt sie die Region unter dem großen Himmel von Tennessee ihr Zuhause. Sie glaubt ganz und gar an Happy Ends und hat großen Spaß daran, Geschichten zu schreiben, in denen Romantik zu Liebe wird.

Besuchen Sie Susan im Netz!
www.stokeraces.com
facebook.com/authorsusanstoker
twitter.com/Susan_Stoker
bookbub.com/authors/susan-stoker

instagram.com/authorsusanstoker
Email: Susan@StokerAces.com

www.ingramcontent.com/pod-product-compliance
Lightning Source LLC
Chambersburg PA
CBHW060313100726
47907CB00002B/385